Ruth Ware

Das Chalet

Mit dem Schnee kommt der Tod

Thriller

Deutsch von
Susanne Goga-Klinkenberg

dtv

Von Ruth Ware
sind bei dtv außerdem erschienen:
Im dunklen, dunklen Wald
Woman in Cabin 10
Wie tief ist deine Schuld
Der Tod der Mrs Westaway
Hinter diesen Türen

MIX
Papier aus verantwortungsvollen Quellen
FSC® C019821
FSC www.fsc.org

Ungekürzte Ausgabe 2022
dtv Verlagsgesellschaft mbH & Co. KG, München

Titel der englischen Originalausgabe:
›One by One‹ (Harvill Secker/Vintage Publishing/
Penguin Random House, London 2020)

Umschlaggestaltung: dtv nach einer Vorlage von zero-media.net,
München
Umschlagmotive: Paul Sheen/Trevillion Images,
Getty Images/Westend61/Downhill und finepic®, münchen
Satz: C.H.Beck.Media.Solutions, Nördlingen
Gesetzt aus der DTL Documenta
Druck und Bindung: Druckerei C.H.Beck, Nördlingen
Printed in Germany · ISBN 978-3-423-22038-5

Für Ali, Jilly und Mark,
die mir das Geheime Tal gezeigt haben

Von der Snoop-Website: Über uns

Hey. Wir sind Snoop. Schaut vorbei, schickt uns eine Nachricht, snoopt uns – was immer ihr wollt. Wir sind cool. Ihr auch?

Topher St. Clair-Bridges
Wer weiß, wo der Frosch die Locken hat? Wenn einer das von sich behaupten kann, dann Toph. Er ist Mitgründer von Snoop (zusammen mit seiner Exfreundin, Model/Künstlerin/Profi-Badass@evalution). Wenn er nicht am Schreibtisch sitzt, ist er beim Freestyle-Skiing in Chamonix, verliert im Berghain den Verstand oder hängt einfach ab. Ihr erreicht ihn bei Snoop unter @xtopher oder über seinen persönlichen Assistenten Inigo Ryder – der Einzige, der Topher sagen darf, wo's langgeht.
Hört: Oscar Mulero / *Like a Wolf*

Eva van den Berg
Von Amsterdam nach Sydney, von New York nach London, ihre Karriere hat Eva um die ganze Welt geführt. Zurzeit lebt sie in Shoreditch/London mit ihrem Ehemann, dem Finanzier Arnaud Jankovitch, und ihrer Tochter Radisson. 2014 gründete sie mit @xtopher, ihrem damaligen Lebenspartner, Snoop: Die Idee entstand aus dem Wunsch heraus, über 5.000 Kilometer Ozean hinweg in Verbindung zu bleiben. Topher und Eva sind nicht mehr zusammen, aber Snoop verbindet sie noch immer. Auch ihr könnt euch mit Eva verbinden: unter @evalution oder über ihre persönliche Assistentin Ani Cresswell.
Hört: Nico / *Janitor of Lunacy*

Rik Adeyemi
Erbsenzähler
Rik ist der Mann fürs Geld, der Erbsenzähler, der Schlüsselbewahrer – ihr wisst schon. Er hat Snoop von Anfang an am Leben gehalten und kennt Topher seit einer Ewigkeit. Was sollen wir sagen? Snoop ist eben doch ein Familienunternehmen. Rik wohnt mit seiner Frau Veronique in Highgate / London. Ihr snoopt ihn unter @rikshaw.
Hört: Willie Bobo / *La Descarga del Bobo*

Elliot Cross
Chef-Nerd
Musik mag das Herz von Snoop sein, aber der Code ist Snoops DNA, und Elliot ist der Meister des Codes. Bevor Snoop zum knallpinken Logo auf eurem Handy wurde, bestand es aus Java-Zeilen auf einem Monitor – und der gehörte Elliot. Er war schon vor dem ersten Bartwuchs eng befreundet mit Toph und ist cooler, als ein Technik-Freak sein dürfte. Snoopt ihn unter @ex.
Hört: Kraftwerk / *Autobahn*

Miranda Khan
Beste Freundin ever
Miranda steht auf Killer-Heels, coole Klamotten und wirklich exzellenten Kaffee. Wenn sie nicht gerade eine guatemaltekische Röstung mit Kohlensäuremaischung genießt oder auf Net-A-Porter surft, ist sie Snoops Lächeln für die Welt. Wollt ihr uns schreiben, anhauen, runterputzen oder einfach nur Hallo sagen? Dann ab zu Miranda. Snoop weiß: Man kann nie genug Follower haben – oder Freunde. Macht Miranda zu eurer Freundin unter @mirandelicious.
Hört: Madonna / *4 Minutes*

Tiger-Blue Esposito

Die Frau fürs Coole

Tiger ist der verkörperte Chill und pflegt ihren typischen Zen-Zustand mit täglichem Yoga, Achtsamkeit und natürlich einem steten Snoop-Stream in den extragroßen Kopfhörern. Wenn sie nicht gerade Bhujapidasana übt oder sich in ein Anantasana entspannt (für die Nichteingeweihten: eine Balancehaltung in Seitenlage), schmiert sie die Rädchen bei Snoop, damit wir uns von unserer besten Seite zeigen, und sorgt für Reichweite. Chillt mit ihr unter @blueskythinking.

Hört: Jai-Jagdeesh / *Aad Guray Nameh*

Carl Foster

Der Mann fürs Recht

Ganz klar, Carl sorgt dafür, dass wir nicht auf die schiefe Bahn geraten und im Einklang mit dem Gesetz snoopen. Er studierte am University College London und war Referendar in den Temple Square Chambers. Seither hat er in mehreren internationalen Kanzleien gearbeitet, vor allem für die Unterhaltungsindustrie. Er wohnt in Croydon. Snoopt ihn unter @carlfoster1972.

Hört: The Rolling Stones / *Sympathy for the Devil*

Von der BBC News Website
Donnerstag, 16. Januar

Vier Briten sterben bei Tragödie in Skiort

Der exklusive französische Skiort Saint-Antoine wurde in dieser Woche von einer weiteren Tragödie erschüttert. Erst wenige Tage zuvor hatte eine Lawine sechs Menschen getötet, ein Großteil der Region blieb tagelang ohne Strom.
Ein abgelegenes Chalet, das durch die Lawine von der Außenwelt abgeschnitten war, wurde zu einem »Horrorhaus«. Vier Briten starben, zwei wurden ins Krankenhaus gebracht.
Die Situation wurde erst bekannt, nachdem sich Überlebende gut fünf Kilometer durch den Schnee gekämpft hatten, bis sie über Funk Hilfe rufen konnten. Dies wirft die Frage auf, weshalb die französischen Behörden Stromversorgung und Mobilfunkempfang nach der Lawine von Sonntag nicht schneller wiederhergestellt haben.
Etienne Dupont, Chef der örtlichen Polizei, wollte dazu keinen Kommentar abgeben. Er sagte lediglich, »es werde ermittelt«. Ein Sprecher der britischen Botschaft in Paris erklärte hingegen: »Wir können bestätigen, dass man uns über den Tod von vier britischen Staatsbürgern im Département Savoie in den französischen Alpen unterrichtet hat. Die örtliche Polizei behandelt die Vorkommnisse zu diesem Zeitpunkt als miteinander verbundene Mordfälle. Unser Beileid gilt den Freunden und Familien der Opfer.«
Die Familien der Verstorbenen wurden verständigt.
Die acht Überlebenden, wohl ebenfalls Briten, sollen die Poli-

zei bei ihren Ermittlungen unterstützen. In diesem Jahr gab es ungewöhnlich starke Schneefälle. Die Lawine von Sonntag ist die sechste seit Beginn der Skisaison. Die Opferzahl in der Region erhöht sich damit auf zwölf.

Fünf Tage zuvor

Liz

Snoop-ID: ANON101
Hört: James Blunt / *You're Beautiful*
Snooper: 0
Snoopscriber: 0

Im Minibus vom Genfer Flughafen behalte ich meine Earbuds in den Ohren. Ich ignoriere Tophers erwartungsvolle Blicke ebenso wie Eva, die mich über die Schulter ansieht. Irgendwie hilft es. Es hilft mir, die Stimmen aus meinem Kopf zu drängen, *ihre* Stimmen, die mich hin und her zerren, Loyalität einfordern und mit Argumenten auf mich eindreschen.

Stattdessen lasse ich sie von James Blunt übertönen, der mir wieder und wieder sagt, dass ich schön sei. Das ist pure Ironie, und ich würde am liebsten lachen, lasse es aber. Die Lüge hat etwas Tröstliches.

Es ist 13:52 Uhr. Der Himmel ist eisengrau, die Schneeflocken wirbeln geradezu hypnotisierend vorbei. Seltsam, auf dem Boden sieht Schnee weiß aus, doch wenn er fällt, wirkt er grau. Es könnte ebenso gut Asche regnen.

Wir fahren jetzt bergauf. Der Schnee fällt dichter, je höher wir kommen, er schmilzt nicht mehr auf der Windschutzscheibe, sondern rutscht klebrig am Glas hinunter. Die Scheibenwischer schieben ihn beiseite, Rinnsale aus Schneematsch, die quer über das Beifahrerfenster laufen. Ich hoffe, der Bus hat Winterreifen.

Der Fahrer schaltet einen Gang herunter; wir nähern uns der nächsten Haarnadelkurve. Als der Bus in die enge Kurve biegt, kann ich die Straße nicht mehr sehen, und es ist einen Moment lang, als würden wir fallen – mir wird schwindlig und schlecht, alles dreht sich. Ich mache die Augen zu, blende alle aus, verliere mich in der Musik.

Dann ist das Lied zu Ende.

Und ich bin allein, mit nur einer Stimme im Kopf, die ich nicht abstellen kann. Meiner eigenen. Und sie flüstert eine Frage, die ich mir immer wieder stelle, seit das Flugzeug in Gatwick abgehoben hat.

Warum bin ich mitgekommen? *Warum?*

Dabei kenne ich die Antwort.

Ich bin mitgekommen, weil ich es mir nicht leisten kann, es nicht zu tun.

Erin

Snoop-ID: k. A.
Hört: k. A.
Snoopscriber: k. A.

Es schneit noch immer – dicke weiße Flocken, die träge herunterschweben und sich auf die Gipfel, Pisten und Täler von Saint-Antoine legen.

Drei Meter sind in den vergangenen Wochen gefallen, und weitere Schneefälle sind vorausgesagt. Eine Schneepokalypse hat Danny es genannt. Schneemageddon. Die Lifte wurden geschlossen und wieder geöffnet und dann wieder geschlossen. Zurzeit sind fast alle Lifte im Skigebiet geschlossen, nur die zuverlässige kleine Standseilbahn müht sich noch zu unserem winzigen Nest herauf. Die Strecke ist komplett verglast, um sie vor schweren Schneefällen zu schützen. Der Schnee legt sich dann wie eine Decke über den Tunnel, statt die Gleise zu blockieren. Das ist auch gut so – denn wenn sie wirklich einmal außer Betrieb ist, sind wir völlig abgeschnitten. Keine Straße führt nach Saint-Antoine-2000, jedenfalls nicht im Winter. Von den Gästen des Chalets bis zu den Lebensmitteln für Frühstück, Mittag- und Abendessen wird alles mit der Standseilbahn befördert. Außer man hat genügend Geld, um mit dem Hubschrauber einzufliegen (was durchaus vorkommt). Aber bei schlechtem Wetter fliegen die Hubschrauber nicht. Wenn ein Schneesturm aufzieht, bleiben sie unten im Tal, in Sicherheit.

Mich beschleicht ein seltsames Gefühl, wenn ich zu lange darüber nachsinne – eine Art Klaustrophobie, die so gar nicht zu dem weiten Panoramablick passt, den man vom Chalet aus hat. Das liegt nicht nur am Schnee, sondern auch an der tonnenschweren Last unangenehmer Erinnerungen. Wenn ich länger als nur einen Moment innehalte, stürzen sofort Bilder auf mich ein: taube Finger, die sich durch hartgepressten Schnee kämpfen, der Schein der untergehenden Sonne auf bläulicher Haut, glitzernd gefrorene Wimpern. Zum Glück bin ich heute unter Zeitdruck. Es ist schon nach eins, und ich putze gerade das vorletzte Schlafzimmer, als ich den Gong von unten höre. Danny. Er ruft etwas, das ich nicht verstehe.

»Was ist denn?«, rufe ich zurück, und er wiederholt es, diesmal deutlicher, er steht jetzt wohl an der Treppe.

»Ich habe gesagt, Essen fassen. Getrüffelte Pastinakensuppe. Also schaff deinen faulen Hintern runter.«

»Ja, Chef«, rufe ich spöttisch zurück. Ich leere rasch den Badezimmermülleimer in den schwarzen Sack, stecke einen neuen Müllbeutel hinein und laufe die Wendeltreppe in die Lobby hinunter. Dort empfängt mich schon der köstliche Duft von Dannys Suppe, musikalisch begleitet von *Venus in Furs*.

Der Samstag ist der beste und zugleich der schlechteste Tag der Woche. Der beste, weil Gästewechsel ist – dann haben Danny und ich das Chalet für uns allein, können im Pool abhängen, draußen im Whirlpool dampfen und in voller Lautstärke unsere Musik hören.

Der schlechteste, weil Gästewechsel ist, was bedeutet, dass neun Doppelbetten frisch bezogen, neun Badezimmer geputzt (elf, wenn man die Gästetoilette unten und den Duschraum am Pool mit einrechnet), achtzehn Skischränke aufgeräumt und gesaugt werden müssen, ganz zu schweigen von Wohnzimmer, Esszimmer, Medienraum und Raucherbereich, wo ich eklige Kippen aufsammeln muss, die die Raucher einfach in die Gegend werfen statt in die bereitgestellten Behälter. Immerhin macht Danny die Küche sauber, obwohl er eine eigene To-do-Liste hat. Samstagabends gibt es immer ein großes Essen, um bei den neuen Gästen Eindruck zu schinden.

Wir setzen uns an den großen Esstisch, und ich überfliege die E-Mail mit Informationen zu den neuen Gästen, die Kate mir heute Morgen geschickt hat. Dabei löffle ich Dannys Suppe. Sie schmeckt süß und erdig, und er hat kleine knusprige Bröckchen darübergestreut – in Trüffelöl geröstete Pastinaken, wie ich vermute.

»Die Suppe ist echt gut«, sage ich. Ich kenne meinen Part. Danny verdreht die Augen, als wollte er sagen: *Was denn sonst.* Bescheiden ist er jedenfalls nicht. Aber ein toller Koch.

»Glaubst du, die schmeckt ihnen heute Abend?« Er ist natürlich auf weitere Komplimente aus, und ich kann es ihm nicht verdenken. Wenn es um sein Essen geht, ist Danny eine schamlose Diva und freut sich wie jeder Künstler über Lob.

»Ganz bestimmt. Sie ist köstlich, wärmt einen und ist … komplex.« Ich versuche, das ganz besonders Herzhafte, das die Suppe so gut macht, in Worte zu fassen. Danny mag *spezifische* Komplimente. »Wie der Herbst im Suppenteller. Was machst du sonst noch?«

»Ich habe Amuse-Bouches.« Danny zählt die Gänge an den Fingern ab. »Dann die getrüffelte Suppe. Wildkeule für die Fleischesser und Pilzravioli für die Veggies. Crème brûlée als Dessert. Danach Käse.«

Dannys Crème brûlée ist eine Wucht, sie schmeckt göttlich. Ich habe tatsächlich erlebt, dass Gäste sich um eine übrig gebliebene Portion geprügelt haben.

»Klingt perfekt«, ermutige ich ihn.

»Solange wir diesmal keine verdammten Undercover-Veganer dabeihaben«, sagt er mürrisch. Er leckt noch seine Wunden von letzter Woche, als sich ein Gast nicht nur als Veganer entpuppte, sondern auch noch eine Glutenunverträglichkeit hatte. Ich glaube, das hat er Kate noch nicht verziehen.

»Kate hat es diesmal extra betont«, rede ich ihm gut zu. »Eine Laktoseintoleranz, einmal glutenfrei, drei Vegetarier. Keine Veganer. Das ist alles.«

»Wer's glaubt«, sagt Danny und gibt noch immer den Märtyrer. »Wetten, einer ist Low-Carb oder so. Oder Frutarier. Oder steht auf Luft.«

»Na ja, dann wird er dir nicht weiter auf die Nerven gehen, oder? Hier gibt es mehr als genug Luft.«

Ich deute auf das riesige Fenster, das nach Süden geht. Von hier aus blickt man auf die Gipfel und Kämme der Alpen, ein so atemberaubendes Panorama, dass ich, obwohl ich hier lebe, gelegentlich stehen bleiben muss und mir von der Schönheit den Atem rauben lasse. Heute ist die Sicht schlecht, die Wolken hängen tief, der Schnee fällt dicht. Aber an klaren Tagen sieht man fast bis zum Genfer See. Hinter uns, nordöstlich vom Chalet, erhebt sich die Dame Blanche, der höchste Gipfel des Saint-Antoine-Tals, der alle anderen klein wirken lässt.

»Lies mal die Namen vor«, sagt Danny mit vollem Mund. Er spricht mit Südlondoner Akzent, obwohl er in Portsmouth aufgewachsen ist. Ich bin mir nicht sicher, wie viel davon gespielt ist. Danny ist ein Künstler, und je besser ich ihn kenne, desto mehr fasziniert mich die komplizierte Mischung von Identitäten, die unter der Oberfläche schlummert. Der freche Cockney, den er den Gästen präsentiert, ist nur eine davon. Beim Ausgehen in Saint-Antoine habe ich erlebt, wie er in nur fünf Minuten von einem perfekten Guy Ritchie zu einem prachtvoll tuntigen RuPaul wechselte.

Natürlich habe ich gut reden. Ich spiele auch eine Rolle. Das tun wir in gewisser Weise wohl alle. Darum genieße ich es, an einem Ort zu leben, wo jeder auf der Durchreise ist. So kann man immer wieder neu beginnen.

»Diesmal darf ich keinen Fehler machen«, unterbricht er meine Gedanken. Er gibt eine winzige Prise schwarzen Pfeffers in seine Suppe und probiert, scheint zufrieden. »Ich kann mir nicht noch eine verfluchte Madeleine leisten. Dann macht Kate mich rund.«

Kate ist die Bezirksmanagerin, zuständig für die Buchungen wie auch für die Versorgung der sechs Chalets, die zum Unternehmen gehören. Sie schätzt es, wenn wir die Gäste gleich am ersten Tag mit Namen begrüßen. Sie sagt, es unterscheide uns von den großen Ketten. Die persönliche Note. Nur ist es schwerer, als es klingt, diesen Standard durchzuhalten. Letzte Woche hatte Danny sich mit einer Frau namens Madeleine angefreundet. Als die Feedbackformulare kamen, stellte sich heraus, dass es gar keine Frau dieses Namens in der Gruppe gegeben hatte. Nicht mal eine, deren Name mit M anfing. Danny hat noch immer keine Ahnung, mit wem er die ganze Woche geredet hat.

Ich fahre mit dem Finger die Liste entlang, die Kate gestern Abend geschickt hat.

»Diesmal ist es eine Art Betriebsausflug. Snoop, ein IT-Unternehmen. Neun Leute, lauter Einzelzimmer. Eva van den Berg, Mitgründerin. Topher St. Clair-Bridges, Mitgründer. Rik Adeyemi, Erbsenzähler. Elliot Cross, Chef-Nerd.« Danny prustet Suppe durch die Nase, aber ich mache weiter. »Miranda Khan, beste Freundin ever. Inigo Ryder, Tophers Boss. Ani Cresswell, leitende Eva-Bezähmerin. Tiger-Blue Esposito, die Frau fürs Coole. Carl Foster, der Mann fürs Recht.«

Als ich durch bin, lacht Danny Tränen und hat sich an der Suppe verschluckt.

»Steht das da wirklich?«, stößt er hustend hervor. »Erbsenzähler? Tiger – wie war das gleich? Ich hätte nicht gedacht, dass Kate Sinn für Humor hat. Wo ist die richtige Liste?«

»Das *ist* die richtige Liste.« Ich bemühe mich, nicht über Dannys verzerrtes, tränenüberströmtes Gesicht zu lachen. »Hier hast du eine Serviette.«

»Willst du mich verscheißern?«, keucht er, lehnt sich zurück und fächelt sich Luft zu. »Nein, das nehme ich zurück. Snoop ist genau diese Art von Laden.«

»Du kennst die?« Ich bin überrascht. Normalerweise ist Danny nicht so up to date. Wir haben alle möglichen Gäste, meist Gruppen von Privatpersonen, ab und an eine Hochzeit oder einen runden Geburtstag, aber auch erstaunlich viele Firmen kommen für ein Retreat – man kann den Preis wohl leichter verdauen, wenn die Firma dafür zahlt. Es kommen Anwaltskanzleien, Hedgefonds-Manager und Fortune-500-Unternehmen. Aber dies ist das erste Mal, dass Danny von einer Firma gehört hat und ich nicht. »Was machen die denn?«

»Snoop?« Nun ist es an Danny, überrascht auszusehen. »Hast du die letzten Jahre in einer Höhle gelebt?«

»Nein, ich bin nur – ich habe noch nie von denen gehört. Ist es ein Medienunternehmen?« Keine Ahnung, warum ich darauf komme, aber die Medien scheinen mir eine Branche, in der jemand Tiger-Blue Esposito heißen könnte.

»Das ist eine App.« Danny sieht mich argwöhnisch an. »Du hast wirklich noch nie von denen gehört? Du weißt schon – Snoop – die Musik-App. Damit kann man – na ja, snoopen.«

»Ich habe keine Ahnung, wovon du redest.«

»Snoop, Erin«, sagt Danny diesmal etwas schärfer, als müsste er das Wort nur lange genug wiederholen, bis ich mir an die Stirn schlage und sage: Ach, *dieses* Snoop! Er holt sein Handy raus und wischt durch die Apps, bis er ein Logo gefunden hat, das aus zwei Augen auf einem rosa Hintergrund besteht. Oder aus zwei Zahnrädern, das ist schwer zu erkennen. Er tippt drauf, das Display wird erst pink, dann schwarz, schließlich erscheint der Schriftzug *SNOOP. ECHTE LEUTE, ECHTZEIT, ECHT LAUT* in fuchsiafarbenen Lettern.

Jetzt sehe ich, dass die beiden O im Namen die Spulen einer Musikkassette sind.

»Du verbindest die App mit deinem Spotify-Account«, erklärt Danny und scrollt durch Menüs, als ob die Listen willkürlich ausgewählter Promis die Sache verständlicher machen würden. »Und dann wird das, was du hörst, öffentlich.«

»Warum sollte ich das wollen?«

»Es ist ein Quidproquo«, sagt Danny ungeduldig. »Niemand will wissen, was *du* hörst, aber wenn du mitmachst, kannst du hören, was andere hören. *Voyeurismus für die Ohren* nennen sie das bei Snoop.«

»Also … ich sehe, was … keine Ahnung … Beyoncé gerade hört? Wenn sie da mitmachen würde.«

»Genau. Und Madonna. Und Jay-Z. Und Justin Bieber. Einfach alle. Die Stars stehen drauf – es ist das neue Instagram. Weil man sich damit mit anderen verbinden kann, ohne zu viele Informationen preiszugeben.«

Ich nicke langsam. Die Sache hat einen gewissen Reiz.

»Dann sind das also die Playlists berühmter Leute?«

»Keine Playlists. Der Clou ist, dass es in Echtzeit abläuft. Du siehst, was sie gerade jetzt hören.«

»Und wenn sie schlafen?«

»Wird nichts angezeigt. Sie tauchen nur in der Suchleiste auf, wenn sie online sind und etwas hören. Wenn du jemanden snoopst und die Person nicht weiterhört, wird auch nichts mehr angezeigt. Dann kannst du jemand anderen auswählen.«

»Wenn du also jemanden snoopst, und die halten einen Song an, um ans Telefon zu gehen –«

Danny nickt. »Stoppt der Feed.«

»Das ist ein wirklich schreckliches Konzept.«

Er schüttelt lachend den Kopf. »Nein, du kapierst es noch immer nicht. Bei der ganzen Sache geht es darum …« Er hält inne und versucht, etwas nicht Messbares zu erklären. »Es geht um die Verbindung. Du hörst zur selben Zeit dasselbe Lied wie die – Beat für Beat. Du weißt, dass Lady Gaga genau dasselbe hört wie du, egal, wo sie gerade ist. Es ist wie …« Dann hat er einen Geistesblitz, und sein Gesicht hellt sich auf. »Du kennst das doch, wenn du dich zum ersten Mal mit jemandem triffst, und ihr teilt euch die Kopfhörer, jeder einen.«

Ich nicke.

»Genau so ist es. Du und Lady Gaga, ihr teilt euch die Kopfhörer. Das ist echt cool. Du liegst im Bett, und sie schaltet aus, und du weißt, dass sie jetzt irgendwo auf der Welt vermutlich das Gleiche tut wie du, nämlich sich auf die Seite drehen und einschlafen. Das ist ziemlich intim, oder? Und es geht ja nicht nur um Promis. Stell dir mal vor, du hast eine Fernbeziehung. Dann kannst du deinen Freund snoopen und dasselbe Lied zur selben Zeit hören. Immer vorausgesetzt, du kennst seine Snoop-ID. Ich habe meine gesperrt.«

»Okay …«, sage ich langsam. »Also ist dein Feed öffentlich, aber keiner weiß, dass du es bist?«

»Genau. Ich habe nur zwei Follower, weil ich mir nicht die Mühe gemacht habe, meine Kontaktliste zu synchronisieren. Die beliebtesten Snooper sind übrigens inkognito unterwegs.

Es gibt da einen Typen im Iran, er nennt sich HacT. Er ist jeden Monat in den Top Ten. Na ja, ich sage im Iran, aber das weiß man natürlich nicht. Das steht in seiner Bio. Er könnte ebenso gut in Florida leben.«

Ein Signal ertönt, und er zeigt mir das Display.

»Siehst du? Das ist jemand, den ich abonniert habe, Msaggronistic. Eine Frankokanadierin aus Montreal, sie hört ziemlich coolen Punk. Die Meldung sagt mir, dass sie jetzt online ist und …« Er scrollt hinunter. »… die Slits hört. Keine Ahnung, ob es mir gefällt, könnte es aber. Ich weiß es bloß noch nicht.«

»Verstehe.« Ich bin mir nicht sicher, ob ich wirklich klüger bin, aber irgendwie scheint es überzeugend.

»Egal«, sagt Danny, steht auf und räumt die Suppenteller ab. »Was ich eigentlich sagen wollte: Bei diesen IT-Start-ups wundert mich gar nichts. Ich kann mir gut vorstellen, dass die ihren Finanzchef tatsächlich Erbsenzähler nennen. Die halten das irgendwie für schräg. Kaffee?«

Ich sehe auf die Uhr. 14:17 Uhr.

»Geht nicht. Ich bin noch nicht ganz durch mit den Zimmern, und dann kommt noch der Pool.«

»Ich bring dir einen.«

Ich stehe auf und strecke mich, um meinen verspannten Nacken und die Schultern zu dehnen. Putzen ist harte körperliche Arbeit. Das weiß ich erst, seit ich diesen Job mache. Ich schleppe den schweren Staubsauger die Treppen rauf und runter, schrubbe Toiletten und Fliesen. Neun Zimmer hintereinander zu putzen ist wie ein Work-out.

Ich bin gerade mit dem Pool-Bereich fertig, als Danny mit einer Tasse Kaffee kommt. Er trägt die knappste und engste Badehose, die ich je gesehen habe. Sie ist bananengelb, und als er sich umdreht, um meinen Kaffee auf den Liegestuhl zu stellen, sehe ich die Worte BAD BOI in scharlachroten Buchstaben auf seinem Hintern.

»Nicht spritzen«, warne ich ihn, als er sich am Rand des Pools mit ausgestreckten Armen in Positur stellt. »Ich wische hier nicht noch mal.«

Als Antwort streckt er mir nur die Zunge raus und legt einen perfekten, spritzerfreien Kopfsprung am flachen Ende hin. Eigentlich ist es nicht tief genug, um zu tauchen, aber er gleitet über den Boden und kommt am anderen Ende wieder hoch.

»Na los, komm schon, hier ist es verdammt noch mal sauber genug. Spring rein.«

Ich zögere. Ich muss noch das Esszimmer saugen, bin mir aber nicht sicher, ob man den Unterschied überhaupt bemerken würde.

Ich sehe auf die Uhr. 15:15 Uhr. Die Gäste sollen um vier eintreffen. Das könnte ich gerade so schaffen.

»Na schön.«

Es ist unser allwöchentliches Ritual. Ein zehnminütiges Bad, wenn alle Pflichten hinter uns liegen. Damit erobern wir unser Territorium zurück und erinnern uns daran, wer hier eigentlich das Sagen hat.

Ich trage den Bikini schon unter der Kleidung, muss nur noch das verschwitzte T-Shirt und die fleckige Putzjeans abstreifen und mache mich bereit, hineinzuspringen. Ich will mich gerade vom Rand abstoßen, als eine Hand meinen Knöchel umfasst und mich nach vorn reißt, sodass ich kreischend im Pool lande.

Ich tauche prustend auf und streiche mir die Haare aus dem Gesicht. Alles ist voller Wasser.

»Du Vollidiot! Keine Spritzer, habe ich gesagt!«

»Mach dich mal locker.« Danny lacht dröhnend, das Wasser glitzert wie Juwelen auf seiner dunklen Haut. »Ich schwöre, ich wische es später auf.«

»Wenn nicht, bringe ich dich um.«

»Ich mache es! Habe ich doch gesagt, oder? Ich mache es, während du dir die Haare föhnst.« Er deutet auf seinen geschorenen Kopf, um mich daran zu erinnern, dass er mir da etwas voraus hat.

Ich boxe Danny gegen die Schulter, kann ihm aber nie lange böse sein, und dann schwimmen und raufen wir, kämpfen wie junge Hunde, bis wir beide völlig fertig sind und nach Luft japsen.

Danny stemmt sich grinsend und schnaubend aus dem Wasser und geht in die Umkleide, um sich gästefein zu machen.

Ich weiß, ich sollte es ihm gleichtun. Es gibt noch eine Menge zu tun. Doch einen Moment lang, diesen einen Moment, lasse ich mich, alle viere von mir gestreckt, im klaren Wasser treiben. Ich berühre mit den Fingern die Narbe, die über meine Wange verläuft, die eingedellte Linie, an der die Haut noch dünn und empfindlich ist, und schaue durch das Glasdach in den grauen Himmel, von dem Schneeflocken herunterkreiseln.

Der Himmel hat genau die gleiche Farbe wie Wills Augen.

Die Zeit läuft, die Gäste kommen gleich, und ich höre, wie Danny die Umkleide wischt. Ich sollte raus aus dem Wasser, aber ich kann nicht. Ich kann meinen Blick nicht abwenden. Ich liege einfach nur da, meine dunklen Haare wie einen Fächer ausgebreitet, und starre nach oben. Erinnere mich.

Liz

Snoop-ID: ANON101
Hört: snoopt EDSHEERAN ☑
Snooper: 0
Snoopscriber: 0

Wir sind inzwischen ziemlich weit oben in den Bergen. Der Minibus fährt durch kleine Alpendörfer, die wie Ansichtskarten aussehen würden, wenn der Himmel nicht bedrohlich schiefergrau statt blau wäre. Der Schneeregen unten im Tal ist riesigen weißen Flocken gewichen, und der Fahrer hat die Scheibenwischer auf höchste Stufe gestellt. Der nasse schwarze Asphalt ist in gefrorene graue Furchen übergegangen, in denen die Reifen ein seltsames rüttelndes Geräusch machen. An beiden Straßenseiten hat der Schneepflug gewaltige Schneewände aufgetürmt, die mit Dreck bespritzt sind. Es ist, als würde man durch einen Tunnel fahren. Ich fühle mich unangenehm eingeengt und schaue auf mein Handy, wische durch die Apps, um mich abzulenken, bevor ich zu Snoop zurückkehre.

Nach meiner Kündigung hatte ich auch die App gelöscht. Ich wollte alles, was mit Snoop zu tun hatte, hinter mir lassen. Mir gefiel die Vorstellung nicht, dass Topher, Eva und die anderen mich über die Software überwachen konnten. Ein paar Wochen später habe ich sie doch wieder runtergeladen. Es hat schon seinen Grund, dass sie bei der Zahl der Nutzer die hundert Millionen geknackt hat: Sie macht süchtig. Diesmal allerdings habe ich mein Profil so gut wie möglich gesichert und den Account mit einer anonymen Mailadresse verknüpft, die nicht einmal

Elliot, der Zugang zu allen Informationen hat, mit mir in Verbindung bringen kann. Nicht dass ich paranoid wäre. Ich erwarte nicht, dass er alle paar Tage die Nutzerdaten nach *Liz Owens* absucht. Aber ich lege nun mal Wert auf meine Privatsphäre. Das ist doch normal, oder?

Topher dreht den Kopf und sagt etwas über die Schulter zu mir. Ich nehme die Earbuds aus den Ohren.

»Sorry, was hast du gesagt?«

»Ich sagte, was zu trinken?« Er hält mir eine geöffnete Champagnerflasche hin. Ich winke ab.

»Nein, danke.«

»Wer nicht will, der hat schon.« Er trinkt direkt aus der Flasche, und ich könnte mich schütteln. Er schluckt, wischt sich den Mund ab und sagt: »Ich hoffe, es klart auf. Sonst wird das nichts mit dem Skifahren.«

»Kann man nicht auch Ski fahren, wenn es schneit?«

Er lacht, als wäre ich völlig bescheuert. »Das schon, aber es macht keinen Spaß. Das ist wie Joggen im Regen. Hast du noch nie auf Skiern gestanden?«

»Nein.« Ich ertappe mich dabei, wie ich auf der Haut neben einem Fingernagel kaue, und zwinge mich, die Hand herunterzunehmen. Die besorgte Stimme meiner Mutter gellt durch meinen Kopf. *Liz, bitte tu das nicht, du weißt doch, Daddy mag das nicht.* Ich spreche lauter, um sie zu übertönen. »Ich meine, nicht so richtig. Wir waren mit der Schule mal beim Indoor-Ski, aber das zählt wohl nicht.«

»Du wirst begeistert sein«, sagt Topher aufreizend selbstsicher. In Wahrheit hat er keine Ahnung, ob ich begeistert sein werde oder nicht. Doch wenn er etwas verkündet, glaubt man ihm einfach. Wenn er sagt *Ihr Geld ist vollkommen sicher* oder *Es ist eine wahnsinnig gute Investition* oder *Diese Konditionen bekommen Sie nie wieder*, vertraut man ihm. Man unterzeichnet den Scheck. Man überweist das Geld. Man überlässt ihm einfach alles.

Darum ist er wohl auch so, wie er ist. Ausgestattet mit diesem unbezahlbaren Selbstbewusstsein. Würg.

Ich antworte nicht. Aber er hat auch nicht damit gerechnet. Er bedenkt mich mit einem breiten, strahlenden Grinsen, trinkt noch einen Schluck Krug und dreht sich wieder zum Fahrer.

»Wir müssten fast da sein, oder?«

»*Comment?*«, erwidert der Fahrer. Topher lächelt übertrieben geduldig und wiederholt seine Frage, diesmal langsamer.

»Fast. Da?«

»*Presque*«, erwidert der Fahrer unwirsch.

»Beinahe«, übersetze ich leise und bereue es sofort.

»Ich wusste gar nicht, dass du Französisch sprichst, Liz«, sagt Eva und dreht sich lächelnd zu mir. Sie sagt es, als würde sie mir ein Fleißkärtchen überreichen.

Es gibt so einiges, was du nicht über mich weißt, Eva, denke ich mir.

»Bloß bis zur zehnten Klasse. Nicht besonders gut«, murmele ich stattdessen.

»Du bist ein tiefes Wasser«, sagt Eva bewundernd. Sie will mir sicher schmeicheln, aber es klingt ein bisschen gönnerhaft, wenn man bedenkt, dass Englisch ihre zweite Sprache nach Niederländisch ist und sie außerdem fließend Deutsch und Italienisch spricht.

Bevor ich etwas sagen kann, kommt der Minibus mit quietschenden Reifen zum Stehen. Ich sehe mich um. Wo ist das Chalet? Ich entdecke nur eine dunkle Öffnung im verschneiten Hang und ein Schild mit der Aufschrift *Le funiculaire de Saint-Antoine*. Ein Skilift? Jetzt schon?

Nicht nur ich bin verwirrt. Carl, der gedrungene Firmenjurist, sieht ebenfalls beunruhigt aus. Der Fahrer steigt aus und fängt an, die Koffer herauszuwuchten.

»Sollen wir von hier aus zu Fuß gehen oder wie?«, fragt Carl. »Ich hab meine verdammten Schneeschuhe nicht dabei!«

»Wir wohnen in Saint-Antoine-2000«, sagt Tophers Assistent. Im Flugzeug habe ich herausgefunden, dass er Inigo heißt. Er ist Amerikaner, blond und sieht extrem gut aus. Er sieht Carl an, meint aber uns alle. »Das hier ist Saint-Antoine-le-Lac, aber die umliegenden Weiler gehören auch dazu. Manche bestehen nur aus einigen Chalets. Das Chalet, in dem wir wohnen, befindet sich auf fast siebentausend Fuß – ich meine, zweitausend Metern«, fügt er eilig hinzu, als Eva eine Augenbraue hochzieht. »Es gibt keine Straße dorthin, daher müssen wir den letzten Teil der Reise mit der Standseilbahn zurücklegen.« Er deutet auf die dunkle Öffnung, und als sich meine Augen an die Lichtverhältnisse gewöhnt haben, entdecke ich ein Drehkreuz und einen gelangweilt aussehenden Mann in Uniform, der in einer Nische sitzt und mit seinem Handy spielt.

»Ich habe die Tickets«, sagt Inigo und hält sie in die Höhe.

Er verteilt sie, als wir aus dem Minibus steigen und uns im weichen Schnee wiederfinden. Einen Moment lang stehen wir einfach da und sehen nach oben. Meine Finger verkrampfen sich nervös in meinen Jackentaschen. Ich spüre eher, wie die Gelenke knacken, als dass ich es höre. Es ist erst sieben Minuten nach vier, aber die Schneewolken verdunkeln den Himmel. Wir nehmen jeder einen Koffer, der Fahrer bringt den Rest. Dann müssen wir eine unangenehme Wartezeit überbrücken, bis die Standseilbahn kommt. Sie ist nicht zu sehen, so hoch oben im Tunnel, aber man hört, wie das gewaltige Stahlkabel vibriert, als sie näherkommt.

»Wie geht es dir, Liz?«, fragt jemand hinter mir. Ich drehe mich um und sehe Rik Adeyemi, den Controller. Er hat eine leere Champagnerflasche unter den Arm geklemmt. Rik kenne ich auch noch von früher, so wie Eva, Topher und Elliot. Er grinst, wobei eine weiße Wolke in die Luft steigt, und schlägt mir auf die Schulter. Es tut weh. Ich versuche, nicht zusammenzuzucken. »Lange nicht gesehen!«

»Mir geht's gut.« Es klingt steif und spröde. Ich hasse mich dafür, kann aber nichts dagegen tun. So klinge ich immer, wenn ich nervös bin. Und Rik hat mich schon früher nervös gemacht. Es hat wohl mit seiner Größe zu tun. Ich habe generell Probleme mit Männern, vor allem mit großen Männern, die mich weit überragen. Aber es ist nicht nur das. Rik ist so … geschliffen. Viel geschliffener als Topher, obwohl beide aus derselben Welt kommen. Im wahrsten Sinne des Wortes. Er, Topher und Elliot kennen sich aus dem Internat. Anscheinend war Elliot schon immer ein Genie.

Ihre Welt unterscheidet sich grundlegend von der Campsbourne Secondary School in Crawley, die ich besucht habe. Für sie bin ich ein Wesen von einem anderen Stern. Sonderbar. Unbeholfen. *Arbeiterklasse.*

Ich lasse wieder die Fingergelenke knacken. Rik zuckt zusammen und lacht unbehaglich.

»Die gute alte Liz. Du machst es also immer noch?«

Ich antworte nicht. Er tritt von einem Fuß auf den anderen und rückt geistesabwesend seine silberne Rolex zurecht. Dann schaut er in Richtung Gleise, über die die unsichtbare Bahn auf uns zurumpelt.

»Wie geht es dir überhaupt?«, fragt er, und ich würde am liebsten die Augen verdrehen. *Das hast du mich doch gerade schon gefragt*, denke ich, sage aber nichts. Mit der Zeit habe ich festgestellt, dass man das manchmal tun kann. Es macht sogar Spaß, die Reaktionen der Leute zu beobachten.

Rik wirft mir einen flüchtigen Blick zu, er wartet auf mein *Danke, bestens,* das die gesellschaftlichen Normen vorschreiben, und als es ausbleibt, vergräbt er die freie Hand in der Jackentasche und sieht richtig schön befremdet aus.

Gut. Soll er doch warten.

Erin

Snoop-ID: LITTLEMY
Hört:
Snoopscriber: 0

»Littlemy?«, fragt Danny und schaut mir über die Schulter, als ich meinen nagelneuen User-Namen eintippe. »Was zum Teufel bedeutet das denn?«

»Das ist eine Figur aus den *Mumins.*«

»Den was?«

»Den *Mumins*! Das ist eine Serie von Kinder … egal«, sage ich, als ich seinen ratlosen Gesichtsausdruck bemerke. »Wie heißt du denn?«

»Sag ich nicht«, erwidert er beleidigt. »Du könntest mich snoopen.«

»Du darfst also meinen Namen wissen, ich deinen aber nicht?«

»Tja, so schaut's aus. Was hörst du denn?«

Ich klicke willkürlich auf ein Profil. NEVERMINDTHEHORLIX. Die App hat es von meiner Kontaktliste vorgeschlagen, und obwohl ich nicht genau weiß, wer sich dahinter verbirgt, tippe ich auf ein Mädchen, mit dem ich zur Schule gegangen bin. *Come and Get Your Love* von Redbone erfüllt den Raum. Von der Band habe ich noch nie gehört, kenne aber den Song.

»Da hat wohl jemand *Guardians of the Galaxy* gesehen«, murmelt Danny leicht verächtlich, doch seine Hüften zucken im Rhythmus der Musik, als er ans Fenster tritt und in den Schnee hinausschaut. Er dreht sich gleich wieder um, nimmt eine Champagnerflasche aus dem Kühler, der auf dem Beistelltisch steht, und lässt lautstark den Korken knallen.

»Sie kommen, ich kann die Bahn schon sehen.«

Ich nicke und stecke mein Handy in die Tasche. Keine Zeit zum Plaudern. Alle Mann auf Gefechtsstation.

Zehn Minuten später stehe ich in der offenen Tür des Chalet Perce-Neige, ein Tablett mit Gläsern in der Hand, und sehe zu, wie die kleine Gruppe schwankend von der Standseilbahnstation herunterschlittert. Keiner trägt geeignetes Schuhwerk, und sie haben keine Ahnung, wie man sich im Schnee bewegt – indem man kleine Schritte macht und das Gewicht nach vorn verlagert. Einer von ihnen, ein sehr gut aussehender Schwarzer, trägt etwas, das aussieht wie – ja, korrekt. Eine leere Flasche Krug. Na toll. Sie sind schon angeschickert.

Ein großer blonder Mann Anfang dreißig erreicht mich zuerst. Er ist attraktiv und weiß es auch.

»Hi. Topher. Gründer von Snoop«, sagt er und grinst aufgesetzt charmant, um mich zu umgarnen. Er riecht nach Alkohol, und seine Stimme klingt nach teurem Internat. Er kommt mir irgendwie bekannt vor, obwohl ich ihn nicht einordnen kann – vielleicht weil er genauso aussieht, wie man sich den Geschäftsführer eines hippen Internet-Start-ups vorstellt.

»Freut mich, Sie kennenzulernen. Ich bin Erin, Ihre Gastgeberin. Champagner?«

»Wenn Sie darauf bestehen …« Er nimmt ein Glas vom Tablett und kippt es in einem Zug hinunter. Ich nehme mir vor, beim nächsten Mal Prosecco in die Gläser zu gießen. So wie die trinken, schmecken sie den Unterschied ohnehin nicht.

»Danke.« Er stellt das leere Glas aufs Tablett und schaut sich um. »Tolle Location übrigens.«

»Danke, sie gefällt uns auch.« Die anderen trudeln allmählich ein. Eine hinreißend schöne Frau mit karamellbrauner Haut und weißblonden Haaren stakst vorsichtig durch den Schnee.

»Eva van den Berg«, sagt Topher, als sie uns erreicht. »Meine Komplizin.«

»Hi, Eva«, sage ich. »Freut uns sehr, Sie alle im Chalet Perce-Neige zu begrüßen. Möchten Sie Ihr Gepäck hierlassen und sich erst einmal aufwärmen?«

»Danke, das wäre toll«, sagt Eva. Sie spricht mit ganz leichtem Akzent. Hinter ihr rutscht einer der Männer im Schnee aus und beginnt leise zu fluchen, worauf sie unbekümmert über die Schulter ruft: »Halt die Fresse, Carl.«

Ich bin verblüfft, doch für Carl ist das offenbar nichts Neues, er verdreht nur die Augen, rappelt sich hoch und folgt seinen Kollegen ins Warme.

In der Lobby prasselt ein Feuer im großen Kachelofen. Die Gäste klopfen den Schnee von ihren Mänteln und reiben sich vor dem Ofen die Hände. Ich stelle das Tablett in Reichweite und rufe mir die Namen der Gäste und ihre Zimmernummern ins Gedächtnis. Ich schaue mich um, versuche Personen und Namen zu verbinden.

Eva und Topher hatte ich schon. Dann Carl Foster, der im Schnee ausgerutscht ist, ein stämmiger Typ Mitte vierzig mit Stoppelfrisur und angriffslustigem Blick, der munter seinen Champagner kippt, als wäre der Vorfall im Schnee schon vergessen. Vom Nachnamen her dürfte Miranda Khan die überaus elegante asiatische Frau neben der Treppe sein. Sie trägt High Heels und unterhält sich mit dem Typen, der inzwischen die leere Flasche Krug gegen ein volles Glas getauscht hat.

»Oh, Rik«, höre ich sie sagen. Flirtet sie? »*Natürlich* sagst du das.«

Rik Adeyemi. Ich hake im Geist den nächsten Namen ab. Das wären also fünf. Die übrigen vier Gäste sind schwieriger. Eine schlanke Frau Mitte zwanzig, kurze Haare mit getönten Spitzen, die aus unerfindlichen Gründen eine aufgerollte Yogamatte unter dem Arm trägt. Ein Mann von Anfang zwanzig, der mich stark an den jungen Jude Law erinnert. Er scheint Amerikaner zu sein, das habe ich gehört, als ich ihm eben Champagner angeboten habe. Hinter ihm steht ein Mädchen mit aufgeplustertem gelbem Haar, dessen Farbe unmöglich echt sein kann. So stellt man sich eine butterblumengelbe Pusteblume vor. Sie trägt eine riesige runde Brille und schaut sich verwundert um, wobei sie wie ein ganz besonders niedliches Küken wirkt. Sie muss Ani oder Tiger sein. Da man kaum weniger nach Tiger aussehen kann, tippe ich auf Ani.

Der letzte Gast ist ein großer Mann, der aus dem Fenster schaut, die Hände in den Taschen vergraben, als würde er sich nicht ganz wohl fühlen. Er wahrt Distanz zu den anderen Gästen, die zwanglos plaudern wie Menschen, die seit Langem zusammenarbeiten und einander gut kennen.

Nein, ich habe jemanden übersehen. Noch ein Gast hält sich abseits. Eine Frau Ende zwanzig, die sich in eine Ecke am Ofen drückt, als hoffte sie, dass keiner mit ihr redet. Sie ist dunkel gekleidet und verschmilzt mit den Schatten, sodass ich sie erst jetzt bemerke. Sie kauert fast dort, was extrem klingen mag, aber am besten auf ihre Haltung passt. Ihr Unbehagen steht in unübersehbarem Gegensatz zum Rest der Gruppe. Die anderen lachen und füllen ihre Gläser nach, statt sich erst, wie empfohlen, an die Höhe zu gewöhnen. Aber nicht nur in der Körpersprache unterscheidet sie sich von ihnen. Ihre Kleidung stammt eher von H&M als von Dolce & Gabbana, und ihre Brille sieht nicht aus wie ein Requisit aus einem Hollywood-Studio, sondern wie ein Kassengestell. Auch sie erinnert mich an einen Vogel, aber nicht an ein kuscheliges Küken. An ihr ist nichts niedlich. Diese Frau sieht eher aus wie eine Eule – eine gehetzte, panische Eule, die im Scheinwerferlicht eines Autos erstarrt ist.

Ich will gerade zu ihr gehen, um ihr ein Glas Champagner anzubieten, als ich sehe, dass keins mehr auf dem Tablett steht. Habe ich mich etwa verzählt?

Ich sehe mich um, zähle durch. In der Lobby befinden sich zehn Personen statt der angekündigten neun.

»Ähm … Verzeihung«, sage ich leise zu Topher, »wohnt jemand aus Ihrer Gruppe woanders?«

Er sieht mich verwundert an.

»Ich habe neun Gäste auf der Liste. Sie scheinen aber zu zehnt zu sein. Nicht dass es ein Problem wäre – wir können bis zu achtzehn Personen unterbringen –, aber es gibt nur neun Zimmer, und darum frage ich mich …«

Topher schlägt sich mit der Hand an die Stirn und dreht sich zu Eva.

»Scheiße.« Er spricht sehr leise, haucht die Worte geradezu. »Wir haben Liz vergessen.«

»Was?«, fragt sie gereizt, schüttelt den seidigen Vorhang ihrer Haare zurück und löst den langen Leinenschal, den sie um den Hals trägt. »Ich habe dich nicht verstanden.«

»Wir haben *Liz* vergessen«, sagt er jetzt mit mehr Nachdruck.

Ihr fällt die Kinnlade herunter, und sie schaut über die Schulter zu der Frau, die am Kamin steht. Dann haucht sie ebenfalls ein lautloses *Scheiße* in Richtung ihres Geschäftspartners.

Topher zieht uns beide in eine Ecke und winkt den jungen Jude Law dazu. Beim Näherkommen verschwindet die Ähnlichkeit, dafür verstärkt sich sein gutes Aussehen. Olivbraune

Haut, markante slawische Wangenknochen und die außergewöhnlichsten topasblauen Augen, die ich je gesehen habe.

»Inigo«, zischt Topher, als sich der Junge nähert. »Wir haben Liz vergessen.«

Inigo schaut Topher verständnislos an, begreift dann, und die Farbe weicht aus seinem Gesicht.

»O Gott!« Amerikanischer Akzent, vielleicht Kalifornien, aber ich bin nicht besonders gut darin, Amerikaner zu verorten. Entsetzt schlägt er die Hand vor den Mund. »Topher, ich bin – ich bin so ein Idiot.«

»Es ist nicht deine Schuld«, sagt Eva in ätzendem Ton. »Topher hat sie vergessen, als er die Liste aufgestellt hat. Aber ausgerechnet –«

»Wenn du so verdammt effizient bist«, knurrt Topher mit zusammengebissenen Zähnen, »hättest du vielleicht ein bisschen Arbeit an Ani delegieren sollen, anstatt Inigo alles aufzubürden.«

»Schon gut«, werfe ich rasch ein. So sollte es nicht beginnen. Am ersten Tag stehen Ruhe und Entspannung auf dem Plan – im Whirlpool relaxen, *vin chaud* trinken und Dannys Küche genießen. Die profane Wirklichkeit soll erst wieder zum Vorschein kommen, wenn die PowerPoint-Präsentationen gestartet werden. »Ehrlich, wir können alle Gäste unterbringen. Es geht nur um die Verteilung der Räume. Wir haben neun Gästezimmer, also müssten sich zwei Personen ein Zimmer teilen.«

»Zeigen Sie mir mal die Liste«, sagt Topher stirnrunzelnd.

»Nein, zeigen Sie *mir* die Liste«, schnappt Eva. »Du hast das schon einmal versaut.«

»Na schön«, erwidert Topher gereizt. Eva fährt mit dem Finger die Liste entlang. Ich bemerke Brandlöcher in ihrem Pullover – er sieht aus, als hätte sie darin geschweißt, aber mein Instinkt sagt mir, dass sie ihn so gekauft hat und das vermutlich zu einem exorbitanten Preis.

»Liz könnte sich ein Zimmer mit Ani teilen«, schlägt Inigo vor, aber Eva schüttelt den Kopf.

»Definitiv nicht. Liz muss ein Einzelzimmer bekommen, sonst wird klar, was passiert ist.«

»Was ist mit Carl?«, murmelt Topher. »Der spielt sowieso keine Rolle. Er kann sich doch ein Zimmer teilen.«

»Aber mit wem? Rik wird das nicht wollen, oder? Und was Elliot angeht –« Sie deutet ruckartig mit dem Kopf auf den Mann, der mit dem Rücken zu den anderen steht.

»Auch wieder wahr«, sagt Topher hastig. »Das funktioniert nicht.«

Ihre Blicke wandern nachdenklich zu Inigo, der besorgt auf die Liste starrt, aber hochschaut, als er es spürt.

»Hab ich was verpasst?«

»Ja. Du teilst dir ein Zimmer mit Carl. Jetzt los, überbring ihm die Neuigkeit.«

Inigo macht ein langes Gesicht.

»Ich muss die Zimmer tauschen«, sage ich und überlege schon, in welches Zimmer ein zweites Bett passt. »Liz muss Inigos Zimmer nehmen, es ist allerdings das kleinste. Dann kann Miranda Carls Zimmer haben, und Carl und Inigo teilen sich Mirandas Zimmer. Da passt ein zusätzliches Bett rein.«

»Wo ist Miranda überhaupt?« Topher schaut sich um. Ich sehe zur Treppe. Rik redet jetzt mit dem flauschigen Küken – das muss also tatsächlich Ani sein –, und die große, elegante Miranda ist verschwunden. Eva seufzt.

»Verdammt, sie ist sicher nach oben in ihr Zimmer gegangen. Sie wird nicht begeistert sein über das Downgrade, aber da muss sie durch. Los, sagen wir es ihr, bevor sie auspackt.«

»Ich komme mit«, sage ich. »Jemand muss die Koffer umräumen.«

Hinter meinen Augen machen sich Kopfschmerzen bemerkbar. Diese Woche könnte sehr lang werden.

Liz

Snoop-ID: ANON101
Hört: offline
Snoopscriber: 0

Beim Empfang ist irgendetwas schiefgegangen. Was, weiß ich nicht, aber ich habe gesehen, wie Eva, Topher und Inigo mit dem Mädchen vom Chalet in einer Ecke die Köpfe zusammengesteckt haben. Und ich habe meinen Namen gehört, ganz sicher. Die haben über mich geredet. *Geflüstert.*

Ich kann nur noch daran denken, was sie wohl gesagt haben und warum sie zu mir herübergesehen und was sie ausgeheckt haben.

O Gott, wie ich das alles hasse.

Nein, das stimmt nicht. Ich hasse nicht *alles*. Dieser Ort – dieses unglaubliche Chalet mit dem Pool und der tollen Aussicht und den Samtsofas und Überwürfen aus Schaffell –, das ist ein wahrer Traum. Ich glaube nicht, dass ich je in einem so luxuriösen Haus gewesen bin, jedenfalls nicht, seit ich bei Snoop aufgehört habe. Wenn ich allein wäre, wäre ich absolut glücklich, mehr als glücklich sogar. Ich müsste mich kneifen.

Nein, ich hasse *sie*.

Als ich endlich allein in meinem Zimmer bin, lasse ich mich auf die von Hand genähte Patchworkdecke fallen, lege den Kopf aufs Daunenkissen und schließe die Augen.

Eigentlich sollte ich das Zimmer erkunden, das prachtvolle Bergpanorama bewundern, die Wellness-Features im Bad ausprobieren, mich glücklich schätzen, hier zu sein. Doch das tue ich nicht. Stattdessen liege ich hier und lasse den schrecklich peinlichen Moment da unten wieder und wieder vor meinem inneren Auge ablaufen. Dabei müsste ich daran gewöhnt sein, dass sie mich vergessen, mich als selbstverständlich betrachten, ignorieren. Das habe ich bei Snoop ein ganzes Jahr lang mitgemacht. Ein Jahr, in dem die anderen nach der Arbeit einen trinken gingen, ohne mich dazuzubitten. Zwölf Monate lang »Oh, Liz, würdest du einen Tisch für vier im Mirabelle reservieren?«, wohl wissend, dass ich nicht zu diesen vier gehörte. Ein ganzes Jahr lang unsichtbar. Und es war in Ordnung – sogar mehr als das. Ich hatte mich eigentlich ganz wohl gefühlt.

Jetzt, drei Jahre später, ist alles anders. Ich bin sehr, *sehr* sichtbar. Ich finde Tophers und Evas Aufmerksamkeit und ihr aufgesetztes Bemühen viel schlimmer, als ignoriert zu werden.

17:28 Uhr französischer Zeit. Mir bleiben noch etwa neunzig Minuten bis zum Abendessen. Anderthalb Stunden, in denen ich mich waschen und umziehen und versuchen kann, *irgendetwas* in meinem Koffer zu finden, in dem ich nicht wie ein Mauerblümchen aussehe. Vor allem neben Evas neuer Assistentin und diesem Tiger-Mädchen aus dem Marketing.

Mit Eva und der anderen Frau in den High Heels – wie heißt sie doch gleich? Miranda? – kann ich es erst recht nicht aufnehmen. Sie spielen in einer anderen Liga, auch finanziell. Eva war Model und hat schon vor dem Senkrechtstart von Snoop mehr Geld für Schuhe ausgegeben, als ich im Monat verdiene. Ich habe immer gewusst, dass wir auf unterschiedlichem Niveau leben. Aber es wäre nett, wenn ich beim Abendessen wenigstens so aussehen könnte, als wäre ich kein Fremdkörper.

Ich öffne den Reißverschluss meines verbeulten Rollkoffers und wühle in den Kleiderschichten, die ich heute früh hineingestopft habe. Mittendrin finde ich schließlich ein brauchbares

Kleid. Ich ziehe es über den Kopf und stelle mich vor den Spiegel, streiche es glatt, betrachte mich. Das Kleid ist schwarz und aus Stretchstoff, und ich habe es gekauft, weil in *Elle* stand, dass jede Frau ein kleines Schwarzes braucht, und dieses das billigste in dem Beitrag war.

Doch irgendwie sieht es nicht aus wie auf dem Foto. Es ist zerknautscht, und obwohl ich es nur zwei- oder dreimal getragen habe, pillt das Material unter den Armen. Es sieht abgegriffen aus, wie von einem Wohltätigkeitsbasar. Am Rücken scheinen Katzenhaare zu kleben, dabei habe ich gar keine Katze. Vielleicht sind es Fusseln von meinem Schal.

Ein Mädchen wie Tiger würde das Kleid vermutlich secondhand kaufen, mit etwas Lächerlichem wie einem Kettenhemd und Bikerstiefeln kombinieren und aussehen, als hätte das Outfit eine Million gekostet.

Trüge ich hingegen ein Kettenhemd, würde ich mir die Haut unter den Armen einklemmen und beim Gehen klirren, und Fremde würden mich auslachen und sagen »Unterwegs zum Turnier, Kleine?«. Es würde rosten, wenn ich schwitze, und Flecken auf der Kleidung darunter hinterlassen, und ich würde mich noch mehr hassen, als ich es ohnehin schon tue.

Ich stehe noch da und starre mich ausdruckslos im Spiegel an. Da klopft es.

Ich fahre zusammen. Ich kann ihnen nicht gegenübertreten. Keinem von ihnen.

»Wer – wer ist da?« Meine Stimme kiekst.

»Hier ist Erin, Ihre Gastgeberin«, klingt es leise durchs Holz. »Ich wollte mich nur vergewissern, ob Sie alles haben, was Sie brauchen.«

Ich mache die Tür auf. Vor mir steht das Mädchen, das uns vorhin empfangen hat. Ich hatte vorhin keine Gelegenheit, sie genauer anzusehen, das hole ich jetzt nach. Sie ist hübsch und sonnengebräunt, mit schimmernden kastanienbraunen Haaren. Sie trägt eine ordentliche weiße Bluse, die in einer dunkelblauen Jeans steckt. Sie wirkt beherrscht und selbstsicher, ganz im Gegensatz zu mir.

Nur eins passt nicht ins Bild – die dünne rosa Narbe, die über ihren rechten Wangenknochen läuft und in den Haaren verschwindet. Sie wird gedehnt, als Erin lächelt, und ich bin, nun ja, überrascht. Eigentlich sieht sie aus wie eine Frau, die so etwas mit Make-up abdecken würde.

Am liebsten würde ich fragen, woher die Narbe stammt, aber mit so etwas kann man ja nicht einfach herausplatzen. Früher hätte ich es getan. Aber ich habe auf die harte Tour gelernt, dass man Leute vor den Kopf stößt, wenn man so direkt ist.

»Hi«, sagt sie immer noch lächelnd. »Ich bin Erin. Ich wollte nur nachsehen, ob mit Ihrem Zimmer alles in Ordnung ist. Um 18:45 Uhr gibt es in der Lobby einen Aperitif, im Anschluss eine kurze Präsentation.«

»Was für eine Präsentation?« Ich zupfe am Saum des Kleides. »Über den Skiort?«

»Nein, eine geschäftliche Präsentation, nehme ich an. Steht sie nicht in Ihrem Programm?«

Ich wühle im Koffer und hole den gefalteten Zettel heraus, den Inigo mir vor einigen Tagen gemailt hat. Ich habe ihn praktisch in jeder freien Minute studiert und mir ausgemalt, wie die Woche wohl ablaufen wird. Daher weiß ich ganz genau, dass für den ersten Abend nichts geplant ist, muss mich aber vergewissern. Vielleicht werde ich ja verrückt?

»Da steht nichts von einer Präsentation«, sage ich und kann einen vorwurfsvollen Tonfall nicht unterdrücken.

Das Mädchen zuckt mit den Schultern.

»Vielleicht wurde sie in letzter Minute hinzugefügt. Ihre Kollegin – Ani, ist das richtig? Sie hat mich gebeten, den Projektor aufzustellen.«

Es liegt mir auf der Zunge zu sagen, dass Ani nicht meine Kollegin ist. Wir haben nie zusammengearbeitet. Eigentlich kenne ich nur Rik, Elliot, Eva und Topher, das Gründungsteam. Aber ich sage nichts, weil ich darüber nachdenke, was das nun wieder zu bedeuten hat.

Ani ist Evas Assistentin. Also muss Eva die Präsentation ausgebrütet haben. Und ich kenne keinen Menschen, der strategischer an die Dinge herangeht als Eva. Sie würde niemals versehentlich einen Programmpunkt vergessen. Was wiederum bedeutet, dass sie ihn absichtlich weggelassen hat. Sie führt etwas im Schilde.

Aber was?

»Wissen Sie, worum es dabei geht? Bei der Präsentation, meine ich.«

»Leider nicht. Ich weiß nur, wann es losgehen soll. Aperitif um 18:45 Uhr, Präsentation um 19 Uhr.«

»Was soll ich bloß anziehen?« Eigentlich will ich das nicht fragen, gerate allerdings so langsam in Verzweiflung.

Das Mädchen lächelt, aber ich lese auch Verwunderung in ihren Augen.

»Hier geht es sehr zwanglos zu, niemand kleidet sich groß fürs Abendessen um. Ziehen Sie einfach an, worin Sie sich wohl fühlen.«

»Aber genau das sagen sie doch immer!«, bricht es unwillkürlich aus mir heraus. »Sie sagen, zieh an, was dir gefällt, und dann gehe ich hin, und es gibt einen geheimen Dresscode, den alle außer mir zu kennen scheinen. Entweder bin ich zu elegant, und die anderen tragen alle Jeans, und dann sehe ich aus, als hätte ich mich zu sehr bemüht. Oder ich trage was Legeres, und die kommen alle in Anzug und Kleid. Es ist, als wüssten alle Bescheid, nur ich nicht!«

Kaum sind die Worte heraus, möchte ich sie am liebsten zurücknehmen. Ich fühle mich nackt und unglaublich bloßgestellt. Doch es ist schon zu spät.

Sie lächelt wieder. Ihr Gesichtsausdruck ist freundlich, aber auch mitleidig. Mir schießt das Blut in die Wangen, mein Gesicht wird rot und heiß.

»Es geht wirklich sehr zwanglos zu. Ich bin mir sicher, die meisten ziehen sich gar nicht um. Sie werden reizend aussehen, egal was Sie tragen.«

»Danke«, sage ich unglücklich. Meine es aber nicht. Sie lügt, und das wissen wir beide.

Erin

Snoop-ID: LITTLEMY
Hört: snoopt XTOPHER ☑
Snooper: 1
Snoopscriber: 1

Während sich die Gäste nach und nach in der Lobby einfinden, habe ich einen Ohrwurm, allerdings nicht den chilenischen R&B, den ich gehört hatte, bevor sie ankamen (ja, ich hatte Topher gesnoopt), sondern *Rotterdam* von Beautiful South. Schön, nicht alle sind blond. Aber ganz sicher schön. Geradezu lächerlich schön. Da ist Evas Assistentin, die niedliche Ani mit dem herzförmigen Gesicht und den butterblumengelben Haaren. Tophers persönlicher Assistent Inigo, der mit seinem bronzefarbenen Bartschatten aussieht, als käme er gerade von einem Filmset. Carl, der Firmenjurist, ist nicht attraktiv im landläufigen Sinn, wirkt mit seinem angriffslustigen Gesichtsausdruck und dem stämmigen Körperbau aber durchaus anziehend. »An dem ist alles dran«, flüstert Danny mir genießerisch ins Ohr, als er mit einem Tablett Kanapees vorbeikommt. »Ich würde, du auch?«

»Carl? Nein, danke«, flüstere ich zurück, und Danny lacht tief und kehlig und wunderbar ansteckend.

»Mit wem denn dann? Mit dem IT-Typen da drüben?«

Er nickt zu Elliot, der an derselben Stelle wie vorhin steht und jeglichen Blickkontakt meidet. Ich schüttele lachend den Kopf, aber nicht weil ich Elliot unattraktiv fände. Na gut, er erinnert ein bisschen an einen ungelenken Schuljungen, hat aber auch was von einem sexy Nerd. Sein Körper sieht aus, als wären die Knochen zu groß für die Haut, ausladende Handgelenke und ausgeprägte Wangenknochen und knubbelige Knöchel, die aus der zu kurzen Hose ragen. Aber seine Lippen sind überraschend sinnlich, und als sich eine Kollegin an ihm vorbeidrückt, schlingt sie den Arm um seine Taille, was zweifellos … intim aussieht. Und Elliot zuckt nicht zusammen, wie man vielleicht erwarten könnte.

»Na los«, übertönt Topher die anderen. »Die Party kann beginnen. Carl, Inigo, ihr kommt doch wohl mit diesem Lautsprechersystem klar? Herrje, man sollte nicht glauben, dass wir ein Hightech-Unternehmen sind.«

Dann erklingt wie aus dem Nichts *Golden Years* von David Bowie aus den Bluetooth-Boxen. Ich bin mir nicht sicher, wer es ausgewählt hat, aber die Wahl ist passend, das hat fast schon etwas Ironisches. Denn diese Gruppe hier hat definitiv etwas Goldenes. Niemand kann ihr etwas anhaben.

»Hey.« Das Mädchen, das sich an Elliot vorbeigedrängt hat, tritt zu Danny und mir. Sie wiegt sich im Rhythmus der Musik und trägt ein sehr kurzes Pulloverkleid, das ihre langen, durchtrainierten Beine zur Geltung bringt, die dank ihrer Doc Martens noch zierlicher wirken. Einen Moment lang kann ich sie nicht einordnen, werde nervös, aber dann registriere ich die getönten Haarspitzen und den Nasenring. Sie ist die Frau mit der Yogamatte, und jetzt fällt mir auch ihr Name wieder ein. Yoga. Tiger. Tiger-Blue Esposito. Die Frau fürs Coole.

»Hi, Tiger«, sage ich. Ich halte ihr das Tablett mit den Cocktails hin. »Kann ich Ihnen einen Drink anbieten? Wir haben Bramble Gin Martini oder Marmalade Old Fashioned.«

»Eigentlich wollte ich was essen.« Sie lächelt berückend und lässt dabei sehr weiße, ebenmäßige Zähne sehen inklusive Grübchen in einer pfirsichweichen Wange. Sie hat eine kehlige

Stimme – als würde eine Katze schnurren, und plötzlich erscheint der seltsame Name durchaus passend. »Tut mir leid, es gehört sich nicht, wenn man sich sofort über die Kanapees hermacht, aber die letzten waren einfach zu lecker, und ich bin am Verhungern. Im Flugzeug gab es nichts zu essen, ich habe seit dem Frühstück nur Krug getrunken.« Sie hält einen Augenblick inne und lacht dann überraschend derb. »Aber warum sollte ich Ihnen etwas vormachen? Ich bin einfach krankhaft gefräßig.«

»Sie brauchen sich nicht zu entschuldigen«, sagt Danny und hält ihr das Tablett hin, auf dem seine handgefertigten Kanapees wie kleine Soldaten aufgereiht stehen. »Ich mag Mädchen mit gesundem Appetit. Das hier sind mit Gouda gefüllte Profiteroles …« Er deutet auf die winzigen fedrigen Kügelchen auf der linken Seite des Tabletts. »Und hier haben wir Wachteleier mit geräuchertem Ricotta.«

»Sind die beide vegetarisch?« Danny nickt.

»Auch glutenfrei?«

»Nur die Wachteleier.«

»Super«, sagt Tiger. Das Grübchen blitzt auf. Sie nimmt sich ein Wachtelei und steckt es in den Mund, kaut und schließt genüsslich die Augen. »O Gott«, sagt sie und schluckt. »Das war ein kanapeeförmiger Orgasmus. Kann ich noch eins haben?«

»Klar doch«, grinst Danny. »Aber lassen Sie noch Platz fürs Abendessen.«

Sie nimmt sich noch ein Ei, stopft es in den Mund und sagt undeutlich: »Retten Sie mich vor mir selbst. Stellen Sie das Tablett weg, bevor ich wie Homer Simpson auf den Boden sabbere.«

Danny verbeugt sich übertrieben und tritt zu Elliot. Tiger schaut ihm anerkennend nach. Ich kann es ihr nicht verdenken.

Danny ist freundlich, ein toller Koch und wahnsinnig süß. Und er ist Single. Nur steht er leider nicht auf Mädchen.

»Tiger«, sagt eine Reiche-Leute-Stimme in knappem Ton. Miranda, die PR-Frau, ist im Anmarsch. Die schwarzen Haare fallen ihr wie ein dunkler Satinvorhang über den Rücken. Sie trägt einen hinreißenden eng gegürteten Jumpsuit aus schwarzer Seide, der ihre beneidenswert schlanke Taille betont, und dazu mitternachtsblaue, samtbezogene High Heels. Ich bemerke erschrocken, dass die spitzen Absätze kleine Dellen im polierten Holzboden hinterlassen, darf aber nichts sagen. Stattdessen halte ich ihr das Tablett mit den Drinks hin. Miranda nimmt ein Glas, ohne mich anzusehen, und lässt ein halb gegessenes Spießchen mit geräucherter Ente in die Lücke plumpsen.

»Ich muss mit dir reden«, sagt sie zu Tiger. Ihre Stimme klingt hoch und scharf, ein Akzent wie geschliffenes Glas, ich muss unwillkürlich an Prinzessin Margaret denken.

»Klar doch«, sagt Tiger gutmütig, schluckt und wischt sich den Mund ab. »Hast du die Wachteleier probiert? Die sind göttlich.«

»Das spielt jetzt keine Rolle, Tigs. Pass auf, wir müssen einen Slot freischaufeln, um die Kommunikationsstrategie für Elliots GeoSnoop-Release zu planen. Ich hatte gerade diesen aufdringlichen kleinen Scheißer von Unwired am Telefon, der nachgefragt hat.«

»Was?«, sagt Tiger bestürzt. »Wie ist das denn durchgesickert? Es ist doch noch nicht mal in der Beta-Version, oder?«

»Keine Ahnung, aber ich vermute, Elliot hat sich verplappert. Er konnte noch nie eine Sperrfrist einhalten und hat jedem, der es hören wollte, erzählt, wie ›cool‹ es wird.« Dabei beschreibt sie Anführungszeichen in der Luft. »Ich glaube, ich habe Unwired fürs Erste abgewimmelt, aber früher oder später wird es sich herumsprechen. Und ich mache mir Sorgen, wie das in den Medien rüberkommt. Ich brauche dir nicht zu sagen, dass Datenschutz bei sozialen Medien gerade das große Reizthema ist. Ich bin mir nicht sicher, ob schon jemand die Änderungen bei den Benutzerrechten bemerkt hat, aber es ist nur eine Frage der Zeit, bevor das passiert. Herrgott, kann mal jemand diesen grauenhaften Lärm abstellen?«

Sie schaut zu mir, drückt die Finger an die Schläfen, und ich begreife, dass sie die Musik meint.

»Die hat einer der Gäste angemacht.« Ich versuche, nicht kleinlaut zu klingen. »Aber ich kann sie leiser stellen.«

»Ich glaube, wir brauchen zwei Ansätze«, fährt Miranda fort, während ich mich auf die Suche nach der Fernbedienung mache. »Einmal Plan A, der von einem normalen Release ausgeht, das heißt Marketing, PR, soziale Medien und so weiter. Im Grunde alles, was wir schon in groben Zügen haben. Dazu brauchen wir aber noch Plan B für den Fall, dass vorher was durchsickert. Da stellt sich dann die Frage, ob wir schon Teile der Marketingkampagne vorziehen, um unser Narrativ zu stützen. Es ist absolut notwendig, dass wir kontrollieren, wie in den sozialen Medien darüber gesprochen wird.«

Sie vertiefen sich in technische Einzelheiten, und das Gespräch verschmilzt mit den Hintergrundgeräuschen. Ich finde die Fernbedienung unter einer gebrauchten Serviette, stelle die Musik etwas leiser und schaue auf die Uhr auf dem Kaminsims. 18:55 Uhr. Sie müssten allmählich mal nach nebenan gehen, aber noch scheint jemand zu fehlen.

»Ah, das wird aber auch Zeit!«, sagt eine Männerstimme hinter mir. Ich drehe mich um: Topher. »Hier kann man glatt verdursten, bevor man was bekommt.« Er schüttelt die blonden

Haare aus dem Gesicht und versüßt seine Unhöflichkeit mit einem Grinsen, das gerade charmant genug ist.

»Tut mir so leid!« Ich halte ihm das Tablett hin und tarne meinen Ärger mit einem verbindlichen Lächeln. »Einen Bramble Martini?« Topher nimmt ein Glas und kippt den Drink beängstigend schnell hinunter. Ich unterdrücke den Hinweis, dass der Drink zur Hälfte aus Gin besteht. »Carl?« Ich halte seinem Kollegen das Tablett hin, der schwerfällig nickt und den letzten Old Fashioned nimmt.

»Prost! Obwohl ich keinen Alk mehr brauche, wenn ich ehrlich sein soll – mir ist mehr nach Essen. Sind noch welche von diesen Käsebällchen da? Ich verhungere.«

»Käsebällchen!«, schnaubt Topher. »Damit kommst du aber nicht in Form fürs Skifahren, mein Freund.«

Er tätschelt Carls ausladende Körpermitte, über der sich das karierte Hemd spannt.

»Ich brauche meine Kohlenhydrate«, sagt Carl und zwinkert mir zu. »Die sind ein wesentlicher Bestandteil meines Trainingsprogramms.«

»Danny geht gerade mit den Kanapees herum. Er dürfte jeden Moment hier sein«, sage ich, bemerke aber über Carls Schulter hinweg, dass Danny von Elliot belagert wird, der sich ein Gouda-Profiterole nach dem anderen vom Tablett pflückt und in den Mund stopft, als wären es Chips. Ich hoffe, wir haben noch welche in der Küche.

Topher hat es auch gesehen und packt Elliot an der Schulter.

»Elliot, mein Freund. Lass den Kellner mal in Ruhe. Carl braucht seine Kohlenhydrate.« Ich nutze die Gelegenheit, um den Rückzug anzutreten und mich in der Lobby umzusehen.

Es ist 19:05 Uhr, aber bis jetzt sind erst neun Gäste da. Eine Person verspätet sich, das habe nicht nur ich bemerkt. Eva klopft mit der Fußspitze auf den Boden und sieht sich besorgt um.

»Wo ist Liz?«, zischt sie Inigo zu, der etwas Entschuldigendes flüstert. Dann hellt sich sein Gesicht auf, und er berührt Eva am Arm.

Sie schaut hoch zum Obergeschoss, und ich folge ihrem Blick. Liz steht oben an der Wendeltreppe, die Arme um den Körper geschlungen. Verglichen mit ihr wirkt Elliot geradezu ungezwungen.

»Liz!«, ruft Eva freundlich. »Komm runter, trink was mit uns.«

Langsam, beinahe widerstrebend, steigt Liz die Treppe herunter. Sie trägt das wenig schmeichelhafte schwarze Kleid, das sie vorhin schon anhatte, und ich verspüre Mitleid. Es ist völlig ungeeignet für ihre Figur, ihre Unterwäsche zeichnet sich ab, sie sieht richtig unförmig aus. Ihre Haltung verrät, dass sie es nur zu genau weiß. Am Fuß der Treppe bleibt sie stehen und knackt mit den Fingergelenken, vielleicht ein nervöser Tick. Es klingt wie prasselndes Feuer, verblüffend unangenehm.

Ich will ihr gerade einen Drink anbieten, als Topher mir überraschenderweise zuvorkommt. Er schnappt sich einen Bramble Martini vom Tablett und stürzt wie ein eifriger Welpe auf Liz zu.

Damit fällt er so aus der Rolle, dass ich meinen Augen nicht traue.

Wer ist diese Frau? Warum sind sie so scharf darauf, sich gut mit ihr zu stellen? Es ist beinahe so, als … Ich runzle nachdenklich die Stirn. Als hätten sie Angst vor ihr.

Aber das ist doch absurd.

Liz

Snoop-ID: ANON101
Hört: offline
Snoopscriber: 0

Sie warten, drängen sich alle am Fuß der Treppe, als ich hinuntergehe – Eva, Topher, Inigo, Rik. Eva trägt ein langes Kleid aus weißer Wolle, vermutlich Kaschmir, und ich komme mir neben ihr vor wie eine Vogelscheuche. Topher trägt Jeans und ein Hemd mit offenem Kragen. Er hält mir ein Martiniglas vor die Nase.

»Einen Cocktail, Liz?« Er lächelt strahlend.

»Nein, danke.«

»Na komm schon«, lockt er schmeichelnd. »Das ist doch eine besondere Gelegenheit – wir sind mal wieder in alter Besetzung zusammen!«

Ich sollte lächeln, aber mir ist nicht danach. Mein Kleid ist zu eng. Ich habe Shapewear darunter angezogen, damit es besser sitzt, aber sie kneift und drückt auf den Magen. Außerdem ist die Musik zu laut.

»Nein, danke, ich habe Kopfschmerzen.« Ich will Topher nicht den wahren Grund nennen – dass ich keinen Alkohol mehr trinke. Er könnte sich fragen, warum – was sich verändert hat, seit ich Snoop verlassen habe.

»Du Ärmste«, sagt er. »Wir besorgen dir was. Ich habe Ibuprofen dabei. Inigo –«

»Nein, danke«, sage ich noch einmal. Mein Herz flattert seltsam, und mir wird ein bisschen flau. »Ich will kein Schmerzmittel. Ich glaube, ich brauche einfach ein Glas Wasser.«

»Das liegt sicher an der Höhe«, sagt Eva besorgt. »Und an der trockenen Luft. Hier oben ist man schnell dehydriert. Und es ist sehr vernünftig, keinen Alkohol zu trinken.«

Topher sieht Inigo stirnrunzelnd an und macht eine Kopfbewegung zur Küche hinüber. Inigo nickt und eilt davon. Vermutlich soll er mir Wasser holen. Das alles kommt mir falsch vor. Früher hat Topher mir die Anweisungen erteilt. Was mir, ehrlich gesagt, lieber war. Ich war lieber unsichtbar.

Als Inigo zurückkommt, nimmt Topher das Glas und sagt zu den anderen: »Lasst Liz mal ein bisschen Luft zum Atmen.« Er führt mich zu einem kleinen Sofa und bedeutet mir, mich hinzusetzen. Mir bleibt wohl nichts anderes übrig. Topher setzt sich neben mich, viel zu dicht, und nimmt meine Hand.

Es fehlt nicht viel, und ich drehe durch.

Ich weiß, was jetzt kommt.

»Liz, ich wollte dir nur sagen«, setzt er an. Ich schaue mich panisch um. Mein Herz kommt aus dem Takt. Ich frage mich, ob ich einen Herzfehler habe. Topher redet davon, wie stolz er sei, dass er mir damals eine Chance gegeben habe, wie ich mich bei dem Vorstellungsgespräch von den anderen abgehoben und was ich für Snoop geleistet habe. Er erwähnt unseren »gemeinsamen Weg«.

Seine Worte werden von der allzu lauten Musik übertönt, und ich habe ein merkwürdiges Zischen im Ohr. Aber ich weiß auch so, was er eigentlich damit sagen will.

Ich habe mich für dich eingesetzt.

Ich habe dir eine Chance gegeben.

Ohne mich wärst du nicht hier.

Du schuldest mir was.

Und er hat recht. Ich weiß, dass er recht hat. Das ist ja gerade das Schlimme. Denn ich werde ihm trotzdem in den Rücken fallen.

Er ist so nett zu mir, dass mir ganz schlecht ist. Gleichzeitig rieche ich den Alkohol in seinem Atem und spüre seinen warmen Körper an meinem und kann nur an meinen Vater denken, der sich über mich beugt.

Ich bin drauf und dran, wieder mit den Fingergelenken zu knacken, als sich eine ungebetene Stimme in meinen Kopf drängt. *Wenn du noch einmal dieses widerliche Geräusch machst …*

Unwillkürlich zucke ich zusammen.

»… und das macht mich so stolz«, verkündet Topher abschließend.

Ich habe keine Ahnung, was ich sagen soll. Bevor mir etwas einfällt, ertönt ein helles Klingeln von der anderen Seite des Raums. Es ist Ani, Evas Assistentin. Sie trägt ein Seidenkleid, das aussieht, als hätte man zwei Tücher zusammengebunden, steht auf Zehenspitzen und lässt zwei Champagnergläser aneinanderklirren.

Alle bis auf Elliot verstummen. Er redet weiter mit Rik, sein tiefer, monotoner Bass dröhnt durch die Lobby.

»… Serverprobleme mit GeoSnoop auftreten, wenn wir nicht –«

Rik stößt Elliot an, der sich umdreht. Er bricht mitten im Satz ab, sieht verwirrt aus.

Topher neben mir ist erstarrt, er wirkt bestürzt. Jetzt kommt wohl Evas Präsentation. Aber es sieht aus, als hätte er nichts davon gewusst.

Und dann wird mir klar, was das hier ist. Was passieren wird. Dies ist ein Hinterhalt.

Nein. Das ist nicht das richtige Wort.

Es ist ein Putsch.

Erin

Snoop-ID: LITTLEMY
Hört: offline
Snoopscriber: 1

»Liebe Snooper!«, sagt Eva mit gekünstelt fröhlicher Stimme. Sie steht auf der untersten Stufe der Wendeltreppe, obwohl sie es eigentlich nicht nötig hätte, erhöht zu stehen. Sie sieht hinreißend aus in ihrem makellosen Kaschmirkleid. »Ich weiß, es steht nicht in eurem Programm, aber Ani und ich möchten euch alle hier begrüßen und unsere gemeinsame Woche mit ein paar Höhepunkten aus der Snoop-Reise beginnen. Wir wollen euch daran erinnern, wie wunderbar ihr alle seid, wie weit wir es gebracht haben und was ihr, ihr alle, zu dem Phänomen Snoop beigetragen habt. Würdet ihr bitte auf einen Sprung in den Medienraum kommen? Ihr könnt eure Drinks gern mitnehmen.«

Allgemeines Geschlurfe und eine seltsame Spannung in der Luft, die ich nicht genau benennen kann.

Die Reaktionen der Gäste verraten mir, dass es drei Untergruppen gibt.

Da wäre erst einmal Evas kleiner Hofstaat, der aus Rik und Ani zu bestehen scheint. Sie wussten Bescheid und haben nur auf das Stichwort gewartet. Sie hatten sich schon zu ihr gesellt, noch bevor sie die Ankündigung gemacht hatte, und wirken nun angespannt, geradezu kampfbereit.

Dann gibt es eine neutrale Gruppe. Diese Leute sind angenehm überrascht und freuen sich mit fröhlicher Selbstvergessenheit über die kleine Ablenkung. Zu dieser Gruppe gehören

Tiger, Miranda und Carl, der Jurist. Sie nehmen ihre Drinks mit, plaudern weiter und scheinen gar nicht zu bemerken, dass Spannung in der Luft liegt.

Und schließlich ist da noch Tophers enger Kreis, der ebenfalls überrascht ist – aber nicht freudig. Sein Assistent Inigo sieht aus wie ein Kind, das mit neuen Schuhen in Hundekacke getreten ist und sich vor seinem aggressiven Vater fürchtet. Der Technikfreak Elliot steht mit verschränkten Armen in der Ecke, klopft mit der Fußspitze auf den Boden und starrt wütend durch seine Brillengläser, als hätte man ihn beim Poker ausgetrickst. Topher ist vom Sofa aufgestanden, wo er sich mit Liz unterhalten hatte, und wirkt geradezu alarmiert. Zum ersten Mal verrutscht sein jungenhafter Charme, und mir wird klar, dass hinter Charisma und aufgesetztem Selbstvertrauen noch etwas anderes lauert. Was, weiß ich nicht genau. Steckt hinter der glatten Fassade ein verängstigter kleiner Junge? Oder sogar etwas Gefährlicheres? Einen Moment lang meine ich Zorn in seiner Miene aufblitzen zu sehen.

Und dann ist da noch Liz. Ich bin mir nicht sicher, zu welchem Lager sie gehört. Sie passt in keines – scheint aber zu wissen, was hier vor sich geht. Ihr Gesicht ist ausdruckslos, die Deckenlampe spiegelt sich in ihren Brillengläsern, sodass ich ihren Blick nicht erkennen kann. Aber sie sieht nicht froh aus und hat die Arme um den Körper geschlungen, als wollte sie einen Schlag abwehren.

»Warte mal, Eva –«, sagt Topher und bemüht sich um seinen üblichen Befehlston, aber es ist zu spät. Eva schiebt die anderen schon zügig in den Medienraum, und ihm bleibt nichts anderes übrig, als mit Elliot zu folgen oder allein zurückzubleiben. »Eva, was zum –«

Dann schließt sich die Tür hinter ihnen.

Liz

Snoop-ID: ANON101
Hört: offline
Snoopscriber: 0

Als Ani uns in den Medienraum schiebt, verspüre ich einen Anflug von Panik. Der Raum ist klein und dunkel. Die Jalousien sind heruntergelassen. Das einzige Licht kommt von der Tür und dem Snoop-Logo, das auf eine weiße Wand projiziert wird. Es ist leuchtend pink und lässt die Gesichter der anderen aussehen wie gekochter Schinken. Ich lasse mich auf einem Sofa nieder, und als die Tür leise zufällt, umschließt mich die Atmosphäre wie eine Faust.

Eine solche Atmosphäre habe ich seit fast drei Jahren nicht erlebt.

Geld. Privilegien. *Ehrgeiz.*

Danach riecht es hier, und dieser Geruch ist ebenso real wie Tophers teures, eigens für ihn hergestelltes Eau de Toilette, das ich immer in einer kleinen Pariser Parfümerie in der Rue des Capucines für ihn bestellen musste, wobei ich mir mit meinem schlechten Schulfranzösisch einen abstammelte. Ich kann es riechen, obwohl er sich auf der anderen Seite des Zimmers befindet.

Eine Welle der Angst durchflutet mich.

Ich glaube, ich muss mich gleich übergeben.

»Tiger«, sagt Eva, als alle Platz genommen haben, »würdest du uns bitte durch eine kurze Meditation führen?«

»Klar doch!«, sagt Tiger mit leicht heiserer Stimme. Ich glaube, sie klingt immer so, und dennoch würde ich mich am liebsten an ihrer Stelle räuspern. Ich widerstehe dem Drang zu husten, während sie sich umschaut. »Macht es euch bequem – was immer das für euch bedeutet. Ihr könnt sitzen, euch anlehnen, stehen, euch umarmen.«

Beim letzten Wort überläuft mich ein Schauder, was zum Glück unauffälliger ist als Carls verächtliches Schnauben. Eva schaut ihn an, als wollte sie ihn umbringen. Er rutscht verlegen auf seinem Sitzkissen herum, die Füllung quietscht und zischt.

Tiger schließt die Augen.

»Macht die Augen zu«, flüstert sie, »und nehmt euch einen Moment Zeit, um eure Mitte zu finden.«

Im Zimmer wird es still. Ich schließe die Augen, fühle mich aber immer noch gefangen. Links von mir spüre ich Inigos warme Schulter, von rechts drückt Riks Oberschenkel gegen meinen. Es lässt sich nicht vermeiden, dass sie mich berühren – das Sofa ist für drei Personen einfach zu klein –, aber es macht mich nervös. Ich schwitze. Meine Handflächen sind klebrig. Mein ganzer Körper versteift sich vor Unbehagen. Ich will nicht hier sein. *Ich will nicht hier sein.*

»Nehmt euch einen Moment, um euch selbst zu danken«, sagt Tiger leise und sanft. »Dankt auch eurem Körper, der euch hergebracht hat, euren Knochen, die euch tragen, euren Muskeln, die euch stützen, eurem Geist, der euch befreit.«

Ich will niemandem danken. Ich will hier raus. Wieder raschelt es, als Carl hin und her rutscht, und ich kann diesen klaustrophobischen Zustand nicht mehr ertragen. Ich öffne meine Augen ein wenig, um das unangenehme Gefühl zu vertreiben. Ich will sie gerade wieder schließen, als ich bemerke, dass noch jemand linst. Topher, der mir gegenübersitzt, hat auch die Augen geöffnet. Er schaut sich im Zimmer um, will ergründen, was zum Teufel hier passiert. Unsere Blicke begegnen sich. *Ich sehe dich.* Er zieht eine Augenbraue hoch. Ich schließe rasch die Augen.

»Nehmt euch einen Moment, um dem Universum zu danken«, fährt Tiger-Blue fort. »Für das Geschenk eures Seins, für das Geschenk eures *Hierseins*, das Geschenk dieses Ortes, die Erhabenheit der Berge, die wir für ein paar Tage teilen dürfen.«

Ich höre Inigo neben mir atmen. Schnell und flach. Er hat die Zähne zusammengebissen, in seiner Wange zuckt ein Muskel. Ihm ist das hier genauso zuwider wie mir, und genau wie Topher hat er von diesem Programmpunkt nichts gewusst. Ich weiß aus meiner Zeit als Tophers persönliche Assistentin, wie er reagiert, wenn man ihn übergeht. Da darf sich später jemand ein gewaltiges Donnerwetter abholen. Ich fühle mit Inigo, bin aber vor allem erleichtert, dass es nicht mich treffen wird.

»Und nehmt euch einen Moment, um Snoop zu danken«, leiert Tiger. »Dem, was wir sind, und dem, was größer ist als wir alle. Dankt für das, was wir sind – für das, was wir haben –, dass wir Menschen miteinander in Kontakt und Musik in unser Leben bringen. Für die einfachen Wunder, die Snoop jeden Tag vollbringt.«

Ich denke nur: *Gott sei Dank, dass ich nicht mehr da arbeite.*

Ich weiß nicht, ob sie fertig ist, aber es tritt Stille ein. Ich spüre den Pulsschlag in meiner Kehle. Als die Stille unerträglich zu werden droht, ergreift Eva das Wort.

»Danke, Tiger-Blue, das war schön. Und es bringt mich zu dem, was ich sagen möchte, nämlich dass ich euch allen danke, dass ihr gekommen seid. Und ich danke euch für alles, was ihr für mich, für Topher, für Snoop und die Musik getan habt. *Thank you for the music.*«

»Hört, hört«, sagt Topher. Alle Augen gehen auf, und er hebt sein Glas, sodass wir trinken müssen, ob wir wollen oder nicht. Ich nippe an meinem Wasser.

»Nun, ihr werdet mir verzeihen, dass ich euch so überfalle, aber ich kann die Woche nicht beginnen, ohne unsere Erfolge zu würdigen. Das, was *ihr* in den letzten vier Jahren erreicht habt.« Eva sieht mich nicht an, als sie das sagt, aber ich kann nicht umhin, mich als Außenseiterin zu fühlen. Denn ich bin die Einzige, die nicht mehr bei Snoop arbeitet.

»Ani?«, sagt Eva fragend. Ani nickt und drückt eine Taste auf dem Laptop, den sie auf den Knien balanciert. Die Lautsprecher knistern. Musik dröhnt los, unangenehm laut. Bilder flackern an der Wand auf.

Ich sollte mir den Film ansehen, kann mich aber nicht konzentrieren. Die Musik ist zu laut. Mein Schädel schmerzt. Die Bilder sind zu grell. Sie zucken in einer geradezu verzweifelten, hektischen Intensität vorbei. Die Kopfschmerzen, die schon im Abklingen waren, pulsieren wieder in meinen Schläfen. Es fühlt sich an, als würde man mir ein stählernes Band um den Kopf zurren.

Zahlen und Kurven tanzen über die Leinwand – Gewinne und Verluste, Benutzerprofile, Wachstumsraten der Mitbewerber. Ich drücke die Finger auf die Augen, um mich vor den blitzenden Bildern abzuschirmen. Der hämmernden Musik hingegen kann ich nicht entgehen, ein wilder Ritt durch die größten Erfolge von Snoop.

Eva spricht über die Musik hinweg. Sie berichtet von der Reichweite sozialer Medien und wichtiger Multiplikatoren. Alle lauschen schweigend. Ich spüre förmlich, wie Topher verärgert vor sich hin schmort.

Dann bricht die Musik ab. Es ist, als hätte man mir eine Last von den Schultern genommen, als hätte jemand aufgehört, mir in die Ohren zu brüllen. Ich öffne die Augen. An der Leinwand ist ein einzelnes Diagramm zu sehen, unterlegt mit dem Logo von Snoop. Es ist voller Zahlen. Eva erklärt, was sie bedeuten. Anteile, Prognosen, laufende Kosten – und dann höre ich es. Das Wort, um das wir seit beinahe zwölf Stunden herumtanzen.

Übernahme.

Das Band um meinen Kopf wird unerträglich eng. Darauf bin ich nicht vorbereitet.

Sie spricht über das Angebot. Erklärt, was es im Hinblick auf Expansion und Karrierechancen bedeutet, ist aber erst in der Mitte der zweiten Spalte angelangt, als Topher sie unterbricht.

»Nein, nein, verflucht, nein, Eva.«

»Wie bitte?«

Er steht auf und tritt in den Strahl des Projektors, sodass sich sein Profil klar abzeichnet. Die Zahlen bedecken sein Gesicht wie ein groteskes Tattoo.

»Das ist nur die halbe Wahrheit, und das weißt du ganz genau. Wo wären wir denn, wenn wir Spotify unsere IP gegeben hätten, so wie sie es anfangs wollten? Nirgendwo. Wir wären irgendeine unbedeutende kleine Streaming-App, von der niemand je gehört hätte, und –«

»Topher, das ist was völlig anderes.« Eva steht im Schatten, außerhalb des Projektorstrahls. Sie klingt angefressen, bemüht sich aber um einen angemessenen Ton. »Das weißt du doch.«

»Wie denn anders? Ich werde nicht wie Friendster enden, damit das mal klar ist.«

»Wenn wir eine weitere Finanzierungsrunde starten, enden wir eher wie Boo.com«, sagt Eva gereizt und holt tief Luft. Sie ringt um Beherrschung. »Hör mal, Topher, du hast ein paar valide Argumente, aber ich glaube, das hier ist weder die Zeit noch der Ort –«

»Weder die Zeit noch der Ort?« Er birst fast vor Zorn. Mir ist schlecht. Ich fühle mich in meine Kindheit zurückkatapultiert, sehe meinen Vater, der sich vor meiner Mutter aufbaut, die Stimme erhebt. Ich kneife die Augen zu. Spüre, wie ich zittere. »*Du* warst diejenige, die beschlossen hat, mit einem kleinen Propagandafilm in diese Woche zu starten –«

»Leute.« Das Polster rechts von mir kommt in Bewegung, als Rik aufsteht. Ich öffne die Augen. Er bahnt sich vorsichtig einen Weg zwischen Sitzkissen und Gläsern hindurch, tritt zwischen die beiden. »Ich glaube, Eva wollte nur –«

»Ich weiß genau, was Eva wollte«, brüllt Topher. Wieder kämpfe ich gegen den Drang, mir die Ohren zuzuhalten. »Sie wollte als Erste ihren Standpunkt klarmachen. Scheiß drauf.«

»Topher.« Eva ist den Tränen nah, zumindest sieht es so aus. Es ist schwer zu beurteilen, ob sie wirklich bestürzt ist oder nur eine strategische Ablenkung im Sinn hat. Falls sie spielt, dann sehr überzeugend. »Topher, bitte. Das hier sollte einfach eine Feier sein –«

»Wohl eher ein beschissener Hinterhalt«, kontert Topher.

»Nein, absolut nicht, niemals.« Sie klingt aufrichtig, hat sich aber mit dieser Beteuerung ins Knie geschossen. Denn alle im Raum wissen, dass sie lügt, rutschen unruhig auf ihren Plätzen herum und können einander nicht in die Augen sehen.

»Leute!«, sagt Rik verzweifelt. »Leute, *bitte*, so sollten wir diese Woche nicht beginnen. Wir müssen zu einem Ergebnis kommen, mit dem wir alle gut leben können.«

»Gut leben können?«, geht Topher ihn an. »Gut leben können? Wenn wir so weitermachen, können wir froh sein, wenn wir hier alle lebend rauskommen.«

Mit diesen Worten knallt er sein leeres Glas auf den Beistelltisch und stürmt hinaus.

Erin

Snoop-ID: LITTLEMY
Hört: Loyle Carner / *Damselfly*
Snooper: 2
Snoopscriber: 3

Ich habe Earbuds in den Ohren und bin gerade dabei, den Tisch zu decken, klopfe mit dem Fuß den Takt der Musik mit, als Topher aus dem Medienraum stürzt und sich eine Flasche Whisky aus dem Barschrank in der Lobby greift. Ich hatte nicht damit gerechnet, dass sie so früh fertig sind, und als ich rasch die Earbuds herausziehe, höre ich gerade noch: »– können das auf die Rechnung der holländischen Schlampe setzen.«

Meine Güte. Was ist denn da passiert? Ich stehe einen Moment lang reglos da und schaue Topher hinterher. Dann kommen die anderen in gedrückter Stimmung heraus, und ich führe sie zu ihren Plätzen am Esstisch.

Topher ist in den Schnee hinausgestürmt. Was will er bloß da draußen? Er trägt nur Hemd und Jeans, und draußen sind elf Grad unter null. Hier gibt es keine Restaurants oder Bars. Saint-Antoine-2000 besteht im Grunde nur aus einigen Chalets. Wenn die Gäste abends essen gehen wollen, müssen sie nach Saint-Antoine-le-Lac runterfahren, wo es eine große Auswahl an Geschäften, Restaurants und Cafés gibt. Die Abfahrt ist leicht – eine lange blaue Piste, die direkt in den Ort führt. Aber zurück kommt man nur mit der Standseilbahn, und die hat um 23 Uhr Betriebsschluss.

Jemand macht im Esszimmer Musik an, The 1975, klimpernd und grell, vielleicht ein Versuch, die Stimmung zu heben. Doch als ich anfange, Dannys Amuse-Bouches zu servieren – winzige Pilzgratins auf Porzellanlöffeln –, macht sich Tophers Abwesenheit wie ein ziehender Nerv bemerkbar. Die Gratins kommen gut an – das ist bei Dannys Essen immer so –, aber ich bin offensichtlich nicht die Einzige, die sich Gedanken um Topher macht. Die Atmosphäre ist angespannt. Am Kopf der Tafel klafft eine Lücke, wo Topher zwischen Inigo und Miranda hätte sitzen sollen. Die beiden schauen einander besorgt an, wann immer ein weiterer Gang aufgetragen wird.

Elliot sitzt mit dem Rücken zur Wand, er isst wortlos und mit gesenktem Kopf. Er löffelt das Essen in den Mund, als müsste er um die Wette essen. Und »löffeln« ist wörtlich gemeint. Als Vorspeise gibt es die getrüffelte Pastinakensuppe, für die man einen Löffel braucht, doch als ich das Besteck für den Hauptgang wegräume, schnappt sich Elliot den Löffel zurück und funkelt mich an, als hätte ich ihm die Uhr stehlen wollen. Als das Fleisch aufgetragen wird, macht er sich wie ein Wilder darüber her. Zwischen den Gängen sitzt er mit gesenktem Kopf da und starrt auf die Maserung des Holztisches. Er ignoriert Tiger, die links von ihm sitzt und mit Miranda plaudert, als wäre nichts geschehen. Und auch Carl, der sich demonstrativ von ihm wegdreht und zu Ani und Eva herüberneigt.

Eva sitzt am anderen Ende der Tafel und stochert im Essen, schaut abwechselnd auf die Uhr und durchs Fenster in den herabrieselnden Schnee. Ihr Gesichtsausdruck spiegelt meine eigene Besorgnis. Als Carl eine harmlose Bemerkung macht, faucht sie ihn so boshaft an, dass ich zusammenzucke. Er hingegen scheint nicht weiter überrascht.

Liz sieht blass und sehr unglücklich aus, eine verschreckte Eule im Scheinwerferlicht, und lehnt es ab, auch nur ein Glas

Wein zu trinken. Einmal versucht Rik, ein Gespräch anzufangen. Ich höre nicht, was er zu ihr sagt, aber sie schüttelt heftig den Kopf, und als er weitersprechen will, platzt es aus ihr heraus: »Entschuldigung, ich muss auf die Toilette.« Sie schiebt den Stuhl so vehement zurück, dass er über den Fliesenboden kreischt.

Als sie gegangen ist, wirft Eva Rik einen wütenden Blick zu und haucht etwas, das ich nicht verstehe, das aber nach *Ich hab's dir doch gesagt* aussieht.

Selbst Dannys Crème brûlée kann den Abend nicht mehr retten, und nach dem Essen zerstreut sich die Gruppe. Es werden Kopfschmerzen, Müdigkeit und anstehende E-Mails vorgeschützt. Als ich durch die Lobby gehe, um im Wohnzimmer Holz nachzulegen, fällt mir auf, dass zwei weitere Flaschen aus der Bar verschwunden sind.

Eine davon ist im Wohnzimmer gelandet, wo es sich Rik und Miranda in einer Ecke des riesigen Sofas gemütlich gemacht haben, vor sich auf dem Tisch eine halb volle Flasche Armagnac. Aus den Lautsprechern klingt kubanischer Jazz, vermutlich von Riks oder Mirandas Handy. Er sieht, dass ich die Flasche registriere, und lächelt breit.

»Sie haben doch nichts dagegen, oder? Wir tragen es natürlich später in die Liste ein.«

»Selbstverständlich nicht«, sage ich wahrheitsgemäß. »So funktioniert es hier. Kann ich Ihnen sonst noch etwas bringen? Käse? Kaffee? Petit Fours? Danny macht unfassbar köstliche, in Schokolade getauchte Zwetschgen, die sehr gut zu einem Glas Brandy passen.«

Rik schaut Miranda an und zieht eine Augenbraue hoch, und dieser stumme Blickwechsel verrät mehr über ihre Beziehung als jede körperliche Intimität. Zwischen ihnen läuft etwas. Sie sind mehr als nur Kollegen, auch wenn sie es vielleicht noch nicht ahnen.

Rik antwortet für beide.

»Nein, danke, alles gut.«

»Kein Problem. Sagen Sie einfach Bescheid, falls Sie es sich anders überlegen.«

Ich lege Scheite aufs Feuer. Rik beugt sich näher zu Miranda und nimmt die Unterhaltung wieder auf, als wäre ich überhaupt nicht da.

»Hast du gemerkt, wie sie mich angesehen hat, als ich Liz' Anteile erwähnt habe? Ich musste mich vergewissern, dass sie mir kein Loch ins Hemd gebrannt hat.«

»Ich weiß.« Miranda stützt den Kopf in die Hände. »Aber mal ehrlich, was hast du dir dabei gedacht? Eva hat mehr als deutlich gemacht –«

»Ich weiß, ich weiß«, sagt Rik, fährt sich über die kurzen Haare und schüttelt frustriert den Kopf. »Aber es hat mich auf die Palme gebracht, dass sie tut, als wäre sie die verdammte Liz-Versteherin. Ich kenne Liz genauso lange wie sie. Wir sind ziemlich gut miteinander ausgekommen, bevor all das hier hochgekocht ist.«

»Was ist denn überhaupt passiert? Das war vor meiner Zeit, ich blicke überhaupt nicht durch.«

»Na ja, damals war wirklich alles auf Kante genäht. Die ersten sechs Monate waren ein Witz. Keiner von uns bekam Gehalt. Nicht dass es Elliot etwas ausgemacht hätte, er würde vermutlich gar kein Geld ausgeben, wenn Topher ihn nicht dazu zwingen würde. So war es seit der Schulzeit. Aber uns anderen hat es durchaus was ausgemacht. Eva verbrannte ihre Ersparnisse vom Modeln, als gäbe es kein Morgen. Topher hat sich schließlich mit seinen Eltern überworfen, sodass sie ihm keinen Penny mehr zahlten und er bei alten Schulfreunden auf dem Sofa pennen musste. Ich habe tagsüber bei KPMG und nachts bei Snoop gearbeitet, mein Dispo war am Anschlag. Und Liz war einfach eine Sekretärin, die sich auf eine Online-Anzeige gemeldet hatte und froh war, für einen beschissenen Hungerlohn zu arbeiten. Ich meine, sie hat sich damals schon wie eine graue Maus gekleidet, aber sie hat sich reingehängt und keinen Aufstand gemacht, obwohl sie in einem schäbigen Büro ohne Klimaanlage in South Norwood hocken musste.«

»Das meine ich nicht. Ich möchte wissen, wie es kam, dass sie diejenige war, die –«

»Wart's ab. Zwei Wochen vor dem Launch ging uns endgültig das Geld aus. Wir waren schlicht und ergreifend pleite. Kreditkarten, Dispo, Freunde und Familie – wir hatten aus allem das Letzte rausgequetscht. Topher hatte sogar seinen Ferrari verkauft, aber es reichte immer noch nicht. Uns fehlten etwa zehn Riesen, um weiterzumachen. Vier Tage lang sah es aus, als würden wir gegen die Wand fahren – Rechnungen strömten herein, Abmahnungen, Schreiben vom Gerichtsvollzieher. Und dann verkündete Liz aus heiterem Himmel, sie hätte zehntausend Pfund von ihrer Großmutter geerbt und würde sie in die Firma stecken. Sie wollte nur eine Sicherheitsleistung. Keine Zinsen, sondern Anteile an der Firma. Und zwar stimmberechtigte Anteile. Wir haben die Aufteilung den Anwälten überlassen, und am Ende gingen 30 Prozent der Anteile an Topher, 30 Prozent an Eva, 19 an Elliot, 19 an mich und zwei Prozent an Liz.«

»Zwei Prozent?«, fragt Miranda. »An einer Firma, die kein Kapital besaß und so gut wie zahlungsunfähig war? Das klingt nicht nach einer tollen Sicherheit.«

»Da würde dir mancher zustimmen«, sagt Rik trocken. »Aber

wer zuletzt lacht, lacht am besten. Falls es zu der Übernahme kommt, sind diese zehn Riesen etwa zwölf Millionen wert.«

Ich bin so fassungslos, dass ich ein Scheit fallen lasse. Es poltert gegen einen kleinen Keramikbehälter mit Feueranzündern. Der Behälter zerbricht, und zwar geradezu absurd laut. Ich halte die Luft an, will mich schon entschuldigen, doch Rik und Miranda haben es offenbar gar nicht bemerkt. Also staple ich weiter meine Scheite auf, sorgfältiger jetzt.

»Heilige Scheiße«, sagt Miranda lachend, aber auch entgeistert, als hätte sie die Zahlen zum ersten Mal gehört. »Ich meine, ich wusste ja, dass das Übernahmeangebot gut ist, aber …« Sie scheint zu rechnen. »Falls Liz zwölf bekommt, beträgt dein Anteil –«

»Du kannst es dir ausrechnen«, sagt Rik und kann ein Grinsen nicht verbergen. »Aber das ist ja gerade der Punkt. *Falls* die Übernahme stattfindet. Die Investoren werden allmählich nervös, und ich glaube nicht, dass sie eine weitere Finanzierungsrunde akzeptieren. Wenn Topher so weitermacht und uns alle in Grund und Boden –«

»Klar. Kapiert«, unterbricht ihn Miranda ein wenig patzig. »Dann landen wir vor dem Insolvenzgericht. Aber unter den Umständen dürfte Liz die Entscheidung doch nicht schwerfallen, oder? Na schön, Elliot wird mit Topher stimmen, das wissen wir. Aber falls Liz ihren Verstand benutzt und mit dir und Eva abstimmt – dann klingelt die Kasse.« Sie reibt die Finger aneinander.

»Schade nur, dass Eva so eine blöde Zicke ist«, sagt Rik leise. »Manchmal macht sie es einem verdammt schwer, das Richtige zu tun.«

Ich will nicht lauschen, aber sie sind trotz der Musik gut zu verstehen, und als ich die Scherben aufgesammelt habe, weiß ich, dass Eva die jüngeren Mitarbeiter schikaniert, Topher labil ist und Snoop sich in einer heiklen finanziellen Lage befindet. Ich bin fast erleichtert, als sie auf andere Dinge zu sprechen kommen – die Pläne fürs Skifahren, das schlechte WLAN, Riks Ehefrau, mit der es offenbar nicht so gut läuft. Irgendwann drehen sie die Musik lauter, und ich kann nichts mehr verstehen.

Es war ein langer Tag mit viel Heben und Bücken, und mein Rücken protestiert, als ich endlich aufstehe. Dabei schnappe ich eine Antwort von Miranda auf.

»Da hast du vermutlich recht. Aber in diesem Fall müssen wir sie eben dazu zwingen, oder?«

Diese Worte verfolgen mich, als ich leise die Tür hinter mir schließe und in die Lobby gehe. Ich schaue hinaus, es schneit noch immer.

Dann müssen wir sie eben dazu zwingen.

Über wen haben sie gesprochen? Liz? Eva? Oder jemand ganz anderen, vielleicht Riks Frau?

Auf den ersten Blick sind die Worte nicht weiter bemerkenswert, nur ein Satz, wie man ihn häufig hört. Doch die kühle Entschlossenheit in Mirandas Stimme geht mir nicht aus dem Kopf.

Liz

Snoop-ID: ANON101
Hört: snoopt @Xtopher ☑
Snooper: 0
Snoopscriber: 0

Es ist 23:02 Uhr. Ich liege im Bademantel auf dem Bett, schlafe aber nicht. Ich snoope Topher. Nicht weil ich seine Musik hören will – er steht auf komisches experimentelles Clubzeug –, sondern um herauszufinden, ob ihm auch nichts passiert ist.

Es gibt keine Check-in-Funktion bei Snoop. Den Standort erfährt man nur, wenn Benutzer ihn in der Kurz-Bio hinterlegt haben. Dennoch hatte ich insgeheim gehofft, dass mir seine Musikauswahl einen Einblick in seine Psyche verschaffen würde.

Keine Ahnung, was ich mir vorgestellt habe. Traurige Gitarrensoli. *All By Myself* in Endlosschleife. Stattdessen läuft ein Stream wütender spanischer Punkrock. Gut, es könnte auch portugiesischer Punkrock sein. Die Texte kann ich nicht verstehen, aber die Musik klingt wütend. Immerhin hört er etwas und ist somit aller Wahrscheinlichkeit nach am Leben. Sicher kann ich mir natürlich nicht sein. Sein Handy könnte ebenso gut einen zugefrorenen Straßengraben beschallen. Nach ein paar Minuten minimiere ich seufzend die App.

Unser Gespräch vorhin unten auf dem Sofa hallt noch nach. Ich weiß, was Topher im Sinn hatte. Er wollte mir ein schlechtes Gewissen machen. Mich daran erinnern, wie viel ich ihm verdanke.

Ich sollte sauer sein und bin es auch, irgendwie. Er ist ein arroganter Internats-Typ, der eine tolle Idee hatte, vor allem aber Eltern, die bereit gewesen waren, diese Idee zu finanzieren – jedenfalls in den ersten Jahren. Er ist alles, was ich nicht bin. Reich. Privilegiert. Selbstsicher.

Doch da lauern auch einige unbequeme Tatsachen. Zum Beispiel dass er einer unbeholfenen Mittzwanzigerin, die niemand eines zweiten Blickes würdigte, eine Chance gegeben hat. Dem Mädchen aus Crawley, das nach Secondhandshop und Verzweiflung roch. Er hat den Menschen dahinter erkannt, mein eigentliches *Ich*, das beharrlich und entschlossen war, hundertzehn Prozent zu geben.

Vor allem aber war *er* derjenige, der mir geraten hatte, Anteile statt Zinsen zu verlangen, als ich das Geld meiner Großmutter in Snoop stecken wollte. Rik und Eva hatten versucht, es mir auszureden. Die Einnahmen seien ungewiss – Snoop könne pleitegehen, ohne je Gewinn gemacht zu haben. Doch Topher hatte mir erklärt, dass Anteile in meinem Interesse seien. Er hatte recht behalten.

Und wegen Topher bin ich heute hier. Ich weiß noch immer nicht, ob ich ihm danken oder ihn verfluchen soll. Vielleicht beides.

Dieses Mädchen – Erin – hat gesagt, dass die Standseilbahn nur bis 23 Uhr fährt. Falls er damit gefahren ist, müsste er gleich hier sein. Aber das ist die Frage: Ist er damit gefahren?

Ruhelos trete ich ans Fenster und schaue hinaus in den wirbelnden Schnee. Für heute Nacht sind minus zwanzig Grad vorhergesagt. Bei solchen Temperaturen kann man sterben.

Als es klopft, zucke ich zusammen, ziehe den Gürtel meines Bademantels enger und gehe zur Tür. Mein Herz klopft heftig, als ich aufschließe.

Es ist Eva.

»Liz«, sagt sie. »Darf ich reinkommen?« Sie hat sich inzwischen umgezogen und trägt statt des weißen Wollkleids eine Yogahose, in der ihre Beine unglaublich lang aussehen. Sie zieht einen Duft hinter sich her wie eine Ölspur. Er ist intensiv und ein bisschen widerwärtig. Es könnte Poison sein.

»Ähm … okay«, sage ich. Sie hat mich überrumpelt, das ärgert mich. Ich will sie nicht in meinem Zimmer haben, weiß aber nicht, wie ich das taktvoll rüberbringen könnte.

Sie marschiert an mir vorbei zum Fenster und schaut hinaus. Ich bemerke, dass meine Schranktür offen steht und den Blick auf eine Stange voller geschmackloser, ungebügelter Kleidungsstücke und mein Gepäck freigibt. Der Koffer ragt ein bisschen heraus, darum geht die Tür nicht zu. Ich schiebe ihn mit dem Fuß zurück und schließe die Tür.

Eva dreht sich um, als sie das Klicken hört.

»Geht es dir gut?«, fragt sie unvermittelt.

Die Frage verblüfft mich. Vermutlich ist es nur eine Höflichkeitsfloskel, aber ich bin es nicht gewöhnt, dass Menschen wissen wollen, wie es mir geht. Schon gar nicht Eva. Ich fühle mich seltsam entblößt. Ich weiß gar nicht, was ich antworten soll, aber das ist auch egal, weil Eva schon weiterspricht.

»Ich wollte mich entschuldigen, dass ich euch mit der Präsentation überfallen habe, aber ich hatte Sorge, dass Topher sie torpediert, wenn ich sie ins Programm nehme –«

Oh. Sie ist gekommen, um mich zu überreden.

»Eva, bitte.« Meine Kopfschmerzen, die sich nach dem Essen gelegt hatten, melden sich zurück und pochen im Rhythmus meines Herzschlags. »Bitte, ich will das jetzt nicht.«

»Keine Sorge.« Sie ergreift meine Hände. Ihre sind kalt und kräftig. »Das verstehe ich absolut. Ich wäre an deiner

Stelle auch hin und her gerissen. Du stehst loyal zu Topher, das verstehe ich, ehrlich. Das tun wir alle. Aber wir wissen beide …«

Sie verstummt. Sie braucht auch nichts weiter zu sagen, die Fakten sprechen für sich.

Es gibt zwölf Millionen Gründe, um mit Eva zu stimmen. Sie muss nicht zwölf Millionen und einen daraus machen.

»Ich weiß«, flüstere ich. »Eva, ich weiß, nur ist es so, dass Topher …«

Dass Topher mir die allererste Chance gegeben und gesagt hat, ich solle Anteile an Snoop verlangen. Wie könnte ich ihn verraten? Was würde er tun? Zum ersten Mal wird mir bewusst, dass ich Angst habe.

»Liz, du weißt doch, was du tun willst, was du tun musst«, sagt Eva schmeichelnd, als spräche sie mit einem verängstigten Kind. »Komm schon, ich habe mich immer für dich eingesetzt. Wir haben immer aufeinander achtgegeben.«

Mir fällt wieder ein, was Rik mich beim Essen gefragt hat. Was mich dazu gebracht hat, meinen Stuhl zurückzustoßen und das Zimmer zu verlassen. *Und, Liz, was machst du mit dem Geld, das du für deine Anteile bekommst?* Es war so dreist, so frech, so anmaßend.

Eva geht raffinierter vor. Sie weiß, dass mich das Geld in gewisser Weise erschreckt. Denn für eine Frau wie mich, die als Kind jeden Penny verstecken musste, damit ihr Vater ihn nicht in einen Spielautomaten warf, ist das eine unfassbare Summe. Lächerlich. Überwältigend. Lebensverändernd.

Eva weiß, dass mich letztlich nicht das Geld überzeugen wird, sondern etwas viel Persönlicheres, etwas zwischen ihr und mir. Sie appelliert an unsere gemeinsame Vergangenheit. Ich war schließlich auch ihre Assistentin, damals, als Snoop sich nur eine leisten konnte. In gewisser Weise habe ich Eva ebenso viel zu verdanken wie Topher. Mehr sogar.

Und im Grunde genommen weiß sie, was Rik weiß, was Carl weiß, was alle außer Topher und Elliot zu akzeptieren scheinen: dass ich gar keine Wahl habe.

Es gibt nur eine vernünftige Antwort auf die Frage, mit der ich mich konfrontiert sehe. Meine Loyalität zu Topher auf der einen Seite, zwölf Millionen Pfund auf der anderen Seite. Aber da ist noch mehr – die Aussicht auf ein völlig neues Leben, anders als alles, was ich gewöhnt bin. Letztlich geht es für mich darum, mich zu befreien. Von der Arbeit, der Sorge, der ständigen Unsicherheit.

»Ich weiß, Eva.« Meine Stimme ist sehr leise. »Ich weiß. Es ist nur … schwer.«

»Das verstehe ich.« Wieder drückt sie meine Hand. Ihre Finger sind kalt, und ihr Druck spricht eine deutliche Sprache. »Ich weiß, dass es schwer ist. Natürlich bin ich Topher gegenüber auch loyal, gar keine Frage. Aber ich kann doch auf dich zählen?«

»Ja«, sage ich. Nun ist meine Stimme fast nicht mehr zu hören, nicht einmal für mich. »Ja, du kannst auf mich zählen.«

»Gut.« Sie lächelt ihr breites, wunderschönes Lächeln. Ein Lächeln, das einst von tausend Plakatwänden und Laufstegen in ganz Europa gestrahlt hat. »Danke, Liz, ich weiß, was das bedeutet. Und du kannst auf mich zählen. Wir geben aufeinander acht, nicht wahr?«

Ich nicke, worauf sie mich flüchtig umarmt und das Zimmer verlässt.

Als sie weg ist, öffne ich das Fenster, um ihren Geruch loszuwerden. Ich beuge mich hinaus und lasse die Angst, die in meiner Brust eingeschlossen ist, in etwas Gewaltiges, beinahe Überwältigendes explodieren. Ich stelle mir das Meeting vor, die Abstimmung, wie ich die Hand hebe, um für die Übernahme zu stimmen, wie Topher mich ansehen wird, wenn er meinen Verrat bemerkt … Und dann stelle ich mir vor, was passiert, wenn ich es nicht mache, und mir wird richtig schlecht.

Denn Eva hat recht. Ich habe keine Wahl. Ich weiß, was ich zu tun habe. Ich muss nur den Mut dafür aufbringen.

Und nachdem ich mich entschieden habe, überkommt mich ein seltsamer Friede.

Es ist gut. Alles wird gut.

Ich mache das Fenster zu. Lege mich wieder ins Bett und beende Snoop. Dann liege ich reglos da und horche nun auf das Flüstern des Schnees, der auf meinen Balkon fällt. Der alles zudeckt.

Erin

Snoop-ID: LITTLEMY
Hört: snoopt ITSSIOUXSIE ☑
Snooper: 5
Snoopscriber: 7

Als mein Wecker klingelt, kämpfe ich mich aus einem intensiven, verstörenden Traum – einem Albtraum, in dem ich grabe, grabe, grabe, durch hart gewordenen Schnee, die Hände taub vor Kälte, mit zitternden Muskeln, Blut läuft mir heiß den Hals hinunter. Ich weiß, was ich finden werde. Ich sehne mich danach und fürchte es zugleich. Aber ich wache auf, bevor ich am Ziel bin.

Ich bin erleichtert, als ich die Augen öffne und feststelle, dass ich in meinem kleinen Zimmer bin, in dem der Wecker in die Stille kreischt, bis ich ihn endlich abstelle. Es ist 6:01 Uhr, und ich bleibe noch einen Augenblick lang liegen, blinzelnd, verschlafen, und versuche, das unbehagliche Gefühl loszuwerden, das der Traum in mir ausgelöst hat.

Obwohl Wochenende ist, muss ich früh aufstehen. Danny und ich wechseln uns ab. Einer von uns steht um sechs auf, um die Kaffeemaschine einzuschalten, das Frühstück vorzubereiten und die Spuren vom Vorabend zu beseitigen, während der andere halbwegs ausschlafen kann. Heute bin ich dran und gähne am laufenden Band, als ich aus dem Bett taumele und mich anziehe. Manche Leute leiden in dieser Höhe unter Schlaflosigkeit. Ich nicht. Bei mir ist es eher umgekehrt.

Als ich an Tophers Tür vorbeikomme, halte ich inne. Ob er

heil zurückgekommen ist? Gehört habe ich ihn nicht. Aber ich hatte die Haustür nicht abgeschlossen und um Mitternacht nasse Fußabdrücke in der Lobby entdeckt.

Ich stehe da und lausche mit angehaltenem Atem, als ein gewaltiges Schnarchen die Stille zerreißt. Ich lache nervös. Irgendjemand ist jedenfalls dort drin.

Unten ist es still, das Feuer hinter der gläsernen Ofentür zu glimmender Glut zerfallen. Ich öffne die Lüftungsschlitze und lege ein Scheit nach. Dann räume ich auf, was gestern Abend liegen geblieben ist.

Die Leute von Snoop sind nicht schlimmer als die meisten anderen Gruppen, und doch fühle ich mich ungewöhnlich erschöpft, als ich dreißig Jahre alten Brandy in den Ausguss kippe und geschmolzenen Camembert vom Esszimmerteppich zupfe. Außerdem wurde hier drinnen geraucht, was streng verboten ist – jemand hat seine Kippe auf einem Teller mit Dannys liebevoll gefertigten Petit Fours ausgedrückt. So etwas bringt mich wirklich auf die Palme. Ich war dabei, als er die Mini-Florentiner gemacht hat, als er den Teig gemischt, sie gebacken, einen nach dem anderen sorgfältig in die exakt temperierte Kuvertüre getaucht und zum Trocknen hingelegt hat. Er hat sie wie kleine Meisterwerke behandelt, was sie auch sind. Und jetzt hat jemand sie als Aschenbecher benutzt.

Ich brauche eine Weile, um mich zu beruhigen, doch bis sieben hat sich meine Stimmung aufgehellt. Die Räume sind sauber, das Feuer knistert, der Herd ist bereit für die Würstchen. Das Bircher Müsli ist in eine große Kristallschale gefüllt, daneben stehen ausladende Krüge mit frisch gepressten Säften und Kannen mit Milch und Sahne. Von oben ist noch nichts zu hören, also kann ich mir zehn Minuten mit Kaffee und Handy gönnen. Normalerweise würde ich die Wettervorhersage checken oder durch Twitter scrollen, aber heute öffne ich Snoop und gehe die Listen meiner Lieblingskünstler durch. Ich schaue nach, wer online ist und wer was hört, und trinke dabei meinen Kaffee. Es sind da ein paar tolle Leute unterwegs, echte Stars, und andere, die einfach faszinierende Persönlichkeiten sind. Danny hat recht, das Ganze hat Suchtcharakter, man muss einfach auf den Song tippen, den sie in diesem Augenblick hören, wohl wissend, dass man ihn Beat für Beat miteinander hört. In New York ist es Mitternacht, und viele Leute, die ich snoope, hören Musik, die zum späten Abend passt, mit der man runterkommt. Das kann ich um diese Tageszeit nicht gebrauchen und stoße bei meiner Suche auf eine coole kleine Gruppe britischer Promis, die schon Musik hören. Warum sind sie um sechs Uhr britischer Zeit schon wach? Schlafprobleme? Vielleicht stehen sie auch immer so früh auf.

Ich spüle die Servierschüsseln, die nicht in die Spülmaschine passen, und klopfe mit der Fußspitze im Rhythmus zu *Rockaway Beach* von den Ramones, als das Lied zu verschwimmen beginnt. Ich ziehe das Handy aus der Tasche, prüfe die Verbindung der Kopfhörer. Das Lied bricht ab. Verdammt. Ich schaue auf das Display. Das WLAN-Signal ist stark, aber als ich auf das Snoop-Icon tippe, öffnet sich ein kleines Fenster. *We can't get no satisfaction. (Überprüfe bitte deine Internetverbindung.)*

Seufzend schließe ich die App und spüle ohne Musik weiter. Ein paar Teller später klopft es ans Fenster. Es ist Jacques aus der Bäckerei unten im Tal, beladen mit Baguettes und einer riesigen Tüte Croissants. Ich streife die Gummihandschuhe ab, öffne die Tür und atme eine weiße Wolke in die kalte Morgenluft.

»*Salut, ma belle*«, sagt er mit Zigarette im Mund und reicht mir das Brot. Dann nimmt er einen tiefen Zug von der Gitanes und bläst den Rauch über die Schulter.

»Hi, Jacques«, sage ich. Mein Französisch ist nicht perfekt, aber ich kann mich unterhalten. »Danke für das Brot. Was sagst du zum Wetter?«

»Schön ist es nicht«, erwidert er, nimmt einen weiteren gedankenvollen Zug und schaut zum Himmel hinauf. Jacques ist einer der wenigen Menschen, die tatsächlich hier aufgewachsen sind. Fast alle anderen kommen von außerhalb, sind entweder Touristen oder Saisonarbeiter. Jacques hingegen hat sein ganzes Leben hier verbracht. Seinem Vater gehört die Bäckerei in Saint-Antoine-le-Lac, und wenn er sich in einigen Jahren zur Ruhe setzt, wird Jacques sie übernehmen.

»Glaubst du, man kann heute Ski fahren?«, frage ich. Er zuckt mit den Schultern.

»Vielleicht vormittags. Aber am Nachmittag …« Er streckt die Hand aus und kippt sie hin und her. Die französische Art, *Kann sein, kann auch nicht sein* zu sagen. »Da sind heftige Schneefälle im Anmarsch. Siehst du, welche Farbe die Wolken über La Dame haben?«

Mit La Dame meint er La Dame Blanche – den ausladenden Gipfel, der das ganze Tal überragt und das Chalet beinahe ständig in Schatten taucht. Als ich zum Gipfel blicke, verstehe ich, was er meint. Dort sammeln sich hässliche dunkle Wolken.

»Das ist aber noch nicht alles«, sagt Jacques. »Es kommt Wind hinzu. Das macht es für die Leute von der Lawinenbeobachtung schwierig. Die können dann nicht raus, um die kleinen Abgänge auszulösen.«

Ich nicke. Ich weiß, wie sie nach starken Schneefällen vorgehen: Sie lösen kleinere Lawinen aus, damit sich an den oberen Hängen keine kritische Schneemasse aufbauen kann. Ich weiß nicht, wie das genau geht – manchmal setzen sie Hubschrauber ein, dann wieder eine Art Kanone. Jedenfalls glaube ich gern, dass die Arbeit bei Wind zu gefährlich und unberechenbar ist.

»Glaubst du, es besteht Lawinengefahr?« Ich versuche, mein Unbehagen zu verbergen.

Wieder zuckt Jacques mit den Schultern. »Schwere Lawinen? Unwahrscheinlich. Aber heute Nachmittag werden bestimmt einige Abfahrten geschlossen, und ich würde niemandem empfehlen, abseits der Piste zu fahren.«

»Das mache ich nie«, sage ich knapp. Jedenfalls nicht mehr.

Jacques reagiert nicht, schaut nur nachdenklich zu den Hängen hinauf und stößt einen Rauchring aus. »So, ich muss los. Bis später, Erin.«

Dann knirscht er durch den frisch gefallenen Schnee zur Standseilbahn. Mit ungutem Gefühl schaue ich ihm nach, auch die hartnäckige Kälte aus meinem Traum ist noch nicht ganz verflogen, und ich kehre rasch in die warme Küche zurück.

Ich staple gerade die Brote auf dem Tisch, als eine vom Schlaf noch heisere Stimme mich zusammenzucken lässt.

»Monsieur Baguette, der Bäckerssohn?«

Danny lehnt an der Arbeitsplatte und blinzelt ins grelle Morgenlicht.

»Mensch!« Ich lege die Hand auf die Brust. »Du hast mich vielleicht erschreckt. Ja, das war Jacques. Er sagt, es wird weiter schneien.«

»Du willst mich wohl verarschen.« Danny reibt sich über die Bartstoppeln. »Von dem Zeug kann doch nichts mehr übrig sein da oben. Können die überhaupt Ski fahren?«

»Ich denke schon. Jacques meint, heute Morgen geht es noch. Am Nachmittag werden sie die Pisten wohl schließen – Lawinengefahr.«

»Sie sind schon auf Orange«, sagt Danny und meint damit die Farbskala, die von Météo-France veröffentlicht wird. Orange ist Stufe drei und bedeutet beträchtliches Lawinenrisiko: Man sollte auf den Pisten bleiben, und einige der steileren Hänge werden vermutlich geschlossen. Rot ist Stufe vier, dann macht der ganze Skiort dicht. Schwarz bedeutet Stufe fünf, Gefahr für Siedlungen und Straßen. Wenn Schwarz gemeldet wird, sollte man sich die letzte Mahlzeit gut schmecken lassen, aber die Lawinenbeobachter lassen es für gewöhnlich nicht so weit kommen.

Ich nehme das Tablett mit den Kaffeetassen, als Danny beiläufig fragt: »Wer ist Will?«

Die Frage trifft mich wie ein elektrischer Schlag – ich stolpere, zwei Tassen rutschen vom Tablett und zerspringen auf dem Boden. Als Danny und ich die Scherben aufgesammelt haben, bin ich gefasst genug, um zu antworten.

»Was meinst du damit? Hier heißt doch keiner Will.«

»Du hast letzte Nacht geträumt und jemanden namens Will gerufen. Ich habe dich durch die Wand gehört. Ich bin davon aufgewacht.«

Scheiße.

»Ist ja seltsam«, sage ich leichthin und ein bisschen verwundert. »Tut mir leid. Muss ein Albtraum gewesen sein.«

Und bevor er weiterfragen kann, verlasse ich das Zimmer. Ich trage das Tablett ins Esszimmer, habe mich fast wieder in der Gewalt. Dann decke ich den großen Holztisch fürs Frühstück. Ich stelle gerade die letzten Marmeladengläser hin, als ich Absätze auf der Treppe höre und Eva in die Lobby kommt. Sie wirkt stinksauer.

»Hi«, sage ich.

»Hi, was ist mit dem Internet passiert?«, fragt sie direkt. Mir rutscht das Herz in die Hose. Mist. Ich hatte gehofft, es sei nur ein vorübergehendes Problem.

»Oh, das tut mir leid. Immer noch kein WLAN?«

»Nein. Und der Handyempfang ist eine Katastrophe.«

»Das tut mir wirklich sehr leid, vermutlich liegt es am Schnee. Das kommt gelegentlich vor. Dann ist ein Kabel gerissen oder ein Repeater ausgefallen oder so. Nach schweren Schneefällen passiert das häufiger. Und von denen hatten wir in letzter Zeit mehr als genug.«

Ich deute zum Panoramafenster, vor dem der Schnee halb hoch liegt.

»Auf die wissenschaftlichen Erklärungen kann ich verzichten. Ich will nur wissen, wann es wieder läuft.«

Ihr Ton ist scharf und gereizt. Die Stimme eines Menschen, der es gewöhnt ist, *Spring!* zu sagen und als Antwort zu hören: *Wie hoch?* An sich stört mich das nicht – in gewisser Weise mag ich es sogar, wenn Leute ihre Erwartungen klar formulieren, statt einen die ganze Woche über anzulächeln und dann eine beschissene Bewertung zu hinterlassen. Aber in diesem Fall kann ich wirklich nicht helfen. Das wird Eva nicht gefallen.

»Keine Ahnung.« Ich verschränke die Arme. »Tut mir leid. Gewöhnlich läuft es nach ein paar Tagen wieder, mehr kann ich nicht sagen.«

»Mist.« Sie gibt sich keine Mühe, ihre Verärgerung zu verbergen, aber ich lese noch etwas anderes in ihrem Gesicht, Stress und Verzweiflung, was ziemlich unverhältnismäßig wirkt.

»Es tut mir leid«, sage ich erneut. »Ich wünschte, ich könnte Ihnen Genaueres sagen. Gibt es ein berufliches Problem?«

»Beruflich?« Sie schaut hoch, schüttelt den Kopf und lacht verächtlich auf. »Gott, nein. Meine beruflichen Probleme kann ich in einem Wort zusammenfassen: Topher. Nein, das ist privat. Es –« Sie seufzt und fährt sich mit der Hand durch den seidigen weißblonden Haarvorhang. »Wahrscheinlich klingt es ziemlich lächerlich, aber wenn ich weg bin, skype ich jeden Morgen mit meiner Tochter Radisson. Es ist einfach unser kleines Ritual. Ich bin so oft unterwegs und kann dann nicht so für sie da sein, wie ich gerne möchte. Aber ich sage ihr immer beim Frühstück guten Morgen und fühle mich ziemlich beschissen, weil es heute nicht geht. Meinen Partner konnte ich anrufen, aber Sie wissen ja, wie das ist, kleine Kinder begreifen nicht, wie ein Telefon funktioniert. Sie ist erst achtzehn Monate alt. Sie muss ein Gesicht sehen.«

»Das verstehe ich gut«, sage ich sanft. »Es ist sicher schwer, nicht bei ihr zu sein.«

»Danke«, sagt Eva knapp, wirft mir einen flüchtigen Blick zu und wendet sich ab, um kochend heißes Wasser in eine Tasse zu füllen. Sieht so aus, als ärgert sie sich, weil sie ihre menschliche Seite offenbart hat. In meinen Augen hat sie dadurch allerdings erheblich gewonnen. Hinter der eisigen Fassade steckt wohl doch ein Mensch.

Sie nimmt einen Teebeutel, hängt ihn in die Tasse und geht wortlos in ihr Zimmer zurück.

Eine halbe Stunde später kommen Topher, Rik und Carl herunter, und mein Herz macht vor Erleichterung einen kleinen Sprung, als ich die drei zusammen sehe. Genauer gesagt, als ich Topher sehe. Er wirkt müde und verkatert, aber er ist da, und damit endet meine Verantwortung für die Gruppe.

»Du bist nicht der Einzige, der sich herumgetrieben hat«, sagt Carl gerade zu Topher, als sie ins Zimmer kommen. »Inigo hat sich um fünf Uhr früh ins Bett geschlichen.«

»Ach je«, sagt Topher und verdreht die Augen. »Nicht schon wieder. Eva sollte es besser wissen.«

Eva? Ein Kribbeln überläuft mich. Wieso eigentlich? Schließlich geht es mich nichts an. Aber sie war vorhin so besorgt, weil sie nicht mit ihrer Familie sprechen konnte. Hat Topher recht oder will er nur Unfrieden stiften?

»Hashtag Cougar«, sagt Carl grinsend, geht zum Frühstücksbuffet, nimmt sich ein warmes Croissant und taucht es direkt in das Einmachglas mit Dannys selbst gemachter goldgelber Aprikosenkonfitüre. Er beißt ein großes Stück ab und lächelt, die Lippen voller Krümel.

»Hashtag?«, meint Rik verächtlich. Er trägt einen schwarzen Rollkragenpulli aus Merinowolle und könnte einem Katalog für teure Männerstrickmode entsprungen sein. »Cougar? Bin ich hier bei einer Studentenverbindung gelandet?« Dann bedenkt er mich mit seinem besonders charmanten Lächeln, bei dem sich seine Mundwinkel kräuseln. »Ich hätte gern einen Espresso, Erin. Falls das möglich ist.«

Carl funkelt ihn so böse an, dass ich es durchs ganze Zimmer spüre.

Eigentlich war das nur eine blöde Bemerkung – ein jüngerer, durchtrainierterer und attraktiverer Mann, der sich über seinen weniger hippen Kollegen lustig macht. Aber ich habe den Eindruck, dass Rik sich weniger an Carls Wortwahl als am Gesprächsthema stößt. Tatsächlich wird mir Rik immer sympathischer. Wie er mit Eva – und auch mit Miranda – umgeht, unterscheidet sich deutlich von dem pubertären Lästern, das Carl und Topher zu bevorzugen scheinen.

»Und, fahren wir heute Ski?«, fragt Miranda von der Wendeltreppe her. Sie hat die dunklen Haare zu einem Knoten gesteckt, als stünde ein Arbeitstag bevor. Sie registriert, wie ich Rik den

Espresso reiche, und sagt: »Guten Morgen, Erin, ich nehme einen Cortado mit Mandelmilch, bitte. Wie sieht die Wettervorhersage aus?«

»Am Nachmittag soll es wieder schneien. Es kann sein, dass die Lawinengefahr größer wird, dann werden mehr Pisten geschlossen. Falls Sie Ski fahren möchten, sollten Sie es heute Vormittag tun.«

»Das wird Eva nicht gefallen«, sagt Carl. »Sie hat jede Menge Präsentationen geplant.«

»Sie wird es wohl schlucken müssen«, sagt Topher gereizt, steckt sich zwei weiße Tabletten in den Mund und spült sie mit einem Schluck aus seiner Edelstahl-Wasserflasche hinunter. Dann massiert er sich den Nasenrücken. »Ich bin nicht so weit gefahren, um die ganze Woche in einem Konferenzraum zu hocken und mir ihre langweiligen Vorträge über die Erwartungen der Investoren anzuhören. Sie kann uns doch genauso gut heute Nachmittag damit beglücken.«

»Sie hat sicher nichts dagegen, den Termin zu verschieben«, sagt Miranda beschwichtigend. »Es wird uns allen guttun, ein bisschen Dampf abzulassen. Ich kann es kaum erwarten, wieder auf Skiern zu stehen.«

Sie sieht auch wie eine Skifahrerin aus. Schlank, aber kräftig. Topher ist eher der Typ Snowboarder, und es überrascht mich nicht, als er fragt: »Wie sieht es hier abseits der Pisten aus, Irene? Guter Pulverschnee?«

Ich brauche einen Moment, um zu begreifen, dass er mich meint. Miranda zischt ihm zu: »Sie heißt *Erin.*«

Ich lächle, um anzudeuten, dass es mir nichts ausmacht. Irene, Eileen, Emma – alles das Gleiche. Als Hausangestellte ist man kein richtiger Mensch. Topher würde einen hochklassigen Roboter wohl ähnlich neutral und gleichgültig behandeln.

»Der Schnee muss jetzt fantastisch sein«, sagt Rik. »Können Sie uns ein paar gute Strecken abseits der Pisten empfehlen, Erin?«

Ich spüre, wie ich blass werde. Als ich noch überlege, was ich sagen soll, rettet mich Danny, der mit einem großen Teller Speckbrötchen hereinkommt.

»Erin ist viel zu ängstlich, um da draußen zu fahren«, sagt er grinsend. »Aber ich kann Ihnen ein paar coole Routen zeigen. Allerdings nicht heute.«

»Wieso nicht heute?« Topher runzelt die Stirn.

»Die Lawinengefahr ist zu groß.« Ich habe mich wieder in der Gewalt. »In ein paar Tagen sollte es besser sein. Bis dahin haben sie bestimmt schon kontrollierte Sprengungen vornehmen können.«

In Wahrheit habe ich absolut keine Ahnung, ob es besser wird, aber Pessimisten sind unbeliebt, und irgendwann müssen sie ja hochkommen und das Risiko beseitigen.

»Gut, dann haben wir ja schon einen Plan«, sagt Topher munter, nimmt sich ein Speckbrötchen und beißt hinein.

»Was für einen Plan?«

Die Stimme kommt aus Richtung Wohnzimmer. Wir drehen uns um und sehen Eva dort mit einem ganzen Stapel Akten und einem Laptop stehen. Sie wirkt startklar.

»Erin meint, wir können nur heute Morgen Ski fahren«, sagte Rik rasch. »Also haben wir gedacht, wir haken als Erstes die Finanzpräsentation ab und verschieben den Rest auf heute Nachmittag.« Er spricht ziemlich schnell, als wollte er Topher zuvorkommen, der das Gleiche sagen würde, aber sehr viel weniger diplomatisch.

Eva bleibt in der Tür stehen und scheint zu überlegen, ob sie einen Aufstand machen soll. Dann sieht sie auf die Uhr und zuckt mit den Schultern.

»Schön. Es ist fast halb neun. Sollen wir mit der Präsentation beginnen? Wir dürften in einer halben Stunde damit durch sein, dann erwischen wir noch einen der ersten Lifte.«

»Je eher, desto besser, wenn du mich fragst«, sagt Topher. »Wir können unser Frühstück mit in den Medienraum nehmen. Wo sind eigentlich die anderen?«

»Ich bin hier.« Tiger kommt gerade ins Zimmer. »Entschuldigung, habe ich euch aufgehalten?« Sie wirkt blass und mitgenommen, ihre kurzen Haare stehen in alle Richtungen ab, als hätte sie sich heute noch nicht gekämmt.

»Ja«, sagt Topher, während Miranda gleichzeitig antwortet: »Nein, du bist nicht die Einzige, die fehlt.«

»Bereit für ’ne Runde Pulver, Tiger?«, fragt Topher. Ich höre, wie Danny in der Küche ein Schnauben unterdrückt, und mache mich an der Espressomaschine zu schaffen, um meinen Gesichtsausdruck zu verbergen.

»Wie bitte?«, fragt Tiger und reibt sich die Augen, als würde ihr das Morgenlicht wehtun. »Was meinst du?«

»Bist du bereit, aufs Brett zu steigen?«

»Klar doch.«

»Du siehst noch schlimmer aus als Topher«, sagt Eva unverblümt, und Tiger lacht, wirft Topher aber einen verunsicherten Blick zu.

»Ich habe schlecht geschlafen. Hab kaum ein Auge zugemacht.«

»Das liegt an der Höhe«, sagt Eva. »Manche Leute reagieren so. Ich nehme an den ersten Abenden immer eine Schlaftablette.«

Ich höre nicht, was Tiger antwortet, da Topher mich beiseitenimmt.

»Sind die Leih-Ski alle hier?«

»Ja, die stehen schon im Skiraum.« Der Verleih ist unten im Dorf, wir holen die Sachen für die Gäste dort ab. Die meisten haben ihre eigene Ausrüstung dabei, nur Liz, Ani und Carl müssen sich Skier leihen. »Bevor Sie aufbrechen, zeige ich Ihnen, wie Sie am besten zum Chalet zurückkommen. Das ist wirklich eine tolle Abfahrt, aber nicht ganz da, wo man es erwartet, wenn man auf die Karte sieht. Sie müssen an einer Stelle zwischen zwei Pisten queren.«

»Ist das auch sicher?«, fragt Carl beunruhigt. »Sie haben gesagt, es sei gefährlich, die markierten Pisten zu verlassen.«

»O ja«, antworte ich hastig. »Es ist absolut sicher, eine viel befahrene Strecke. Sie ist nicht wirklich abseits der Piste. Nur wird sie auf der Liftkarte nicht als Piste ausgewiesen. Sie müssen wissen, wie Sie zwischen den Bäumen hindurchkommen. Die Karte führt Sie nämlich Blanche-Neige hinunter bis nach Saint-Antoine-le-Lac, und dann müssen Sie mit der Standseilbahn wieder hochfahren.«

»Ist das auch was für Anfänger?«, fragt Carl noch immer besorgt.

»Die Abkürzung? Absolut. Sie entspricht einer grünen Piste. Sind Sie schon mal Ski gefahren?«

»Ja, aber das ist Jahre her.« Er schaut über die Schulter. Topher und die anderen sind schon in den Medienraum gegangen. »Das bleibt unbedingt *entre nous*«, sagt er ziemlich verdrossen und senkt die Stimme. »Ich hätte mir lieber die Augen ausgestochen, als Skiurlaub zu machen. Aber so läuft es eben, wenn man für eine Firma wie Snoop arbeitet. Topher ist ein Snowboard-Freak, Eva praktisch ein Ski-Profi, und was die beiden sagen, wird gemacht. Für uns andere gilt Augen zu und durch.«

Ich nicke, als würde er Small Talk machen, doch der Einblick in die innere Struktur von Snoop ist faszinierend. Es sind zwar fünf Gesellschafter, aber im Geschäftsalltag haben wohl allein Topher und Eva das Sagen.

Umso interessanter, dass dieses Gleichgewicht der Macht gestört ist. Denn bei einer Übernahme kann nur einer von ihnen gewinnen. Fragt sich bloß, wer?

Liz

Snoop-ID: ANON101
Hört: offline
Snoopscriber: 0

»Okay«, sagt Rik, schließt die letzte PowerPoint-Präsentation und schaltet das Licht ein. »Das wär's. Ihr könnt euch jetzt in eure Skiklamotten werfen.«

Ich reibe mir die Augen. Die plötzliche Helligkeit bohrt sich schmerzhaft in meinen Schädel. Meine Kopfschmerzen melden sich zurück. Ich stehe auf, zupfe die Strumpfhose zurecht. Um mich herum rascheln Sitzsäcke, Sofas knarren, als sich alle erheben.

»Einen Moment noch«, wirft Topher lässig ein. »Könnten die Gesellschafter bitte noch kurz hierbleiben?«

Mir wird flau. Zustimmendes Gemurmel. Ani, Inigo, Carl, Miranda und Tiger stehen auf und verlassen den Raum.

Dann sind nur noch Topher, Eva, Rik, Elliot und ich übrig.

O Gott. Ich atme hektisch. O Gott, o Gott, o Gott … sie werden fragen, und dann muss ich – dann muss ich –

»Hört mal«, sagt Eva, »ich glaube, die nackte, harte Realität von Riks Zahlen ist keinem von uns entgangen. Sie zeichnen ein ziemlich schonungsloses Bild. Unsere Fixkosten –«

»Ich will das alles nicht noch einmal durchkauen«, sagt Topher genervt, als wären die Gewinn-und-Verlust-Rechnungen, die Rik uns gerade gezeigt hat, völlig unerheblich. »Wir alle können eine Tabelle lesen, und Rik hat alles gut erläutert. Ich halte es allerdings für hilfreich, eine Probeabstimmung durchzuführen, damit wir wissen, wo wir stehen.«

Mein Atem geht schneller. Die Kopfschmerzen hinter meinen Augen werden stärker, die Ränder meines Sichtfelds zerfasern.

»Aber Topher«, sagt Eva, »du weißt sehr gut, dass wir noch nicht alle Informationen haben. In dieser Woche geht es doch darum, alles abzuwägen –«

»Darum habe ich auch *Probe*abstimmung gesagt«, fällt Topher ihr grob ins Wort. »Sie ist nicht bindend, Eva. Es ist nur eine Abstimmung durch Handzeichen, um zu sehen, wo wir stehen. Möglicherweise sind wir gar nicht so weit weg von einer Einigung.«

Eva erwidert nichts. Sie wirft mir einen Blick zu, und ich weiß genau, was sie denkt. Sie weiß nicht, wie sie Topher daran hindern soll. Er ist störrisch wie ein Maulesel, wenn er sich etwas in den Kopf gesetzt hat. Dann drängt und drängt und drängt er …

Elliot sagt natürlich auch nichts, aber jeder weiß, was sein Schweigen bedeutet – er unterstützt Topher. Das tut er immer. Elliot interessiert sich nur fürs Programmieren. Alles andere überlässt er Topher.

»Rik?«, fragte Eva mit spröder Stimme.

»Warum nicht?« Dass er einwilligt, überrascht mich.

»Also«, sagt Topher beschwichtigend, »noch einmal: Das ist nicht bindend. Wer ist für die Übernahme? Bitte die Hand heben.«

»Ich«, sagt Rik.

»Und ich«, meldet sich Eva. Dann tritt eine lange Stille ein, und ich spüre, wie sie gespannt warten. Als Topher wieder spricht, klingt er zufrieden, als hätte er seinen Willen bekommen.

»Prima. Wer ist dagegen?«

»Ich.« Elliots tiefe, monotone Stimme lässt das Wort wie einen Schlusspunkt klingen.

»Und ich, das ist klar«, sagt Topher. Es entsteht wieder eine Pause, dann fragt er gewollt beiläufig: »Und … äh, wie stimmst du, Liz?«

Ich schlucke. Ich habe einen Kloß im Hals, und mir wird bewusst, dass ich seit dem Aufstehen noch kein Wort gesprochen habe. Beim Frühstück hat niemand mit mir geredet. Bei dem Meeting hat mich niemand nach meiner Meinung gefragt. Ich weiß nicht, ob ich meiner Stimme vertrauen kann, wenn ich jetzt den Mund aufmache.

»Liz?«, fragt Eva. In ihrer Stimme liegt eine gewisse Schärfe. Obwohl sie sich bestimmt bemüht, keinen Druck auszuüben.

»Ich –« Es kommt krächzend heraus. Ich schlucke noch einmal, will den erstickenden Kloß hinunterzwängen. »Ich weiß nicht.«

»Komm schon, Liz«, sagt Rik, und obwohl er sich bemüht, fröhlich und ermutigend zu klingen, kann er seine Ungeduld nicht verbergen. »Du musst doch irgendeine Tendenz haben. Möchtest du zwölf Millionen, ja oder nein? Das ist doch nicht so schwer.«

»Oder«, wirft Topher ein, und sein Ton lässt mich zusammenzucken, »möchtest du vielleicht Anteile, die womöglich noch viel mehr wert sein werden, sofern wir die Kontrolle behalten und an die Börse gehen?«

»Sofern wir die Kontrolle behalten *und* zahlungsfähig bleiben«, kontert Rik.

»Scheiße noch mal, Rik«, sagt Topher gereizt. Angst breitet sich in mir aus, wie eine langsame, aber unaufhaltsame chemische Reaktion. Bevor sie nach außen dringen kann, steht Eva auf und tritt mit erhobenen Händen zwischen die beiden.

»Immer mit der Ruhe, Leute. Wir haben jede Menge Zeit, um über einen Börsengang zu sprechen. Das hier ist nicht der richtige Zeitpunkt. Liz, gehe ich recht in der Annahme, dass du uns jetzt keinen Anhaltspunkt geben kannst?«

Ich bringe kein Wort heraus, bewege nur den Kopf, was ja oder nein bedeuten kann. Eva lächelt und kommt zu mir herüber. Sie drückt ermutigend meine Hand, ihr Parfüm wirkt in diesem kleinen Raum berauschend wie eine Droge.

»Kein Problem. Angesichts dessen schlage ich vor, dass wir uns jetzt fertig machen zum Skifahren. Nach dem Mittagessen gehen wir im Detail die Fragen durch, die Rik aufgeworfen hat. Einverstanden?«

Allgemeines Nicken und zustimmendes Gemurmel, dann gehen Topher, Elliot und Rik hinaus.

Ich stehe mit zitternden Beinen auf und will ihnen folgen, doch Eva hält mich zurück.

»Einen Augenblick, Liz. Alles in Ordnung mit dir?«

Einen Moment lang bringe ich kein Wort heraus.

»Es – es tut mir leid, Eva. Ich weiß, wir haben gestern Abend darüber geredet, und ich hab's versprochen, ich werde – ich mache es – es ist nur –«

»Natürlich.« Eva legt mir die Hand auf den Arm. Die Geste soll wohl beruhigend wirken, doch vor allem versperrt sie mir den Weg zur Tür. »Das verstehe ich vollkommen.«

»Es ist nur –« Ich schaue zur Tür, um mich zu vergewissern, dass Topher mich nicht hören kann. Zum Glück ist er weg. »Es fällt mir schwer, es offen zu sagen.«

»Das ist mir klar. Du bist eben sehr loyal. Und ich verstehe deine Sorge, dass Topher es als Verrat auffassen könnte, egal wie vernünftig deine Entscheidung auch sein mag.«

»Ich –« Ich schlucke. Ich habe Angst, das ist die Wahrheit,

aber das muss Eva nicht wissen. Es klingt absurd und dramatisch. »Und ich bin –«

Eva sieht mich besorgt an, und ich weiß auch, warum. Sie fragt sich, ob ich mich an unsere Abmachung halten werde. Aber ich habe mich entschieden. Ich suche in mir nach dem schicksalsergebenen Frieden, der mich letzte Nacht überkommen hat, will mich daran erinnern, wie es sich angefühlt hat – die Gewissheit, die ruhige Entschlossenheit. Mein Herz schlägt ein bisschen stetiger. Ich kann ebenso entschlossen sein wie Topher, wenn ich mich einmal entschieden habe.

»Du brauchst dir keine Sorgen zu machen«, sage ich, und meine Stimme klingt kräftiger. »Ich lasse dich nicht hängen. Ich muss nur – über meinen Schatten springen.«

Evas Gesicht hellt sich auf. Sie tätschelt mitfühlend meinen Arm, drückt ihn ein bisschen, um mir zu zeigen, dass wir im selben Boot sitzen.

»Klar wird er sauer sein. Das will ich gar nicht bestreiten. Und mir macht das wirklich auch keinen Spaß. Aber er wird es verschmerzen. Und verstehen.«

Nur wird er genau das nicht tun. Das wird mir klar, als wir den kleinen Raum verlassen, um uns umzuziehen und unsere Skisachen zu holen. Er wird es definitiv nicht verstehen. Und er wird das, was ich vorhabe, als ungeheuren Verrat empfinden. Aber mir bleibt keine Wahl. Das muss ich mir immer wieder sagen. Mir bleibt keine Wahl. Ich muss das jetzt durchziehen.

Erin

Snoop-ID: LITTLEMY
Hört: offline
Snoopscriber: 10

»Also«, sage ich zu der kleinen Gruppe, die vor dem Chalet mit den Bindungen kämpft. »Ich erkläre Ihnen jetzt das Terrain. Den Weg hier links kennen Sie schon, der führt zur Standseilbahn. Dort beginnt auch die lange blaue Piste nach Saint-Antoine hinunter.«

»Blanche-Neige, richtig?«, wirft Topher ein, und ich nicke.

»Genau. Es ist eine wirklich schöne Abfahrt. Allerdings muss man ein ganzes Stück im Treppenschritt bergauf gehen, um dorthin zu gelangen. Wenn Sie gleich von hier aus losfahren wollen, müssen Sie durch den Wald.« Ich deute auf einen Pfad, der am Chalet vorbeiführt und zwischen den Kiefern verschwindet. »Er führt zum Ende der grünen Piste und von dort zur Reine-Télécabine.«

»Télécabine?«, fragt Inigo.

»Entschuldigung, ich meinte natürlich die Gondelbahn. Sind absolute Anfänger dabei?«

»I-ich«, ruft Liz nervös. »Ich bin erst einmal Ski gefahren. Und nur Trockenski. Das hat nicht so gut geklappt.«

»Ach, keine Sorge, der Weg ist auf den ersten Metern ein bisschen steil, wird dann aber ebener. Sie müssen einfach nur die Skier nach vorn richten und hinuntergleiten. Auf dem ersten Stück können Sie notfalls im Schneepflug fahren, empfehlen würde ich es aber nicht. Sie brauchen den Schwung für den ebenen Teil der Strecke. Ich schlage vor, die erfahrenen Läufer fahren zuerst los, dann kommen die Snowboarder, für Sie könnte es auf dem flachen Stück allerdings etwas mühsam werden. Und dann komme ich mit der Nachhut, all denjenigen, die sich weniger zutrauen. Nach dem flachen Teil mündet der Weg in die grüne Piste, und von da aus geht es sanft zum Lift hinunter.«

»Zieh mich«, sagt Topher grinsend zu Eva, die die Augen verdreht und einen Stock hinter sich ausstreckt. Ich zeige ihnen noch einmal die Richtung und schaue zu, wie sie im Schuss zwischen den Bäumen hinunterfahren. Als sie den flachen Teil des Weges erreichen, geht Eva in einen wunderschönen Skating-Stil über und zieht Topher hinter sich her. Ihre knallrote Jacke flackert zwischen den Bäumen. Irgendjemand hatte gesagt, sie könnte gut und gern bei den Olympischen Spielen starten, und es stimmt, sie fährt hervorragend. Besser als ich, und das will etwas heißen. Topher hat das steile Stück am Anfang mühelos bewältigt, was auf einem Snowboard gar nicht einfach ist. Er scheint in seinem Element zu sein.

Als Nächster ist Rik an der Reihe, offenbar ein geübter Skifahrer, wenn auch weniger elegant als Eva. Dann kommt Miranda, die entgegen meinem Rat das erste Stück im Schneepflug fährt, auf dem flachen Teil den Schwung verliert und verlegen losstapft. Sie hat schon mal auf Skiern gestanden, fährt aber alles andere als herausragend. Vermutlich beherrscht sie die Grundlagen, ist jedoch zu vorsichtig, um wirklich eine gute Figur zu machen. Inigo folgt in einer grasgrünen Jacke, die seine azurblauen Augen noch blauer aussehen lässt. Er saust mit eleganter Prägnanz hinunter, überholt Miranda und legt hilfsbereit die Hand an ihren Rücken, um ihr Schwung zu verleihen. Er fährt ganz offensichtlich von Kindesbeinen an Ski. Diese lässige Anmut entwickelt man nicht von heute auf morgen. Dann folgt Tiger, die auf dem Snowboard eine gute Figur macht. Sie lässt sich nicht ziehen wie Topher und gleitet doch mühelos hinunter.

Carl schießt los, wilde Entschlossenheit im kirschroten Gesicht, als wollte er sagen *Scheiß drauf, wennschon, dennschon.* Er bleibt fast sofort mit einem Ski in einer Schneewehe stecken und stürzt vornüber, rappelt sich aber klaglos auf, geht wieder in Position und schafft es ohne weiteren Zwischenfall. Ani ist die Nächste. Sie trägt eine hellblaue Jacke und eine weiße Skilatzhose, die sie bestimmt gerade erst gekauft hat. Ihr butterblumengelbes Haar schaut unter der Kapuze hervor. Sie sieht aus wie eine Mischung aus niedlichem kleinen Mädchen und Moderatorin einer Kindersendung und lächelt schief.

»Vielleicht hätte ich mich auch als Anfängerin melden sollen«, sagt sie entschuldigend. »Ich bin wirklich nicht sehr gut.«

»Keine Sorge«, sage ich aufmunternd. »Auf diesem Stück kann eigentlich nichts schiefgehen. Und da es ordentlich geschneit hat, fällt man weich.«

Sie grinst, stößt sich mit den Stöcken ab und quiekt, als es steiler wird. Überrascht kippt sie nach hinten und fuchtelt mit den Stöcken, hält aber irgendwie die Balance und verschwindet lachend zwischen den Bäumen.

Dann sind nur noch Liz und ich übrig. Anders als Ani mit ihrer mutigen Begeisterung sieht sie erhitzt und angespannt aus. Sie ist eindeutig zu warm angezogen für diesen sonnigen Tag und schwitzt jetzt schon. Ich ärgere mich, dass ich die Ausrüstung der unerfahrenen Skifahrer nicht überprüft habe. Aber besser, sie trägt zu viele als zu wenige Klamotten, und es ist ohnehin zu spät, um etwas davon auszuziehen. Ich will ihr gerade Mut machen, als mir etwas auffällt.

»Moment mal, wo ist denn Elliot?«

»Oh.« Liz wirkt verlegen. »Hat Topher Ihnen das nicht gesagt? Er macht nicht wirklich … mit.«

»Oh.« Ich bin ein bisschen überrascht. Ich hatte gedacht, Snoop sei eine dieser Firmen, bei denen man mitmachen *muss*. Diesen Eindruck hatte ich jedenfalls bei Carl. Liz scheint meine Gedanken zu lesen.

»Ich weiß … Er ist nicht der Einzige, der lieber in seinem Zimmer wäre, aber nur er kommt damit durch. Das liegt wohl daran, dass er Tophers bester Freund ist.«

»Kennen die beiden sich schon lange?«

»Sie waren im selben Internat.« Das Reden scheint zu helfen. Liz wirkt nicht mehr so verkniffen und gehemmt. »Zusammen mit Rik.«

»Sieh mal an, die typischen alten Seilschaften«, sage ich, bevor ich mich bremsen kann, und werde rot. Ich hatte für einen Moment vergessen, dass ich nicht nur Erin, die Skifahrerin, sondern auch Erin, die Gastgeberin, bin. Aber Liz scheint es mir nicht übel zu nehmen. Sie lächelt sogar ein bisschen.

»Ich weiß.« Sie wird rot, als hätte sie etwas unglaublich Kühnes gesagt.

Ich bin froh, dass sie jetzt ein bisschen entspannter wirkt. Wir müssen langsam los.

»Gut, wir sollten jetzt die anderen einholen. Sind Sie bereit? Fahren Sie einfach hinter mir her. Falls Sie die Kontrolle verlieren, rutschen Sie einfach langsam gegen mich.«

»Oje …« Sie wirft einen ängstlichen Blick hinüber zum schmalen Pfad. »Es sieht so steil aus.«

Meine Güte, sie ist wirklich nicht die geborene Skifahrerin. Ich fasse einen Entschluss.

»Wissen Sie was, geben Sie mir Ihre Stöcke.«

Sie reicht sie mir gehorsam wie ein Kind, und ich klemme

sie unter einen Arm und strecke meine eigenen hinter mir aus.

»Und jetzt halten Sie sich daran fest, verstanden? Einen in jeder Hand.«

Sie nickt, und ich stoße mich ab, sehr sanft, bremse die Abfahrt mit den Oberschenkelmuskeln ab.

Liz' Gewicht drückt von hinten gegen meine Stöcke und macht die kleine Schussfahrt schwieriger als gewöhnlich, aber wir schaffen es auf das ebene Stück. Dort folge ich Evas Beispiel, skate und ziehe Liz hinter mir her. Ich höre ihren keuchenden Atem.

Dann tauchen wir zwischen den Bäumen auf und gleiten den Hang hinunter zur Gondelbahn, wo die anderen auf uns warten. Sie stehen vor den Drehkreuzen unter einem Holzschild mit der Aufschrift LA REINE TC.

»Dieser Lift ist leicht«, sage ich zu Liz. »Sie können die Skier abschnallen und einfach reingehen.«

»Puh.« Ihre Miene hellt sich ein bisschen auf, und sie schaut zum Gipfel, wo sich Wolken zusammenziehen. »Wie ist die Abfahrt?«

»Es gibt zwei Stationen. Wenn Sie an der ersten aussteigen, ist es einfach. Sie sind auf halber Höhe des Berges und können entweder die grüne Piste zurück zur unteren Liftstation hier nehmen oder die blaue, die nach Saint-Antoine-le-Lac abzweigt. Wenn Sie in der Gondel bleiben, fahren Sie bis ganz nach oben. Bei Sonnenschein ist die Aussicht hinreißend, aber na ja.« Ich deute auf die Wolken. »Von der oberen Station aus haben Sie die Wahl zwischen zwei Abfahrten: La Sorcière ist eine schwarze Piste und verläuft links vom Lift. Der obere Teil von Blanche-Neige ist blau, fühlt sich bei schlechten Bedingungen aber eher wie eine rote Piste an. Ich würde Ihnen empfehlen, an der ersten Station auszusteigen, bis Sie ein Gefühl für die Skier bekommen haben. Nach dem Mittagessen können Sie es immer noch von der zweiten Station aus versuchen.«

»Okay«, sagt Liz und schaut nach oben, doch ihre Zweifel sind unübersehbar. »Bleiben Sie den ganzen Tag bei uns?«

»Nur bei den ersten Abfahrten. Ich zeige Ihnen den Rückweg zum Chalet. Danach muss ich Danny bei den Vorbereitungen fürs Mittagessen helfen.«

Liz sagt nichts, umklammert aber die Skistöcke, als hinge ihr Leben daran. Sie ist offensichtlich nicht scharf darauf, allein zurückzubleiben.

»Alles wird gut laufen«, sage ich selbstsicherer, als ich mich fühle. »Sie sind nicht die einzige Anfängerin. Ani ist auch nicht besonders gut, genau wie Carl. Sogar Miranda wirkt nicht sonderlich sicher.«

Liz löst schweigend die Bindungen und steigt von den Skiern, sieht aber alles andere als froh aus.

Liz

Snoop-ID: ANON101
Hört: offline
Snoopscriber: 0

Es ist fast Mittag. Wir sind den ganzen Morgen Ski gefahren. Der Wind frischt auf. Erin ist längst zurück ins Chalet verschwunden und hat mich mit Topher, Eva und den anderen Adrenalin-Junkies allein gelassen. Wir sind zweimal die grüne Piste bis zur Talstation der Gondelbahn gefahren und einmal die lange blaue nach Saint-Antoine hinunter und dann mit der Standseilbahn nach oben. Meine Beine sind wie Wackelpudding von der Anspannung. Mein Gesicht brennt vor Kälte, und meine Achselhöhlen sind schweißnass unter den vielen Kleidungsschichten. Ich atme schnell, überziehe meinen Schal mit einem feuchten Nebel, schwitze und friere zugleich.

Wir sammeln uns keuchend unten am Reine-Lift, und ich höre, wie Ani erleichtert flüstert: »Yeah! Mittagessen!«

Und dann sagt Topher genau das, was ich schon erwartet habe: »Na los, noch eine letzte Abfahrt. Vom Gipfel von La Dame, dem zweiten Halt der Gondelbahn. Wer von euch Weicheiern ist dabei?«

Mein Herz hämmert.

»Sollten wir nicht aufhören, bevor wir zu müde sind?«, fragt Miranda. Ganz offensichtlich hat sie auch keine Lust mehr, will aber nicht die Spielverderberin sein. »Ich meine, es ist der erste Tag, wir haben doch noch die ganze Woche zum Skifahren.«

»Das sehe ich auch so«, stimmt Ani zu und nimmt die Skibrille ab. Ihr Gesicht ist rot und fleckig, sie sieht verfroren und angestrengt aus. »Außerdem ist das für mich eine Nummer zu groß.«

»Ach kommt, das ist doch nur eine blaue Piste«, sagt Topher abfällig. »Na los! Das macht doch Spaß. Oben haben wir die Wahl zwischen der schwarzen Piste, La Sorcière, und der blauen. Die ist nur der obere Teil von Blanche-Neige, die wir schon gefahren sind. Wir können uns ja aufteilen. Blau für die Babys, schwarz für die großen Jungs und Mädchen.«

»Topher«, sagt Eva und droht mit dem Finger, doch ihr Ärger ist nur gespielt. Sie ist in ihrem Element, groß und schlank auf ihren langen Skiern. Ihre knallrote Skijacke wirkt inmitten des weißen, weißen Schnees wie ein Blutfleck, und der Anblick versetzt mir einen seltsamen Stich, weil mir einfällt, wie ich die Jacke damals in ihrem Auftrag gekauft habe. Sie hatte mich mit ihrer Kreditkarte zu Harrods geschickt, um sie abzuholen. Ich erinnere mich so genau daran, als wäre es gestern gewesen.

Plötzlich erinnere ich mich auch an die Märchenfigur, nach der die blaue Piste benannt ist – Blanche-Neige, Schneewittchen. Die Haut weiß wie Schnee, die Lippen rot wie Blut, das Haar schwarz wie Ebenholz. Die Haarfarbe stimmt nicht ganz, aber Evas fast weiße Haare stecken unter einem schwarzen Beanie, sodass der Vergleich geradezu unheimlich treffend ist.

»Na los …«, lockt Topher. »Wir kommen von hier aus sowieso nicht zum Chalet. Falls ihr nicht eine Stunde auf Skiern bergauf wandern wollt, müssen wir ohnehin zur mittleren Station. Und dann können wir ebenso gut bis oben fahren, oder?« Er nimmt die Skibrille ab und lässt seinen ganzen Charme auf Ani los. »Ani? Erfüllst du einem alten Mann seinen letzten Wunsch?«

Sie seufzt leise und gibt klein bei. »Na schön. Man lebt wohl nur einmal. Aber du sorgst dafür, dass ich lebend runterkomme, Inigo.«

Er lächelt und nickt.

»Miranda?«, fragt Topher und strahlt sie an. Wenn er seinen Charme aufdreht, versteht man auch, wie er es so weit bringen konnte. Es ist sehr, sehr schwer, Topher etwas abzuschlagen. »Miraaanda …?«

»Na gut«, sagt sie brummig. »Wenn wir ohnehin rauffahren, macht es wohl keinen Unterschied.«

Und dann wendet sich Topher an mich.

»Liz?«

Es ist so weit. Warum bin immer ich diejenige, von der abhängt, ob die anderen Spaß haben, die eine Entscheidung treffen muss? Ich merke, wie ich unter ihren Blicken kleiner werde, aber mir bleibt keine Wahl.

»Also gut.« Meine Stimme klingt angespannt, sogar in meinen Ohren.

»Okay!«, sagt Eva munter. »Wir sehen uns oben. Und falls jemand unterwegs verloren geht, treffen wir uns an der Abkürzung zum Chalet. Ihr wisst noch, wo der Weg abzweigt? An der großen Kiefer, die Erin uns gezeigt hat. Die mit der fluoreszierenden Schutzmatte.«

Alle nicken und murmeln zustimmend.

Und dann geht es los. Sie lösen die Bindungen und schlurfen in ihren schweren, steifen Skischuhen durch den Schnee, Stöcke und Skier im Arm, schieben sich durch das Drehkreuz. Es gibt keine Schlange, dafür ist das Wetter zu schlecht. Alle vernünftigen Franzosen hocken im Café bei Glühwein und Raclette. Wir sind die Einzigen, die auf den Berg fahren, zumindest mit diesem Lift. Mein Herz gerät wieder aus dem Takt, als die Gondel näherkommt und ich mich an Ani vorbeidränge, was mir gar nicht ähnlich sieht. Aber ich kann es mir nicht leisten, zurückzubleiben.

Die Gondel bremst abrupt ab, als sie in die Station schwebt. Unsere kleine Gruppe tritt vor. Als die Plexiglastüren aufgehen, klettern die Ersten hinein. Es gibt vier Sitze in jeder Gondel, und ich sehe Topher, Rik und Miranda einsteigen – das ist meine Chance. Die Gondel ist schon fast an der Schranke, wo sich die Türen schließen, und ich trampele polternd mit meinen Skischuhen über die Gummifliesen. Ich stecke die Skier unbeholfen in die Halterungen an der Außenseite, eine Bindung verfängt sich in Tophers Snowboard – schon gleiten die Türen zu.

»Na los, Liz!«, ruft Miranda mir ermutigend zu. Ich dränge mich durch den Spalt und setze mich schnaufend hin, während die Türen zugehen und die Gondel losflitzt. Geschafft. Die erste Hürde ist genommen.

Ich sitze in meine unförmige Jacke eingequetscht neben Miranda, und sie lacht.

»Liz, wie viele Schichten hast du denn an? Du siehst ja aus wie das Michelin-Männchen.«

Topher grinst. »Pass bloß auf, Miranda. Wenn wir oben ankommen, lacht Liz vielleicht am besten.«

Er nickt zum Fenster, und ich verstehe, was er meint. In dem Maße, in dem die Gondel an Höhe gewinnt, spürt man förmlich, wie es kälter wird. An den beschlagenen Scheiben bilden sich kleine Tropfen, die gefrieren und zu wunderbaren Eisblumen werden, als wir höher und höher schweben, die Mittelstation erreichen, in der sich die Türen verlockend öffnen, aber niemand aussteigt.

Dann wieder hinaus ins Freie und hinauf, über die Baumlinie, weiter hinauf, in die Wolken. Der Wind rüttelt an der kleinen Gondel, sie schwingt an ihrem Kabel hin und her. Was erwartet uns dort oben? Ein Angstschauer überläuft mich. O Gott, will ich das wirklich tun? Kann ich das wirklich durchziehen? Plötzlich bin ich mir nicht mehr so sicher. Mein Magen verkrampft sich vor lauter Nervosität. Mir war noch niemals so bang zumute. Aber ich muss es durchziehen. Ich *muss.*

Dann gleiten die Türen auf, und wir stolpern in die beißende Kälte, die augenblicklich alle meine Kleiderschichten durchdringt, obwohl wir uns noch relativ geschützt in der Station befinden.

Wir schnallen unsere Skier unter und gleiten hinaus – in eine weiße Wildnis.

Es schneit, und zwar heftig. Dazu weht ein boshafter Wind, er peitscht uns den Schnee in Augen und Nase, sodass alle rasch die Brillen aufsetzen und die Schals vors Gesicht ziehen. Die kilometerweite Sicht, die uns die Broschüren versprochen haben, ist auf wenige Meter zusammengeschrumpft, weil eine Wolke den Gipfel einhüllt.

Ich weiß, dass sich links La Sorcière befindet, die schwarze Piste, die Topher nehmen will, rechts der obere Teil der blauen Piste, Blanche-Neige. An der Mittelstation der Gondelbahn treffen sie aufeinander, aber Blanche-Neige lässt sich Zeit und umrundet in sanften Schleifen den Berg, während La Sorcière einer direkteren Linie folgt und im Zickzack unter der Gondelbahn hindurch verläuft. Wobei »direkt« untertrieben ist. Wir sind ja gerade erst über die Piste geschwebt, und sie sah selbst aus zwölf Metern Höhe wie eine blanke Eisfläche aus.

Ich schwanke, als ich mir mit den Handschuhen das Eis von der Brille wische. Vor uns steht ein verschneites Schild, das vielleicht einmal zwei Richtungen angezeigt hat, jetzt aber nur noch ein unförmiger weißer Klumpen ist. Linker Hand ist eine

Art Tennisnetz gespannt, das den Zugang zur Piste versperrt. Doch ich rutsche schon darauf zu.

»Hilfe!« Die anderen können allerdings nichts tun, und ich pralle gegen das elastische Netz, das mich in der Körpermitte abfängt. Ich fuchtele mit den Armen, wedele mit den Stöcken und lande mit klappernden Skiern auf dem Boden.

Rik gleitet zu mir herüber und hilft mir auf.

»Da hast du aber Glück gehabt«, schreit er mir ins Ohr, um den Wind zu übertönen. Er deutet auf das verschneite *Piste-fermée*-Schild, das am Netz befestigt ist. »Das ist La Sorcière. Wenn die nicht geschlossen wäre, hättest du wohl deine erste schwarze Piste erlebt. Oder Schlimmeres.«

Er hat recht. Hinter dem Netz geht es steil, beinahe senkrecht bergab, in einer Kurve um den Berg, und hinter der Kurve ist … nichts. Wäre ich mit hohem Tempo über die Kante hinausgeschossen, hätte mir niemand helfen können. Ich wäre mehrere hundert Meter in die Tiefe gestürzt. Bei diesem Gedanken dreht sich mir der Magen um. Und erst recht, als mir wieder einfällt, was ich vorhabe.

Ich bin zu sehr außer Atem, um zu antworten, lasse mich von Rik hochziehen und zu den anderen zurückführen, die sich oben an der blauen Piste drängen.

»La Sorcière ist geschlossen«, ruft Rik zu Topher hinüber, der frustriert nickt.

»Hab's gesehen. Lahmärsche.«

»Sollen wir warten?«, höre ich Miranda rufen. In dem heulenden Sturm ist sie kaum zu hören. »Es ist scheißkalt!«

»Das müssen wir wohl«, sagt Rik. »Wir können nicht ohne Ani und Carl los, sie sind zu unerfahren.«

»Sollen doch die anderen babysitten«, knurrt Topher, aber Rik schüttelt den Kopf.

»Seht mal.« Er deutet hinunter, wo gerade eine Gondel aus den Wolken auftaucht. Darin eine einzelne Gestalt oder auch zwei, die sehr dicht nebeneinandersitzen, das ist von hier aus nicht zu erkennen. Vielleicht ist es auch niemand von uns. Die Gondel ist noch so weit unten, dass die Gestalt lächerlich klein aussieht.

Ich zittere. Mein Herz hämmert. Ich kann das nicht durchziehen. Aber ich muss. Es könnte meine letzte Chance sein – ich muss etwas sagen. Jetzt. *Jetzt.*

»Ich kann das nicht«, stoße ich hervor. Topher schaut mich an, als sei er überrascht, dass ich sprechen kann.

»Was hast du gesagt?«

»Ich kann das nicht«, sage ich lauter. Ich atme jetzt sehr schnell, und meine Stimme ist hoch und schrill vor Angst. Mein Puls rast. »Ich kann das nicht. Ich kann es einfach nicht. Ich werde nicht dort runterfahren. Ich kann es nicht, Topher.«

»Ach, und wie willst du dann nach unten kommen?«, fragt Topher sarkastisch. »Auf dem Schlitten?«

»Hey, hey.« Rik war mit seinem Handy beschäftigt, schaut jetzt aber auf. »Was ist denn los?«

»Ich kann das nicht«, sage ich verzweifelt, als würde sich alles finden, wenn ich nur diesen einen Satz wiederhole. Vielleicht ist es noch möglich. Vielleicht wird alles gut. »Ich kann nicht. Ich kann bei diesem Wetter nicht da runterfahren. Ich werde sterben, das weiß ich genau. Ihr könnt mich nicht dazu zwingen.«

»Liz, das klappt schon.« Rik legt mir eine Hand auf den Arm. »Ich passe auf dich auf, versprochen. Wenn du willst, kannst du die ganze Strecke im Schneepflug fahren und dich an meinen Stöcken festhalten.«

»Ich. Kann. Es. Nicht«, sage ich stur. Wenn ich das Mantra oft genug wiederhole, wird alles gut. Sie können mich nicht zwingen, mit ihnen da runterzufahren. Ich kenne Topher. Er ist kein geduldiger Mensch. Er wird bald die Nase voll davon haben, mich zu überreden.

»Scheiße«, sagt er gereizt, wischt sich den Schnee von der Brille und schaut zu Rik. »Was nun?«

»Liz –«, setzt Rik an, und ich spüre, wie sich wieder ein Kloß in meiner Kehle bildet und mich zu ersticken droht, genau wie bei dem Meeting. Die Gondel mit der einzelnen Gestalt erreicht die Bergstation. Ich glaube, mir wird schlecht. Jetzt oder nie.

»Ich kann das nicht!«, schreie ich und fange urplötzlich und wie aus dem Nichts an zu weinen. Das Geräusch verblüfft mich selbst – laute, hässliche Schluchzer, die mich förmlich schütteln. Ich schiebe die Brille hoch und reibe mir mit vereisten Handschuhen die Augen, und der Wind ist so kalt, dass die Tränen an meiner Nasenspitze gefrieren. Ich wische die eisigen Tropfen weg. »Scheiße, ich kann es einfach nicht!«

»Okay, okay«, sagt Rik hastig. »Keine Panik, Liz, alles wird gut. Wir bekommen das hin.«

Hinter uns ist ein Zischen zu hören, und als wir uns umdrehen, sehen wir eine Gestalt, die auf uns zufährt. Es ist Inigo in seiner unübersehbaren grünen Jacke. Tiger sitzt oben auf einer Schneewehe neben der Gondelbahn und befestigt die Bindung ihres Snowboards.

»Ich fahre zurück«, sage ich und unterdrücke das Schluchzen. Ich deute auf die Gondel, mit der Inigo und Tiger hochgefahren sind und die jetzt ins Tal zurückschwebt. »Es tut mir leid, es geht einfach nicht.«

»Verflucht Liz, das ist doch lächerlich«, platzt es aus Topher heraus.

»Was ist denn los?«, dringt Inigos Stimme gedämpft durch den Schal.

»Es geht um Liz«, sagt Topher ungehalten. »Sie hat gerade eine Lebenskrise.«

Aber das stimmt nicht. Ich bin jetzt ganz ruhig. Die nächste Gondel schwebt den Berg hoch, wieder sitzt jemand darin. Ich kann das. Ich weiß, was ich zu tun habe, und niemand wird mich davon abhalten. Ich bewege mich im Treppenschritt den Hang hinauf.

»Liz, bist du dir sicher?«, ruft Rik.

»Ja«, schreie ich zurück, obwohl ich nicht sicher bin, dass sie mich von hier aus noch verstehen können. »Ich bin mir sehr sicher. Wir treffen uns im Chalet.«

Als ich in die Bergstation trete und die Türen der Gondel sich öffnen, überkommt mich ein Gefühl des Friedens. Ich weiß, was ich zu tun habe, und es wird gut. Alles wird gut.

Erin

Snoop-ID: LITTLEMY
Hört: offline
Snoopscriber: 10

Es ist fast halb zwei, dabei wollten sie spätestens um eins zurück sein. Danny flucht in der Küche, während die Minuten verstreichen und sein Risotto klumpig wird.

Um Viertel vor zwei schaut er mit finsterer Miene aus der Küchentür, und ich schüttele den Kopf.

»Es gibt nur eins, das ich noch mehr hasse als Undercover-Veganer, und das sind blöde Wichser«, knurrt er und lässt die Tür hinter sich zufallen.

Plötzlich poltern Skischuhe auf Fliesen. Dann klappern die Türen der beheizten Schränke im Flur. Ich eile in die Lobby.

»Eva?«, ruft jemand gereizt. »Eva, wo zum Teufel steckst du?«

Keine Antwort.

Die isolierte Tür zur Lobby geht auf, und Topher stapft in dicken Socken und Skisachen herein. Er sieht verärgert aus.

»Ach, Sie sind das«, sagt er schroff, als er mich bemerkt. »Wo zum Teufel steckt Eva?«

»Eva?« Mir liegt eine scharfe Erwiderung auf der Zunge, aber ich schlucke sie hinunter. »Tut mir leid, Topher, ich habe keine Ahnung.«

Er bleibt auf halbem Weg zur Treppe stehen.

»Soll das heißen, sie ist nicht hier?«

»Nein, Sie sind die Ersten.«

Er bleibt reglos stehen, seine Miene wechselt zwischen Verärgerung und Besorgnis. Dann ruft er über die Schulter:

»Miranda, sie ist nicht hier.«

»Du machst wohl Witze.« Nun kommt Miranda herein. Ihr Gesicht leuchtet pinkfarben, jene schmerzhafte Röte, die auf extreme Kälte folgt. »Hm. Na ja. Dann haben wir uns den Arsch immerhin nicht grundlos abgefroren. Aber was könnte passiert sein?«

»Vielleicht haben sie die Gondelbahn geschlossen, bevor sie einsteigen konnte, und sie ist nach Saint-Antoine runtergefahren und hat die Standseilbahn genommen«, mutmaßt Topher, doch Carl, der dazugekommen ist, schüttelt den Kopf.

»Sie ist vor mir eingestiegen, Kumpel. Sie war drin, das kann ich beschwören.«

»Ich habe sie auch gesehen«, fügt Ani hinzu. Alle versammeln sich in der Lobby, verschwitzt und verwirrt. Der schmelzende Schnee tropft von ihren Jacken. »Carl und ich waren in der Gondelbahn, und ich habe gesehen, wie Eva auf Skiern runtergefahren ist.«

»Was ist denn los?« Rik kommt herein und schüttelt den Schnee von seiner schwarzen Skilatzhose. Miranda sieht ihn sorgenvoll an.

»Eva ist nicht hier.«

»Sie ist nicht hier?« Seine Miene ist ausdruckslos. »Aber – aber das ist doch unmöglich. Wo soll sie denn sonst sein?«

Dann reden alle auf einmal, stellen verschiedene Theorien auf, die meisten vollkommen unmöglich angesichts der geografischen Verhältnisse.

»Einen Moment mal«, sage ich, und wie durch ein Wunder

verstummen sie. Sie wünschen sich wohl insgeheim, dass jemand die Führung übernimmt. »Mal von Anfang an. Wann waren Sie alle zuletzt als Gruppe zusammen?«

»Unten am Reine-Lift«, sagt Ani sofort. »Wir haben darüber diskutiert, ob wir nun Mittagspause machen sollen oder noch einmal abfahren. Topher hat gesagt, dass es vom Skilift zum Chalet bergauf geht, sodass wir ohnehin eine Piste nehmen müssten. Also haben wir beschlossen, zur Bergstation zu fahren und dann La Sorcière oder Blanche-Neige zu nehmen, je nachdem wie gut jeder fährt.«

Ich muss mir eine Bemerkung verkneifen. La Sorcière ist eine tückische Piste. Ich bin mein Leben lang Ski gefahren und würde mich bei diesem Wetter nie und nimmer auf diese Piste wagen. Selbst Blanche-Neige ist bei diesen Sichtverhältnissen für Unerfahrene problematisch. Nicht zum ersten Mal kommt mir der Gedanke, dass Topher ein Arschloch ist.

»Aber als wir oben ankamen, hatte Liz eine Art Zusammenbruch«, sagt er hämisch.

»Toph«, wirft Rik in scharfem Ton ein und deutet mit dem Kopf zur Tür. Ich sehe über Tophers Schulter, wie Liz abgekämpft aus dem Skiraum herübertrottet. Sie ist mit Schnee bedeckt und sieht noch erschöpfter aus als die anderen.

»Oben haben wir festgestellt, dass das Wetter ziemlich extrem ist. Und Liz hat beschlossen, mit der Gondelbahn wieder runterzufahren«, sagt Miranda ruhig. Tophers wütende Miene lässt erahnen, wie das Gespräch abgelaufen ist. Einerseits staune ich über Liz' Entschlossenheit, sich nicht zur Abfahrt drängen zu lassen. Andererseits kann die Angst einen Menschen erstaunlich widerstandsfähig machen.

»Wir haben dort auf die anderen gewartet«, sagt Topher. »Aber Eva ist nicht gekommen.«

»Doch, ist sie«, widerspricht ihm Ani. »Carl und ich haben sie gesehen, stimmt's?« Sie stößt ihn an, worauf er nickt.

»Klar, ganz sicher, Kumpel. Wir haben gesehen, wie sie ein paar Gondeln vor uns eingestiegen ist.«

»Ein paar Gondeln vor euch? Wie kann das sein? Da war doch gar keine Schlange.«

Carl wird rot.

»Ich will jetzt nicht um den heißen Brei herumreden. Ich – ich hatte Probleme, als ich in die Gondel steigen wollte. Ani und ich wollten mit Eva zusammen fahren, aber ich bin über meine Bindungen gestolpert und hab mich hingelegt. Dann gingen die Türen zu, und Eva ist mit meinen Skiern in der Halterung hochgefahren. Ich habe ein paar Minuten gebraucht, um mich zu fangen, und dann haben Ani und ich die nächstbeste Gondel genommen.«

»Könnte sie versehentlich an der Mittelstation ausgestiegen sein?«, fragt Miranda stirnrunzelnd, doch Ani schüttelt den Kopf.

»Nein, begreift das doch bitte. Ich habe sie gesehen, während wir in der Gondel hochgefahren sind. Die Bahn schwebt genau über die schwarze Piste, die steile, die Topher nehmen wollte.«

»La Sorcière«, werfe ich ein, und Ani nickt.

»Genau die. Und ich habe eine Skifahrerin runterfahren sehen. Sie ist kurz stehen geblieben und hat mir zugewinkt. Da ist mir klar geworden, dass es Eva war.«

»Wie konntest du das auf die Entfernung erkennen?«, fragt Rik skeptisch. »Das hätte doch jeder sein können.«

»Ich habe ihre rote Jacke erkannt. Die ist ziemlich auffällig. Von uns hat niemand sonst so eine. Und außer uns ist niemand mit der Bahn hochgefahren.«

Ich schaue in die Runde, und sie hat recht. Topher trägt Senfgelb und Khaki, Rik und Carl Schwarz. Miranda steckt in einer Art violettem Overall. Inigo hat eine grüne Jacke und eine schwarze Latzhose an. Tiger hat sich für den Shabby-Style entschieden – Bomberjacke im Jeans-Look der Achtziger und Cargohose –, bei dem es sich tatsächlich um ziemlich teure Snowboard-Mode handeln dürfte. Liz trägt einen verwaschenen, dunkelblauen Skianzug, der ihr zu groß ist, als hätte sie ihn von einer Freundin geliehen. Und Ani hat die leuchtend blaue Jacke und die weiße Latzhose an, die mir vorhin aufgefallen sind. Man könnte keinen von ihnen mit Eva verwechseln.

»Als wir oben ausgestiegen sind, warteten da schon meine Skier auf mich«, sagt Carl. »Eva muss sie aus der Halterung genommen haben und dann losgefahren sein.«

»Haben Sie denn nicht gemerkt, dass sie oben nicht dabei war?«, erkundige ich mich, und Rik schüttelt reumütig den Kopf.

»Die Sicht war wirklich schlecht und, na ja … wenn ich ehrlich sein soll, gab es da oben ein kleines Hickhack.«

Ein Hickhack? Was sollte das nun wieder heißen? Doch Miranda kommt mir zuvor.

»Du kannst es ruhig offen sagen, Rik. Der Liftführer hat uns darauf hingewiesen, dass die Lawinenwarnung auf Rot hochgestuft wurde und sie den ganzen Berg schließen, doch die Hälfte der Gruppe hat die Warnung in den Wind geschlagen und ist einfach losgefahren, noch bevor sie die Netze spannen konnten.«

»Es tut mir leid.« Inigo besitzt immerhin den Anstand, beschämt auszusehen. »Es war ein totales Missverständnis. Ich dachte, er hätte jetzt oder nie gesagt, also bin ich einfach, ähm, losgefahren.«

»Augenblick mal«, sage ich langsam. »Also sind einige von

Ihnen auf Skiern hergekommen und die anderen mit der Gondelbahn runtergefahren?«

Alle nicken.

»Natürlich haben wir bei der großen Kiefer an der Abkürzung zum Chalet gewartet, ob noch jemand nachkommt. Als wir Leute in der Gondelbahn nach unten gesehen haben, sind wir zum Lift abgefahren«, sagt Topher. »Dort haben wir weitere zwanzig Minuten gewartet, dann haben die Ärsche, die für diesen Skiort verantwortlich sind, auch *diesen* Lift geschlossen. Da haben wir uns gedacht, dass Eva sich ins Chalet verpisst hat. Weil kein Lift mehr fuhr, mussten wir wohl oder übel nach Saint-Antoine runter und mit der Standseilbahn raufkommen.«

»Okay … okay …«, sage ich und versuche, aus der Geschichte schlau zu werden. »Also wurde Eva zum letzten Mal mit absoluter Sicherheit gesehen, als sie La Sorcière heruntergefahren ist?«

Ani nickt und wendet sich Bestätigung heischend an Carl.

»Sieht ganz danach aus«, antwortet er.

»Aber La Sorcière war geschlossen«, platzt Topher heraus. »Genau das war ja das verfluchte Problem.«

Das verfluchte Problem ist eher, dass eure Kollegin und Mitgründerin bei extremen Witterungsverhältnissen vermisst wird, liegt es mir auf der Zunge. Ich denke an La Sorcière, die tückischen vereisten Hänge, wie der lose Pulverschnee das blanke Eis verdeckt und man sich bei jeder Wende zwischen einer schmerzhaften Schlitterpartie und einer Minilawine entscheiden muss. Ich denke an die krassen Buckel, die sich unter den Schneewehen verbergen. Ganz zu schweigen von den Biegungen, die man bei dieser Sicht kaum einschätzen kann und in denen man so ruckartig bremsen muss, dass es einem in die Knie fährt.

Vor allem aber denke ich an den Abgrund, der stellenweise

nur wenige Meter neben der Piste gähnt, und dass man bei diesen Sichtverhältnissen mir nichts, dir nichts über die Kante in den Abgrund sausen kann. Genau darum haben sie La Sorcière auch als erste Piste geschlossen. Nicht, weil man risikoscheu ist oder es mit der Sicherheit übertreibt oder selbst erfahrenen Skifahrern nicht zutraut, die Piste zu bewältigen. Sondern weil die zahlreichen Kurven und Biegungen bei schlechter Sicht zu einer tödlichen Falle werden. Dann fällt mir ein, dass der schlimmste Teil am Beginn der Piste liegt und Ani Eva weiter unten gesehen hat. Ein schwacher Trost, aber auch den kann ich gerade gut gebrauchen.

»Hat es jemand auf ihrem Handy versucht?«

Inigo nickt. »Mehrmals. Kein Empfang.«

Danny kommt aus der Küche, er sieht richtig angefressen aus. *Was ist mit meinem verdammten Risotto?*, formt er mit den Lippen über die Köpfe hinweg zu mir, und ich eile zu ihm hin.

»Eva wird vermisst«, sage ich leise, worauf sein verärgerter Gesichtsausdruck sich augenblicklich zu Besorgnis wandelt.

»Wie, richtig vermisst? Oder hat sie sich einfach ein bisschen verdünnisiert?«

»Keine Ahnung, schwer zu sagen. Die haben sich wie Vollidioten benommen. Haben sich aufgeteilt, keiner hat darauf geachtet, wer in welcher Gruppe war, und Eva scheint allein La Sorcière runtergefahren zu sein.«

»Allein?« Dannys Kinnlade fällt herunter. »Aber die Lawinenwarnung steht auf Rot. Warum zum Teufel haben sie die Piste nicht geschlossen?«

»Haben sie offenbar. Sie muss sich irgendwie unter dem Netz durchgeduckt haben oder sie hat sich verirrt und ist auf der falschen Piste gelandet.« Allerdings kann ich mir nicht vorstellen, wie das passiert sein könnte. Es gibt keine offenkundige Verbindung zwischen Blanche-Neige und La Sorcière. Genau das ist das Problem mit der schwarzen Piste. Auf der einen Seite wird sie von einer Steilwand begrenzt und auf der anderen von einem tiefen Abgrund. Wenn man einmal drauf ist, muss man ganz runterfahren. »Keine Ahnung. Aber Ani ist sich ziemlich sicher, dass sie und Carl Eva auf der Piste gesehen haben. Ich sage mal, sie fährt richtig gut, aber bei diesem Wetter ist das absoluter Irrsinn.«

Danny sieht jetzt sehr ernst aus. »Und seither hat sie niemand mehr gesehen?«

Ich schüttele den Kopf.

»Meinst du, wir sollten die PGHM verständigen?«, frage ich. Das ist die Spezialabteilung der Bergpolizei, die für die höheren Regionen zuständig ist – eine Kombination aus Gendarmerie und Bergwacht.

»Keine Ahnung«, sagt Danny, schiebt sein Bandana hoch und reibt sich hektisch die Stirn. Denkt angestrengt nach. »Es wäre doch möglich, dass sie sich einfach nur verirrt und die falsche Route genommen hat. Da alle Lifte geschlossen sind, dürfte es eine Weile dauern, bis sie hier ist. Die werden vermutlich sagen, wir sollen ein paar Stunden warten, bevor wir in Panik geraten. Vielleicht sollten wir es zuerst bei der Skipass-Verwaltung versuchen? Vielleicht können die uns sagen, ob ihr Pass an einem anderen Lift registriert wurde.«

Ich würde ihn am liebsten küssen. Das ist nicht nur eine gute, sondern eine großartige Idee. Doch als ich vom Telefon in der Lobby die Nummer wähle, die auf der Rückseite des Liftpasses steht, höre ich nur das hartnäckig piepsende Besetzt-Zeichen.

Ich kehre zu der Gruppe zurück, die zusammengedrängt in der Skikleidung schwitzt und immer besorgter wirkt.

»Wir halten es für das Beste, bei der Skipass-Verwaltung

nachzufragen, ob Eva ihren Pass irgendwo anders benutzt hat. Ich habe versucht, dort anzurufen, aber es ist besetzt. Darum fahre ich jetzt rasch mit der Standseilbahn runter und rede persönlich mit ihnen.«

»Ich fahre«, sagt Topher sofort.

»Sprechen Sie Französisch?«

Die Antwort kann ich mir denken, und er schüttelt denn auch bekümmert den Kopf.

»Ich verstehe absolut, dass Sie helfen wollen«, sage ich möglichst verständnisvoll, »aber es sollte besser jemand fahren, der Französisch spricht. Falls Eva ihren Pass nicht benutzt hat, sollten wir sie bei der Polizei als vermisst melden. Und dafür brauchen wir auf jeden Fall jemanden, der fließend Französisch spricht. Sie alle sollten sich trockene Kleidung anziehen und etwas essen, ich bin bald zurück. Bis dahin versuchen Sie bitte weiter, Eva anzurufen.«

Ernüchtertes Nicken ringsum.

»Ich sage es besser Elliot«, murmelt Topher, und ich erinnere mich überrascht, dass der ja als Einziger nicht mit von der Partie war. Er hockt noch immer in seinem Zimmer und arbeitet an einem Update seines Programms oder was immer er da oben treibt.

Sie zerstreuen sich, reden leise miteinander, und ich hole meine Jacke und eile zu Danny, um ihm mein Vorhaben zu erläutern.

»Du musst also allein servieren, ist das okay?«

Er nickt. »Klar, natürlich.«

Dann verschwindet er in die Küche, um das Essen anzurichten.

Ich ziehe die Jacke an und öffne die Haustür.

Liz

Snoop-ID: ANON101
Hört: offline
Snoopscriber: 0

Ich bin gerade in meinem Zimmer und ziehe die Skisachen aus, als es passiert. Zuerst höre ich nur etwas, dann spüre ich, wie sich der Boden unter mir bewegt. Es fühlt sich an wie ein Erdbeben.

Ich schaue aus dem Fenster. Es sieht aus, als käme eine Wand aus Schnee auf uns zu. Wobei Wand nicht der richtige Ausdruck ist – dabei denkt man an etwas Massives. Dies hier ist anders. Eine wilde, brodelnde Zusammenballung aus Luft und Eis und Erde.

Ich schreie auf. Etwas anderes kann ich nicht tun, auch wenn es dumm ist. Ich falle auf die Knie und berge den Kopf in den Armen, als könnte mich eine solch jämmerliche Geste schützen.

Ich kauere lange zitternd auf dem Boden, bevor ich mich traue, mit wackligen Beinen aufzustehen. Was ist passiert? Sind wir verschont geblieben?

Von Weitem höre ich Stimmen, Rufe, Schreie, Weinen.

Irgendwie zwinge ich meine Beine, mich zu tragen, und stolpere in den Flur.

»Gott im Himmel!«, ruft Topher und läuft zur Treppe. »Was zum Teufel war das denn?«

»Erin!«, brüllt jemand mit angsterfüllter Stimme, die ich nicht zuordnen kann. Dann wird mir klar, dass Danny, der Koch, nach seiner Freundin ruft. »Erin!«

Im Flur drängen sich verängstigte Menschen. Ein Rauchmelder geht los, panische Schreie.

Unten in der Lobby kämpft der Koch mit der Haustür. Sie ist verzogen und hat sich unter dem Gewicht des Schnees nach innen gewölbt.

»Machen Sie bloß die verdammte Tür nicht auf!«, brüllt Topher. »Dann kommt der ganze Schnee rein!«

Danny dreht sich zu ihm. Er sieht sehr zornig aus.

»Meine Freundin ist da draußen«, schreit er über den heulenden Rauchmelder hinweg. »Sie können gern versuchen, mich aufzuhalten.«

Wieder zieht er energisch. Die Tür schwingt mit einem widerstrebenden Kreischen auf, und eine Masse aus Schnee und Eis rutscht in die Lobby. Vor der Tür liegt der Schnee noch über einen Meter hoch, aber Danny klettert darüber hinweg, sinkt ein. Dann sehe ich nur noch seine Beine, als er in den Sturm hinausstapft.

»O Gott«, sagt Miranda und klammert sich an Rik, als würde sie ertrinken. »O Gott. O Gott. Was, wenn Eva noch da draußen ist?«

Keine Antwort. Ich glaube nicht, dass irgendjemand es über sich bringt, auszusprechen, was alle denken: Wenn Eva noch da draußen ist, ist sie tot.

Und Erin womöglich auch.

»Ist das Gebäude sicher?«, fragt Rik, mit einem überraschenden Sinn fürs Praktische. »Wir sollten lieber nicht hierbleiben, wenn es einsturzgefährdet ist.«

»Ich schalte mal den Rauchmelder aus«, sagt Tiger und verschwindet in der Küche. Ein Stuhl wird über die Fliesen gezogen, dann bricht der Alarm ab. Plötzlich wird es totenstill.

»Stimmt«, sagt Topher. Seine Stimme zittert, aber er ist es gewöhnt, die Verantwortung zu übernehmen. »Ähm, wir sollten – wir sollten alles überprüfen. Wir sollten das ganze Gebäude überprüfen.«

»Auf der Küchenseite ist es nicht so schlimm«, verkündet Tiger, die gerade zurück in die Lobby kommt. »Ich habe aus dem Fenster geschaut. Im Medienraum sind einige Fenster kaputt, aber der Schnee liegt nicht besonders hoch. Die Wohnzimmerseite dürfte es voll erwischt haben. Und den Anbau mit dem Pool.«

»Wir sollten nach oben gehen und uns einen Überblick verschaffen«, sagt Topher.

Tiger nickt, und wir steigen alle die Treppe hoch, um aus den oberen Fenstern zu schauen. Bei dem Anblick bekomme ich weiche Knie. Wir haben unerhörtes Glück gehabt.

Das lange einstöckige Gebäude an der Rückseite des Chalets, in dem der Swimmingpool untergebracht war, ist vollkommen zerstört. Das Dach ist eingebrochen wie eine leere Eierschale. Balken und Bretter ragen aus der gewaltigen Schneewehe, die den Anbau verschlungen hat. Aber das Chalet selbst steht noch. An der Nordseite türmt sich eine Masse aus Schnee, Ästen und Schutt, der das Gebäude standgehalten hat. Es hätte allerdings nicht viel gefehlt, und Perce-Neige wäre ebenfalls zu Kleinholz gemacht worden. Die anderen Chalets kann ich nicht sehen. Der Weg zur Standseilbahn ist mit umgestürzten Bäumen übersät. Die Bahn selbst ist wegen der Schneeböen nicht zu erkennen. Keine Spur von Erin.

Dann bewegt sich etwas an der Seite des Hauses. Es ist Erin. Sie klammert sich an Danny. Gemeinsam schleppen sie sich über die unebene, mit Trümmern übersäte Fläche, stolpern über die steinharten Schneebrocken, die dort verstreut liegen, wo einmal ein Weg zur Seilbahn führte.

Dann verschwinden sie im Schatten des Gebäudes. Die verzogene Eingangstür wird quietschend über die Fliesen geschoben. Erin schluchzt vor Schmerzen, als sie über die Schneewehe ins Haus klettert.

»Ist er gebrochen?«, höre ich Danny fragen. Wie auf Kommando eilen wir im Gänsemarsch die Wendeltreppe hinunter und scharen uns besorgt um Erin.

»Wie geht es ihr?«, fragt Miranda.

»Was glauben Sie wohl?«, blafft Danny sie an. Erin kann offenbar nicht sprechen, hebt aber die Hand. Ich bin mir nicht sicher, was sie damit sagen will, aber es ist eindeutig ein Signal für Danny, der wütend den Kopf schüttelt und in die Küche stampft.

»Ich hole dir Eis«, ruft er über die Schulter, »gegen die Schwellung.«

»Ich habe Arnika dabei«, ruft Tiger ihm nach. Ich kann seine Antwort nicht verstehen, aber sie klingt nicht besonders freundlich.

»Ich glaube, Arnika hilft da nicht, Tig«, sagt Rik leise.

Erin hat sich auf den Boden sinken lassen. Ihr Gesicht ist fahl. Sie sieht aus, als stünde sie unter Schock.

»Erin? Alles in Ordnung?«

»Ich weiß nicht«, stößt sie hervor. Ihre Stimme zittert. »Ich bin zur S-seilbahn gegangen und habe dieses Geräusch gehört, und dann war es, als ob – als ob der Berg heruntergestürzt wäre und die Seilbahn verschluckt hätte.«

»Sie meinen – die Seilbahn ist weg?«

Tiger klingt entsetzt. So geht es uns allen.

»Nicht weg«, sagt Danny, der mit einem Beutel gefrorener Erbsen zurückkommt. Er starrt finster in die Runde. »Aber sie ist … verschüttet. Eine große Scheibe wurde eingedrückt. *Scheiße*. Da könnten Leute drin gewesen sein.«

»Wir sollten die 999 anrufen«, schlägt Ani vor und Topher nickt nachdrücklich.

»17«, sagt Erin müde.

»Was?«

»17«, wiederholt Danny. »Die Nummer der französischen Polizei. Aber Sie sollten besser die 112 versuchen. Das ist der internationale Notruf, da sprechen sie auch Englisch.«

Ani holt ihr Handy heraus und runzelt die Stirn.

»Ich habe keinen Empfang.«

»Hat wohl den Handymast erwischt«, sagt Danny kurz angebunden. Er legt den Beutel Erbsen behutsam auf Erins Knöchel. Ihr blasses Gesicht hat eine seltsame gelbliche Färbung angenommen, und sie hält die Augen geschlossen. »Versuchen Sie es mit dem Telefon auf dem Schreibtisch.«

Ani geht zum Festnetztelefon, doch als sie den Hörer abhebt, machte sie ein langes Gesicht.

»Kein Freizeichen.«

»Verdammte Scheiße«, lässt Carl sich zum ersten Mal vernehmen. Sein breites Gesicht ist rot angelaufen. Er sieht verärgert aus. »Das hat uns gerade noch gefehlt. Vermutlich hat die Lawine die Leitung gekappt. Hat irgendjemand Empfang? Egal wie wenig?«

Sofort wühlen alle nach ihren Handys. Auch ich hole meins heraus. Kein Empfang.

»Nichts«, sagt Topher. Auch die anderen schütteln den Kopf.

»Moment mal.« Inigo kiekst vor Aufregung. »Ich habe Empfang! Einen Balken!«

Er wählt und wartet, hebt die Hand, damit alle still sind. Wir horchen angespannt.

»Hallo?«, sagt er. Und dann: »Hallo? Hallo? Mist, die können mich nicht hören!«

»Geh nach oben«, sagt Miranda schrill. »Da könnte der Empfang besser sein.«

Gehorsam steigt Inigo die Wendeltreppe hinauf und geht bis zum Ende des Flurs an das große Fenster mit Blick übers Tal. Als würde die Sicht für besseren Empfang sorgen.

»Hallo?«, hören wir ihn sagen und dann »Ja«, und »Okay« und »Chalet Blanche-Neige«, gefolgt von Informationen über unsere Lage. Zwischendurch entstehen lange Pausen, und er sagt mehr als einmal: »Könnten Sie das wiederholen? Tut mir leid, der Empfang ist wirklich schlecht, die Verbindung bricht immer ab. Hallo? Hallo?«

Dann endlich kommt er herunter. Er sieht ernst aus.

»Ich habe mit der Polizei gesprochen und konnte ihnen wohl alle Informationen geben, bevor die Verbindung ganz abgebrochen ist.«

»Hast du ihnen von Eva erzählt?«, unterbricht ihn Topher, und Inigo nickt.

»Ja, ich habe ihnen gesagt, dass unsere Freundin verschwunden ist, kurz bevor die Lawine abging, und wir nicht wissen, ob sie noch am Berg ist.«

»Kommt uns jemand zu Hilfe?«

»Das weiß ich nicht«, sagt Inigo und sieht aus wie das, was er ist – ein persönlicher Assistent, der nicht das vom Boss gewünschte Ergebnis geliefert hat. »Sie sind überlastet, sagten sie, Menschen hängen in Liften fest und so. Ich bin mir nicht sicher –« Er stockt, als er Tophers Miene sieht. »Ich bin mir nicht sicher, ob Leute, die ein Dach über dem Kopf und etwas zu essen haben, gerade höchste Priorität genießen. Sie haben meine Nummer. Sie melden sich so bald wie möglich mit weiteren Informationen.«

»Scheiße, du meinst, wir sitzen hier fest?«, bricht es aus Topher heraus. »Die beschissene Seilbahn ist verschüttet, Eva wird vermisst, und wir sind in diesem gottverlassenen Chalet gefangen, dazu noch mit einer Verletzten!« Er deutet auf Erin. »Wir sollten absolute Priorität haben!«

Inigo zuckt hilflos mit den Schultern.

»Kann einer von uns runterfahren?«, fragt Rik, doch Inigo schüttelt den Kopf.

»Nein, davor haben sie sehr deutlich gewarnt. Wir sollen bleiben, wo wir sind. Es könnte weitere Lawinen geben.«

»Wir können doch nicht einfach hierbleiben«, sagt Topher wütend.

»Auf dieser Piste fahren Sie ganz bestimmt nicht, Kumpel«, sagt Danny, der sich weiterhin um Erin kümmert.

»Sie sollten wissen, dass ich ein verdammt guter Snowboarder bin.«

»Sie könnten Shaun White persönlich sein und würden trotzdem nicht da runterfahren. Sie haben es nicht gesehen – das ist ein einziges Geröllfeld. Da ist keine Piste mehr.«

»Also sitzen wir tatsächlich fest?«, fragt Topher aufgebracht und ungläubig. »Und die tun einfach nichts, während Eva da draußen unter Tonnen von Schnee begraben liegen könnte?«

Schweigen. Keiner will aussprechen, was jedem von uns klar ist: Wenn das so ist, kann ihr keiner von uns helfen.

Erin

Snoop-ID: LITTLEMY
Hört: offline
Snoopscriber: 10

Ich sitze zitternd in der Küche. Danny holt den Erste-Hilfe-Kasten, und ich bin ehrlich froh, ein paar Minuten für mich zu haben. In der Zeit kann ich mich hoffentlich wieder fangen.

Dieses Geräusch – dieses grauenhafte, betäubend sanfte Dröhnen, das mich seit drei Jahren in meinen Träumen verfolgt – ließ mich einen Augenblick lang an einen Flashback glauben, wie bei einer posttraumatischen Belastungsstörung. Aber dann hatte ich über die Schulter geblickt und begriffen, dass es real war. Eine weiße Wand, die nach unten rauschte.

Und seltsam, ich hatte nichts als Frieden verspürt, als sie auf mich zukam. Es fühlte sich gerecht an. Verdient. Absolut richtig.

Einen Moment lang dachte ich daran, die Arme auszubreiten und mich von der Wand verschlingen zu lassen. Aber sie hat mich nicht verschlungen. Sie hat mich wieder ausgespuckt. In das hier.

»Ich bringe die alle um.« Die Tür schwingt auf, und Danny stampft mit dem Erste-Hilfe-Kasten herein. »Beschissene Wichser, alle miteinander. Du hättest draufgehen können, und er interessiert sich nur für seine verdammte Luftrettung. Stell dir vor, er versucht gerade, zu einer privaten Helikopterfirma durchzukommen.«

»Die werden nichts unternehmen, selbst wenn er durchkommt«, sage ich. Ich verändere meine Position auf der improvisierten Fußstütze, die Danny aufgestellt hat, und versuche, nicht auf den Schmerz zu achten, der durch mein Bein schießt. »Die können gar nicht – nicht bei diesem Wetter. Sieh doch nur.«

Ich deute zum Fenster. Der Wind hat sich in einen ausgewachsenen Schneesturm verwandelt.

»Nimm die Erbsen runter«, sagt Danny. »Die sind ohnehin aufgetaut.« Ich strecke brav das Bein aus, und er nimmt den feuchten Beutel herunter und befestigt ein Eispack an meinem pochenden Knöchel. Es tut weh, aber irgendwie bin ich froh darüber. Der Schmerz ist wie ein Anker, er erinnert mich dran, dass ich hier und am Leben bin.

Danny hat ein altes UKW-Radio gefunden, und während er kocht, sitze ich still da und lausche den Berichten über die Rettungseinsätze. Die Erkenntnis, dass wir unglaubliches Glück gehabt haben, jagt mir Schauer über den Rücken. Die Lawine hat mindestens acht Gebäude völlig zerstört, vier davon Liftstationen, die leer waren, weil man die Lifte bereits geschlossen hatte. Dazu zwei Cafés, die vermutlich ebenfalls geschlossen waren, und zwei Chalets. Eins davon, in der Nähe von Saint-Antoine-le-Lac, wurde evakuiert. Kleinere Verletzungen, keine Todesfälle. Über das andere weiß man nichts. Der Nachrichtensprecher wirft die Frage nach der Verantwortung auf und ob die Behörden früher hätten handeln müssen, betont aber auch, wie gut es war, dass bereits so viele Pisten und Lifte geschlossen waren. Selbst in der Standseilbahn befanden sich nur vier Leute, die man inzwischen aus dem beschädigten Glastunnel gerettet hatte. Allerdings verkündet der Sprecher auch in unheilvollem Ton, dass es »etliche Tage dauern wird, den Umfang der Reparaturen abzuschätzen«. Um die Reparaturen selbst geht es noch gar nicht.

Angesichts dessen ist ein kaputter Swimmingpool halb so wild. Wäre da nicht die Sache mit Eva, könnten wir uns glücklich schätzen. Aber die Tatsache, dass sie noch immer vermisst wird, sickert ein wie dunkles Gift und färbt alles schwarz. Wenn ich die Augen schließe, kann ich sie sehen – begraben in der Finsternis, während ihr Körper mit jeder Minute weiter auskühlt. Sie fragt sich, ob noch irgendjemand kommen wird. Wenn sie Glück hat, erstickt sie rasch unter dem komprimierten Schnee. Wenn nicht …

Bei dem Gedanken wird mir ganz flau vor Angst.

»Wie viel Lebensmittel haben wir?«, frage ich Danny, um mich abzulenken.

»Jede Menge. Mach dir darum keine Sorgen. Unser Iron Man muss vielleicht ein paar Tage ohne frische Milch auskommen, aber im Vorratsschrank ist genug, um eine Belagerung auszuhalten.«

Es besteht immer noch die Möglichkeit, dass Eva keine Lust hatte, noch länger auf die anderen zu warten, und schon vor Stunden nach Saint-Antoine hinuntergefahren ist. Vielleicht geht es ihr blendend, und sie kann bloß keinen Kontakt zu uns aufnehmen. Aber mit jeder weiteren Stunde wird dieses Szenario unwahrscheinlicher. Festnetz und Internet funktionieren zwar noch immer nicht, und der Handyempfang ist fast ganz weg. Vermutlich sind die verbliebenen Masten unter dem gewaltigen Gewicht des Schnees zusammengebrochen. Aber Inigos Handy hat dann und wann Empfang. Er hat eine SMS von zu Hause erhalten und konnte antworten, dass es ihm gut gehe. Hätte Eva sich nicht bei allen gemeldet, wenn mit ihr alles in Ordnung wäre? Hätte sie nicht irgendeinen Weg gefunden, um mit den anderen Kontakt aufzunehmen?

Liz

Snoop-ID: ANON101
Hört: offline
Snoopscriber: 0

Um 15:11 Uhr fällt der Strom aus. Ich sitze gerade in meinem Zimmer und versuche, die Geräusche von unten auszublenden, als es plötzlich dunkel wird. Ich taste nach dem Handy und frage mich, ob eine Birne durchgebrannt ist. Dann höre ich verärgerte Rufe von unten und aus dem Flur. Also ist es nicht nur bei mir.

»Hast du auch keinen Strom?« Tophers Stimme, unmittelbar vor meinem Zimmer. Einen Moment lang denke ich, er spräche mit mir, doch dann antwortet eine tiefe, knurrige Stimme: Elliot. »Scheiße«, sagt Topher. »Das hat uns gerade noch gefehlt.«

Ich öffne die Tür. Die Gruppe hat sich auf dem Treppenabsatz versammelt und diskutiert im Schein ihrer Handytaschenlampen. Schließlich gehen wir nach unten, um mit Erin und Danny zu sprechen. Ich halte mich im Hintergrund, als Topher gereizt an die Küchentür klopft. Er murmelt etwas vor sich hin von wegen Arsch der Welt.

»Was?«, fragt Danny streitlustig.

»Hallo«, sagt Topher in völlig verändertem Ton. Er macht jetzt auf charmant. Er ist nicht dumm. Er weiß, dass er diese Leute auf seine Seite bringen muss. Das zu beobachten ist eindrucksvoll; als hätte man einen Schalter umgelegt. »Es tut mir so leid, Sie zu stören, aber wir haben keinen Strom.«

»Wir auch nicht, Kumpel«, sagt Danny kurz angebunden.

»Kann man da irgendwas machen?«, erkundigt sich Topher. Er ist hörbar angespannt. Dann klingt sein Akzent nämlich noch mehr nach Geld als sonst.

»Nicht so richtig. Das Notstromaggregat war im Poolgebäude.« Danny deutet auf die Trümmer, die man durchs Küchenfenster gerade noch erahnen kann. Topher flucht. Seine charmante Fassade bekommt Risse.

»Also warten wir einfach, bis wir erfrieren?«

»Das nun nicht. Wir haben jede Menge Brennholz. Sie können schon mal anfangen und ein Scheit in den Wohnzimmerkamin legen.«

Topher macht den Mund auf, als wollte er etwas sagen, besinnt sich aber eines Besseren und klappt ihn wieder zu. Dann dreht er sich um und geht langsam durchs dunkle Wohnzimmer. Wir folgen ihm.

In der Sitzecke wirft er sich aufs Sofa, während Miranda Kerzen anzündet. Rik öffnet den Holzofen, stochert in der Glut und legt zwei Scheite auf.

»Toll«, sagt Carl. »Richtig super. Das hat uns gerade noch gefehlt. Bis die uns finden, sind wir beschissene Eiswürfel.«

»Das wird schon wieder«, sagt Miranda genervt. »Wir sollten uns eher Sorgen um Eva machen.«

Eva. In dem ganzen Durcheinander war es mir fast gelungen, sie zu vergessen. Eine Mischung aus Schuldgefühlen und Angst liegt mir schwer im Magen.

Es entsteht eine lange, schreckliche Pause, in der niemand laut die Fragen stellt, die jedem von uns durch den Kopf gehen. Was ist passiert? Wurde sie von der Lawine verschüttet? Ist sie tot?

»Hätte sie nicht angerufen, wenn es ihr gut ginge?«, durchbricht Ani schließlich die Stille. Ihre Schüchternheit ist noch ausgeprägter als sonst. »Ich weiß, hier ist kaum Empfang, aber wenigstens … eine SMS?«

»Vielleicht ist sie nicht durchgekommen«, sagt Miranda, aber sie klingt wenig überzeugend und will sich wohl nur selbst Mut zusprechen.

Elliot steht in der Ecke und schaut in die dämmrige Schneewüste hinaus. Dann sagt er mit seiner tiefen Stimme etwas zu Topher und geht. Topher steht auf und folgt ihm wortlos.

Ich sehe ihnen stirnrunzelnd nach, ihre Schatten hüpfen und zucken im flackernden Kerzenschein. Wohin wollen sie? Tophers Gesichtsausdruck gefällt mir nicht. Diese plötzliche Entschlossenheit. Mir wird ganz unbehaglich zumute.

Erin

Snoop-ID: LITTLEMY
Hört: offline
Snoopscriber: 10

»Das ist schlimm, Erin.« Danny durchstöbert die Konservendosen weiter hinten in der dunkler werdenden Küche. Dann richtet er sich auf und fährt sich über die kurz geschorenen Haare. »Das ist sehr, sehr schlimm.«

»Das wird schon«, sage ich, wohl wissend, dass ich lüge. Mein Knöchel ist auf die doppelte Größe angeschwollen, ich kann noch immer nicht auftreten. Wir haben kein Licht, und die einzige Wärme kommt von den Holzöfen. Danny kann nicht einmal ein gefrorenes Curry in der Mikrowelle auftauen. Und Eva – aber daran darf ich jetzt nicht denken. Ich schiebe das Bild ihres kalten, weißen Gesichtes weg, verschließe es hinter der Tür in meinem Kopf, wo ich solche Bilder in Eis gefroren aufbewahre. Ich muss mich an die Möglichkeit klammern, dass es ihr gut geht, dass sie es hinunter ins Dorf geschafft hat und uns nur noch nicht erreichen konnte. Der Empfang ist weiß Gott schlecht.

»Der Fuß könnte gebrochen sein«, sagt Danny. Ich schüttele nachdrücklich den Kopf und demonstriere eine Zuversicht, die ich nicht empfinde.

»Ich glaube nicht, dass er gebrochen ist. Nur heftig verstaucht.«

»Woher zum Teufel willst du das wissen?«, fragt Danny und hebt die Hand. »Schon gut, ich hatte vergessen, dass du eine verdammte Ärztin bist. Erzähl mir doch noch mal, warum du stattdessen zum Mindestlohn reichen Wichsern hinterherputzt?«

Darauf könnte ich ihm circa acht verschiedene Antworten geben. Ich könnte ihn etwa daran erinnern, dass ich keine Ärztin bin, sondern mein Medizinstudium abgebrochen habe. Oder ihm verraten, was mich in Wahrheit nach Saint-Antoine geführt hat. Ich könnte ihm einen Vortrag über Grünholzfrakturen halten. Aber ich muss gar nichts sagen, weil er sich wieder den Konservendosen zugewandt hat.

»Ich könnte Suppe auf dem Holzofen warm machen«, sagt er mit gefurchter Stirn, während er im Licht der Handytaschenlampe ein Etikett entziffert. »Herrgott noch mal, was für ein Schlamassel.«

Wir zucken zusammen, als es klopft, und starren einander an. Danny geht zur Tür. Es ist wieder Topher, aber der schmeichelnde Gesichtsausdruck von vorhin, als wir ihm Licht herbeizaubern sollten, ist verschwunden. Er sieht aus … ich weiß nicht recht. Dafür kenne ich ihn nicht gut genug. Er könnte sauer sein, aber auch sehr besorgt.

»Ja?«, fragt Danny kurz angebunden, aber ich rappele mich auf und humpele an ihm vorbei. Danny hält sich nicht ohne Grund meistens in der Küche auf. Er besitzt weder Taktgefühl noch Geduld. Doch so schlimm die Situation auch sein mag, Topher und Snoop sind immer noch unsere Gäste, und wir müssen uns entsprechend professionell verhalten.

»Topher«, sage ich und bemerke dann, dass Elliot hinter ihm steht. »Elliot, wie kann ich Ihnen helfen?«

»Elliot glaubt, dass er Eva gefunden hat«, sagt Topher übergangslos.

»Was?« Damit hatte ich nun wirklich nicht gerechnet. Fragen stürzen auf mich ein. Wo? Wie? »Geht es ihr gut?«

»Das wissen wir nicht.« Topher drängt sich an Danny und mir vorbei, klappt einen Laptop auf und stellt ihn auf die Arbeitsplatte. Der Schein des Monitors lässt unsere Gesichter gespenstisch leuchten.

Er tippt das Passwort ein, unverständlicher Code füllt den Bildschirm.

»Genauer gesagt«, erklärt Elliot mit seiner tiefen, monotonen Stimme, »können wir ihr Handy orten.«

»Ihr Handy?«

»Einer der Gründe, die aus meiner Sicht gegen die Übernahme sprechen«, setzt Topher an, »ist der, dass Elliot an einem großen Update arbeitet, um Geld mit Snoop zu machen. Wir nennen die Beta-Version GeoSnoop, aber es wird wohl nicht bei diesem Namen bleiben. Wie Sie vielleicht wissen, ist Snoop zur Zeit so anonym wie nur möglich – man kann nicht erkennen, wo sich jemand befindet, sondern muss sich auf die Informationen aus dem Profil verlassen.«

»Verstehe«, sage ich langsam.

»Elliot arbeitet schon seit einer Weile an einem Upgrade, mit den man andere Snooper in einem Radius von fünfzig Metern orten kann. Man weiß nicht, wo sie genau sind, wohl aber, dass sie sich in der Nähe befinden.«

»Ja, kapiert.«

»Wir sind damit noch nicht online gegangen. Aber im Zuge der Vorbereitungen haben wir schon mal die Genehmigungen verändert, die Snoop benötigt, um auf den Standort zugreifen zu können. Damit gehört diese Information zum Datenprofil, das wir an interessierte Parteien weitergeben, um Einnahmen zu erzielen.«

»Verstehe …«, sage ich wieder, damit er endlich zur Sache kommt. Wie Snoop genau funktioniert, ist mir egal. Ich ahne ohnehin, worauf er hinauswill. »Wollen Sie damit sagen, dass Sie mit dieser Funktion Eva geortet haben?«

»Ja. Elliot konnte sich ins Backend hacken und die GPS-Koordinaten von Evas Handy ermitteln.«

»Es ist hier«, sagt Elliot und öffnet eine GPS-Karte, auf der ein rotes Fähnchen die Koordinaten markiert, die er in die Suchleiste eingegeben hat.

Kaum sehe ich das Fähnchen, überkommt mich kaltes Entsetzen.

»Wo ist das genau?«, fragt Topher. Ich höre seine Stimme wie aus weiter Entfernung. Danny schlägt die Hand vor den Mund. Er hat soeben begriffen, was mir schon klar war.

Auf Elliots Karte sind zwar die Pisten eingezeichnet, nicht aber die Erhebungen, und ohne die vereinfachte dreidimensionale Darstellung, die man von der offiziellen Karte des Skigebiets kennt, ist es nicht ganz leicht, die Gipfel und Täler auszumachen. Evas Punkt befindet sich ganz nah an La Sorcière. So dicht, dass sie praktisch *auf* der Piste sein könnte.

Aber das ist sie nicht. Denn wenn man die Piste kennt, und ich bin sie oft gefahren, weiß man, dass das Gelände an einer Seite steil abfällt. Dort geht es mehrere hundert Meter nach unten in ein schwer zugängliches Tal. Irgendwie muss das passiert sein, was ich von Anfang an befürchtet habe: Eva ist im Schneegestöber über die Kante hinausgeschossen.

»Wenn wir die Koordinaten an die Rettungsteams durchgeben können –«, sagt Topher mit dem unbekümmerten Selbstvertrauen, wie es nur der Geschäftsführer einer großen internationalen Firma aufbringen kann, doch ich unterbreche ihn.

»Es tut mir leid, Topher, es tut mir so leid –«

»Was meinen Sie?«

»Das hier –« Ich muss schlucken. Wie kann ich die Nachricht so verpacken, dass sie nicht zu brutal klingt? »Der Punkt befindet sich neben der Piste.«

»Eva ist eine exzellente Skifahrerin«, sagt Topher zuversichtlich. »Auch abseits der Piste – selbst bei diesem Wetter –«

»Nein, Sie verstehen mich nicht. Ich spreche nicht von unberührtem Schnee. Ich meine, sie ist nicht abseits der Piste gefahren. Sondern über die Kante. La Sorcière –« Wieder muss ich schlucken. Ich kann es nicht nett verpacken. »Dieser Teil der Piste führt an einem Abgrund entlang. Einem sehr tiefen Abgrund.«

Topher schaut mich verständnislos an, will oder kann nicht begreifen, was ich ihm zu sagen versuche.

»Wie meinen Sie das?«, sagt er schließlich.

»Topher, falls Eva dort ist, wo sich der Punkt befindet, ist sie tot.«

Ich bereue meine Deutlichkeit, sowie ich die Worte ausgesprochen habe, kann sie aber nicht zurücknehmen.

Die Farbe weicht aus Tophers Gesicht. Er wendet sich an Elliot.

»Wie exakt ist die Positionierung?«

»Das GPS ist für gewöhnlich auf etwa fünf Meter genau«, sagt Elliot. Er wirkt … ach Gott, ich weiß nicht. Nahezu ungerührt? Ist das möglich? Sicher nicht. Niemand kann so kaltschnäuzig sein. Und selbst wenn, würde man nicht wenigstens Betroffenheit heucheln? »Aber es kann Störungen geben – reflektierte Signale und so etwas. Ich bin mir nicht ganz sicher, wie sich die Berge auswirken. Möglicherweise ist der Standort einige Meter weiter.«

»Um wie viel, zehn Meter vielleicht? Dann könnte sie auf der

Piste sein«, sagt Topher verzweifelt, aber ein Blick auf die Karte macht jedem klar, dass das nicht sein kann. Nicht einmal fünfzig Meter Differenz würden ausreichen. »Oder – oder ihr könnte das Handy heruntergefallen sein.«

»Dann müsste es auf der Piste liegen«, sage ich sehr leise.

»Herrgott noch mal, sie könnte es auch über die Kante geworfen haben!«, schreit Topher.

Darauf reagiert niemand. Natürlich könnte das sein, aber warum hätte sie das tun sollen? Keiner bringt es über sich, diese Frage laut zu stellen, nicht einmal Elliot, der einfach nickt, weil Tophers Annahme im Kern richtig ist. Wir haben lediglich Evas Handy geortet. Leider lässt sich kaum eine Erklärung dafür finden, wie es ohne Eva dort hingekommen ist.

»Scheiße«, sagt Topher. Er tastet sich vor zu der Fußstütze, auf die ich vorhin meinen verletzten Fuß gebettet hatte, und setzt sich hin, als würden ihn seine Beine nicht mehr tragen. »Scheiße.«

»Wenn sie tatsächlich tot sein sollte«, sagt Elliot tonlos, »was bedeutet das dann für Snoop? Ist Evas Mann jetzt Gesellschafter? Kann er in der Übernahme-Frage abstimmen?«

»Herrgott!« Topher schaut mit irrem Blick um sich, als könnte er nicht begreifen, was geschehen ist. »Arnaud? Ich – ich weiß es nicht! Mensch, Elliot, wie kannst du nur –«

Er verstummt. Es arbeitet in ihm. Schließich ist er der Gründer von Snoop, unabhängig davon, wie bekümmert er gerade ist.

»Das nehme ich an – warte, jetzt fällt mir wieder ein, was wir damals in den Vertrag aufgenommen haben. Es gibt eine Klausel, die verhindern soll, dass die ursprünglichen Gesellschafter ohne ihre Zustimmung die Kontrolle über die Firma verlieren. Ich bin mir ziemlich sicher, dass ein Gesellschafter seinen Anteil nicht verkaufen oder verschenken kann. Er kann sie nur Eva und mir zum Kauf anbieten. Ich meine –«

Er hält inne. Schluckt.

»Mir.«

Liz

Snoop-ID: ANON101
Hört: offline
Snoopscriber: 0

Eva ist tot.

Keine Ahnung, wie es sich herumgesprochen hat, aber als das Gerücht erst einmal in der Welt war, breitete es sich aus wie Eisblumen an einer Fensterscheibe. Bald wissen alle Bescheid. Im Wohnzimmer wispern Miranda und Tiger eindringlich miteinander.

»Ich weiß«, zischt Miranda. »Aber wir *müssen* irgendeine Mitteilung machen, wenn wir wieder online gehen, Tiger. Wir können diese Nachricht unmöglich unter Verschluss halten. Wenn es durchsickert, ist das auf lange Sicht schlimmer.«

»Ich kann's nicht glauben.« Ani setzt sich neben mich aufs Sofa. Ihr Gesicht ist verschwollen und fleckig, das sehe ich selbst im matten Schein von Ofen und Kerzen. »Hast du schon gehört?«

Ich nicke. Traue meiner Stimme nicht. Trotz allem, was passiert ist, und obwohl ich längst nicht mehr bei Snoop bin, habe ich die Zeit dort noch nicht verarbeitet.

»Ich kann's nicht glauben!«, wiederholt Ani verzweifelt. »O Gott, das ist so furchtbar. Die arme, arme Eva. Rik sagt, sie können vielleicht nicht mal ihre Leiche bergen. O Gott, der arme Arnaud. Er weiß es noch gar nicht. Und wie soll er es Radisson beibringen? Wie erklärt man einem so kleinen Kind, dass seine Mami nie wieder nach Hause kommt?«

Radisson. Der Name trifft mich wie ein Messerstich. Ich hatte fast vergessen, dass Eva ein Kind bekommen hat, nachdem ich Snoop verlassen hatte.

»Ich weiß es nicht«, sage ich mit rauer Stimme.

»Weiß der Geier, was das nun für die Übernahme bedeutet«, sagt Carl mürrisch vom anderen Ende des Zimmers. Ani geht sofort auf ihn los.

»Carl! Wie kannst du nur an so was denken?«

»Ich weiß.« Er hebt die Hände in einer hilflosen Geste. »Es geht mir nicht um mich. *Ich* würde schließlich keine Millionen an einer Übernahme verdienen. Mir geht es nicht ums Geld. Sondern um die Sicherheit der Firma. Ich bin immer noch der Justiziar von Snoop und muss an solche Dinge denken. Snoop löst sich nicht in Luft auf, nur weil Eva einen Unfall hatte. Unsere Angestellten sind schließlich auch noch da. Ich bin ihnen und der Firma verpflichtet. Ich würde das Gleiche sagen, wenn ich über einen Felsvorsprung gefahren wäre. Vorausgesetzt, ich könnte noch reden.«

»Carl hat recht.« Rik taucht unerwartet auf und legt seinem Kollegen die Hand auf die Schulter. Er scheint sich unbehaglich zu fühlen. »Auch wenn er es ziemlich krass ausgedrückt hat. Evas Tod ist eine Tragödie – daran besteht kein Zweifel. Es mag kalt klingen, aber mit Snoop hat das nur sehr wenig zu tun. Die Firma ist ein rechtliches Gebilde für sich, auch was Eva und Topher angeht. Das Übernahmeangebot liegt noch immer auf dem Tisch. Die Zeit bleibt nicht stehen. Wir müssen uns melden. Daran ändert Evas Tod nichts.«

»Na ja, etwas ändert er schon, oder?«, fragt Carl. Sein grimmiger Tonfall gefällt mir nicht. Rik schaut ihn verwundert an.

»Entschuldige, was meinst du damit? Sprichst du von Evas Anteilen? Die gehen an ihren Mann, nehme ich an.«

»Tun sie nicht«, erwidert Carl ausdruckslos.

»Was willst du damit sagen? Selbst wenn Eva kein Testament gemacht haben sollte, bekommt Arnaud alles und wird der Übernahme zustimmen, oder?«

»Gesellschaftervertrag«, erwidert Carl. Als Rik ihn immer noch verständnislos ansieht, erklärt er es genauer. »Bei der Firmengründung wurde eine Klausel in den Vertrag aufgenommen, nach der niemand seine Anteile auf Außenstehende übertragen kann. Du bist doch Gesellschafter. Wusstest du das nicht?«

»*Wie bitte?*«, fragt Rik. »Nein, das wusste ich nicht! Mann, wer hat das denn für eine gute Idee gehalten?«

»Das ist nicht unüblich«, antwortet Carl achselzuckend. »Ich würde sogar behaupten, dass es Good Practice ist. Es verhindert, dass die Firma irgendwelchen Arschlöchern in die Hände fällt. Die ursprünglichen Gründer können nicht gegen ihren Willen hinausgedrängt werden. Topher und Eva haben das so vereinbart. Damit will man vermeiden, dass im Fall einer Scheidung der oder die bescheuerte Ex das Stimmrecht erhält, auch wenn er oder sie die Hälfte der Anteile bekommt.«

»Worauf willst du hinaus?«, fragt Rik entsetzt. »Verfallen Evas Anteile, wenn sie stirbt?«

»Nein, die existieren weiter. Aber Arnaud muss sie an Topher verkaufen.«

»An *Topher*? Warum nicht an uns andere?«

»Weil der Vertrag geschlossen wurde, bevor du und Elliot in die Firma eingetreten seid. Sie haben ihn aufgesetzt, als sie noch zu zweit waren. Die Klausel wurde nie aktualisiert, als man weitere Anteile ausgegeben hat.«

»Also muss Topher Arnaud die Anteile abkaufen?«, fragt Miranda und setzt sich mit gerunzelter Stirn neben Rik. »Nur dass …« Sie hält inne und sieht Rik vielsagend an.

»Nur dass er das nicht kann«, wirft Rik unverblümt ein. »Er ist nicht flüssig, das dürfte kein großes Geheimnis sein. Was also bedeutet das?«

»Es gibt eine Versicherung, um die Kosten zu decken. Sollte es jedenfalls, sofern sie regelmäßig die Beiträge bezahlt haben. Die Anteile müssen von einem unabhängigen Gutachter bewertet werden, und Arnaud bekommt den Betrag, der im Gutachten festgesetzt wird. Keine Ahnung, ob sie das Übernahmeangebot dabei berücksichtigen. Das liegt wohl im Ermessen der Versicherung.«

»Augenblick mal, du willst also sagen …« Rik ist wie vom Donner gerührt. »Du willst damit sagen –«

»Dass sich Tophers Anteil soeben auf sechzig Prozent erhöht hat. Jawoll, so sieht es aus.«

Im Raum herrscht Totenstille.

Miranda sieht schockiert aus.

Rik dreht sich um und verlässt den Raum.

Erin

Snoop-ID: LITTLEMY
Hört: offline
Snoopscriber: 10

Die Nachricht von Evas Tod ist wie ein Kieselstein, der in einen Teich fällt. Nein, kein Kieselstein – ein Felsbrocken. Zuerst der grauenhafte, markerschütternde Aufschlag und dann die Kreise, die er zieht, die von der ursprünglichen Katastrophe ausstrahlen, immer weiter, größer werden und einander schließlich auslöschen.

Als Danny und ich bei Kerzenschein die Suppe servieren, beobachte ich unwillkürlich die Gäste. Jeder versucht auf seine Weise, mit Evas Verschwinden umzugehen.

Nicht jeder will es wahrhaben. Inigo beispielsweise weigert sich, den GPS-Daten Glauben zu schenken. »Sie könnte trotzdem unten in Saint-Antoine sein«, sagt er immer wieder. »Das GPS irrt sich ständig, und außerdem, selbst wenn ihr Handy irgendwo ist – was beweist das schon?«

Andere sind angesichts der Tragödie verstummt. Tiger bringt nichts herunter. Sie sitzt nur da, den Kopf über ihren unberührten Teller mit Suppe gebeugt, als wären die anderen gar nicht da.

Einige sind wie betäubt. Ani scheint kaum zu merken, was um sie herum geschieht. Sie zerpflückt ihr Brot und murmelt vor sich hin. Liz ist blass und erschüttert und macht den Mund kaum auf.

Elliot wiederum wirkt überhaupt nicht betroffen. Er löffelt voller Genuss die Suppe und trägt ein Pokergesicht zur Schau, als hätte sich nicht gerade eine Tragödie ereignet. Seine Gleichgültigkeit ist geradezu verstörend, doch als es aus Ani herausplatzt und sie »Elliot, macht es dir denn gar nichts aus?« ruft, scheint er aufrichtig überrascht.

»Natürlich macht es mir etwas aus. Aber essen muss ich trotzdem.«

Mein Blick wandert immer wieder zu Topher. Topher, der seine Partnerin verloren und eine Firma gewonnen hat.

Denn er leitet Snoop jetzt allein, das ist ziemlich offensichtlich. Trotz seiner wilden Schmerzbekundung vorhin in der Küche scheint ihn die Tatsache, dass er jetzt Mehrheitseigner einer milliardenschweren Firma ist, nicht sonderlich zu betrüben. Er hat es offenbar schon weggesteckt, scheint förmlich Kraft daraus zu schöpfen, als wäre seine Persönlichkeit größer geworden, um die Lücke zu füllen, die Eva hinterlassen hat. Als ich die Suppenteller abräume und Wein nachschenke, nimmt er sein Glas, kippt es hinunter und lacht unbändig. Er hat eine Menge getrunken, während er die schweigsame Tiger mit Geschichten über Heldentaten aus der Anfangszeit der Firma unterhalten hat. Ich erkenne jetzt deutlich, weshalb sie diesen Mann zum Geschäftsführer gemacht haben. Er hat das Selbstvertrauen, das man braucht, um eine verrückte und absurde Idee auf einem bereits überfüllten Markt durchzusetzen und daraus ein milliardenschweres Unternehmen zu formen. Ich habe nie verstanden, wie jemand solche Chuzpe haben und so etwas noch vor seinem dreißigsten Geburtstag schaffen kann – bis jetzt.

Rik hingegen scheint kleiner geworden zu sein. Er wirkt vollkommen verwirrt, wie ein Mann, der alles verloren hat, was in gewisser Weise wohl auch stimmt. Wenn Topher allein das Sagen hat, dürfte sich die milliardenschwere Übernahme in Luft auflösen, und ihm bleibt dann nur … was? Anteile an einer

Firma, die er gegen den Willen des Gründers verkaufen wollte? Arbeiten unter einem Chef, dem er nicht vertraut? Ich kann mir nicht vorstellen, dass er seinen Job noch lange behalten wird, wenn sie wieder in England sind, Freundschaft hin oder her. Topher ist kein Mann, der einen Putsch verzeiht, wie ihn Rik und Eva geplant hatten.

Allerdings beeindruckt es mich, dass Carl und Miranda, die locker hätten die Seite wechseln können, als sich der Wind drehte, fest zu Rik stehen. Ob sie glauben, dass Snoop ohne Eva zum Untergang verurteilt ist? Jedenfalls stehen sie nicht auf Tophers Seite, so viel ist klar. Sie flankieren Rik wie Schachfiguren, die ihren König bewachen.

Aber das Spiel scheint vorbei zu sein. Sie haben ihre Königin verloren. Am Tisch klafft wieder eine Lücke. Diesmal fehlt nicht Topher, sondern Eva, und der leere Stuhl ist eine beständige, schmerzhafte Mahnung an das, was geschehen ist.

Im Chalet ist es trotz Stromausfall und Temperatursturz relativ warm. Dank der Wärmeisolierung und Dreifachverglasung hat sich die Wärme gehalten. In den Schlafzimmern dürfte es erträglich sein, und die beiden Holzöfen heizen Wohn- und Esszimmer.

Trotzdem teile ich zur Schlafenszeit zusätzliche Decken und Federbetten aus, die wir immer für Notfälle bereithalten. Ich klemme mir eine Taschenlampe unter den Arm und hinke von Tür zu Tür, die Arme voller Bettzeug. Außerdem habe ich Thermoskannen mit heißem Kakao dabei.

Ich will gerade an die vorletzte Tür klopfen, als Danny, der mir mit einem Stapel Decken folgt, plötzlich warnend sagt: »Erin –«

Ich halte inne. Es ist die Tür zu Evas Zimmer.

Das ist wie ein Schlag in die Magengrube, und sofort sind

mir die Geschehnisse des Tages wieder präsent. Eine Lawine. Ein Todesfall. Wird sich Perce-Neige jemals von dieser doppelten Katastrophe erholen? Es ist kaum vorstellbar, dass jemand in seiner Sonntagszeitung darüber liest und umgehend seinen Urlaub hier bucht. Andererseits ist Saint-Antoine nicht der erste Skiort in den Alpen, der eine Lawinentragödie erlebt hat. Das kommt fast jedes Jahr vor. Tatsächlich gab es ganz in der Nähe zu Saisonbeginn einen ähnlichen Lawinenabgang.

»Schätzchen?«, fragt Danny, und ich merke, dass ich reglos stehen geblieben bin und mich in meinen Gedanken verloren habe.

»Tut mir leid. Ich – ich habe nicht –«

»Alles klar bei dir?« Es klingt unbehaglich. »Du solltest dich mal hinsetzen. Es gefällt mir nicht, dass du mit diesem Knöchel herumläufst.«

»Mir geht's gut«, sage ich schroff. In Wahrheit tut mein Knöchel weh. Sehr sogar. Danny hat vermutlich recht, ich sollte ihn nicht belasten. Andererseits kann ich es nicht ertragen, allein im stillen, dunklen Personalbereich zu sitzen, den Schmerz zu spüren und über das nachzudenken, was geschehen ist und was noch geschehen könnte. Wenn ich arbeite, geht es mir besser; die endlosen Aufgaben halten meine Gedanken in Schach. Außerdem gibt es noch einen praktischen Aspekt: Der professionelle Umgang mit den Gästen ist nicht gerade Dannys Stärke. Sie haben ihm seine Taktlosigkeit von vorhin, nach dem Lawinenabgang, verziehen – das hoffe ich jedenfalls –, aber nun sind wir wieder in unsere alten Rollen geschlüpft. Wir müssen gute Gastgeber sein, höflich bleiben, selbst unter diesen Umständen. Vielleicht sogar *gerade* unter diesen Umständen. Es kommt mir vor, als würde um uns herum alles zerfallen – und unsere klar definierten Funktionen sind das Einzige, an das wir uns klammern können. Danny und ich müssen unbedingt das Heft in der Hand behalten. Wenn wir die Kontrolle verlieren, wenn wir Topher das Ruder überlassen – dann möchte ich nicht wissen, wie sich sich das alles hier entwickelt.

Jetzt fehlt nur noch ein Zimmer. Tophers. Ich umklammere die Decken fester, bevor ich klopfe.

Er ist betrunken, das sieht man auf den ersten Blick. Sein Bademantel klafft trotz der Kälte bis zur Taille auf, er hat eine Flasche in der Hand. Und er ist nicht allein. In der Dunkelheit kann ich nicht erkennen, wer bei ihm ist, befürchte aber, es könnte die kleine Ani sein. Sie hat nämlich nicht aufgemacht, als ich bei ihr geklopft habe. Ich würde ihr gern sagen, dass die Lösung für ihren Kummer nicht in Tophers Bett liegt, aber das geht nicht. Es geht mich nichts an. Sie ist so alt wie ich, ein Gast, keine Freundin, und es steht mir nicht zu, ihr zu sagen, was sie tun soll, selbst wenn ich fürchte, dass sie einen riesengroßen Fehler macht.

»Ellen«, lallt er. »Aber hallo. Was treibt Sie denn um diese späte Stunde in mein Zimmer? Es ist ein bisschen spät, um die Leute ins Bett zu bringen.«

»Zusätzliche Decken«, sage ich mit meinem freundlichsten Lächeln. »Nur für den Fall, dass die Temperatur über Nacht fällt. Ich kann Sie doch nicht alle einfach so erfrieren lassen.«

»Ich verrate Ihnen mal ein Geheimnis …« Topher beugt sich vertraulich vor, sein offen stehender Bademantel gibt den Blick frei auf seine behaarte Brust. »Nichts hilft besser beim Überleben als eine nackte Frau.«

Das hat mir noch gefehlt.

Mein Lächeln erstirbt.

»Das ist leider nicht im Service inbegriffen.«

»Ich hab mich schon selbst darum gekümmert.« Trotzdem greift er nach den Decken, die ich ihm hinhalte, er schwankt dabei ein bisschen.

Ich will gerade kehrtmachen, als er aus heiterem Himmel fragt: »Kennen wir uns nicht?«

»Ich glaube nicht«, sage ich mit fester Stimme.

»Doch. Ich habe Sie schon mal gesehen. Haben Sie in London gekellnert?«

»Leider nicht.«

»Doch, doch«, beharrt er. »Ich kenne Sie. Das ist mir gleich bei der Ankunft aufgefallen.«

»Kumpel, sie sagt, sie kennt Sie nicht. Und Sie sind besoffen.« Danny tritt schützend vor mich. Topher macht auch einen Schritt nach vorn, und sein Gesicht wird schneller zur Fratze, als ich *Oh, Scheiße* denken kann.

Danny ballt die Hände zu Fäusten, die Sehnen an seinem Hals treten wie Schnüre hervor, und einen Augenblick lang stehen sich die beiden Männer dicht gegenüber. Mein Herz hämmert. Danny *darf* Topher nicht schlagen. Dann wird er gefeuert.

Doch Topher weiß genau, wann er sich auf dünnem Eis bewegt. Er weicht zurück und bringt ein Lachen zustande, das gerade noch als freundlich durchgehen kann.

»Mein Fehler. *Kumpel.*«

Dann schließt er die Tür. Danny und ich stehen da, schauen einander an und fragen uns, wie lange es noch dauert, bis das Eis nicht mehr trägt.

Liz

Snoop-ID: ANON101
Hört: offline
Snoopscriber: 1

Als ich wach werde, ist es kalt. Das fällt mir als Erstes auf. Was für ein Kontrast zu gestern, als ich mit trockenem Mund aufgewacht bin und mich gefühlt habe, als hätte ich die Nacht in einem zu warmen Zimmer verbracht.

Ich greife nach dem Glas auf meinem Nachttisch. Das Wasser ist so kalt, als käme es aus dem Kühlschrank.

Unter der zusätzlichen Daunendecke, die Erin mir gebracht hat, fühle ich mich noch relativ wohl, freue mich allerdings nicht gerade aufs Anziehen. Irgendwann greife ich nach dem Frotteebademantel, der über dem Fußende hängt, und hole ihn zu mir unter die Decke, um ihn anzuwärmen. Das erinnert mich an früher, als ich in meinem Kinderzimmer die Schuluniform unter der Bettdecke angezogen habe. Das Zimmer befand sich auf einem schlecht isolierten Dachboden und hatte im Winter fast Außentemperatur. Wenn ich morgens aufwachte und ausatmete, hing eine weiße Wolke in der Luft. Abends kondensierte die Feuchtigkeit an der Dachschräge und gefror in der Nacht. Morgens zogen sich dann kleine Eisrinnsale über die Wände. Ganz so schlimm ist es hier nicht. Schließlich befinde ich mich nicht in einem viktorianischen Reihenhaus in Crawley, sondern in einem luxuriösen Chalet. Dennoch ist es unangenehm kühl.

Ich schaue auf mein Handy. 7:19 Uhr. Nur noch 15 Prozent

Akku, aber bevor ich mir deswegen Gedanken machen kann, werde ich abgelenkt.

Ich habe eine Mitteilung.

Irgendwann in der Nacht muss sich mein Handy mit dem Internet verbunden haben. Jetzt ist der Empfang wieder weg, alle Balken sind grau, aber die Mitteilung beweist, dass es wenigstens für einen kurzen Moment eine Verbindung gegeben hat.

Und es gibt noch eine Überraschung: Die Mitteilung kommt von Snoop. Ich erhalte nie Mitteilungen von Snoop. Die bekommt man nur, wenn man einen neuen Follower hat, und das passiert bei mir nicht.

Bis jetzt jedenfalls. Irgendwann in der Nacht hat mich jemand gesnoopt. Ich bin mir nicht sicher, wie das sein kann, da ich keine Musik gehört habe. Ich hatte keine Ahnung, dass so was möglich ist. Vielleicht wurde mein Stream irgendwie neu gestartet, als sich das Handy kurz mit dem WLAN verbunden hat?

Sehr eigenartig. Ich habe keine Ahnung, wer es sein könnte – man sieht nur in Echtzeit, wer einen snoopt; sobald sich die Leute ausloggen, ist die Verbindung unterbrochen. Ich verdränge mein Unbehagen. Vermutlich war es ein Bot oder ein Serverfehler, oder jemand hat versehentlich die falsche ID eingegeben.

Unten ist es still, aber deutlich wärmer, und neben dem Holzofen in der Lobby entdecke ich einen Berg Croissants, vermutlich von gestern, und zwei große Thermoskannen.

Ich nehme mir ein Croissant und wärme mir im Wohnzimmer die Hände am Kaminfeuer, während ich esse – allein, denke ich. Doch als ich mich umdrehe, bemerke ich Elliot, der sich in einem Sessel über seinen Laptop beugt. Das überrascht mich aus zwei Gründen: Zum einen ist der Laptop eingeschaltet. Zum anderen verlässt Elliot sein Zimmer normalerweise nur zum Essen. Als ich bei Snoop gearbeitet habe, tat er nicht einmal das. Er überredete den jeweiligen Praktikanten, ihm etwas zu besorgen, und zwar jeden Mittag das Gleiche, schwarzen Kaffee und drei Käse-Speck-Croissants von Pret, und aß im Büro. Es muss für ihn sehr lästig gewesen sein, als sie die Croissants irgendwann nur noch zum Frühstück anboten. Was er wohl gemacht hat? Etwas anderes gegessen? Das kann ich mir kaum vorstellen. Vielleicht hat er den Praktikanten schon um zehn Uhr losgeschickt.

Normalerweise rede ich nicht mit Elliot. Es ist sehr anstrengend, sich mit ihm zu unterhalten, wobei das womöglich nicht an mir liegt. Eva hat mal erzählt, dass er Frauen in zwei Kategorien einteilt: die, mit denen er schlafen möchte, und die, die ihn nicht interessieren. Ich falle eindeutig in die zweite Rubrik. Jetzt aber nehme ich all meinen Mut zusammen.

»Hi, Elliot.«

»Hallo, Liz.« Er klingt völlig ausdruckslos, aber ich kenne ihn gut genug, um zu wissen, dass seine Stimme nichts darüber aussagt, ob er sich freut oder nicht. So begrüßt er jeden, selbst Topher, der vermutlich sein Lieblingsmensch ist.

»Wie kommt es, dass dein Laptop funktioniert?«

»Ich habe immer eine Powerbank dabei.« Er hält sie hoch, ein ziegelsteingroßes Ding, an das er seinen Laptop angeschlossen hat. Typisch Elliot, er überlässt nichts dem Zufall.

»Aber du hast kein Internet, oder?«

»Nein. Aber das brauche ich auch nicht zum Programmieren.«

»Woran arbeitest du?«

»Am GeoSnoop-Update.« Sein sonst blasses Gesicht rötet

sich vor Eifer, und er setzt zu einer langen Erklärung an, der ich nicht ganz folgen kann. Es geht um Geotracking, Anzeigenwerbung, Datenspeicherung und die Herausforderung, das Ganze mit den gesetzlichen Rahmenbedingungen und dem Interface von Snoop in Einklang zu bringen. Ich nicke und gebe mich interessierter, als ich bin. Ich finde eigentlich nur spannend, dass er mit dieser Technik Eva gefunden hat. Irgendwie ist das geradezu ergreifend – dass ihre eigene App dazu beitragen könnte, ihre Leiche zu bergen.

»Ich verstehe«, sage ich, als Elliot fertig ist. »Das klingt sehr … aufregend.« Eigentlich muss ich mich gar nicht darum bemühen, das glaubhaft klingen zu lassen. Schließlich zeigt Elliot auch selten seine Gefühle.

»Falls es dir nichts ausmacht … ich muss jetzt weiterarbeiten«, sagt er in seiner befremdlichen Direktheit.

»Entschuldigung. Ich dachte, du wärst runtergekommen, um Gesellschaft zu haben.«

»Ich bin runtergekommen, weil es in meinem Zimmer zu kalt zum Tippen ist.« Er setzt die Kopfhörer auf, und seine Finger zucken weiter über die Tastatur.

Erstaunlicherweise bin ich nicht beleidigt. Seine Direktheit kann an Grobheit grenzen, doch in diesem Moment finde ich sie beruhigend. Bei Elliot gibt es keine geheimen Codes, die man entschlüsseln muss, keine versteckte Bedeutung, keine Erwartungshaltung. Wenn er einem etwas mitteilen will, sagt er es. Wenn man etwas tun soll, ebenfalls. Und das hat gerade jetzt etwas Tröstliches, es ist ein angenehmer Kontrast zur Welt von Topher und Eva, die voller Blendwerk ist und in der man nie genau weiß, woran man ist. In meiner ersten Zeit bei Snoop erinnerten sie mich an meine Eltern – wenn Besucher kamen, waren sie reizend und unbekümmert, doch sobald die Gäste gegangen waren, gab es Geschrei und Drohungen. Wenn Elliot einen fragt: »Hast du ein Problem damit?«, will er eine ehrliche Antwort hören.

Wenn mein Vater das fragte, durfte man nur eine Antwort geben: *Nein, Daddy*. Und musste sich dann so schnell wie möglich verziehen, bevor es knallte.

Ich knabbere am Croissant und starre in die Flammen, als hinter mir ein Geräusch ertönt. Ich zucke zusammen und lasse das Croissant fallen, hebe es auf und drehe mich um. Rik und Miranda kommen herein. Er sieht aus, als hätte er kein Auge zugemacht.

»Wie geht es dir?«, fragt er unvermittelt und setzt sich neben mich. Ich bin verblüfft. Deutlicher könnte der Unterschied zwischen Rik und Elliot nicht sein. Würde Elliot mich das fragen, wüsste ich genau, was dahintersteckt – nur würde er es gar nicht tun, weil er weiß, dass sich diese Frage unmöglich beantworten lässt. Doch wenn Rik sie stellt, wird sie zu einer Botschaft, die ich entschlüsseln muss. Was meint er damit? Will er wissen, was ich angesichts von Evas Tod empfinde? Wie soll ich das in eine einfache Antwort verpacken? Oder ist es nur eine dieser bedeutungslosen Fragen, auf die man immer mit *Danke, gut* antworten muss?

»Mir geht es … okay«, sage ich zurückhaltend. »Den Umständen entsprechend.«

»Echt?« Rik sieht mich überrascht an. »Dann bist du ein besserer Mensch als ich.« Er senkt die Stimme, obwohl Elliot seine gewaltigen Kopfhörer trägt und vermutlich gar nichts hören kann. »Wenn einem so viel Geld vor die Nase gehalten und dann wieder weggeschnappt wird …«

Da begreife ich, dass er über Topher reden will und wie sich die Machtverschiebung auf die Übernahme auswirken könnte.

»Ich … darüber habe ich noch gar nicht nachgedacht.« Und das ist die Wahrheit … gewissermaßen. Natürlich habe ich überlegt, was es bedeutet, wenn Topher die Firma allein leitet. Doch das Geld war mir nie wirklich real erschienen. Ich hatte nicht den Eindruck, ich hätte es verdient. Es fühlt sich nicht an, als hätte man mir etwas weggenommen – eher, als wäre ich aus einem sonderbaren Traum erwacht. Andererseits fühlt sich das hier – die Lawine, Evas Tod – auch nicht real an. Eher so, als würde ein Traum in einen Albtraum übergehen.

»Hattest du denn keine Pläne gemacht? Mit dem Geld gerechnet?«

»Eigentlich nicht«, sage ich bedächtig. »Ehrlich gesagt, habe ich das Ganze noch gar nicht richtig begriffen.«

»Himmel«, sagte Rik genervt. Ich habe offenbar etwas Falsches gesagt. Ich gerate in Panik. Genau wie bei meinem Vater. Immer diese Angst, etwas Falsches zu sagen oder zu tun. Und dass er es dann an meiner Mutter auslässt. »Könntest du mal mit der Mutter-Teresa-Nummer aufhören, Liz? Wir haben alles verloren. Kapierst du das nicht?«

»Wir haben doch bestimmt nicht alles verloren, oder? Wir haben doch noch die Anteile.«

»Die Anteile!« Rik gibt ein kurzes, bellendes Lachen von sich. »Liz, hast du gestern nicht zugehört, als ich die Gewinn-und-Verlust-Rechnung präsentiert habe? Wenn Topher so weitermacht, können wir von Glück sagen, wenn es Snoop am Jahresende noch gibt. Und dass Eva jetzt nicht mehr da ist, um die Investoren zu beruhigen, macht es noch schlimmer.«

»Und was ist mit dem Update?« Ich versuche, nach einem Strohhalm zu greifen. »Elliots GeoSnoop – dabei geht es doch darum, Snoop profitabler zu machen, oder?«

»Das ist schon in die Gewinnerwartung eingepreist, die Information haben wir schon seit dem letzten Jahr, als wir die Benutzerrechte geändert haben. Wie Elliot GeoSnoop in die App integriert, dürfte sich auf das Nutzungserlebnis auswirken, aber die Zufriedenheit der User war noch nie ein Problem für uns. Es ging immer nur darum, wie wir Geld damit machen können. Aus Sicht der Investoren bedeutet der Roll-out des GeoSnoop-Updates kaum einen Unterschied – der Mehrwert ist bereits vorhanden. Übrigens« – er wirft einen raschen Blick zu Elliot, der weiter vor sich hin tippt – »habe ich Bedenken bei diesem Update. Ich glaube, die Leute ahnen gar nicht, wie viele Informationen Snoop über sie sammelt. Wenn das Update das ganze Ausmaß des Trackings sichtbar macht, könnte es zum Bumerang werden.«

»Eines der Alleinstellungsmerkmale von Snoop war immer, das wir so unkompliziert sind«, sagt Miranda, die mit einer Tasse Kaffee aus der Lobby kommt. Sie trinkt einen Schluck und verzieht das Gesicht. Ich weiß nicht, ob es am Geschmack des Kaffees oder an ihrer Meinung zum Update liegt. »Den Leuten gefällt es, dass sie weitgehend anonym bleiben können, darum bleiben auch die Promis dabei. Ich bin mir nicht sicher, wie viele Leute die Änderung bei der Berechtigung bemerkt und begriffen haben, was das bedeutet, da sich für die User erst mal nichts geändert hat. Aber das Update wird es ans Licht bringen. Den Leuten wird klar werden, wie genau Snoop ihr Bewegungsprofil kennt. Ich habe Topher und Elliot damals schon gesagt, dass es ein großes PR Risiko ist, aber sie waren so auf die coole Technik fixiert –«

Sie hält inne und schaut zu Elliot. Er sitzt immer noch mit gesenktem Kopf da. »Ach, egal. Das ist vermutlich nicht der richtige Zeitpunkt für diese Diskussion. Es ist noch … zu früh.« Sie setzt sich neben mich und Rik und trinkt noch einen Schluck

Kaffee. Dann stellt sie die Tasse weg. »Wie geht es dir denn?«, fragt sie mich. Am liebsten würde ich die Augen verdrehen. Eigentlich wollen sie doch nur wissen, *was ich denke*.

Elliot rettet mich, indem er unerwartet aufsteht, den Laptop zuklappt und die Kopfhörer abnimmt. Er wirkt angespannt. Das ist höchst ungewöhnlich.

»Alles okay, Elliot?«, fragt Miranda munter. Sie macht sich wahrscheinlich Gedanken, ob Elliot etwas von unserem Gespräch mitbekommen hat. »Wenn du magst, Erin hat Kaffee in die Lobby gestellt.«

Er übergeht ihren Hinweis. »Wisst ihr, wo Toph steckt? Ich muss mit ihm reden.«

»Er scheint noch in seinem Zimmer zu sein«, erwidert Rik stirnrunzelnd. Ich vermute, er geht unser Gespräch im Kopf durch und fragt sich, ob er etwas Verfängliches gesagt hat, das Elliot womöglich gehört hat und brühwarm an Topher weitergeben will. »Warte mal«, sagt er, als Elliot entschlossen zur Treppe marschiert. »Ich würde da jetzt nicht reinplatzen. Er hat wohl … Gesellschaft.«

Aber es ist zu spät. Entweder hat Elliot ihn nicht gehört oder es ist ihm egal. Jedenfalls reagiert er nicht. Wir hören nur noch seine schweren Schritte auf der Wendeltreppe.

Erin

Snoop-ID: LITTLEMY
Hört: offline
Snoopscriber: 10

»Oh, hi, Erin.«

Ich stelle gerade eine weitere Thermoskanne mit Kaffee hin, als Ani lächelnd ins Esszimmer schlendert. Sie sieht aus, als hätte sie nicht viel geschlafen. *Ich hoffe, du weißt, was du tust,* würde ich am liebsten sagen, lasse es aber bleiben.

»Guten Morgen, Ani. Möchten Sie Kaffee? Die Espressomaschine funktioniert leider nicht. Aber Danny hat einen Wasserkessel auf den Ofen gestellt, also können wir jedenfalls French-Press-Kaffee machen.«

»Oh, ja, bitte«, sagt Ani. »Könnten Sie Topher auch eine Tasse hochbringen?«

»Sicher.«

»Oh, ich meine, außer natürlich … was macht Ihr Knöchel?«, fügt sie hinzu und scheint verwirrt, weil sie so schnell wieder in den Gast-und-Angestellte-Modus verfallen ist. »Ich kann ihn auch raufbringen, falls Sie nicht –«

Sie verstummt. Die Lawine hat uns in eine sonderbare Lage versetzt. Sind wir alle Überlebende oder immer noch Gäste und Personal? Ich weiß es selbst nicht so genau, glaube aber, dass es für alle einfacher ist, bei der bisherigen Rollenverteilung zu bleiben. Jemand muss die Verantwortung haben, und ehrlich gesagt ist es mir lieber, wenn ich das bin und nicht Topher.

»Es geht schon viel besser«, lüge ich. »Die Treppe ist kein Problem.«

»Sie sollten das nicht tun«, verkündet Ani. »Ich bringe ihn rauf.«

»Ganz sicher?«

»Absolut. Und ich nehme auch eine Tasse für Elliot mit. Er dürfte sich da oben einen abfrieren.«

Sie gießt drei Tassen ein und trägt sie vorsichtig die Wendeltreppe hinauf.

Um zehn sind alle wach. Danny und ich beschließen, die Gäste in die Lobby zu bestellen. Es gibt zwar keine echten Neuigkeiten, und das Wetter ist immer noch zu unberechenbar, als dass ein Hubschrauber auf unserem schmalen Plateau landen könnte, aber der Lokalsender berichtet über Bergungsaktionen und dass EDF daran arbeite, die abgelegenen Weiler wieder mit Strom zu versorgen. Offenbar sitzen wir nicht als Einzige ohne Strom fest und sind im Grunde ganz gut dran. Dennoch erscheint es mir ratsam, allen zu versichern, dass es vorwärtsgeht, und zu betonen, dass wir genügend Lebensmittel und Getränke haben, um über die Runden zu kommen, bis die Standseilbahn wieder fährt oder ein Hubschrauber uns ausfliegen kann.

Außerdem müssen wir über den Elefanten im Raum sprechen: Evas Tod. Obwohl sich das Gerücht in der Gruppe verbreitet hat und alle von Elliots Schlussfolgerungen wissen dürften, haben weder Danny noch ich den Sachverhalt angesprochen. Ich habe es vor mir hergeschoben, weil ich der Realität nicht ins Auge sehen mochte. Nun aber ist es höchste Zeit, alle auf den gleichen Kenntnisstand zu bringen. Die Leute müssen wissen, dass wir uns bemühen, Verbindung mit den Behörden aufzunehmen und durchzugeben, was passiert ist. Gleichzeitig möchte ich ihnen die Illusion nehmen, dass Eva jeden Augenblick in unser Blickfeld humpeln könnte.

Danny schlägt den Gong in der Lobby, dessen ohrenbetäubendes Crescendo zwischen den Dachbalken vibriert. Als sich alle versammelt haben, klopfe ich mit einem Löffel an eine Kaffeetasse und warte, bis es still wird.

»Hi, ähm, hi zusammen. Es tut mir leid, dass ich Sie aus Ihren Zimmern geholt habe, aber Danny und ich möchten Sie alle auf denselben Informationsstand bringen. Er war heute Morgen bei den beiden nächstgelegenen Chalets, die derzeit offenbar unbewohnt sind. Eins wurde schwer beschädigt, aber es scheint niemand drinnen gewesen zu sein, als die Lawine abging. Das andere steht in sicherer Entfernung, aber auch dort hat er niemanden angetroffen. Wir hatten gehofft, jemanden mit einem Funkgerät oder Satellitentelefon zu finden, aber bisher sieht es nicht danach aus. Es gibt noch ein weiteres Chalet auf dieser Höhe, aber das liegt gut fünf Kilometer entfernt. Danny muss abwarten, bis es aufklart, bevor er dort nachsehen kann.«

»Konnten Sie die Bergwacht verständigen?«, fragt Rik.

»Ja und nein. Wie Sie wissen, hatte Inigo gestern Kontakt und hat sie über unsere Lage informiert, aber seitdem konnten wir keine Verbindung herstellen. Da wir kein Satellitentelefon haben, wird das auch noch dauern, wir brauchen erst wieder Strom. Durch den Stromausfall gibt es jetzt gar keinen Handyempfang mehr. Aber sie wissen, dass wir hier sind, das ist das Wichtigste. Von Inigo wissen wir, dass sie uns auf dem Schirm haben. Wir müssen uns nur gedulden, bis sie die kritischeren Fälle abgearbeitet haben.«

»Wissen die über Eva Bescheid?« Die Frage kommt von Tiger, deren Stimme noch heiserer als sonst klingt, als würde sie eine heftige Gemütsbewegung unterdrücken. Es wird ganz still, als ich antworte.

»Ja, Inigo hat ihnen gesagt, dass sie vermisst wird. Aber sie wissen noch nicht das Neueste. Es –«

Ich halte inne und schlucke. Ich wusste, dass es keine leichte Sache sein würde, aber es fällt mir geradezu lächerlich schwer. In Liz' Augen schwimmen Tränen, ich sehe Tophers besorgten Gesichtsausdruck und Ani, die sich die Hand vor die Augen hält, um aufsteigende Tränen zu verbergen. Ich hole tief Luft, stütze mich auf eine Sessellehne, um meinen Knöchel zu entlasten, gebe mir genügend Zeit, um die richtigen Worte zu finden. Selbst wenn wir Elliots Information an die Bergwacht weitergeben, wird es nichts nützen. Eva ist tot und wahrscheinlich unter Tausenden Tonnen Schnee begraben. Es gibt keine Hoffnung, sie lebend zu retten, nicht einmal die Gewissheit, dass man ihre Leiche bergen wird. An manchen Stellen schmilzt der Schnee nie, auch nicht im Sommer. Sollte Eva in einer Schlucht begraben sein, dann war's das. Kein Geld und keine Suchmannschaft der Welt könnten sie dort herausholen.

»Sie ist –« Ich unterbreche mich, schlucke erneut, doch bevor ich weitersprechen kann, meldet sich Carl zu Wort.

»Woher wollen wir wissen, dass sie tatsächlich dort ist?«, fragt er angriffslustig. »Der Handyempfang ist überall beschissen. Woher will Elliot wissen, dass die Koordinaten stimmen?«

Ich schaue mich suchend um. Wo ist Elliot?

»Ich gehe davon aus, dass das GPS-Signal nicht vom Handyempfang abhängt«, stottere ich und suche verzweifelt nach Elliots Gesicht, wünsche mir, dass er sich einmischt und die technischen Feinheiten des Geotrackings erklärt. Das ist nun wirklich nicht mein Fachgebiet. »Offenbar muss man die Koordinaten übertragen, es geht nicht ohne irgendeinen Informationsaustausch, aber das geschieht unabhängig von Mobilfunkmasten. Sie gehen über … Satellit, oder? Ist das richtig, Elliot?« Ich kann ihn nicht entdecken. »Wo ist Elliot?«

Jetzt schauen sich auch die anderen suchend um.

»Ich habe ihn zuletzt in seinem Zimmer gesehen«, sagt Ani stirnrunzelnd. »Er hat gearbeitet. Vermutlich hat er wegen der Kopfhörer den Gong nicht gehört. Ich gehe ihn holen.«

Sie dreht sich um und läuft leichtfüßig die Wendeltreppe hinauf. Wir hören ihre Schritte im Flur, dann das Klopfen an der Tür.

Keine Reaktion. Sie klopft noch einmal, diesmal lauter, und ruft: »Elliot?«

Stille. Ich stelle mir vor, wie sie vorsichtig die Tür öffnet, sich vorwagt und Elliot auf die Schulter tippt … Dann zerreißt ein lauter Schrei das Bild vor meinem inneren Auge. Er klingt nicht nach Verwunderung. Sondern nach purer Panik.

Mit meinem verletzten Knöchel bleibe ich hinter den anderen zurück. Topher, Rik, Danny und Miranda laufen vor mir, Liz und Carl überholen mich auf halber Höhe der Treppe. Als ich oben ankomme, höre ich Ani schluchzen: »O Gott, er ist tot, er ist tot!« Dann blafft Topher brüsk: »Werd bloß nicht hysterisch.«

Als ich schließlich am Flurende angekommen bin und mich in Elliots Zimmer dränge, sieht eigentlich alles völlig normal aus. Bis auf zwei Dinge.

Elliot hängt vornübergesunken auf dem kleinen Schreibtisch am Fenster, das Gesicht in einer Kaffeelache. Die Tasse liegt umgekippt daneben.

Auf dem Fußboden neben dem Schreibtisch steht sein Laptop auf einem Handtuch. Jemand hat ihn zertrümmert.

Liz

Snoop-ID: ANON101
Hört: offline
Snoopscriber: 1

Elliot ist tot. Das sieht man, dafür muss man ihn nicht anfassen. Er ist in vollkommen unnatürlicher Haltung zusammengesackt, ein Arm baumelt herunter, der Kaffee bildet einen Ring um sein Gesicht.

Aber das ist noch nicht alles. Auch sein Laptop spricht eine deutliche Sprache. Elliot wäre lieber gestorben, als jemanden an diesen Computer zu lassen.

Man hat ihn – zerstört ist nicht ganz das richtige Wort. Er wurde *ausgelöscht*. Die Tastatur wurde herausgebrochen, sodass man das Innenleben sehen kann. Der LCD-Monitor ist gesprungen, ein dunkler Fleck bereitet sich darauf aus. Die Festplatte wurde herausgerissen, gewaltsam geöffnet, verdreht und verbogen.

»Was –« Tophers Gesicht ist kalkweiß. So erschrocken habe ich ihn noch nicht erlebt. »Was ist passiert? O Gott, er wollte mir etwas sagen – und ich wollte nicht – o Gott …«

Er taumelt aus dem Zimmer. Er sieht aus, als müsste er sich übergeben.

Ani wirkt wie betäubt. Sie steht mit offenem Mund da, während ihr die Tränen über das Gesicht laufen. Schließlich nimmt Tiger sie am Arm und führt sie weg.

Erin spricht als Erste.

»Alle raus.«

»Was?«, fragt Carl blöde. Es sieht aus wie ein Boxer, der zu viele Schläge auf den Kopf bekommen hat.

»Raus hier. Raus aus dem Zimmer. Das hier ist ein Tatort.«

Sie geht zu Elliot, legt ihm zwei Finger an den Hals, schiebt die Augenlider hoch, blickt zu Danny und schüttelt leicht den Kopf.

»Na los, worauf warten Sie?«, sagt Danny fast schon zornig. »Habt ihr nicht gehört, was sie gesagt hat? Raus!«

Wir verlassen nacheinander das Zimmer. Erin zieht einen Generalschlüssel aus der Hosentasche und schließt hinter uns ab. Nach außen hin wirkt sie ruhig, aber sie muss bestimmt aufsteigende Panik unterdrücken.

»Inigo, ich weiß, dass ich Ihnen das nicht sagen muss, aber bitte prüfen Sie weiter, ob Ihr Handy Empfang hat. Wir müssen jetzt unbedingt die Polizei verständigen.«

»Hm, ja, natürlich.« Inigo ist ebenso fassungslos wie Carl. »Ich schaue gleich nach. Ich hab es unten liegen lassen.«

»Was können wir tun?«, fragt Miranda ratlos. »Was können wir tun?«

»Nichts«, sagt Erin. Ihre Miene hat sich verdüstert. »Wir können überhaupt nichts tun. Außer uns zusammenzureißen, bis die Bergwacht hier ist.«

Erin

Snoop-ID: LITTLEMY
Hört: offline
Snoopscriber: 10

Danny steht in der Küche, den Rücken an die Tür gelehnt, als könnte er mit seinem Gewicht die Realität aussperren. Er starrt mich verstört an.

»Scheiße«, sagt er. Ich schweige. Was sonst soll man auch dazu sagen? Es ist … es ist schlimm. Mehr als schlimm. Und ich kann mir keinen Reim darauf machen.

»Danny, was zum Teufel geht hier vor?«

»Ich habe keinen Schimmer. Ob er sich umgebracht hat?«

»Mag sein.« Schließlich wissen wir so gut wie nichts über diese Menschen. Elliot könnte unter Druck gestanden haben, woher sollten wir das wissen. Aber das ist es ja gerade – wir wissen es eben nicht. Wir haben keine Ahnung, was hier vor sich geht.

Ich lege die Hände fest an den Kopf, als könnte ich ihn auf diese Weise irgendwie zusammenhalten. O Gott, es fühlt sich an, als würde hier alles auseinanderfliegen.

»Er war nicht verletzt«, sage ich nachdenklich. »Ich meine, ich konnte keine äußeren Verletzungen erkennen, es sah nicht aus, als hätte ihn jemand angegriffen. Was bedeutet … dass er irgendwas genommen haben muss. Was meinst du?«

»Drogen? Eine Injektion? Tabletten?«

»Ich weiß es nicht. Keine Ahnung. Gott. Danny, was machen wir denn jetzt?« Unsere missliche Lage steht mir immer deutlicher vor Augen. Wir sitzen hier fest – vor allem ich mit meinem verstauchten Knöchel –, in einem Chalet mit einer Gruppe von Leuten, die wir kaum kennen. Und von denen zwei innerhalb von vierundzwanzig Stunden gestorben sind. Evas Tod war ein tragischer Unfall. Einer jener furchtbaren Schicksalsschläge, die sich selbst an den friedlichsten Orten ereignen können. Aber Elliot – das kann nur Mord oder Selbstmord gewesen sein. Ein Aneurysma im Gehirn, ein schwerer Schlaganfall oder ein Herzinfarkt hätten zwar auch fast augenblicklich zum Tod geführt. Aber nichts davon wäre eine Erklärung für den zerstörten Laptop.

»Ist er auch ganz bestimmt tot?«, fragt Danny.

»Ja.« Ich kann den Schauer, der mich bei der Erinnerung überläuft, nicht unterdrücken.

»Bist du dir wirklich sicher?« Danny klammert sich an einen Strohhalm, und das weiß er wohl auch, fragt aber trotzdem noch einmal: »Bist du dir absolut sicher?«

»Danny, ich habe mein Medizinstudium abgebrochen, aber ich habe genügend Leichen gesehen, um eine zu erkennen. Ich schwöre dir, er ist tot. Weite Pupillen, kein Puls, das volle Programm.« Die Urinpfütze unter dem Stuhl erwähne ich nicht. Das muss Danny nicht unbedingt erfahren.

»Aber wie?« Er sieht aus, als würde ihm gleich schlecht. »Wie zum Teufel wurde das bewerkstelligt? War etwas im Kaffee?«

»Kann sein, ich weiß es nicht.«

»Sollen wir hochgehen und, du weißt schon, nachsehen?«

»Ich weiß es nicht«, wiederhole ich, diesmal nachdrücklicher. In meinem Kopf dreht sich alles, während ich überlege, wie wir am besten vorgehen. »Die Polizei wird – ich meine, wir sollten den Tatort nicht verändern. Aber wenn wir wüssten, was es war –«

Ich betrachte den Generalschlüssel in meiner Hand und treffe eine Entscheidung.

»Wir sehen nach. Aber wir fassen nichts an.«

Danny nickt, und wir gehen zusammen leise über die Hintertreppe nach oben, damit die anderen nichts mitbekommen.

Wir haben stillschweigend beschlossen, dass wir zusammenbleiben. Falls Elliot nicht Selbstmord begangen hat, ist ein Mörder unter uns. Und diese Vorstellung ist äußerst unheimlich. Könnte einer dieser gelackten, reichen Hipster da unten wirklich jemanden ermordet haben? Ich versuche mir vorzustellen, wie die sanfte Tiger ihre schlanken Hände um Elliots Hals legt oder wie Topher ihn mit einer leeren Whiskyflasche erschlägt, und mir wird plötzlich schlecht.

Ich öffne die Tür mit dem Generalschlüssel, dann schleichen Danny und ich auf Zehenspitzen ins Zimmer. Es ist sehr kalt und riecht nach Kaffee und etwas anderem, Beißendem: Urin. Diesen stechenden Geruch kenne ich aus meiner Zeit im Krankenhaus.

Danny ist an der Tür stehen geblieben, als brächte er es nicht über sich, sich der Leiche zu nähern. Also bleibt es an mir hängen. Ich schlucke. Ganz, ganz vorsichtig, um ja nichts zu verändern, bewege ich mich auf den Schreibtisch zu. Elliot hängt noch immer in unnatürlicher Stellung zusammengesackt über der Tischplatte, das Gesicht in der Lache aus kaltem schwarzem Kaffee. Ich habe ihn ein bisschen bewegt, als ich nach Vitalzeichen gesucht habe, möchte den Tatort aber nicht weiter durcheinanderbringen. Also beuge ich mich vor, ohne ihn oder etwas anderes zu berühren, und versuche, in die umgekippte Tasse zu schauen. Es geht nicht, ohne sie anzufassen, es ist nicht der richtige Winkel. Ich trete auf die andere Seite des Schreibtischs – und jetzt kann ich es sehen.

Danny hatte recht.

»Da ist was in der Tasse«, sage ich. Danny kommt nicht näher als unbedingt nötig. »Etwas Weißes.«

»Zucker?«

»Nein, definitiv nicht. Es sieht aus wie … Kreide.«

»Scheiße.«

Ich richte mich auf. Wir schauen einander an und überlegen, was das bedeuten könnte. Dannys Blick ist sehr besorgt.

»Das schließt einen Selbstmord wohl aus«, sage ich zögernd und mit gesenkter Stimme. Niemand außer Danny soll wissen, dass ich hier bin.

»Meinst du?« Er scheint verzweifelt nach einer Alternative zu suchen. Verdenken kann ich es ihm nicht. »Wenn er nun Probleme hatte, Tabletten zu nehmen – könnte es nicht sein, dass er sie zerkleinert hat?«

Ich schüttele den Kopf.

»Du hast ihn nicht essen sehen, Danny.« Ich erinnere mich, wie Elliot sein Wild konzentriert attackiert und in großen Stücken, fast ohne zu kauen, hinuntergeschlungen hat. »Und es sind ja nicht nur die Tabletten. Sieh dir mal den Computer an.«

»Wie meinst du das? Er könnte ihn selbst kaputtgeschlagen haben, oder?«

Ich schüttele den Kopf und deute auf die Trümmerteile, die auf einem der flauschigen weißen Handtücher verstreut liegen.

»Jemand hat den Laptop in ein Handtuch gewickelt, bevor er ihn zerstört hat. Was bedeutet, dass die Person nicht gehört werden wollte. Hätte Elliot seinen Laptop in einem Anfall von Frust zerstört, wäre es ihm wohl egal gewesen, wenn er Lärm dabei macht. Und falls er irgendetwas zu verbergen hatte, hätte er nur die Festplatte neu formatieren müssen. Warum also sollte er den Rechner zerstören, wenn er die Daten einfach hätte überschreiben können? Nein, das war jemand, der sich nicht einloggen konnte. Jemand, der es sich nicht leisten konnte, bemerkt zu werden.«

Wir stehen da, betrachten den zersplitterten Bildschirm und die zerbrochenen Stücke der Festplatte. Danny sagt nichts. Vielleicht gibt es auch nichts zu sagen.

Dann kommt mir noch ein anderer Gedanke.

»Meinst du, es waren seine eigenen Tabletten? Hat er irgendwelche Medikamente genommen?«

»Das müssen wir die anderen fragen.« Danny scheint sich darauf in etwa so zu freuen wie auf einen Einlauf. »Halleluja. Was für eine Unterhaltung soll das werden?«

Tja, wie sollen wir überhaupt mit ihnen reden? *Hey, Leute, sehr wahrscheinlich ist einer eurer Kollegen ein Mörder.*

Aber warum? Warum sollte jemand Elliot töten? Wegen seiner Anteile? Weil er Topher unterstützt hat? Will jemand nun, da Eva tot ist, Tophers Position schwächen?

Nichts davon erklärt, warum der Laptop zerstört wurde. Ich komme immer wieder darauf zurück, auf diesen böswilligen, gründlichen und heimlichen Akt der Zerstörung. Das kann kein Unfall gewesen sein. Und ich glaube keine Sekunde daran, dass Elliot es selbst getan hat.

Es gibt nur einen plausiblen Grund für diese Tat – jemand wollte etwas verbergen, das auf dem Computer ist. Das Elliot wusste. Das seinen Tod verursacht hat.

Ich denke an Tophers gequältes Gejammer, als wir die Leiche entdeckt hatten: *O Gott, o Himmel – er wollte mir etwas sagen …*

Ich schlucke.

»Danny, was, wenn Evas Tod kein Unfall war?«

Liz

Snoop-ID: ANON101
Hört: offline
Snoopscriber: 1

Wir sitzen alle gedrängt um den Holzofen im Wohnzimmer. Nur sind wir nicht mehr alle, das ist das Problem.

Zuerst waren es zehn.

Dann waren es neun.

Jetzt sind es nur noch acht.

Ein Singsang in meinem Kopf, ein grausiger Countdown, der sich nach und nach der Null nähert.

Gleich muss ich mich übergeben.

»War es …«, sagt Tiger. Ihre Stimme klingt brüchig und rau, als hätte sie geweint. »War es … Selbstmord?«

»Nein!« Tophers Antwort kommt wie aus der Pistole geschossen. Er steht auf. Läuft auf und ab. »Scheiße, nein. Elliot? Niemals.«

»Was dann?« Rik ist ebenfalls aufgestanden und baut sich vor Topher auf, als wollte er ihn schlagen. »Was willst du damit sagen?«

Topher schaut ihn an. Er scheint die Frage wirklich nicht zu verstehen.

»Schalt mal deinen Verstand ein, Toph. Wenn es kein Selbstmord war –« Riks Stimme klingt schneidender als sonst. Er hört sich … gefährlich an. »Dann war es Mord. Willst du das damit sagen, Topher? Echt jetzt?«

Topher fällt die Kinnlade herunter. Er setzt sich hin. Wirkt außer Atem, als hätte Rik ihm tatsächlich einen Schlag versetzt.

»Mein Gott. Du hast recht. Großer Gott.« Sein Gesicht ist aschfahl. »Elliot«, stößt er mit versagender Stimme hervor und beginnt zu weinen.

Es ist furchtbar, das mit anzusehen. Keiner reagiert, wir sind alle überfordert. Rik schaut zu Miranda, die bestürzt aussieht. Carl hebt die Hände, als wollte er sagen: *Ich bin da raus.* Inigos Gesicht verrät blanke Panik.

Schließlich wird Tiger aktiv. Sie setzt sich neben Topher und legt ihm die Hand auf den Arm.

»Topher«, sagt sie sanft. »Wir alle spüren, dass er fehlt, aber keiner kann ermessen, wie schlimm es für dich sein muss. Und das so kurz nach Evas Tod –«

Sie hält inne. Nicht einmal Tiger kann das Geschehene als vorherbestimmt hindrehen.

»Warum?« Tophers eckig aufgerissener Mund sieht hässlich aus, Tränen laufen ihm über die Wangen. Er ist nun so weit entfernt von dem eleganten, weltgewandten Mann, als den ich ihn kenne, dass ich es kaum aushalte. »Warum sollte ihm das jemand antun? Warum sollte jemand Elliot wehtun?«

Das ist natürlich die Preisfrage.

Wir schauen einander an. Es hat uns die Sprache verschlagen.

»Na komm.« Tiger ergreift Tophers Hand und führt ihn aus dem Zimmer. »Wir waschen mal dein Gesicht.«

Als sie gegangen sind, macht sich Erleichterung breit.

»Himmel«, knurrt Carl.

»Aber er hat recht«, sagt Rik. »Warum sollte jemand Elliot etwas antun? Ich meine Eva, okay. Aber Elliot? Das ergibt überhaupt keinen Sinn. Topher will es nicht hören, aber vielleicht hat er wirklich Selbstmord begangen, auch wenn uns der Gedanke nicht behagt. Mal ehrlich, Evas Verschwinden und dann noch der Schock mit der Lawine – er war ein ziemlich –« Er hält inne, sucht wohl nach einer Formulierung, die nicht kränkend klingt. »Er war ein ganz schön verschrobener Typ.«

»Das ist ziemlich weit hergeholt und beleidigend, Rik«, sagt Miranda matt. »Ja, er war ein bisschen verschroben, aber doch nicht mehr als jeder von uns. Daraus zu schließen –«

»Nein«, verteidigt sich Rik, »das habe ich nicht gemeint. Herrgott, ich mochte ihn doch. Wir waren zusammen in der Schule. Ich sage nur – er war schwer zu durchschauen. Stille Wasser sind tief und so. Wer weiß, was in ihm vorgegangen ist.«

»Und was hast du damit gemeint, du könntest dir vorstellen, dass jemand Eva wehtun wollte?«, fragt Carl unvermittelt. Rik zuckt zusammen. Ihm wird bewusst, dass er nicht nur einen Fehltritt begangen hat, sondern gleich zwei.

»Auch das war nicht so gemeint. Verdammt, ich benehme mich wirklich wie ein Elefant im Porzellanladen.«

»Wie hast du es denn dann gemeint?«, wirft Inigo ein. Er klingt bitter, beinahe anklagend. Der Einwurf ist so untypisch für ihn, dass wir ihn alle ansehen.

Rik wird rot.

»Ich habe nur gemeint«, sagt er vorsichtig, legt sich jetzt jedes Wort sorgfältig zurecht. »Ich habe nur gemeint, dass Evas Tod … so einiges verändert hat.«

»Was meinst du mit *so einiges*?«

Rik will es nicht aussprechen. Das ist deutlich.

Also übernimmt Carl es für ihn.

»Du meinst, dass Evas Tod Topher die Kontrolle über Snoop verschafft hat, oder?«

Rik bringt es nicht über sich zu antworten, er nickt nur knapp.

Einen Moment lang ist es still, als alle betroffen seine Worte verdauen.

Rik hat einen Zusammenhang hergestellt, aber niemand möchte weitermachen. Denn sie erkennen schon das Muster.

Einige hatten ein finanzielles Motiv, um Eva zu beseitigen. Vor allem Topher und Elliot. Andere waren aus persönlichen Gründen gegen eine Übernahme.

Mit anderen Worten …

Mit anderen Worten –

Ich spüre, wie mir das Blut ins Gesicht schießt. Plötzlich ertrage ich es nicht länger, hier zu sitzen und Gedanken zu denken, die mich zu überwältigen drohen. Ich muss raus – weg hier.

Ich stehe auf und renne aus dem Zimmer.

Erin

Snoop-ID: LITTLEMY
Hört: offline
Snoopscriber: 10

Danny und ich stehen vor Elliots Zimmer, als ich rasche Schritte höre. Ich drehe mich um und sehe Liz durch den Flur eilen. Einen Moment lang denke ich, dass sie auf uns zuläuft, und wappne mich für die nächste Katastrophe, doch sie bleibt vorher stehen, öffnet ihre Zimmertür und knallt sie dann hinter sich zu. Ich höre, wie der Schlüssel umgedreht wird. Dann Stille.

»Himmel«, sagt Danny verblüfft. »Was ist denn mit der los?«

»Ist das nicht offensichtlich?«, flüstere ich. Die Türen sind recht dick, aber wenn es sehr still ist, hört man trotzdem durch sie hindurch.

»Glaubst du, sie hat uns gehört?« Danny flüstert jetzt auch. »Du weißt schon, was wir gerade gesagt haben.« Er wiederholt es nicht, doch die Worte hängen in der Luft. *Was, wenn Evas Tod kein Unfall war?*

»Keine Ahnung«, murmele ich. »Lass uns verschwinden. Ich muss mir alles durch den Kopf gehen lassen, und hier können wir nicht in Ruhe reden.«

Auf dem Weg zum Personalbereich rotieren meine Gedanken, gehe ich alle Möglichkeiten durch. Ich spreche sie erst aus, als wir in meinem kleinen Zimmer sind und die Tür hinter uns geschlossen haben.

»Was ich gerade eben gesagt habe –«

»Das mit Evas Tod?« Danny wirkt beunruhigt, aber skeptisch. »Aber wie willst du das herausfinden? Klar, Elliot. Da ist was faul. Aber bei Eva? Sie ist in einem verfluchten Schneesturm eine schwarze Piste runtergefahren und in den Abgrund gestürzt. Das ist tragisch, aber wie sollte jemand schuld daran sein?«

»Hör zu.« Ich spreche sehr leise, obwohl wir durch mehrere Türen von den anderen getrennt sind. Irgendwie kommt es mir vor, als müsste ich meinen Verdacht laut aussprechen, als könnte es sogar gefährlich sein, ihn für mich zu behalten. Denn wenn ich recht habe, war es gerade Elliots Schweigen, das ihn getötet hat. »Wir übersehen hier das Wesentliche. Wer immer Elliot getötet hat –«

»*Falls* man ihn getötet hat«, unterbricht mich Danny.

»*Falls* man ihn getötet hat«, wiederhole ich ungeduldig und wedele seine Worte weg wie lästige Fliegen. »Die Sache ist die: Falls man ihn getötet hat, wollte derjenige nicht nur Elliot loswerden, sondern auch seinen Laptop. Warum sollte jemand das tun? Es ist nicht ganz einfach, eine Festplatte zu zerstören – das dauert eine Weile, und man riskiert, dabei erwischt zu werden.«

»Du glaubst also, er wurde wegen etwas getötet, das sich auf seinem Laptop befand?«

»Ja. Er wusste etwas, das er aus den Computerdaten geschlossen hatte.«

»Etwas über Snoop?«

»Kann sein. Lass uns mal den Zeitpunkt betrachten. Elliot ist dabei, sein Geolocation-Update zu programmieren oder wie immer sich das nennt. Dann wird ihm klar, dass ihn die Daten zu Eva führen könnten. So viel wissen wir. Aber was, wenn er von diesem Punkt aus weiter zurückgegangen ist? Wenn er ihre Bewegungen vor ihrem Tod verfolgt hat? Und wenn daran etwas verdächtig war? Dass sie beispielsweise nicht über die Kante gefahren, sondern stehen geblieben ist und sich mit jemandem unterhalten hat, der sie runtergestoßen hat?«

»Himmel.« Danny ist erschüttert. »Du willst damit sagen … jemand aus der Gruppe hat Eva beseitigt und danach Elliot getötet, um die Spuren zu verwischen?«

»Glauben möchte ich das nicht, aber nur das ergibt wirklich Sinn.« Mir ist übel. »Es gibt noch eine andere Möglichkeit, aber die ist kaum besser.«

»Und welche?«

»Elliot ist der Einzige, der für Evas Todestag kein Alibi hat. Er war angeblich hier und hat an seinem Programm gearbeitet, aber dafür gibt es keinen Beweis. Es ist nicht auszuschließen, dass er etwas mit ihrem Tod zu tun hatte. Vielleicht … vielleicht konnte er nicht länger damit leben.«

»Du meinst, er hat sich aus Schuldgefühlen heraus umgebracht?«

»Ich sage, es ist nicht ausgeschlossen.«

»Na schön, aber selbst wenn wir davon ausgehen, dass er Eva umgebracht hat, um Topher zu helfen, und dann ein schlechtes Gewissen bekommen hat: Warum sollte er seinen Laptop zerstören? Wenn er tot ist, kann es ihm doch egal sein, ob sich Beweise darauf befinden.«

Ich schlucke. Genau darum ist diese Theorie nicht beruhigender als eine andere.

»Etwas auf dem Laptop lenkt den Verdacht auf jemanden. Auf jemanden, den er beschützen wollte.«

»Heiliger Strohsack.« So sachlich, wie Danny dies mit seiner tiefen Stimme sagt, müsste es eigentlich witzig klingen, tut es aber nicht. Mir ist elend.

»Du glaubst also, ich liege richtig?«

»Ich glaube …« Ich kann förmlich sehen, wie Dannys Gehirn

fieberhaft arbeitet, um einen Fehler in meiner Logik zu entdecken. Vergeblich. Er nimmt gereizt sein Bandana ab und wischt sich damit übers Gesicht. »Fuck. Du könntest recht haben. Das allein reicht schon, um mir eine Heidenangst einzujagen. Was machen wir denn jetzt? Wir müssen es jemandem sagen, oder?«

»Aber wem? Und was könnten die dann tun?« Ich deute zum Fenster. Ein heimtückischer Wind peitscht da draußen den Schnee durch die Luft, heftig wie ein Sandsturm. Bei diesem Wetter kann niemand nach draußen, geschweige denn einen Hubschrauber fliegen. Das wäre purer Wahnsinn.

»SCHEISSE!«, brüllt Danny, steht auf und reibt sich über die kurzen Haare, als könnte er so eine Idee aus seinem Kopf locken.

»Pst!«, sage ich hektisch. »Sei leise! Die anderen könnten uns hören.«

»Aber wir müssen es ihnen sagen! Oder? Was wäre denn die Alternative – den Mund halten und sie nacheinander von einem Arschloch abmurksen lassen?«

»Wir können es ihnen nicht sagen!« Ich flüstere eindringlich. »Bist du verrückt? Du willst demjenigen, der das getan hat, einfach sagen, dass wir ihm auf die Schliche gekommen sind?«

»Aber wir *müssen* es ihnen sagen!« Danny ergreift meine Arme, und einen Moment lang bin ich darauf gefasst, dass er mich schüttelt, wie Schauspieler in alten Filmen es mit hysterischen Frauen tun. Ich verspüre den verzweifelten Drang, trotz unserer misslichen Lage loszulachen, aber Danny schüttelt mich gar nicht. Er schaut mir einfach ins Gesicht, die dunklen Augen weit aufgerissen. Er hat ebensolche Angst wie ich. Doch als ich meine Angst in seinen Augen gespiegelt sehe und begreife, dass er sich ebenso fürchtet wie ich und wir in einem Boot sitzen, gibt mir das Halt. Ich atme zittrig durch, und Danny sagt leise: »Erin, ich mache mir genauso in die Hose wie du. Aber ich glaube nicht, dass ich runtergehen und so tun kann, als wäre alles in Butter, während ich genau weiß, dass einer dieser verwichsten Hipster ein Mörder sein könnte. Schau mich an –« Er streckt mir eine bebende Hand entgegen. »Ich zittere wie Espenlaub. Wer immer das getan hat, wird herausfinden, dass wir etwas *wissen*. Und wenn wir niemandem davon erzählen, enden wir genau wie Elliot. Für uns ist es am sichersten, es *gerade nicht* geheim zu halten.«

Seine Worte lassen mich verstummen. Ich erkenne die grausame Logik in ihnen.

»Außerdem sind wir es den anderen schuldig, sie zu warnen, damit sie sich schützen können. Wenn sie nun etwas wissen, das ihnen gar nicht bewusst ist? Wenn sie die Nächsten sind, die einen Kaffee mit Schuss serviert bekommen?«

Ich schlucke. In seinen Worten liegt eine unbestreitbare Wahrheit. Es wäre wirklich schwer zu rechtfertigen, sieben unschuldige Menschen im Chalet nicht zu warnen, selbst wenn wir damit dem Mörder einen Hinweis geben.

Dem Mörder. Das Wort verharrt unausgesprochen in meinem Mund, fühlt sich unwirklich an. Geschieht das hier tatsächlich?

»Na schön«, sage ich schließlich und schaue aus dem Fenster in den Sturm hinaus. Beim Gedanken an das bevorstehende Gespräch krampft sich mein Magen zusammen. »Schön … vielleicht hast du recht. Aber wie sollen wir es ihnen sagen? Was genau sollen wir ihnen sagen?«

»Die Wahrheit.« Danny wirkt jetzt grimmig entschlossen. »Wir sagen ihnen, dass Evas Tod womöglich kein Unfall war und man Elliot vielleicht wegen etwas getötet hat, das er Topher sagen wollte. Wir raten ihnen, immer zu zweit zu bleiben, sich ihre Getränke selbst zu holen und nur Dinge zu essen, die du oder ich ihnen servieren. Wir stehen als Einzige nicht unter Verdacht. Wir wussten nichts über sie, bevor sie herkamen. Wir waren nicht auf dem Berg. Wir haben keinerlei Verbindung zu irgendjemandem aus dieser Gruppe.«

Ich nicke. Nur … und ich bringe es nicht über mich, es Danny zu sagen, jedenfalls nicht gerade jetzt … dass das in meinem Fall nicht so ganz stimmt.

Liz

Snoop-ID: ANON101
Hört: offline
Snoopscriber: 1

Ich bin in meinem Zimmer, habe den Kopf in den Händen vergraben und versuche, die Wirklichkeit auszublenden, als der Gong in der Lobby ertönt.

Ich reiße meinen Kopf ruckartig hoch.

Vorsichtig mache ich die Tür auf. Erins Stimme dringt durchs Treppenhaus.

»… alle für einen Moment in der Lobby zu versammeln. Es dauert nicht lange. Danach gibt es Mittagessen.«

Ich fühle mich nicht imstande, den anderen gegenüberzutreten. Doch ich muss wissen, was da unten vor sich geht. Vielleicht hat sich die Polizei gemeldet. Vielleicht werden wir ausgeflogen.

Ich atme tief durch. Bewege die Finger. Öffne die Zimmertür und gehe nach unten.

Die anderen drängen sich schon um den Holzofen. Es ist spürbar kälter geworden. Die restliche Wärme von der Zentralheizung hat sich verflüchtigt, und nur die beiden Öfen verhindern, dass das Haus allmählich einfriert.

Erin steht unten auf der Wendeltreppe. Sie ist kreideweiß, und die Narbe sieht noch erschreckender aus als ohnehin schon, ein bläulicher Strich auf ihrer blassen Haut. Danny wacht neben ihr wie ein Adjutant. Ich muss mich an ihnen vorbeidrängen. Auf dem Boden der Lobby stehen Pfützen, da, wo Schnee durch die verzogene Haustür eingedrungen ist.

Als wir uns versammelt haben und die beiden erwartungsvoll anschauen, räuspert sich Erin.

»Sind alle da?« Sie zählt durch. Mich überläuft ein Schauer, weil sie sicher an unser Treffen von heute Morgen denkt, das mit der Feststellung endete, dass Elliot fehlt. Ich schmecke Blut, habe wieder auf dem Nagelbett gekaut. *Abscheuliches kleines Mädchen.* Ich zucke zusammen. Schiebe die Hände tief in die Taschen.

»Wir servieren das Mittagessen im Wohnzimmer, wenn keiner was dagegen hat. Im Esszimmer wird es allmählich ziemlich kalt. Es gibt Salat. Ich weiß, das ist nicht ideal, aber ohne Strom hat Danny kaum Möglichkeiten.«

Topher murrt leise, aber Miranda funkelt ihn an, und alle anderen nicken. Die Situation verbietet es, uns darüber zu beschweren.

»Aber der eigentliche Grund, aus dem ich Sie hergebeten habe –« Erin hält inne und sieht aus, als wäre ihr schlecht. Als müsste sie allen Mut zusammennehmen, um etwas zu sagen, das sie eigentlich nicht sagen will. Plötzlich möchte ich nicht mehr erfahren, worum es geht. »Danny und ich …«

Sie sieht zu Danny. Er erwidert ihren Blick. Ich frage mich, ob er sie ermutigen will oder allmählich die Geduld verliert. Es spornt Erin jedenfalls an.

»Wir haben einige Bedenken, was die Umstände von Elliots Tod angeht«, sagt sie rasch. »Wir sind uns ziemlich sicher, dass er – dass er vergiftet wurde.«

Hörbares Einatmen überall im Raum. Der Gedanke ist den anderen auch schon gekommen, aber laut ausgesprochen löst er Entsetzen aus.

»In seiner Kaffeetasse befinden sich zerdrückte Tablettenreste«, fährt Erin fort. »Er könnte bewusst eine Überdosis genommen haben, doch der zerstörte Laptop lässt es zumindest denkbar erscheinen –«

Danny murmelt etwas. Zu leise für mich, aber Erin seufzt und stemmt die Fäuste in die Hüften.

»– macht es sogar wahrscheinlich, dass Elliot ermordet wurde. Was wiederum bedeutet, dass auch Eva ermordet worden sein könnte und man Elliot getötet hat, weil er etwas wusste.«

Ihre Worte schlagen Wellen im Raum, auch wenn niemand wirklich überrascht ist. Sie spricht nur aus, was die meisten ohnehin befürchtet haben. Nun aber wird ihnen bewusst, dass aus paranoiden Ängsten möglicherweise Realität geworden ist.

»Danny und ich haben lange darüber diskutiert, ob wir Ihnen dies mitteilen sollen«, sagt Erin, »da es letztlich reine Spekulation ist. Wir können nichts beweisen. Es ist durchaus möglich, dass Eva bei einem Unfall ums Leben gekommen ist und Elliot Selbstmord begangen oder versehentlich eine Überdosis genommen hat. Allerdings bleibt die Tatsache, dass wir zwei Tote haben, und das ist … besorgniserregend wäre untertrieben. Während wir also hoffen, dass dies zu viel des Guten –«

Sie hält inne und korrigiert die Formulierung.

»Während wir also hoffen, dass diese Vorsicht übertrieben sein könnte, möchten wir Sie alle eindringlich auffordern, Vorkehrungen zu treffen. Falls Sie etwas wissen, das für Sie gefährlich werden könnte, sagen Sie es mir und Danny so schnell wie möglich. Bleiben Sie immer zu zweit oder in größeren Gruppen, auch nachts. Kümmern Sie sich selbst um Ihre Getränke, und lassen Sie sie nicht herumstehen. Nehmen Sie nur Essen von Danny und mir entgegen. Es gibt keinen Grund, paranoid zu werden, aber –«

Carl lässt sie nicht ausreden. Sein Auflachen klingt wie Hundegebell. »Keinen Grund, paranoid zu werden? Wollen Sie uns auf den Arm nehmen?«

»Mir ist bewusst, dass all das –«, setzt Erin an, doch er fällt ihr erneut ins Wort.

»Sie behaupten, dass hier ein verdammter gemeingefährlicher Irrer rumläuft, und die Lösung besteht darin, dass wir uns unseren Kaffee selbst machen?«

»Ich behaupte nichts dergleichen.« Erin klingt ganz ruhig. »Ich lege nur den Sachverhalt dar. Ob Sie sich meinen Schlussfolgerungen anschließen und meinen Rat befolgen, liegt bei Ihnen.«

»Das ist eine ganz miese Show«, sagt Carl wütend. »Ich sollte Sie in Grund und Boden verklagen. Tausende Pfund, um in einem lächerlichen Drecksloch mit einem Psycho –«

»Hey«, unterbricht ihn Danny und tritt auf Carl zu. »Das reicht jetzt, Kumpel. Erin und ich sind nicht dafür verantwortlich, dass Sie einen beschissenen Psycho vom Flughafen mitgebracht haben.«

»Wollen Sie etwa Angestellte von Snoop bezichtigen?« Carl brüllt jetzt. Er und Danny stehen einander gegenüber, kampfbereit. »Denn das, *Kumpel*, ist Verleumdung. Wir sehen uns vor Gericht.«

»Ich bezichtige keineswegs Angestellte von Snoop«, schnauzt Danny. »Ich sage nur, dass wir Hunderte Urlauber hierhatten, und erst als euer Haufen aufgetaucht ist –«

»Hey.« Erin tritt auf Danny zu, ergreift seinen Arm und schüttelt ihn sanft. »*Hey*. Das hilft uns nicht weiter.«

»Carl.« Tiger legt ihm die Hand auf die Schulter. »Erin hat recht. Es ist absolut verständlich, dass du wütend bist, aber du musst diese Energie in etwas Positiveres umwandeln. Erin und

Danny trifft keine Schuld. Sie wollen uns doch nur helfen. Na los. Tief durchatmen.«

Carl murmelt etwas vor sich hin, als er durchs Zimmer stapft. Er lässt sich mit verschränkten Armen aufs Sofa fallen, ist sich aber offensichtlich im Klaren darüber, dass Tiger recht hat.

»Inigo«, sagt Erin, »hatten Sie Glück mit dem Handyempfang?«

Inigo schüttelt den Kopf. »Nichts, tut mir leid. Und ich habe nur noch zwölf Prozent Akku, daher schalte ich das Handy nur ab und zu ein, um nachzusehen.«

»Sonst jemand?«, fragt Erin und klingt ein bisschen verzweifelt. Alle schütteln den Kopf. Bei den meisten ist der Akku ohnehin inzwischen leer. Ich habe mein Handy bei vier Prozent ausgeschaltet.

»Als Sie mit der Polizei gesprochen haben, was genau haben die gesagt?«, fragt Erin, wieder an Inigo gewandt.

Er runzelt die Stirn. »Was meinen Sie?«

»Haben sie Ihnen irgendeinen Zeitrahmen genannt? Oder wie sie zu uns kommen wollen? Ich weiß, dass zu dem Zeitpunkt das ganze Ausmaß noch nicht bekannt war, aber die wussten doch, dass wir eine Person vermissen. Man sollte meinen, dass wir auf der Prioritätenliste ziemlich weit oben stehen.«

»Ich …« Inigo denkt angestrengt nach. »Ja, ich glaube, ich habe ihnen gesagt, dass Eva vermisst wird und wir im Chalet hier oben an der Seilbahn festsitzen. Und ich habe … auch Ihren Knöchel erwähnt. Aber sie haben nur nach Vorräten gefragt und gesagt, dass sie uns so schnell wie möglich rausholen.«

»Und sonst nichts? Nicht einmal eine ungefähre Zeitangabe?«

»N-nein …« Inigo klingt unsicher. »Die Verbindung war

wirklich schlecht. Ich versuche mich zu erinnern, aber sie haben nichts dergleichen erwähnt, glaube ich.«

»Na gut«, sagt Erin. In ihrer ruhigen, höflichen Stimme schwingt Frustration mit. »Das ist verständlich. Dann müssen wir wohl einfach abwarten. Gut, das wär's. Gehen Sie schon mal durch ins Wohnzimmer. Danny und ich bringen Ihnen gleich das Mittagessen.«

Die Gruppe zerstreut sich. Carl brummt noch immer wütend vor sich hin. Tiger spricht besänftigend auf ihn ein. Miranda und Rik verlassen die Lobby als Letzte. Ich bin genau vor ihnen und bekomme ihr leises Gespräch mit.

»Ob Inigo wirklich die Polizei angerufen hat?«, murmelt Rik kaum hörbar.

»Wie meinst du das?« Miranda klingt überrascht.

»Na ja … Erin wirkte ziemlich besorgt, weil wir noch nichts gehört haben. Und das kann ich verstehen. Man sollte meinen, dass sie inzwischen irgendjemanden hier heraufgeschafft hätten, und wenn es nur ein Pfadfinder ist.«

»Aber wir waren doch dabei, Rik. Wir haben gehört, wie er die Polizei angerufen hat.«

»Ja, wir haben *seinen* Gesprächsteil gehört. Aber woher sollen wir wissen, dass er tatsächlich die Polizei angerufen hat? Es ist schon etwas auffällig, dass er als Einziger Empfang hatte. Wie kann das sein?«

Miranda antwortet nicht. Aber als wir alle im Wohnzimmer sind, setzt sie sich so weit wie möglich von Inigo weg und vermeidet jeden Blickkontakt.

Erin

Snoop-ID: LITTLEMY
Hört: offline
Snoopscriber: 10

»Scheibenkleister.« Ich stehe in der Küche und sehe zu, wie Danny letzte Hand an die großen Salatschüsseln legt. Er hat geradezu Wunder gewirkt, doch man kann es drehen und wenden, wie man will: Es wird kein warmes Essen daraus.

»Was meinst du damit?« Danny blickt nicht auf, sondern streut weiter gehackte Walnüsse über einen großen Teller mit in Scheiben geschnittenen Birnen und leicht überreifem Bleu d'Auvergne.

»Ich meine nur … es ist wohl nicht so gut gelaufen.«

Danny probiert das Dressing und zuckt mit den Schultern. »Keine Ahnung. Du hast ihnen etwas gesagt, was sie nicht gerne hören wollten. Was hast du denn erwartet – Beifall?«

Ich seufze bloß.

Dann endlich ist Danny fertig, und wir tragen die Schüsseln aus der Küche. Als ich hinter Danny durch die leere Lobby hinke, bemerke ich Croissantkrümel auf dem dicken Schaffellteppich. Ohne Strom kann ich nicht staubsaugen, doch in meiner augenblicklichen Stimmung nehme ich es als weiteres Zeichen dafür, dass alles auseinanderfällt, während Danny und ich uns so verzweifelt bemühen, die Dinge am Laufen zu halten.

Im Wohnzimmer herrscht beredtes Schweigen. Keine sanfte Hintergrundmusik mehr, die die Spannungen in der Gruppe kaschieren könnte. Zu hören sind nur das leise Bullern des Holzofens und das prasselnde Geräusch des Schnees, den der Wind gegen die Scheiben peitscht. Rik und Miranda sitzen nebeneinander, ihre Arme berühren sich. Sie versuchen nicht mehr zu verbergen, dass sie ein Paar sind, und als ich nähertrete, sehe ich, dass ihre Hände verschränkt auf Mirandas Schoß liegen.

Tiger spricht noch immer leise auf Carl ein, als könnte sie ihn damit beruhigen.

Liz hockt unbehaglich auf der Sesselkante und kaut auf den Nägeln, hört aber damit auf, als ich hereinkomme, und bewegt stattdessen nervös ihre Hände, lässt die Fingergelenke knacken. In dem stillen Zimmer klingt es wie eine Gewehrsalve, und Ani, die zwischen Liz und Topher sitzt, verzieht unwillkürlich das Gesicht.

Nur Inigo sitzt ganz für sich, und als ich ihm die letzte Salatschüssel anbiete, macht er eine abwehrende Handbewegung.

»Danke, aber ich habe keinen Hunger.«

»Sie müssen etwas essen, Inigo«, sage ich. Sein Gesichtsausdruck beunruhigt mich mehr als sein fehlender Appetit. Wir können es uns nicht erlauben, dass die Leute auch noch depressiv werden.

»Ich habe keinen Hunger«, sagt er jetzt nachdrücklicher.

»Schon gut, schon gut. Hier wird niemand zu etwas gezwungen. Ich stelle den Salat hier hin, okay? Und falls Sie ihn nicht wollen, lassen Sie ihn einfach stehen.«

Ich will gerade wieder in die Küche gehen, als ich ihn leise sagen höre: »Es kommt mir vor, als gäben alle mir die Schuld.«

»Warum um Himmels willen sollten sie das tun?«, frage ich überrascht.

»Wegen dem, was Sie gesagt haben – dass man telefonisch nicht zur Polizei durchkommt. Ich habe das zufällig gehört.« Er flüstert jetzt, und ich muss mich zu ihm hinneigen, um zu verstehen, was er sagt. »Rik und Miranda haben gesagt –« Er hält inne, schluckt tapfer, Tränen treten ihm in die Augen. »Die glauben wohl, ich hätte es mir ausgedacht. Dass ich gar nicht mit der Polizei gesprochen habe, und falls doch, dass ich es nicht dringlich genug gemacht habe. Aber wieso?« Er schaut hoch, und seine ungewöhnlich blauen Augen schwimmen jetzt in Tränen. »Wieso hätte ich das tun sollen? Außer ich - außer ich –«

Er kann es nicht aussprechen. *Außer ich hätte sie getötet.*

»Ich habe sie geliebt.« Die Stimme versagt ihm bei der letzten Silbe. »Aber das verstehen die nicht. *Ich habe sie geliebt.*«

O Gott. Ich erinnere mich an das Gemunkel vom ersten Morgen, dass Inigo sehr spät ins Bett gegangen sei. Topher hatte genervt gesagt: *Nicht schon wieder. Eva sollte es besser wissen.*

»Ich habe sie geliebt!«, wiederholt Inigo, und ich würde ihm am liebsten sagen, er solle die Klappe halten. Denn er scheint zu glauben, dass ihn dieses Geständnis von jeglichem Verdacht befreit. Dabei ist das Gegenteil der Fall. Man braucht schon ein ziemlich starkes Motiv, um jemanden zu töten. So wie Geldgier, und bisher haben wir auch vermutet, dass das dahintersteckt. Aber Inigo hat kein finanzielles Motiv. Das gilt nur für Topher und Elliot, soweit wir wissen. Ein anderer Grund, aus dem Menschen töten, ist Liebe. Und Inigo hat sich soeben als einzigen Kandidaten in dieser Kategorie präsentiert.

»Das haben Sie sicher«, sage ich leise. Er steht auf und geht aus dem Zimmer, weil er sich vor seinen Kollegen nicht länger zusammenreißen kann.

In der Küche lasse ich mich auf einen Stuhl fallen und lege den schmerzenden Fuß hoch. Dann kommt Danny herein.

»Was war das denn gerade mit Inigo?«, fragt er. Ich erzähle ihm von dem Gespräch.

Er reibt sich seufzend den Kopf. »Was für ein dämlicher kleiner Arsch. Eva treibt es mit Inigo und Topher mit Ani – haben die schon mal was von MeToo gehört? Du kannst nicht mehr nach Lust und Laune deine Untergebenen vögeln. Das ist nicht richtig.«

»Aber damit hat er ein Motiv, oder?«, frage ich zögernd.

Danny zuckt mit den Schultern. »Weiß nicht. Wir könnten vermutlich bei jedem ein Motiv finden. Miranda könnte bis über beide Ohren in Inigo verliebt sein. Rik könnte ein wütender Incel sein, der seine Chefin gehasst hat. Wer weiß das schon. Wenn ich lange genug überlege, fällt mir bestimmt für jeden irgendein Mist ein. Wenn du mich fragst, sollten wir uns mal die Alibis anschauen. Wir müssen doch jemanden ausschließen können.«

»Nicht für Elliots Tod. Das könnte jeder gewesen sein. Alle waren hier – es war ein ständiges Kommen und Gehen.«

»Ani hat ihm den Kaffee gebracht. Und wir wissen alle, dass sie auf Topher steht.«

»Sie hat ihm *einen* Kaffee gebracht, aber wir wissen nicht, ob es der war, der Elliot getötet hat. Sie müsste schon ziemlich dämlich sein, erst groß anzukündigen, ihm Kaffee zu bringen, und ihn dann damit zu vergiften.«

»Oder es ist ein doppelter Bluff«, sagt Danny, aber es klingt nicht überzeugend. Er will wohl nur den Advocatus Diaboli spielen. »Gut, ich sehe ein, das mit den Alibis bei Elliot wird schwierig. Aber was ist mit Eva? Wenn wir davon ausgehen, dass Elliot getötet wurde, weil er etwas über ihren Tod wusste …«

»Na ja …« Ich versuche, mich zu erinnern, wo jeder angeblich war, als Eva verschwand. »Ani und Carl haben Eva gesund und munter auf halber Höhe von La Sorcière gesehen. Falls jemand sie getötet hat, muss die Person folglich vor Ani und Carl auf dem Berg gewesen sein. *Und* sie muss gut genug Ski fahren, um Eva mitten auf der Piste abzufangen. Richtig?«

»Jaaa, richtig …«, wiederholt Danny ein bisschen skeptisch. »Obwohl … streng genommen hat Carl nie wirklich gesagt, dass er sie gesehen hat. Da müssen wir uns auf Ani verlassen.«

»Klar, aber sie muss Eva gesehen haben, es kann nicht anders sein. Sie hat es erzählt, bevor Elliot von den GPS-Informationen berichtet hat. Wie hätte Ani wissen können, dass Eva die Piste genommen hat, wenn sie sie nicht dort gesehen hat? Hätte sie lügen wollen, dann hätte sie behauptet, Eva sei Blanche-Neige hinuntergefahren, was das Naheliegendste wäre. Das würde jeder sagen, der den Verdacht von sich ablenken will.«

»Gut, gekauft. Also sind Ani und Carl außen vor, richtig?«

»Ja, und Liz, weil sie schon mit der Gondelbahn runtergefahren war. Sie war weg, noch bevor Eva oben ankam. Bleiben noch die Personen, die vor Eva oben an der Piste waren. Also Topher, Rik, Tiger, Inigo und Miranda.«

»Nicht Miranda«, sagt Danny zu meiner Überraschung, und ich runzle die Stirn.

»Wieso nicht?«

»Wenn wir glauben, dass Ani Eva gesehen hat, wurde sie ungefähr auf halber Höhe von La Sorcière getötet. Was bedeutet, dass wir nach jemandem suchen, der gut genug Ski fahren kann, um diese Piste zu bewältigen.«

Ich nicke bedächtig. Er hat recht. Was wiederum bedeutet, dass nur eine ziemlich kleine Gruppe in Frage kommt. Tiger. Inigo. *Vielleicht* Rik, obwohl ich mir da nicht so sicher bin. Er ist gut, aber für diese Piste muss man nicht nur gut, sondern richtig gut sein. Und Topher.

Wir landen immer wieder bei Topher. Das ist nicht sonderlich überraschend, denn er hat von allen das stärkste Motiv. Und hier wäre auch noch die passende Gelegenheit.

»Sie haben sich oben getrennt, richtig?«, denke ich laut. »Als Blanche-Neige geschlossen wurde. Ein paar sind mit der Gondelbahn runtergefahren, die anderen sind trotz Sperrung die Piste runter. Die Gondelbahnfahrer können nichts damit zu tun haben. Wer war alles in der Bahn?«

»Das wurde bisher nicht erwähnt.« Danny runzelt die Stirn. »Ich weiß, dass Topher und Inigo die Piste genommen haben, aber bei den anderen bin ich mir nicht sicher. Soll ich mal nachfragen?«

Ich nicke zögernd. Eigentlich müsste ich das übernehmen. Danny wird zunehmend unwirsch im Umgang mit der Gruppe. Vorhin war er kurz davor, sich mit Carl zu prügeln – das darf nicht passieren. Eine körperliche Auseinandersetzung können wir in diesem Pulverfass aus Kummer und Anspannung wirklich nicht gebrauchen. Aber mein Knöchel tut weh. Ziemlich sogar. Ich bringe es einfach nicht über mich, ihn zu belasten.

Als sich die Tür hinter Danny schließt, taste ich in meiner Tasche nach der Ibuprofen-Schachtel und überlege, wann ich die letzte genommen habe. Vor drei Stunden. Ich sollte eigentlich noch eine Stunde warten. Dennoch drücke ich schnell zwei Tabletten aus dem Blister. Gerade will ich sie mit einem Schluck kaltem Tee hinunterspülen, da geht die Tür auf.

»Topher, Inigo, Tiger und Rik sind Blanche-Neige runtergefahren. Die anderen haben die Gondelbahn genommen und sich mit Liz getroffen, die unten auf sie gewartet hat.«

»Na gut. Jemand könnte hinter den anderen hergetrödelt, die Piste wieder hochgegangen und dann La Sorcière gefahren sein. Aber diese Person müsste schon sehr schnell gewesen sein. Eva ist rasant gefahren und hatte schon die Hälfte geschafft, als Ani sie gesehen hat. Da blieb nicht viel Zeit, um sie unterwegs abzufangen.«

»Außer … außer …«, sagt Danny langsam, während er offenkundig gedanklich die Möglichkeiten durchgeht. »Wenn sie nun gestürzt ist? Wenn sie verletzt war und die Person so getan hat, als wollte sie ihr helfen und sie stattdessen …«

Ich nicke. Das ist nicht auszuschließen. Es würde bedeuten, dass ihr Tod nicht direkt geplant war, sondern dass jemand die Gelegenheit genutzt hat … Dann aber fällt mir ein Einwand ein, und zwar ein ganz schön großer.

»Im unteren Abschnitt der Piste gibt es keine Steilkante. Also keine Gelegenheit, sie in die Tiefe zu stoßen.«

»Nein, aber falls sie verletzt war, hätte man sie töten und ihren Körper zwischen die Bäume legen können. Elliot hat selbst gesagt, er wisse nicht, wie Berge das GPS-Signal beeinflussen. Vielleicht hatte er genau das entdeckt – dass sie gar nicht im Tal liegt, sondern auf der Piste getötet wurde.«

»Mag sein …« Seine Bemerkung hat mich noch auf einen anderen Gedanken gebracht. »Moment mal, da ist noch was.«

»Was denn? Ich fand mich eigentlich ganz gut.«

»Es passt alles zusammen, bis auf eine Sache. Wie konnte die Person wissen, dass Eva La Sorcière genommen hat? Wir tun so, als wäre ihr jemand absichtlich hinterhergefahren, weil er hoffte, sie einzuholen. Aber niemand hat Eva oben losfahren sehen. Niemand wusste, dass sie auf dieser Piste unterwegs war.«

»Du hast recht.« Danny zieht die dunklen Augenbrauen zusammen. »Wer zum Teufel konnte wissen, dass sie da runterfährt?«

»Der einzige Mensch …« Ich zähle eins und eins zusammen. »Der einzige Mensch, der wirklich *gewusst* hat, dass sie auf dieser Piste ist, war Ani. Wenn sie nun jemandem davon erzählt hat?«

»Wenn sie es jemandem erzählt hat …«, sagt Danny langsam, beendet den Satz aber anders, als ich es erwartet hätte. »Wenn sie es jemandem erzählt hat, ist sie in großer Gefahr. Wir müssen herausfinden, wem sie es gesagt hat. Und zwar schnell.«

Liz

Snoop-ID: ANON101
Hört: offline
Snoopscriber: 1

»Verdammte Scheiße.«

Topher ist in meinem Zimmer. *Topher* ist in meinem Zimmer. Er läuft auf und ab, auf und ab, immer zwischen mir und der Tür. Als ob er wahnsinnig geworden wäre. Ich weiß nicht, was ich tun soll. Mein Zimmer war immer meine Zuflucht – der einzige Ort, an dem ich die Tür hinter mir schließen und alles andere aussperren konnte: den Biergeruch, das Schluchzen meiner Mutter, das Gebrüll meines Vaters. *Geh in dein Zimmer, Elizabeth.* Es war als Strafe gedacht. Stattdessen war es ein Entkommen.

Jetzt ist jemand in mein Zimmer eingedrungen und hat mir meine Zuflucht genommen.

»Verdammte Scheiße, Liz, das ist ein Albtraum. Die schauen mich alle an. Die glauben, ich hätte es getan!«

»Topher –«

Ich überlege, was Tiger in dieser Situation machen würde. Ihm eine Hand auf den Arm legen? Ihn umarmen? Bei dem Gedanken wird mir ein bisschen übel, aber das mit dem Arm könnte ich versuchen.

Ich strecke unbeholfen die Hand aus, doch Topher läuft weiter auf und ab. Er geht so achtlos an mir vorbei, als wäre ich eine winkende Passantin und er ein Taxifahrer, dessen Wagen schon besetzt ist. Ich bin mir nicht mal sicher, ob er es wirklich wahrgenommen hat. Ich ertappe mich dabei, dass ich auf der Nagelhaut kaue, und stecke die Hand in die Tasche, um mich daran zu hindern.

»Mein Gott, ich glaube, ich werde verrückt. O Himmel, Eva. Eva!«

Topher bleibt stehen und lässt sich auf mein Bett fallen. Er vergräbt das Gesicht in den Händen und beginnt zu meinem Entsetzen zu schluchzen.

Immerhin läuft er jetzt nicht mehr durch die Gegend. Ich strecke die Hand aus, versuche mich zu erinnern, wie Tiger Carl beruhigt hat. Ich lasse die Hand auf seine Schulter fallen.

Doch dann stößt er einen gewaltigen, herzzerreißenden Schluchzer aus, fast als müsste er sich übergeben, und ich ziehe die Hand weg.

»Topher«, flüstere ich. »Lass mich –« Ich schaue mich suchend um und bemerke das leere Glas neben meinem Bett. »Ich hole dir ein Glas Wasser.«

Ich bin mir nicht sicher, ob er mitbekommt, wie ich auf Zehenspitzen in den Flur schleiche. Ich mache die Tür zu und lehne mich schwer atmend dagegen.

O Gott, in so was bin ich gar nicht gut.

Ich bin gut darin, Unterlagen abzuheften und Notizen zu machen und dafür zu sorgen, dass alles seine Richtigkeit hat. Ich bin gut darin, Probleme zu lösen und Ordnung zu halten. Ich bin sachorientiert und pünktlich und akribisch. Und ich bin sehr, sehr gut darin, mich unsichtbar zu machen.

Kurzum, ich war eine perfekte persönliche Assistentin. Aber für das hier bin ich nicht geschaffen.

Erin

Snoop-ID: LITTLEMY
Hört: offline
Snoopscriber: 10

Danny und ich müssten eigentlich das Geschirr vom Mittagessen spülen – was ohne Spülmaschine kein Vergnügen ist. Wir können Wasser nur im Kessel auf dem Holzofen erhitzen, und es ist ein Vollzeitjob, genügend sauberes Geschirr für die Mahlzeiten bereitzuhalten. Das schmierige Zeug vom Mittagessen türmt sich auf dem Abtropfbrett, das Besteck weicht in lauwarmem Wasser ein. Doch so wichtig es auch sein mag, die Gäste zu versorgen, noch wichtiger ist es, sie am Leben zu erhalten. Keiner von uns will den anderen allein lassen. Darum versteht es sich von selbst, dass wir zusammen gehen, als ich vorschlage, mit Ani zu sprechen. Fragt sich nur, wo und wie.

»Jetzt«, erklärt Danny entschlossen. »Falls sie dem Mörder erzählt hat, wo Eva sich befand, ist es nur eine Frage der Zeit, bis die Person dieselbe Schlussfolgerung zieht wie wir. Und dann …«

Er verstummt. Meine Kehle wird eng, ich muss schlucken. Er hat recht.

»Und wenn sie mit den anderen zusammen ist? Welchen Grund geben wir an, um mit ihr allein zu reden?«

Danny schüttelt den Kopf. »Wir brauchen keinen Grund. Wir reden im Beisein aller mit ihr. Es ist besser, mit offenen Karten zu spielen. Wenn jeder die Wahrheit kennt, umso besser. Man kann uns ja nicht *alle* umbringen.«

Es klingt beinahe selbstgefällig, und mich überkommt der Drang, hysterisch zu lachen. Wie konnte es dazu kommen, dass wir über Mord sprechen, als wäre es ein Gesellschaftsspiel? Aber Danny hat recht. Es hat keinen Sinn, Anis Wissen unter Verschluss zu halten. Je mehr Menschen die Wahrheit kennen, desto besser.

Wir brauchen nicht lange nach ihr zu suchen. Als wir durchs kalte Esszimmer gehen, sehen wir sie schon – sie sitzt in der Lobby vor dem Holzofen und spielt mit Carl, Rik und Miranda Karten. Sie hat die große Brille in die Stirn geschoben und schaut auf ihr Blatt.

»Drilling«, sagt Carl selbstzufrieden und legt drei Könige hin.

»Hi«, sagt Danny knapp und baut sich vor der Gruppe auf. »Können wir kurz reden?«

»Klar«, sagt Miranda seufzend und schiebt ihre Karten zusammen. »Carl nimmt uns ohnehin gnadenlos aus. Sie retten uns vor der nächsten Niederlage.« Sie fährt sich durch die langen, dunklen Haare und verzieht das Gesicht. Ich kann mir gut vorstellen, wie sie sich fühlt. Kein warmes Wasser bedeutet keine Dusche. Inzwischen sehen wir alle ein bisschen schludrig und schmuddelig aus. »Gibt es etwas Neues?«

Ihre hoffnungsvolle Miene versetzt mir einen Stich. Unser energischer Auftritt muss einen falschen Eindruck erweckt haben. Ich schüttele den Kopf.

»Nein, es tut mir sehr leid. Immer noch nichts.«

»Verflucht noch mal«, sagt Rik. »Ist das nicht allmählich ein bisschen … besorgniserregend?«

»Na ja, ich gebe zu, wir hatten eigentlich gehofft, dass sich inzwischen jemand hätte blicken lassen.«

Ich schaue zu den hohen Fenstern der zweistöckigen Lobby.

Es ist mitten am Nachmittag, doch wegen des umherwirbelnden Schnees sieht es aus, als würde die Dämmerung hereinbrechen. Ich kann die Lichter von Saint-Antoine-le-Lac unten im Tal nicht erkennen, von den Bergketten in der Ferne ganz zu schweigen. Vielleicht gibt es unten im Ort auch keinen Strom. Der Gedanke beunruhigt mich. Die Batterien in Dannys altem Radio sind leer, und wir haben keine Ahnung, wie die Lage unten im Tal ist. Es könnte noch viel schlimmer als befürchtet sein.

»Es ist über vierundzwanzig Stunden her, dass die Lawine abgegangen ist«, drängt Rik. »Hätte sich nicht mittlerweile *irgendjemand* melden müssen?«

»Ich weiß es nicht.« Seine Besorgnis wirkt ansteckend. Vielleicht hat er recht. Vielleicht stimmt wirklich etwas nicht. »Ich nehme an, sie haben nicht genügend Personal.«

»Was willst du eigentlich damit sagen?«, fragt Carl schneidend, an seinen Kollegen gewandt. »Raus mit der Sprache, wenn du was zu sagen hast.«

Rik sieht Miranda an und sagt dann beinahe unwillig: »Das ist kein Vorwurf, wirklich nicht. Ich meine nur, es ist ein bisschen unglücklich, dass niemand mit der Polizei sprechen konnte, niemand außer Inigo.«

»Worauf willst du hinaus?«, fragt Carl verblüfft.

»Ich meine ja nur … es wäre schön, wenn wir es sicher wüssten. Wir haben nur seinen Anteil an der Unterhaltung gehört. Und es erscheint mir ein bisschen … sonderbar, dass er als Einziger von uns Empfang hatte.«

»Willst du damit sagen, er hat gar nicht mit der Polizei gesprochen?« Carl zieht seine Augenbrauen hoch.

Rik schweigt und zuckt mit den Schultern, was im Grunde alles heißen kann, in diesem Fall aber als Bestätigung gedeutet werden muss.

»Scheiße«, sagt Carl und stößt das Wort wie ein Gebet hervor. »Was für eine Scheiße.«

Danny sieht mich erschrocken an. Mir fällt ein, dass ich mein Gespräch mit Inigo und Riks Verdächtigung vorhin gar nicht erwähnt habe, weil es mir so unwahrscheinlich vorkam. Wie erschreckend naiv. Wenn Rik nun recht hat? Wenn wirklich niemand kommt?

»Worüber wollten Sie denn mit uns sprechen?«, fragt Miranda und bringt uns damit zu unserem ursprünglichen Vorhaben zurück. Ich zwinge mich zur Konzentration.

»Ach, ja. Nun, wir wollten eigentlich mit Ani sprechen – nur eine kurze Frage.«

»Aha?« Ani schaut von ihrem Blatt auf. »Klar! Wie kann ich helfen?«

»Sollen wir Sie allein lassen?«, fragt Carl und steht schon auf, doch Danny schüttelt den Kopf.

»Bleiben Sie ruhig hier. Es ist besser, wenn alle Karten offen auf dem Tisch liegen, falls Sie verstehen, was ich meine.«

Carl überlegt kurz, scheint einzusehen, dass Dannys Vorschlag vernünftig ist, und setzt sich wieder hin.

»Ani«, beginne ich und überlege, wie ich am besten unnötige Aufregung vermeide und mein Anliegen dennoch unmissverständlich formuliere. »Sie haben von der Gondelbahn aus gesehen, wie Eva La Sorcière heruntergefahren ist, richtig?«

»Ja. Ganz sicher. Aber das habe ich doch vorhin schon gesagt.«

»Ja, klar, aber ich wüsste gern, ob Sie es schon eher jemandem erzählt haben?«

»Oh …« Sie denkt stirnrunzelnd nach. »Ich kann mich nicht erinnern. Vielleicht habe ich es Carl gegenüber erwähnt? Nach dem Motto *Oh, da ist ja Eva*. Kannst du dich erinnern, Carl?«

»Ehrlich gesagt, nein. Ich glaube nicht, dass du was gesagt hast, aber beschwören kann ich es nicht.«

»Oh!«, sagt Ani unvermittelt, läuft rosig an und sieht aus wie ein Kind, das voller Stolz die gewünschte Antwort präsentieren wird. Mir wird voller Unbehagen klar, dass Ani glaubt, wir wollten *sie* auf die Probe stellen, und froh ist, uns die Bestätigung zu liefern. »Moment, ich habe es tatsächlich jemandem erzählt. Wir sind oben aus der Gondelbahn gestiegen, und Topher wollte losfahren, und da hat Inigo gesagt, das geht nicht, wir müssen auf Eva warten, und ich habe gefragt, du lieber Himmel, hat sie euch etwa nicht Bescheid gesagt? Sie ist schon losgefahren. Ich habe sie auf der schwarzen Piste gesehen. Ich bin mir nicht sicher, ob Topher es gehört hat, aber Inigo ganz bestimmt. Er kann es bestätigen.«

Er kann es bestätigen.

Sie schaut mich mit großen, strahlenden Augen an, und ihr Vertrauen schnürt mir die Kehle zusammen.

Aber Carl … Carl sieht Ani entsetzt an, und ich begreife, dass er zu demselben Schluss gelangt ist wie Danny und ich.

»Scheiß auf die Bestätigung«, sagt er abrupt. »Begreifst du denn nicht?«

»Was soll ich begreifen?« Ani sieht überrascht aus, als hätten wir ihr das Fleißkärtchen weggenommen. Sie versteht nicht, warum Carl sich nicht für sie freut, warum er nicht froh ist, dass ihre Geschichte stimmig ist.

»Dann hat Inigo es auch gewusst. Er wusste, welche Piste Eva genommen hat. Du hast ihm verraten, wo er sie finden würde.«

»O Gott«, sagt Ani und wird ganz blass. Ihre durchscheinende Haut wirkt kalkweiß, die blauen Äderchen schimmern an den Schläfen hindurch. »O Gott, willst du damit sagen – willst du damit sagen –«

»Ich will damit sagen, dass jemand diese Piste runtergefahren ist und Eva getötet hat. Und die Frage ist: Wer hat gewusst, dass sie dort unterwegs war?«

»Doch nicht Inigo«, sagt Ani gequält. »Nicht Inigo, nein, er war – er und Eva –«

Sie hält inne und schlägt die Hand vor den Mund, als hätte sie zu viel gesagt.

»Eva hat mit ihm gevögelt«, sagt Carl brutal. »Komm schon, Schätzchen, das wissen wir doch alle. Man braucht nicht Sherlock Holmes zu sein, um darauf zu kommen. Aber jemanden zu vögeln, verschafft einem noch kein Alibi, das weißt du genau.«

»Nein!« Ani steht auf. Sie hat wieder Farbe im Gesicht und sieht wütend aus. »Nein. Davon will ich nichts hören! Evas Tod – war ein Unfall. Und Elliot – ich werde nicht – nein! Ich werde nicht – ich *kann* das nicht denken. Ich kann nicht!«

Sie lässt die Karten aus der Hand fallen und stolpert aus dem Zimmer.

Liz

Snoop-ID: ANON101
Hört: offline
Snoopscriber: 1

Ich stehe draußen vor meinem Zimmer, den Rücken ans Holz gepresst, als jemand die Treppe heraufkommt. Es ist Ani. Sie sieht aus, als hätte sie geweint.

Mein erster Impuls ist, wieder in meinem Zimmer zu verschwinden – aber das geht nicht. Topher ist da drin. Ich sitze in der Falle. Sie kommt auf mich zu. Also muss ich irgendetwas sagen.

»Ist alles in Ordnung mit dir?«

»Die – die sagen furchtbare Dinge«, stößt sie hervor. »Über Inigo. Ich glaube das nicht, Liz, niemals!«

»Was denn für Dinge?« In meiner Magengegend breitet sich Kälte aus.

»Dass er –« Ani schluckt krampfhaft und zwingt sich, weiterzusprechen. »Dass er Eva getötet hat. Und dass er nicht die Polizei angerufen hat.«

»Er hat die Polizei nicht angerufen? Willst du damit sagen, dass niemand kommt?«

»Aber er hat doch angerufen!«, heult Ani auf. »Wir waren doch dabei! Es ist total unfair, so was zu behaupten und ihm nicht die Chance zu geben, sich zu verteidigen. Ich arbeite seit zwei Jahren mit Inigo zusammen, Herrgott noch mal, ich kenne ihn doch!« Sie drängt sich an mir vorbei und hämmert an seine Tür.

Carl ist Ani gefolgt, und auch die anderen kommen hinter ihm die Treppe herauf: Rik, Danny mit einer Taschenlampe, Miranda und zuletzt Erin, die immer noch hinkt.

»Warte mal, Ani«, sagt Carl. In diesem Augenblick geht meine Zimmertür so plötzlich auf, dass ich beinahe hintenüber falle. Topher schiebt sich an mir vorbei in den Flur. Er sieht noch verheult aus, weint aber nicht mehr.

»Was geht hier vor?«, fragt er schroff.

»Inigo!« Ani hämmert immer noch an seine Tür. Keine Antwort. »Wo steckt er?«

»O Gott«, sagt Rik, schaut erst Miranda und dann Erin an. »Ihr glaubt doch nicht –«

»Oh, nein, nein«, sagt Danny rasch. »Nicht noch eine Leiche. Nicht mit mir!« Er drängt sich an Ani vorbei, zieht einen Generalschlüssel aus der Tasche und schließt die Tür auf. Dann leuchtet er mit der Taschenlampe ins Zimmer.

Keiner da.

Über seine Schulter sehe ich Carls Sachen, die unordentlich verstreut liegen, und Inigos Feldbett, dessen Decke fein säuberlich glatt gestrichen und unter die Matratze gesteckt ist.

Auf dem Kopfkissen liegt ein gefaltetes Blatt Papier.

Wir stehen ratlos da, dann humpelt Erin an Danny vorbei und nimmt das Blatt.

»Das ist eine Nachricht.« Sie liest im Schein der Taschenlampe. Ihr Gesicht wird ausdruckslos. »Oh … Scheiße.«

Zum ersten Mal überhaupt höre ich sie fluchen. Von Danny kenne ich es schon, aber Erin war immer absolut professionell. Aus ihrem Gesicht ist die Farbe gewichen. Sie sieht Danny an und formt etwas mit den Lippen, das ich nicht entschlüsseln kann.

»Was steht da?«, fragt Topher herrisch. Bis auf die leichte Heiserkeit verrät nichts in seiner Stimme, dass er noch vor Kurzem in meinem Zimmer herzzerreißend geschluchzt hat. »Ich habe das Recht, es zu erfahren. Ich bin immer noch der Geschäftsführer.«

Er zieht ihr das Blatt aus den Fingern. Erin lässt es geschehen. Er liest laut vor: »›Liebe alle, ich habe einen schrecklichen Fehler gemacht. Ich werde ihn wieder ausbügeln. Bitte sucht nicht nach mir. Inigo.‹«

»Ach, Scheiße«, sagt jetzt auch Miranda. »Dieser Idiot.« Sie dreht sich um und schaut zu dem hohen Fenster am Ende des Flurs, wo Inigo stand, als er telefoniert hat. Inzwischen ist es fast dunkel. Der Schnee peitscht gegen die Scheibe, als wollte er ins Haus eindringen. Mich überläuft ein Schauer. »Seht doch nur. Er wird da draußen umkommen.«

»Aber was genau meint er damit?«, fragt Erin. »Ich meine die Nachricht. Will er damit sagen, dass er tatsächlich nicht die Polizei angerufen hat und sie jetzt holen will? Oder sucht er nach Eva?«

»Weiß der Geier«, sagt Carl kurz angebunden. »Was für ein Blödmann. Ist er überhaupt schon weg?«

»Gute Frage«, sagt Danny. »Ich sehe mal nach.« Er verschwindet mitsamt der Taschenlampe. Die Schatten schließen sich um uns. Wir hören seine Schritte auf der Wendeltreppe, dann schlägt die Tür zum Servicebereich des Hauses zu, wo sich die Skischränke befinden. Als er zurückkommt, ist sein Schritt weniger hektisch, sein Gesichtsausdruck ist erstarrt. »Ja, er ist weg. Auch seine Skier sind weg. Und seine Jacke.«

»Fuck«, sagt Carl wütend. »Verfluchter Idiot. Wann kann er losgegangen sein? Wer hat ihn zuletzt gesehen?«

Allgemeines Achselzucken.

»Ich habe ihn beim Mittagessen gesehen«, meldet sich Miranda zu Wort, und einige andere nicken.

»Ich habe ihn auch beim Mittagessen gesehen«, sagt Erin bedrückt. »Er war … er hat nichts gegessen. Er war in keiner guten Verfassung. Er ist dann rausgegangen, in sein Zimmer, wie ich angenommen habe, aber er könnte auch zu den Skischränken gegangen sein. Hat ihn irgendjemand nach dem Mittagessen noch gesehen?«

Kopfschütteln.

Erin runzelt die Stirn. »Was ist mit Tiger?«

Wir blicken uns suchend um, Angst spiegelt sich in den Gesichtern. Wo ist Tiger?

Wortlos marschiert Danny zu ihrem Zimmer. Wir folgen ihm wie eine verängstigte Schafherde.

Er klopft an die Tür. Nichts. Die Anspannung wächst spürbar.

»Scheiß drauf«, sagt Danny grob und steckt den Schlüssel ins Schloss. Die Tür geht auf – alle drängen hinein, schubsen sich, um besser zu sehen. Ich bin ganz hinten, Tophers breite Schultern versperren mir die Sicht. Ich höre Ani ängstlich »Tiger?« fragen.

Dann eine verschlafene Stimme: »Was ist denn passiert?«

Hörbare Erleichterung, aber auch Unmut.

»Herrje, Tiger!«, sagt Miranda schneidend. Ihr Upperclass-Akzent ist verschwunden, sie klingt verärgert. »Tu uns so was nicht an! Hast du nicht gehört, was Erin gesagt hat? Wir sollen zusammenbleiben!«

»Ich hab doch abgeschlossen«, sagt Tiger. Ihre sonst so ruhige Stimme klingt ein bisschen weniger gelassen als sonst. »Was ist denn los?«

»Inigo ist weg«, sagt Miranda. Und zu meinem Erstaunen bröckelt ihre Hochglanzfassade, und sie beginnt zu weinen.

Erin

Snoop-ID: LITTLEMY
Hört: offline
Snoopscriber: 10

Wir gehen alle früh ins Bett, erschöpft von diesem furchtbaren Tag. Manche schließen sich demonstrativ zu zweit zusammen. Miranda und Rik haben ihr Versteckspiel aufgegeben. Seit Miranda vor Tigers Zimmer zusammengebrochen ist, sind sie unzertrennlich. Rik sagt rundheraus: »Ich schlafe heute Nacht in Mirandas Zimmer.« Keiner ist auch nur im Mindesten überrascht.

Überraschend ist jedoch, dass Tiger und Ani sich zusammentun, sodass Carl und Topher übrig bleiben. Ich hatte erwartet, dass Ani und Topher sich ein Zimmer teilen würden, doch seit Elliots Tod hat sich etwas zwischen ihnen verändert. Allerdings kann ich nicht ergründen, wer von beiden sich zurückgezogen hat. Elliot hatte Topher etwas sagen wollen und war nicht mehr dazu gekommen. Man muss kein Genie sein, um sich vorzustellen, dass Topher ihn vielleicht aus ganz bestimmten Gründen davon abgehalten hatte, seinen Verdacht zu äußern.

Andererseits hatte Elliot nicht mit Topher reden können, weil der mit Ani im Bett gewesen war. Denkbar, dass Topher dies Ani in gewisser Weise übelnahm, so irrational es auch sein mochte. Und Ani war zweifellos diejenige, die Elliot den Kaffee gebracht hatte. Oder zumindest *einen* Kaffee, ermahne ich mich. Gut, Topher hatte sie darum gebeten, das hatte sie mir jedenfalls in der Küche erzählt. Vorausgesetzt, sie hatte die Wahrheit gesagt. Himmel. Ich drehe mich im Kreis.

Miranda fragt schließlich nach etwas, das wir alle übersehen haben.

»Und Liz?«

Verlegenes Schweigen, als uns bewusst wird, dass Liz wieder einmal vergessen wurde. Alle schauen zu ihr hin, und sie scheint förmlich in sich zusammenzuschrumpfen, schlingt die Arme um den Körper, als könnte sie sich so vor unseren Blicken schützen.

»Möchtest du bei mir und Tiger schlafen?«, fragt Ani freundlich, doch Liz schüttelt den Kopf.

»Danke, ich komme schon zurecht.«

»Nein, Liz«, sagt Miranda besorgt. »Das halte ich für gar keine gute Idee. Erin hat recht – wir sollten zusammenbleiben.«

»Ehrlich«, beteuert Liz. Sie wirkt widerspenstig, beinahe verbohrt. »Ich schlafe lieber allein. Ich schließe die Tür ab.«

»Damit das mal klar ist«, sagt Danny. »Erin und ich haben Generalschlüssel. Wir kommen überall rein. Ich will damit nicht sagen, dass wir heute Nacht in eure Zimmer kommen und euch um die Ecke bringen, aber die Türen sind nicht gerade Fort Knox.«

»Ich klemme einen Stuhl unter den Türknauf.« Liz verschränkt entschlossen die Arme, und ich schaue Danny an und zucke kaum merklich mit den Achseln. Wir können sie nicht zwingen, unseren Rat zu befolgen.

»Na schön«, meint Danny schließlich. »Aber sagen Sie nicht, ich hätte Sie nicht gewarnt.«

Erst nachdem er die Worte ausgesprochen hat, scheint er zu bemerken, wie unheilvoll sie klingen.

Liz

Snoop-ID: ANON101
Hört: offline
Snoopscriber: 1

Ich weiß, was die anderen denken, als wir in unsere Zimmer gehen. Sie halten mich für verrückt. Vielleicht haben sie recht. Als ich die Tür hinter mir abschließe, frage ich mich unwillkürlich, ob es gefährlich ist, mich derart zur Außenseiterin zu machen. Wenn nun jemand auf dumme Gedanken kommt?

Aber ich kann ihnen einfach nicht erklären, warum ich davor zurückschrecke, ein Zimmer mit Tiger und Ani zu teilen. Es ist schlimm genug, tagsüber all diesen Gesichtern aus der Vergangenheit zu begegnen, in einem Albtraum gefangen zu sein mit Leuten, die ich kaum kenne.

Ich brauche meine Zuflucht. Ich muss die Tür hinter mir schließen können. Die Vorstellung, die Nacht auf einer Matratze in Tigers Zimmer zu verbringen, zu hören, wie sie leise atmet und wie sich Ani im Schlaf umdreht, lässt mich erschauern.

Ich klemme einen Stuhl unter die Türklinke und lege mich vollständig bekleidet ins Bett. Es ist zu kalt, um sich auszuziehen. Ich liege mit geschlossenen Augen da und versuche, meine steifen Muskeln zu entspannen und mir einzureden, dass ich gefahrlos einschlafen kann, als ich ein Geräusch an der Tür höre. Ich hebe den Kopf. Mein Puls rast.

»Wer ist da?« Vor lauter Adrenalin zittert meine Stimme.

Durch das Holz kann ich das Flüstern kaum verstehen.

»Ich bin's, Ani.«

»Moment.« Ich schwinge die Beine aus dem Bett und taste mich zur Tür, ziehe den Stuhl weg. Dann öffne ich sie langsam.

Ani trägt einen Pulli, der ihr fast bis zu den Knien reicht.

»Was machst du hier? Ich habe beinahe einen Herzinfarkt bekommen!«

»Tut mir leid«, flüstert sie. »Ich konnte nicht schlafen. Ich habe mir Sorgen um dich gemacht und glaube, dass Erin recht hat. Wir sollten zusammenbleiben. Komm doch bitte zu mir und Tiger.«

»Nein, ehrlich, mir geht's gut.«

Ani ringt die Hände. »Es geht mir wirklich gut«, sage ich nachdrücklicher. »Geh nur – Tiger wundert sich sicher schon, wo du bleibst.«

»Tiger schläft schon«, sagt sie mit einem bebenden kleinen Lachen. »Als hätte man einen Schalter umgelegt. Und sie schnarcht. Ich frage mich, wie das geht – sie ist doch so Zen-mäßig. Und ich liege da und mir gehen alle möglichen Sachen durch den Kopf.«

»Ich glaube, sie hat was genommen. Sie hat beim Frühstück erwähnt, dass sie nicht schlafen konnte. Aber – was meinst du damit, was geht dir durch den Kopf?«

»Ach … nichts.« Wieder das bebende kleine Lachen. Plötzlich bekomme ich es mit der Angst zu tun.

»Ani, weißt du etwas, das du niemandem erzählt hast?«

Sie schüttelt den Kopf, aber nicht sonderlich überzeugend, es ist eher ein ängstliches *Keine Ahnung*.

»Hör mir gut zu.« Ich flüstere energisch, was eigentlich untypisch für mich ist, aber jetzt mache ich mir wirklich Sorgen. »Du hast doch gehört, was Erin gesagt hat. Falls du etwas weißt, solltest du es unbedingt jemandem sagen. Ein Geheimnis für dich zu behalten, ist das Gefährlichste, was du tun kannst. Hast du was gesehen? Hat es mit Elliot und Topher zu tun? Oder mit Inigo?«

»Nein, ich habe nicht –«, sagt sie stockend. »Ich meine nur – ich habe dauernd das Gefühl, dass irgendwas nicht stimmt … etwas, was ich gesehen habe … Aber ich – ich kann nicht genau sagen, was.«

O Gott. Mir sinkt das Herz in die Hose. Ich habe das ungute Gefühl, dass das, was Ani gerade nicht einfällt, sehr, sehr wichtig sein könnte. Der Schlüssel zur Identität des Mörders. Es könnte die eine Sache sein, die ihn verrät.

»Ani, sag es mir bitte«, flehe ich. »Behalte es nicht für dich.«

Sie weiß etwas. Ich bekomme auf einmal schreckliche Angst.

»Ani, bitte«, bettele ich. Es ist mir egal, wie jämmerlich ich klinge. Doch sie schüttelt nur hilflos den Kopf.

»Ich kann nicht«, flüstert sie. »Ich muss … ich muss nachdenken …«

Dann verschwindet sie im dunklen Flur und lässt mich allein zurück. Mich überkommt eine Vorahnung, als Tigers Tür leise hinter ihr ins Schloss fällt. Ich bleibe sicherheitshalber stehen, um mich zu vergewissern, dass sie auch wirklich abschließt. Dann kehre ich in mein Zimmer zurück. Mehr kann ich nicht tun.

Erin

Snoop-ID: LITTLEMY
Hört: offline
Snoopscriber: 10

»Scheiße.« Danny liegt auf der Matratze, die er in mein Zimmer gezerrt hat, die Hände vors Gesicht geschlagen. »Warum habe ich bloß das mit der Warnung gesagt? Ich bin so taktlos! Zwei ihrer Kollegen sind gestorben. Sie müssen doch denken, dass ich einen blöden Witz machen wollte.«

»Ehrlich, Danny, das dürfte ihre geringste Sorge sein.«

Ich bin so müde, dass mir die Augen wehtun, und Danny geht es sicher ähnlich, aber ich weiß auch, dass ich nie und nimmer einschlafen werde. Alles fühlt sich falsch an. So tröstlich es auch sein mag, Danny in meinem Zimmer zu wissen. Trotzdem ist es ungewohnt. Das Zimmer ist zu kalt. Die Situation zu ernst. Und ich fürchte, dass ich wieder davon träumen könnte, wie ich mich durch den Schnee grabe, und dass ich Danny damit wecke und er mir Fragen stellt, die ich nicht beantworten kann.

Vor allem aber habe ich schreckliche Angst.

Es hilft auch nicht gerade, dass mein Fuß wieder wehtut. Und zwar nicht gerade wenig. Allmählich frage ich mich, ob er nicht doch gebrochen ist.

»Es hätte längst jemand hier sein müssen«, sagt Danny in die Stille, und ich weiß, was er meint.

»Wir können nicht sicher sein, dass Inigo nicht angerufen hat.«

»Was sonst sollte er mit dem schrecklichen Fehler gemeint haben?«

»Keine Ahnung, aber es ergibt keinen Sinn, Danny. Warum um alles in der Welt hätte er nicht anrufen sollen? Der einzige Grund wäre, dass er Eva getötet hat, und wenn das der Fall ist, sind wir hier sicherer ohne ihn.«

»Vielleicht hat er es getan. Vielleicht wollte er einen Vorsprung vor der Polizei haben. Wir wissen es schließlich nicht.«

Dannys Bemerkung unterbricht meine eigenen Gedankengänge, aber mir fällt absolut keine Antwort darauf ein. Inigo kommt mir einfach nicht wie ein Mörder vor. Er wirkte sanft und verzweifelt und aufrichtig traurig über Evas Tod. Doch dann kommen mir all die Zeitungsartikel über »absolut nette Männer« in den Sinn, die ihre Kinder oder ihre Partnerinnen oder wildfremde Menschen getötet haben. Und ich vergegenwärtige mir, worauf Danny eigentlich hinauswill – dass diese Leute Wildfremde für uns sind. Die Intimität, in die uns die Situation gebracht hat, täuscht. Wir kennen Inigo und alle anderen seit nicht einmal drei Tagen.

Wieder bleibt es lange still, und ich glaube schon, Danny sei eingeschlafen, als er einen tiefen Seufzer ausstößt.

»O Gott, was machen wir nur, Erin?«

»Ich weiß es nicht.« In diesen Worten liegt die ganze Verzweiflung, die sich seit Evas Verschwinden in mir angestaut hat. Es ist unfassbar schlimm. Zuerst Eva, dann Elliot, jetzt Inigo. Unsere Gäste verschwinden einer nach dem anderen wie in einem schlechten Horrorfilm. »Vielleicht ist Inigo wirklich losgegangen, um Hilfe zu holen –«

»Das glaube ich nicht«, sagt Danny mit Bestimmtheit. »Wenn er die Polizei angerufen hätte, wie er behauptet hat, müsste er jetzt nicht losziehen, um sie zu holen. Und falls er sie *nicht* angerufen hat, warum sollte er dann plötzlich zum edlen Ritter werden? Das ergibt doch keinen Sinn. Nein, er will nicht zur

Polizei. Er ist abgehauen und will es auf diese Weise vertuschen.«

Seine Worte entmutigen mich noch mehr, aber sie sind logisch, daran ist nicht zu rütteln. Warum auch immer Inigo fortgegangen ist, es ändert nichts an unserer Lage. Wir sitzen hier fest und können nicht beurteilen, ob es ihm gelingt, Hilfe zu holen – beziehungsweise ob er es überhaupt versucht. Keine noch so durchdachte Analyse kann das ändern. Uns bleibt nichts anderes übrig, als hier zu warten. Plötzlich kommt mir ein Gedanke.

»Moment, eins könnten wir tun.«

»Was?«

»Du könntest nach Haute Montagne gehen und Alarm schlagen.«

Lange bleibt es ruhig. Dann sagt Danny kategorisch: »Nein.«

»Ich weiß, es ist gefährlich, aber ich mit meinem Knöchel –«

»Scheiß auf die Gefahr«, unterbricht mich Danny. »Die interessiert mich nicht. Aber du hast recht – du kannst nicht mitgehen, und ich lasse dich nicht mit einem Haufen Psychopathen hier allein.«

»Wir wissen doch gar nicht, ob ein Psychopath unter uns ist – falls Inigo wirklich –«

»Ich lasse dich nicht allein«, sagt Danny, und sein Tonfall verrät, dass es sein letztes Wort in dieser Angelegenheit ist. Die Decke raschelt, als er sich abrupt umdreht. »Schluss, aus. Und jetzt wird geschlafen.«

Aber das gelingt mir erst nach einer ganzen Weile.

Liz

Snoop-ID: ANON101
Hört: offline
Snoopscriber: 1

Ich lege mich wieder ins Bett. Ich bin so angespannt, dass ich bezweifle, überhaupt einschlafen zu können, sinke dann aber in den tiefen, traumlosen Schlaf völliger Erschöpfung. Als ich aufwache, ist es bitterkalt, und obwohl sich meine Kleidung zerknittert und verschwitzt anfühlt, bin ich froh, dass ich sie nicht ausgezogen habe. Selbst mit Kleidung ist es zu kalt, um das Bett zu verlassen, und so schließe ich wieder die Augen und bleibe einfach liegen. Mein Handy hat nun gar keinen Saft mehr, daher habe ich keine Ahnung, wie spät es ist.

Plötzlich zerreißt ein Schrei die Stille. Ein langgezogener, lauter Schrei, der gar nicht aufhören will.

Ich sitze kerzengerade im Bett, mein Herz hämmert, dann schwinge ich entschlossen die Beine über die Kante und stehe auf. Viel zu schnell. Mir wird schwindlig.

Im Flur schlagen Türen. Ich höre panische Rufe.

»Das kommt aus Tigers Zimmer!«, ruft jemand.

Mit zitternden Händen taste ich nach meiner Brille und setze sie auf. Es ist so kalt, dass mein Atem weiße Wölkchen erzeugt. Ich schließe die Tür auf.

Im Flur drängen sich Rik, Miranda, Topher und Carl vor Tigers Zimmer. Miranda trägt eine Strickmütze und Handschuhe.

»Macht auf!«, brüllt Topher. »Was ist los bei euch? Ani? Tiger? Macht die Tür auf!«

Das Geschrei ist in ein leises Schluchzen übergegangen. Aber wer schluchzt da?

Ich höre rasche Schritte, dann schlittert Danny in Jogginghose und verknittertem Sweatshirt um die Ecke.

»Was zum Teufel ist hier los? Was ist das für ein Gebrüll?«

»Wir haben Schreie gehört«, antwortet Rik knapp. »Aus Tigers und Anis Zimmer. Aber die machen die Tür nicht auf.«

»Aus dem Weg«, sagt Danny und will den Generalschlüssel aus der Hosentasche ziehen, doch er wird nicht fündig. »Ich muss ihn in der anderen Hose haben. Hey!« Er hämmert an die Tür. »Aufmachen! Wir können euch nur helfen, wenn ihr die Tür aufmacht!«

Ein Klick. Die Tür geht auf.

Da so viele Leute vor mir stehen, kann ich nichts sehen. Dann aber höre ich Mirandas erschrockene Stimme: »Tiger! Was um Himmels willen ist denn passiert?«

Tiger schluchzt so heftig, dass sie kaum ein Wort hervorbringt.

»Ani, o Gott, b-bitte helft mir. Es ist Ani. Ich glaube, sie ist t-tot.«

Erin

Snoop-ID: LITTLEMY
Hört: offline
Snoopscriber: 10

Ich brauche furchtbar lang, um durch den Flur zu humpeln. Mein Knöchel ist über Nacht stark angeschwollen und tut weh, wenn ich das Bein belaste. Als ich um die Ecke biege, wächst das Stimmengewirr zu einem panischen Tumult an.

»Was ist hier los?«, frage ich, doch niemand nimmt mich wahr, alle drängen sich vor der Tür vor Tigers Zimmer. Tiger kauert im Flur, die Arme um den Kopf geschlungen, und schluchzt hysterisch. Liz beugt sich erschrocken über sie und streicht ihr zaghaft übers Haar, als könnte es jeden Moment in Flammen aufgehen.

»Was ist hier los?«, wiederhole ich. Danny tritt mit düsterer Miene aus Tigers Zimmer.

»Es ist Ani.«

»Wie, es ist Ani? Was soll das heißen?« Mir wird angst und bange.

»Ich bin mir ziemlich sicher, dass sie tot ist.«

O Gott. Entsetzt dränge ich mich ins Zimmer.

Ani liegt mit dem Gesicht nach unten auf einer Matratze auf dem Boden, doch als ich sie an der Schulter fasse, um sie umzudrehen, bewegt sich der ganze Körper mit, als wäre sie eine Schaufensterpuppe. Sie ist ganz steif, die Leichenstarre hat schon eingesetzt. Ich brauche nicht erst ihr kaltes, wächsernes Gesicht zu berühren, um zu wissen, dass sie ohne Zweifel tot ist.

Plötzlich tragen mich meine Beine nicht mehr, und ich taumele zu Tigers Bett, das noch warm und zerwühlt ist. Das Zimmer verschwimmt mir vor den Augen, und ich lege den Kopf in die Hände, um mich wieder zu fangen.

»Das kann jetzt aber nicht Inigo gewesen sein«, sagt Danny heiser. Ich nicke zustimmend. So viel ist klar. Mein Gott, in welchen Albtraum sind wir hineingeraten?

»Da waren's nur noch sechs«, sagt jemand kaum hörbar, und ich bemerke Liz, deren Gesicht wie eine weiße Maske des Grauens aussieht. Sie starrt auf Anis leblosen Körper.

»Was?«, fragt Danny verständnislos, als hätte er sich verhört.

»Nichts.« Liz lacht zittrig. Sie klingt, als stünde sie kurz vor einem hysterischen Anfall. Ich kann gut nachvollziehen, wie sie sich fühlt. Dann dreht sie sich abrupt um und verschwindet. Ich höre, wie ihre Tür zuschlägt und von innen abgeschlossen wird. Ich kann es ihr nicht verdenken. Am liebsten würde ich das Gleiche tun. Aber das kann ich nicht. Ich muss …

Ich stehe auf, gehe zu der Leiche und drehe sie ganz sachte um. Zwinge mich, Anis totes Gesicht zu betrachten.

Sie sieht beinahe so aus, als wäre sie im Schlaf gestorben. Aber nur beinahe. Auf den Lippen bemerke ich kleine Blutflecken, vermutlich hat sie darauf gebissen. Und dann sind da einige winzige rote Punkte in ihrem Gesicht. Ich weiß genau, was sie bedeuten, brauche aber einen Moment, bis mir der medizinische Fachausdruck wieder einfällt. *Petechien.* Im ersten Jahr des Medizinstudiums hat man selten mit Mord zu tun – aber ich habe genügend Fotos in Lehrbüchern gesehen, um sie zu erkennen.

An ihrem Hals gibt es keine Male, und ich finde keine weiteren Verletzungen, nur die winzigen Blutflecken auf ihren Lippen. Als ich mich tiefer beuge, um sie wieder in die alte Position zu drehen, entdecke ich auch auf dem Kopfkissen einige Flecken. Ein Zitat kommt mir in den Sinn: *rot wie Blut, weiß wie Schnee.*

»Ich glaube, sie wurde erstickt«, sage ich leise zu Danny. »Wer immer das getan hat, hat entweder ihr Gesicht ins Kopfkissen gedrückt oder ihr etwas aufs Gesicht gehalten und sie danach umgedreht. Es gibt kaum blaue Flecken und keine erkennbaren Abwehrspuren – vermutlich hat sie geschlafen.«

»O Gott.« Danny verzieht entsetzt das Gesicht, sieht plötzlich aus wie ein alter Mann. »Aber du willst doch nicht sagen – Tiger?«

Ich schüttele den Kopf, widerspreche aber nicht – ich habe einfach keine Ahnung, was ich sagen soll. Ich kann nicht glauben, dass die sanfte, Zen-mäßige Tiger das getan haben könnte. Andererseits war die Tür von innen abgeschlossen. Könnte wirklich jemand hereingeschlichen sein und Ani im Schlaf erstickt haben, ohne dass Tiger davon aufgewacht ist? Ich denke an ihren yogagestählten Körper, die schlanken, kräftigen Hände. Und die Welt scheint aus den Fugen zu geraten.

Die anderen haben draußen im Flur gewartet, sie sehen blass und besorgt aus. Tiger hat aufgehört zu schluchzen, kauert aber noch an der Wand. Miranda hat schützend den Arm um sie gelegt. Liz ist immer noch in ihrem Zimmer. Carl und Rik stehen wie grimmige Wachtposten links und rechts der Tür. Topher läuft auf und ab und sieht aus, als wäre er von Dämonen besessen. Sein Gesichtsausdruck macht mir Angst.

»Was zum Teufel«, stößt er hervor, als Danny und ich aus dem Zimmer treten und die Tür hinter uns schließen.

»Hey, Kumpel.« Danny hebt die Hände, doch ich bedeute ihm, den Mund zu halten. Fünf Menschen sind verängstigt und bekümmert. Einer – aber darüber kann ich jetzt nicht nachdenken. Es ist zu unwirklich, zu furchtbar.

»Gehen wir nach unten ins Wohnzimmer«, sage ich. »Wir können wohl alle einen Drink gebrauchen.«

Es ist noch keine neun Uhr, aber ich gieße jedem von uns einen steifen Whiskey ein. Wir trinken schweigend, nur Tiger liegt zitternd und ansonsten starr vor Schock auf dem Sofa.

»Also«, sagt Rik und stellt sein Glas ab. »Was ist passiert?«

»Warte«, sagt Miranda. »Wo ist Liz?«

Ein panisches Gefühl überkommt mich, bevor es mir gelingt, einen klaren Gedanken zu fassen. Ausgeschlossen, dass jemand Liz getötet hat, während wir alle im Flur standen.

»Ich glaube, sie ist in ihrem Zimmer. Ich hole sie.«

»Nicht allein«, knurrt Danny und folgt mir wie ein Wachhund, als ich unter Schmerzen durch den Flur hinke und an Liz' Tür klopfe.

»W-wer ist da?«, höre ich durchs Holz. Sie klingt ebenso verängstigt, wie ich mich fühle.

»Ich bin's, Erin. Und Danny. Wir – wir müssen darüber reden, Liz. Was passiert ist. Und überlegen, was wir als Nächstes tun. Würden Sie bitte rauskommen?«

Ein schabendes Geräusch, dann geht die Tür sehr langsam auf. Liz steht hohläugig und totenblass vor uns. Sie sieht verschreckt aus, als gäbe es nichts Schlimmeres für sie, als nach unten zu gehen und den anderen Gästen gegenüberzutreten, was ich ihr nicht verdenken kann. Mir geht es genauso. Aber wir müssen da durch.

Als wir ins Wohnzimmer kommen, hat Miranda Holz im Ofen nachgelegt und Rik allen großzügig nachgeschenkt. Ich würde gerne fragen, ob es ratsam ist, noch mehr Alkohol ins

Spiel zu bringen, aber da ich die Drinks angeregt habe, kann ich jetzt schlecht Einspruch erheben.

»Also, was ist passiert?«, fragt Rik und reicht Liz ein Glas. Seine Stimme klingt beinahe aggressiv, aber er hat wohl einfach nur Angst. »Sagen Sie nicht, sie ist im Schlaf gestorben.«

»Das ist sie auch nicht«, antworte ich. Ich spreche sehr leise, aber es wird sofort mucksmäuschenstill im Raum. »Ich habe etwas bemerkt, das sich petechiale Blutungen nennt. Wissen Sie, was das bedeutet?«

Alle bis auf Carl schütteln den Kopf.

»Kleine rote Punkte, stimmt's? – Ja, ja, ich mag nun mal *CSI*.«

»Genau. Kleine rote Punkte, wo Blutgefäße in der Haut geplatzt sind. Es bedeutet gewöhnlich, dass jemand in irgendeiner Form erstickt wurde – beispielsweise durch Erdrosseln oder Erhängen. In diesem Fall gibt es allerdings keine Spuren am Hals. Daher vermute ich, dass Ani im Schlaf erstickt wurde.«

»O Gott«, stöhnt Miranda und schlägt die Hände vors Gesicht.

»Sie – sie wusste etwas«, sagt Liz. Sie spricht sehr leise, und ich muss die anderen zur Ordnung rufen, damit ich sie verstehen kann. »Sie kam letzte Nacht zu mir und wollte mich überreden, bei ihnen im Zimmer zu schlafen. Als ich sie gefragt habe, wieso sie noch wach sei, sagte sie, ihr gehe etwas durch den Kopf, sie hätte etwas gesehen – ich habe sie angefleht, es mir zu sagen –« Ihr versagt die Stimme. Es ist der längste Wortbeitrag, den ich bisher aus ihrem Mund gehört habe. Als sich alle Augen auf sie richten, scheint sie sich am liebsten in Luft auflösen zu wollen.

»Verflucht noch mal.« Danny klingt wütend und springt auf, als könnte er seine Gefühle nicht mehr im Zaum halten.

»Scheiße, was hat Erin euch eingetrichtert? Wer etwas weiß, *sagt es jemandem.*«

»Ja doch«, sagt Liz, und es klingt wie ein Schluchzen. »Ich habe sie wirklich angefleht, es zu tun. Ehrlich – aber sie hat gesagt, sie sei sich nicht sicher –«

»Tiger.« Miranda schüttelt sie sanft. »Tiger, hat Ani gestern Abend irgendwas zu dir gesagt, bevor sie eingeschlafen ist?«

»Ich habe geschlafen«, erwidert Tiger mit belegter Stimme. Was sie sagt, ist schwer zu verstehen, sie bringt keinen Satz zu Ende. »Tut mir so leid … geschlafen … Tablette genommen …«

»Augenblick mal, Sie nehmen Schlaftabletten?« Ich schaue zu Danny, der eine Augenbraue hochzieht, und weiß genau, dass auch er an die zerdrückten Tabletten in Elliots Kaffee denkt. Tiger schluchzt auf.

»Normalerweise nicht, aber ich kann nicht schlafen, seit ich hier bin. Eva hat gesagt, es liegt an der Höhe. Also hat sie mir einige ihrer Tabletten gegeben.«

»Das stimmt«, sagt Miranda und schaut in die Runde. »Das war am ersten Morgen nach dem Frühstück, ich kann mich an das Gespräch erinnern. Rik, du hast es doch auch gehört, oder?«

»Tut mir leid«, sagt er achselzuckend. Er klingt abwehrend. »Du hast sicher recht, aber ich erinnere mich nicht.«

»Alle waren dabei«, beharrt Miranda. »Es war, bevor wir zur Besprechung rübergegangen sind. Eva hat zu Tiger gesagt, du siehst aus, als hättest du nicht gut geschlafen, und Tiger hat gesagt, das stimmt. Eva hat gesagt, das kommt von der Höhe. Erinnere mich daran, dass ich dir ein paar von meinen Schlaftabletten gebe. Carl war dabei und Liz auch. Und Topher.«

»Ich erinnere mich auch nicht daran. Ich war wohl in Gedanken zu sehr mit der Präsentation beschäftigt«, erwidert Topher in ziemlich schroffem Ton. »Was genau willst du denn damit sagen?«

Er sieht aufgebracht aus, als würde Miranda ihm etwas anhängen wollen. Aber ich weiß genau, warum sie so darauf besteht. Sie weiß, dass Tiger in Anis Fall die Hauptverdächtige ist. Sie war im Zimmer, als Ani erstickt wurde, und hat währenddessen geschlafen, was ziemlich unwahrscheinlich ist – außer man wusste, dass sie Schlaftabletten genommen hatte. Miranda will beweisen, dass alle davon wussten. Dass jeder ihren Zustand hätte ausnutzen und ins Zimmer schleichen können, um Ani zu töten, während Tiger schlief. Irgendwie muss ich Miranda dafür bewundern – sie steht ihrer Kollegin bei, obwohl die Indizien äußerst belastend sind.

Aber da wäre immer noch die Frage der verschlossenen Tür.

»Wer war zuerst vor Anis Zimmer?«, frage ich.

»Das war ich«, sagt Topher. Er lehnt mit verschränkten Armen am Kaminsims. »Die Tür war abgeschlossen. Das haben Sie gesehen.«

Er schaut zu Danny, der bestätigend nickt.

»Ja, ich hab die Klinke gedrückt. Die Tür war abgeschlossen.«

»Wie ist denn dann jemand reingekommen?«, will Topher wissen. »Mit einem Generalschlüssel? Wie viele davon gibt es?«

»Nur zwei.« Ich halte meinen hoch. »Den hatte ich die ganze Nacht bei mir. Da bin ich mir sicher. Danny?«

Er runzelt die Stirn und klopft auf seine Taschen.

»Ich dachte, meiner wäre hier drin. Die Sachen habe ich gestern auch angehabt. Ich dachte … Augenblick.«

Er springt auf und verlässt das Zimmer, ohne abzuwarten, dass ihn jemand begleitet.

»Danny!«, rufe ich ihm nach, und er ruft zurück:

»Dauert nur einen Moment.«

Danach herrscht Stille. Mein Herz schlägt unangenehm schnell, obgleich es keinen Grund dafür gibt. Alle sind hier. Ich kann sie sehen und komme mir dennoch vor wie bei *Der Herr der Fliegen*.

Als Danny zurückkommt, sieht er sehr ernst aus. Sein Blick verrät mir, dass er eine schlechte Nachricht hat.

»Es hat keinen Sinn, die Sache zu beschönigen. Mein Schlüssel ist weg. Jemand hat ihn geklaut.«

»Scheiße.« Das kommt von Rik und klingt wie ein Pistolenschuss in der Stille, die sich nach Dannys Mitteilung über uns gesenkt hat. »*Scheiße*. Soll das heißen, jemand kann jetzt in jedes Zimmer? Dass es keinen Zweck mehr hat, die Tür abzuschließen?«

»So in etwa«, erwidert Danny düster.

»Du bist ein beschissener, verantwortungsloser Wichser«, stößt Topher hervor. »Du hattest die Pflicht, dich um uns zu kümmern, und –«

Danny steht auf, sodass er mit Topher auf Augenhöhe ist, und schaut ihn herausfordernd an.

»Nicht in dem Ton, Kumpel.«

»Das ist doch verdammt praktisch für euch, oder? Bisher waren du und Erin die Hauptverdächtigen, weil ihr in jedes Zimmer konntet, aber jetzt hast du was gedreht –«

»Ich habe überhaupt nichts gedreht«, stößt Danny wütend hervor. »Und lass gefälligst mich und Erin aus dem Spiel. Wir haben nichts getan und hatten keinerlei Probleme, bis euer Haufen hier aufgetaucht ist und ihr angefangen habt, euch gegenseitig aus dem Weg zu räumen. Wir kennen euch nicht. Die Tatsache, dass einer von euch meinen Schlüssel geklaut hat –«

»Da wäre noch eine Sache«, sagt Topher ebenfalls wütend. »Wer genau ist Erin eigentlich? Sie scheint mir ein bisschen überqualifiziert, um in einem Chalet das Zimmermädchen zu spielen, wenn man mich fragt. Petech-was-weiß-ich – gehört das zur Ausbildung, wenn man ein Ski-Chalet betreibt?«

Mist. Mit so etwas hatte ich schon gerechnet. Ich stehe seufzend auf, belaste das unverletzte Bein.

»Nein. Nein, das tut es nicht. Die Wahrheit ist …« Ich werfe einen flüchtigen Blick zu Danny hinüber und frage mich, wie viel ich preisgeben soll. »Die Wahrheit ist, dass ich Medizin studiert habe, bevor ich hergekommen bin. Ich habe das Studium abgebrochen, aber daher weiß ich das mit den Petechien.«

»Das ist aber noch nicht alles, oder?«, bohrt Topher. »Es beschäftigt mich, seit ich hier bin. Ich *kenne* dich. Das weiß ich genau.«

Nein. *O nein.* Aber es hat keinen Sinn, länger um den heißen Brei herumzureden.

»Ja, du kennst mich wahrscheinlich. Mein Nachname lautet FitzClarence. Meine Freunde nennen mich Erin, das ist mein zweiter Vorname.«

»Scheiße, hab ich's doch gewusst!«, sagt Topher triumphierend. »Ich *wusste*, dass ich dich kenne. Dorothea FitzClarence. Ich bin mit deinem Bruder Alex in die Schule gegangen – dem, der –«

Er verstummt, und ich nicke zögernd, weil mir nichts anderes übrig bleibt.

»Wie bitte?« Danny sieht aus, als hätte ihn der Schlag getroffen. »Erin, was soll dieser Schwachsinn? Dorothea – was?«

»Darf ich vorstellen«, sagt Topher boshaft. »Lady Dorothea de Plessis FitzClarence, die jüngste Tochter des Marquess of Cardale.«

Liz

Snoop-ID: ANON101
Hört: offline
Snoopscriber: 1

Ein Blick in die Runde zeigt mir, dass nicht nur ich verwirrt bin. Erin sieht bestürzt aus, Topher hocherfreut. Doch alle anderen wirken ähnlich verblüfft wie ich. Was ist hier gerade passiert? Und was hat es mit Anis Tod zu tun?

Doch ich komme nicht dazu, meine Fragen zu stellen. Danny dreht sich so abrupt um, dass er einen Stuhl umwirft, der mit einem Knall auf den Boden fällt und dabei ein Whiskeyglas mitreißt und zerschellen lässt.

»Danny«, sagt Erin verzweifelt.

»Du beschissene Lügnerin!«, brüllt er über die Schulter und stapft aus dem Zimmer.

Erin wirft Topher einen wütenden Blick zu.

»Danke vielmals.« Dann humpelt sie Danny hinterher.

»Ha«, sagt Topher und lässt sich in einem Sessel nieder. Seine Miene zeigt grimmige Zufriedenheit.

»Topher«, sagt Miranda fassungslos. »Was um Himmels willen sollte das? Ani ist tot, Herrgott noch mal. Hast du das ganz vergessen?«

»Nein«, erwidert Topher nicht ganz überzeugend. »Ganz und gar nicht. Und es kränkt mich, wenn du mir so etwas unterstellst. Aber ich hatte die Nase voll von diesem dreisten Koch und seinen haltlosen Anschuldigungen. Wir sind nicht die Einzigen, die was zu verbergen haben.«

»Schließ bloß nicht von dir auf andere!«, stößt Carl hervor. »Ich für mein Teil habe nichts zu verbergen. Was zum Teufel ist so schlimm daran, wenn Erin ein bisschen vornehmer ist, als sie zugibt?«

»Weil sie in dieser Sache mit drinsteckt«, zischt Topher wütend. »Ich habe die Schnauze voll davon, dass die beiden sich so überlegen und tugendhaft geben.«

»Ich erinnere mich an Alex FitzClarence«, sagt Rik langsam. »Er war ein paar Klassen unter uns. Ist er … ist er nicht vor ein paar Jahren gestorben?«

»So ist es. Er war ein ziemlich anständiger Kerl. Aber darum geht es nicht – ich wollte euch nur klarmachen, dass Erin ein bisschen mehr mit dieser ganzen Geschichte zu tun hat, als sie zugibt. Und was mit Alex passiert ist –« Er hält inne. Sein Gesichtsausdruck verändert sich, und er umklammert unvermittelt Riks Arm, sodass dieser zusammenzuckt. Topher sieht plötzlich aus, als hätte er ein sehr großzügiges Weihnachtsgeschenk bekommen. »Jetzt mal ganz langsam. Alex ist bei einem Lawinenunglück gestorben. Zusammen mit seinem besten Freund.«

»Was willst du damit sagen?« Rik sieht ihn argwöhnisch an.

»Ich weiß noch, dass ich es im Newsletter für die Ehemaligen gelesen habe. Alex FitzClarence ist mit seinem besten Freund Will Hamilton bei einem Lawinenunglück in den Alpen ums Leben gekommen. Die einzige Überlebende war Wills Freundin Erin FitzClarence.«

»Topher.« Miranda sieht jetzt ebenso beunruhigt aus wie Rik. »Topher, worauf willst du hinaus?«

»Ich will darauf hinaus, dass unsere kleine Erin nicht zum ersten Mal in ihrem Leben in einen tödlichen Skiunfall verwickelt ist.«

Erin

Snoop-ID: LITTLEMY
Hört: offline
Snoopscriber: 10

»Danny!« Keine Antwort, aber ich weiß, dass er dort drin ist. »Danny, bitte, es tut mir leid. Lass es mich erklären.« Ich hämmere zum x-ten Mal an die Tür, mache mir aber keine Hoffnungen mehr. Er will offensichtlich nicht aufmachen.

Und dann tut er es doch.

»Du hast hoffentlich eine richtig gute Erklärung«, sagt er und schaut mich so wütend an, dass ich ganz verzagt bin.

»Es tut mir leid, Danny«, sage ich verzweifelt.

»Du wolltest mir etwas erklären.« Er verschränkt die Arme, kann sich kaum beherrschen vor Zorn. »Also los. Erklär mir, warum du mich belogen hast.«

»Ich habe dich nicht belogen –«

Er will mir die Tür vor der Nase zuschlagen.

»Hey!«, rufe ich und schiebe instinktiv den Fuß in den Spalt, wobei ich vergesse, dass es der mit dem verletzten Knöchel ist. Die Tür quetscht den Fuß, und ich stoße einen spitzen Schrei aus. Danny schlägt die Hände vor den Mund.

»O Gott, Erin, tut mir leid – es tut mir so, so leid«, sagte er und brüllt dann: »Alles gut!«, um die anderen zu beruhigen, die vermutlich panisch aufgesprungen sind, als sie mich gehört haben, und sich auf das Schlimmste gefasst machen. »Erin geht es gut, sie hat sich nur den Knöchel angestoßen!«

»Alles in Ordnung!«, rufe ich krächzend hinterher und

blinzle die Tränen weg, die mir vor Schmerzen in die Augen geschossen sind. Die anderen scheinen uns zu glauben, denn niemand kommt angerannt.

Der Vorfall hat uns aus der verfahrenen Situation befreit. Danny öffnet die Tür jetzt weiter und nickt zu seinem Bett hinüber.

»Du kommst besser rein und entlastest dein Bein.«

Ich humpele kleinlaut ins Zimmer und lasse mich auf dem Bett nieder.

Langes Schweigen.

»Also?«, fragt Danny schließlich. Jede Faser seines Körpers verströmt Feindseligkeit. Aber immerhin gibt er mir die Gelegenheit, mich zu erklären.

»Du hast recht. Ich habe dich zwar nicht angelogen, aber ich habe auch nicht wirklich die Wahrheit gesagt.«

»Ich dachte, wir wären Freunde.« Der zornige Ausdruck verschwindet allmählich aus seinem freundlichen, zerknautschten Gesicht, doch was übrig bleibt, ist schlimmer – er ist fassungslos und gekränkt. »Ich dachte – ich dachte, wir stünden auf derselben Seite.«

»Das tun wir auch«, beteuere ich verzweifelt. »Es hat sich nichts geändert. Alles, was ich dir erzählt habe – über mich, dass ich das Studium abgebrochen habe –, das alles stimmt. Ich habe dir nur nicht erzählt, warum ich es getan habe.«

»Warum denn?« Danny verschränkt die Arme und lehnt sich an seine kleine Kommode. Sein Körper spricht eine deutliche Sprache: Er wird es mir nicht leicht machen. Ich habe mich selbst in diese Lage manövriert und muss mich allein wieder daraus befreien.

Ich schlucke. Ich habe bisher mit niemandem darüber gesprochen – jedenfalls nicht seit den albtraumhaften Tagen und

Wochen nach dem Unglück. Aber Danny hat es verdient, die Wahrheit zu erfahren.

»Mein Vater ist wirklich ein Marquis. Aber ehrlich, Danny, das klingt viel großartiger, als es ist. Er wohnt nicht in einem Schloss. Meine Familie ist nicht sonderlich wohlhabend. Alex war im Internat, aber ich bin zur Gesamtschule bei uns im Ort gegangen, weil meine Eltern sich nicht das Schulgeld für uns beide leisten konnten. Darin unterscheiden wir uns nicht.«

Er schaut mich an, als wollte er sagen: *Verarschen kann ich mich alleine*, und ich weiß natürlich, dass er recht hat. Danny ist in einer Sozialwohnung am Rande von Portsmouth aufgewachsen, als einziges Kind einer alleinerziehenden Mutter, die sich jahrelang abgemüht hat, damit die Familie über die Runden kommt. Er hat sich aus eigener Kraft da herausgekämpft. Und selbst wenn es mit den Finanzen der FitzClarences nicht zum Besten steht, sind wir doch in unterschiedlichen Milieus aufgewachsen. Etwas anderes zu behaupten, wäre ziemlich beleidigend.

»Na schön, es tut mir leid, das – das war ungeschickt. So habe ich es nicht gemeint. Ich meinte nur – ich will ja erklären –«

Ich halte inne. Vergrabe den Kopf in den Händen. Komme nicht weiter. Danny war der einzige Mensch, der auf meiner Seite stand, der einzige Mensch, auf den ich mich verlassen konnte. Habe ich das jetzt verspielt? Danke, Topher!

»Als ich neunzehn war«, beginne ich noch einmal, jetzt langsamer, »habe ich Skiurlaub gemacht, zusammen mit meinem Freund Will und meinem Bruder Alex, Wills bestem Freund. Wir sind abseits der Piste gefahren, was natürlich dumm war. Wir sind in –« Ich atme tief durch. Ich weiß nicht, wie ich darüber sprechen, wie ich das Grauen in Worte fassen soll. »Wir sind in eine Lawine geraten«, stoße ich schließlich hervor. »Wir haben sie selbst ausgelöst. Jeder von uns hatte einen Lawinenrucksack, aber Alex konnte seinen nicht aktivieren. Wills hat funktioniert, aber er hat ihn nicht gerettet, weil er zu tief verschüttet war. Und ich konnte ihn nicht schnell genug ausgraben. Ich habe als Einzige überlebt.«

Ich halte wieder inne. Kann nicht weitersprechen. Ich kann nicht diese albtraumhaften Stunden am Berg beschreiben, in denen ich mit tauben, blutenden Händen im hartgepressten Schnee gegraben hatte, um Will zu erreichen, der kopfüber unter zentnerweise Schnee und Eis begraben war. Ich hatte gegraben und geweint und geweint und gegraben, hatte alles benutzt, was in meinem Rucksack war – meinen Liftpass, meine Wasserflasche, alles, was auch nur irgendwie als provisorisches Werkzeug dienen konnte. Meine Skier und Stöcke hatte mir die Lawine schon weiter oben am Hang weggerissen.

Es war zu spät. Das wusste ich. Ich hatte es im Grunde schon gewusst, bevor ich zu graben anfing, und als die Stunden vergingen, fand ich in der reglosen Stille der Schneelandschaft um mich herum irgendwie die Kraft, es zu akzeptieren. Und doch hatte ich weitergegraben. Nicht nur für Will, auch für mein eigenes Überleben. Denn in Wills Rucksack war der GPS-Sender. Wenn es mir nicht gelingen sollte, den zu aktivieren, würde ich ebenfalls sterben.

Schließlich fand uns die Bergwacht. Besser gesagt, sie fand mich. Als sie eintrafen, war ich unterkühlt und hielt Wills Leiche an mich gedrückt. Alex wurde erst im kommenden Frühjahr geborgen.

»Ich – ich konnte nicht zurück«, sage ich sehr leise. »Verstehst du das? Ich konnte nicht zurück in mein altes Leben. Es war völlig bedeutungslos geworden. Ich bin nach Hause gefahren, um Will zu begraben, und danach in die Berge zurückgekehrt – zuerst, weil ich es nicht ertragen konnte, ohne Alex heimzufahren, und danach, weil …«

Ich breche ab. Ehrlich gesagt, weiß ich nicht, weshalb ich hier geblieben bin. Nur dass ich es nicht ertragen konnte, zu Hause zu sein, umgeben vom erstickenden Mitleid meiner Freunde, von der furchtbaren, niederschmetternden Trauer meiner Eltern. Und es kam mir vor wie eine Art Buße, in der grausam kargen Schönheit der Alpen zu bleiben und mich zu zwingen, die Berge anzuschauen, die Will und Alex getötet hatten.

»Darum fährst du auch nicht abseits der Piste«, sagt Danny mit heiserer Stimme. Er sieht mich jetzt ganz anders an. Sein Zorn ist verflogen. Ich erkenne nur eine Art von … Mitleid. Das tut weh, und ich wende mich ab und nicke.

»Ja, das ist der Grund. Ich fahre immer noch gern Ski – ich weiß, es ist pervers. Meine Eltern halten mich für verrückt. Mein Vater hat mich als Masochistin bezeichnet, als ich den Job angenommen habe. Aber ich bringe es nicht über mich, die Berge zu verlassen, und man kann hier nicht auf Dauer leben, ohne Ski zu fahren. Aber ich glaube nicht, dass ich je wieder abseits der Piste fahren werde.«

»Scheiße, Erin. Warum hast du mir das denn nicht erzählt?«, fragt Danny, aber nicht so, als würde er eine Antwort erwarten. Er versteht wohl, dass ich es nicht verschweigen wollte, sondern es einfach nicht hinbekommen habe, ihm davon zu erzählen. Ich hätte es nicht ertragen, dass auch er mich als Opfer sieht.

Es herrscht Stille, und dann nimmt er mich in die Arme. Ich lege mein Gesicht an seine warme, muskulöse Schulter, schließe die Augen und atme seinen wunderbaren Danny-Geruch ein. Meine Tränen versickern in seinem weichen, abgetragenen Pullover.

»Du bist also richtig vornehm, was?«, gluckst er leise, und ich lache unsicher, hebe den Kopf und wische mir mit dem Ärmel die Tränen weg. »Du gehörst da unten hin, zu diesem Haufen, nicht zum Pöbel in den Personalbereich.«

»Nein, da gehöre ich ganz bestimmt nicht hin«, sage ich mit mehr Nachdruck als beabsichtigt, und Danny muss wieder lachen. Aber mir ist es ernst damit. »Nein, es ist wirklich so, Danny, ich gehöre nicht mehr zu ihnen. Ich bin mir nicht sicher, ob ich je dazugehört habe. Das, wofür sie stehen –«

Ich muss an Topher und seine gut gepolsterte Existenz denken – dass ihm alles auf einem Silbertablett serviert wurde, dass er nie für etwas kämpfen, sich nie von einem Chef herunterputzen lassen musste, nie die schmutzige Unterwäsche von Fremden aufgesammelt hat, nie einen der zahllosen erniedrigenden, langweiligen Jobs gemacht hat, die für uns andere ganz normal sind.

Sie sind arrogant, das wird mir jetzt klar – nicht unbedingt Liz und Carl, aber alle anderen, mehr oder weniger. Sie sind durch den Zauber ihrer Firmenanteile und gesellschaftlichen Privilegien geschützt. Sie glauben, das Leben könne ihnen nichts anhaben – genau wie ich früher.

Aber das stimmt nicht. Das Leben hat sie an der Gurgel gepackt. Und lässt nicht mehr los.

Liz

Snoop-ID: ANON101
Hört: offline
Snoopscriber: 1

»Willst du damit sagen, Erin steckt dahinter?« Miranda verschränkt die Arme und schaut Topher aus zusammengekniffenen Augen skeptisch an. Er gibt sich defensiv.

»Nein. Nein, das habe ich nicht gesagt – ich habe nur –«

»Aber du hast es angedeutet«, sagt Miranda. In diesem Augenblick begreife ich, dass sie Topher nicht leiden kann. Keine Ahnung, weshalb es mir erst jetzt auffällt – vielleicht weil sie immer so förmlich und höflich ist. Jetzt aber gibt sie sich keine Mühe mehr, mit ihrer Meinung hinter dem Berg zu halten.

»Ich sage nur, einmal ist Pech, zweimal ist schon ein *verdammter* Zufall. In wie viele tödliche Skiunfälle kann ein einziger Mensch verwickelt sein?«

»Gut, dann reden wir doch mal Klartext«, erwidert Miranda bissig. »Jeder hier weiß, warum du unbedingt den Verdacht auf andere lenken willst.«

»Was willst du damit sagen?« Tophers Stimme hat einen warnenden Unterton.

»Ich deute überhaupt nichts an.« Miranda tritt vor ihn hin. Selbst ohne Absätze ist sie fast so groß wie er. »Ich konstatiere nur eine Tatsache. Die meisten Menschen in diesem Zimmer hätten davon profitiert, dass Eva weiterlebt. Die wenigsten hatten ein Motiv, sie aus dem Weg zu räumen. Und einer dieser wenigen bist du.«

Rik und Carl schauen einander unbehaglich an. Keiner der beiden springt Topher zur Seite.

»Erstens, das ist Verleumdung, und zweitens, du redest hier von meiner *besten Freundin*«, setzt Topher wutentbrannt an. Da hebt Tiger den Kopf und sagt etwas, es ist ein beinahe unhörbares Krächzen, doch alle wenden sich ihr zu, und Topher hält mitten im Satz inne.

»Was hast du gesagt?« Miranda schießt herum. Tiger richtet sich mühsam auf, schiebt sich die Haare aus der Stirn. Sie hat vom Weinen rote Flecken im Gesicht.

»Sie hat etwas gesagt.« Ihre Stimme ist noch ganz rau vom Weinen.

»Wer?« Rik kniet sich neben sie. Sein Gesicht ist ernst, er greift nach Tigers Arm. Der Griff scheint fester auszufallen als beabsichtigt, und sie zuckt leicht zusammen. »Wer hat was gesagt?«

»Ani, gestern Abend. Es ist mir gerade wieder eingefallen. Sie hat etwas gesagt. Sie wollte mich wecken, aber ich war –« Sie schluckt, versucht, die aufsteigenden Schluchzer zu unterdrücken. »Sie hat gesagt, *Ich habe sie nicht gesehen*. Wäre ich nur richtig wach gewesen, hätte ich nur nicht die Schlaftablette genommen –« Sie verstummt. Zwei große Tränen rollen über ihre Wangen.

»Tiger«, sagt Miranda beunruhigt und kniet sich neben Rik. »Tiger, bist du dir ganz sicher? Vorhin hast du gesagt, du seist nicht aufgewacht.«

»Ja, ich weiß, aber ich habe mich geirrt. Jetzt ist es mir wieder eingefallen. Ich weiß noch, wie sie mich geschüttelt hat. Ich kann mich an die Worte erinnern.«

Miranda schaut Rik fragend an, und er zuckt leicht mit den Schultern.

»Na so was«, sagt Topher mit leisem Triumph in der Stimme. »Na so was. *Ich habe sie nicht gesehen.* Wer hat denn jetzt Grund, mit Dreck zu werfen, Ms Khan? Für mich hört sich das an, als würde es das halbe Zimmer ausschließen, oder?«

»Worum geht es?«, fragt eine tiefe Stimme aus Richtung Lobby.

Wir drehen uns um. Danny und Erin stehen nebeneinander in der Tür. Erin sieht aus, als hätte sie geweint. Ich bin mir nicht sicher, ob sie sich ganz und gar versöhnt haben, doch reicht es aus, um eine gemeinsame Front zu bilden. Topher wirkt verärgert.

»Tiger behauptet –«, setzt Miranda an, doch Tiger unterbricht sie mit einem wütenden Aufschluchzen.

»Ich behaupte gar nichts. Ich habe sie gehört, ganz sicher. Ani wollte mir gestern Abend etwas sagen – sie hat mich an der Schulter gerüttelt und gesagt: *Ich habe sie nicht gesehen.* Nur bin ich nicht richtig aufgewacht. Aber es passt – es passt zu dem, was Liz gesagt hat, dass Ani etwas herausfinden wollte, bei dem sie sich nicht sicher war.«

»›Ich habe sie nicht gesehen‹«, wiederholt Erin langsam. »Und das hat sie wirklich gesagt?«

»Ja«, erwidert Tiger nachdrücklich. »Ja, als ich vorhin hier gelegen und an gestern Abend gedacht habe, da ist mir plötzlich eingefallen, dass Ani mich an der Schulter gerüttelt hat. Es war wie ein Flashback.«

»Was wiederum bedeutet«, erklärt Topher selbstzufrieden, »dass wir nach einer Frau suchen, oder nicht? Tiger hat eindeutig *sie* gesagt. Ani wollte etwas über eine Frau aus unserer Gruppe herausfinden.«

Er starrt Miranda an.

»Nicht unbedingt …«, sagt Danny langsam. Er runzelt die

Stirn und kratzt sich nachdenklich am Kopf. »Vielleicht hat sie nicht den Mörder gemeint. Ani war die Einzige, die Eva auf der Piste gesehen hat. Das stimmt doch, oder? Außer Carl war niemand sonst in der Gondel, aber er hat sie nicht gesehen.«

»Das stimmt«, sagt Carl. »Worauf willst du hinaus?«

»Wenn Ani nun begriffen hat, dass sie sich geirrt hatte? Dass Eva gar nicht auf der Piste war?«

»Aber das *war* sie«, sagt Miranda genervt. »Elliot hat es doch mit seinem GPS bewiesen.«

»Das GPS beweist lediglich, dass sich ihr Handy dort befindet«, sagt Danny. »Aber der einzige Beweis dafür, dass Eva samt Handy je auf dieser Piste war, ist Anis Aussage. Wenn ihr nun klar geworden war, dass sie sich geirrt hat? Wenn nun … sagen wir mal – Eva ihren Tod nur vorgetäuscht hat?«

Diese Überlegung versetzt die ganze Gruppe in Aufruhr. Die Mienen hellen sich auf. Jeder möchte es zu gern glauben. Dannys Vorschlag ist eine Lösung, bei der es keinen Mörder gibt, und jeder wünscht sich verzweifelt, dass es so ist.

Aber es gibt ein Problem. Genauer gesagt, zwei. Denn diese Lösung erklärt nicht, warum Elliot und Ani sterben mussten. Sie ist nicht stichhaltig. Und das würde jedem klar werden, der auch nur einen Augenblick darüber nachdächte. Aber es ist nicht zu übersehen, dass sie gerade *nicht* nachdenken.

Bei dem Gedanken, das Wort zu ergreifen, wird mir ganz flau, aber ich muss jetzt etwas sagen. Ich kann nicht anders.

»Eva war auf der Piste«, sage ich zaghaft. »Ich habe sie auch gesehen.«

Alle sehen zu mir. Ihre Blicke scheinen sich förmlich in mich hineinzubohren. Ich werde rot. Würde am liebsten im Erdboden versinken.

»Was hast du gesagt?« Miranda klingt beinahe vorwurfsvoll.

»Ich sagte, ich habe Eva auch gesehen. Ich bin in der Gondelbahn runtergefahren. Da habe ich sie gesehen – weiter oben auf der Piste als Ani, aber ich habe sie gesehen. Sie ist La Sorcière runtergefahren. Ani hat sich nicht geirrt. Sie muss etwas anderes gemeint haben.«

»Und du bist nicht auf die Idee gekommen, das mal zu erwähnen?«

»Ich habe nicht – mir war …« Mir fehlen die Worte.

»Nicht etwas anderes. *Jemand* anderen«, sagt Danny unvermittelt, und es wird still. Jeder lässt seinen Blick wandern, von einem zum anderen. Uns wird allen gleichzeitig etwas klar. Wenn Tiger recht hat, kommen nur sehr wenige Leute in Betracht, die Ani gemeint haben könnte. Topher verschränkt die Arme. *Du bist am Zug*, scheint er Miranda zu signalisieren.

»Tiger, bist du dir wirklich sicher?« Miranda klingt jetzt fast schon verzweifelt. »Bist du dir absolut sicher, dass Ani *sie* gesagt hat?«

»Ich bin mir sicher«, beharrt Tiger.

Langes Schweigen. Miranda steht auf und verlässt das Zimmer.

»Es ist mir egal«, ruft sie über die Schulter. »Es ist mir völlig egal, was Ani gesagt hat. Nur einer in diesem Zimmer hatte ein Motiv, Eva zu töten. *Einer*. Jetzt tut doch nicht so, als wäre das nicht wahr!«

Die Stille wird nur unterbrochen vom Klackern ihrer Absätze auf der Wendeltreppe, als sie in ihr Zimmer läuft.

Dann wird das Schweigen richtig unangenehm. Topher lehnt am Kaminsims, wütend und mit rot angelaufenem Gesicht. Rik sieht völlig zerstört aus. Tiger ist in sich zusammengesackt, eine Hand vor dem Gesicht. Erin und Danny fühlen sich sichtlich unbehaglich. Schließlich bricht Carl das Schweigen.

»Ja, aber sie hat recht, oder?«

Seine Worte scheinen einen Bann zu brechen, und Topher drückt den Rücken durch und geht zur Tür.

»Scheiße. Ich mache das nicht mehr mit.«

»Was meinst du?« Rik starrt ihn an. »Du machst was nicht mehr mit?«

»Na, das alles. Ich habe keine Lust, hier rumzusitzen wie ein verfluchter Frosch im Dampfkochtopf. Ich habe Eva nicht getötet, egal was Miranda und Carl glauben wollen, und ich habe ganz sicher nicht meinen besten Freund oder unsere Assistentin getötet. Ich werde hier nicht länger rumhocken und darauf warten, das nächste Opfer zu werden, um das zu beweisen. Ich bin raus. Ich fahre runter nach Saint-Antoine-le-Lac.«

»Du bist wahnsinnig«, sagt Rik sofort. »Die Piste ist zerstört, überall liegen Bäume und Felsbrocken. Und schau mal nach draußen, Herrgott noch mal! Du wirst erfrieren.«

Topher zuckt mit den Schultern.

Eine kurze Schweigepause.

»Du bist wahnsinnig!«, wiederholt Rik verzweifelt. Und dann: »Ich komme mit.«

Erin

Snoop-ID: LITTLEMY
Hört: offline
Snoopscriber: 10

Es ist fast Mittag, und die Gruppe hat die letzte Stunde damit verbracht, darüber zu diskutieren, ob Tophers Entscheidung dämlich ist oder nicht. Er packt währenddessen zusammen, was er braucht, ist fest entschlossen. Bis jetzt hat er einen Lawinenrucksack, Wasser, eine Taschenlampe, Proteinriegel und ein Seil. Er sucht noch nach einer Schaufel, wobei ich mich frage, was er wohl damit anfangen will. Bei einer weiteren Lawine wird ihn eine Schaufel kaum retten. Doch wenn er es bis Einbruch der Nacht nicht nach Saint-Antoine schafft, braucht er einen Unterschlupf. Vielleicht doch keine so blöde Idee. Es gibt schlechtere Überlebensmethoden, als sich eine Schneehöhle zu graben.

Vor allem aber will er weg – egal wie dumm oder riskant der Plan ist. Mirandas Äußerung hat etwas freigelegt, was keiner von ihnen wahrhaben wollte – Topher ist derjenige, der am meisten von Evas Tod profitiert. Er hat bekommen, was er wollte – die alleinige Kontrolle über Snoop. Rik und Liz hingegen werden Millionen Pfund verlieren, wenn die Übernahme platzt, und ich kann mir nicht vorstellen, dass Miranda und Carl nach diesem Trip noch einen Job haben. Sie werden kaum weiter für Topher arbeiten können, nachdem sie ihren Chef praktisch des Mordes bezichtigt haben. Manche Dinge kann man nicht rückgängig machen.

Daher verstehe ich, dass Topher nicht hierbleiben will – es geht ihm wie Inigo, der auch geglaubt haben muss, ihm bliebe keine andere Wahl, nachdem sich die Gruppe gegen ihn gestellt hatte. Mich überrascht allerdings, dass Rik unbedingt mitwill – und ich frage mich, was Topher davon hält. Er wollte es Rik ausreden, aber es ist nun mal so, dass ihre Aussichten zu zweit besser sind. Die Verhältnisse da draußen sind tückisch, und wenn sich einer den Knöchel verstaucht, ist er ohne Handy so gut wie tot. Wenn man zu zweit ist, kann immerhin der andere Hilfe holen.

Um 12:15 Uhr stehen Rik und Topher in der Lobby und studieren die große Karte des Skigebietes, die an der Wand hängt. Sie besprechen mögliche Routen, als Tiger in Snowboard-Ausrüstung die Wendeltreppe herunterkommt. Sie sieht entschlossen aus.

»Ich komme auch mit«, verkündet sie rundheraus.

Topher runzelt die Stirn.

»Tiger –«

»Versuch nicht, mich daran zu hindern. Ich fahre ebenso gut wie du – und besser als Rik«, sagt sie ohne falsche Bescheidenheit. »Und ich kann nicht hierbleiben, nachdem –« Sie schluckt, hält inne und setzt noch einmal an. »Nach dem, was passiert –«

Sie kann den Satz nicht beenden, und ich sehe, dass sie ihre kleinen Hände zu Fäusten geballt hat.

Rik und Topher schauen einander an, und ich frage mich, was sie wohl denken. Tiger hatte zweifellos die beste Gelegenheit, Ani zu töten. Die beiden waren in einem Zimmer mit verschlossener Tür, und eine von ihnen ist nicht mehr aufgewacht. Aber sie hat uns Anis letzte Worte verraten, die den Verdacht von Topher ablenken, was seltsam für eine Mörderin wäre. Außerdem sind Rik und Topher groß und kräftig und vermutlich doppelt so schwer wie Tiger. Sie könnte wohl kaum einen von ihnen überwältigen, geschweige denn beide. Überdies, und das scheint auch Rik und Topher durch den Kopf zu gehen, wäre es womöglich klug, eine dritte Person dabeizuhaben, falls einer von ihnen der Mörder sein sollte.

Angesichts dieser abgefahrenen Gedanken schlage ich die Hand vor den Mund, um ein hysterisches Lachen zu ersticken.

»Was hast du gesagt?« Rik schaut mich stirnrunzelnd an, und ich schüttele den Kopf. Mir rinnen Tränen übers Gesicht, aber ich kann ihnen nicht erklären, was mich umtreibt.

»Nichts. Tut mir leid. Beachtet mich gar nicht.«

»Na schön, dann komm mit«, sagt Topher schließlich kurz angebunden zu Tiger.

»Rik.« Wir drehen uns um. Miranda kommt die Treppe herunter, sie ist blass, wirkt aber entschlossen. Rik zögert. Er weiß, was kommt, und schüttelt schon den Kopf.

»Rik, das kannst du nicht machen«, sagt Miranda. Ihre spröde Stimme scheint jeden Moment versagen zu wollen. Sie fasst ihn am Arm, gräbt die Finger in seine Jacke. »Das ist unglaublich dumm.«

»Es tut mir leid, Miranda.« Riks tiefe Stimme ist sehr leise, als sollten die anderen nicht mithören, was natürlich unmöglich ist. »Ich möchte ja auch nicht gehen – aber wir können doch nicht einfach hierbleiben und uns einer nach dem anderen umbringen lassen. Ich glaube, Topher hat recht. Wir müssen die Polizei verständigen.«

»Aber geh nicht mit ihm.« Sie flüstert, doch die Akustik ist hervorragend. Und da ich sie hören kann, gilt das sicher auch für Topher. »Bitte, bitte, ich flehe dich an. Ich habe Angst, dass du nicht zurückkommst.«

»Miranda –«

»Ich komme mit euch. Ich hole meine Skier –«

»Du fährst nicht gut genug«, flüstert er. »Bitte, Liebling, glaub mir, ich würde dich mitnehmen, aber es ist zu –«

»Ich bleibe nicht hier ohne dich!«

»Hey, und was ist mit dem anderen Chalet?« Carl steht in der Tür zum Wohnzimmer, die Hände in den Hosentaschen. Miranda runzelt verärgert die Stirn.

»Welches andere Chalet?«

»Der Koch, Danny, wollte er nicht zu irgendeinem Chalet gehen? Bevor das alles passiert ist.«

Ich nicke.

»Das wollte er. Haute Montagne. Es ist ein großes Haus, das zu einer Kette gehört und eher vermietet sein dürfte als die beiden näher gelegenen Chalets. Allerdings ist es eine stramme Wanderung – gute fünf bis sechs Kilometer in die Berge hoch. Darum hat er sich auch im letzten Moment dagegen entschieden.«

»Was?«, fragt Carl triumphierend. »Fünf, sechs Kilometer, das ist doch pillepalle. Die schafft man an einem Vormittag.«

»Das ist ja wohl grob untertrieben«, sage ich warnend. »Man kann nicht wandern, sondern muss mit Schneeschuhen gehen, und das erfordert Übung. Der Schnee wurde seit fast einer Woche nicht mehr geräumt, dazu noch die Lawine … Ich würde sagen, es sind gute drei Stunden mit Schneeschuhen. Vielleicht mehr, wenn man keine Erfahrung hat.«

»Aber immer noch besser, als in den Ort runterzufahren. Ich meine, wie weit ist der entfernt, fünfundzwanzig Kilometer? Und die Strecke ist höllisch steil. Wenn man zwischen all dem Geröll einen Ski verliert, ist man am Arsch.«

»Ich werde keinen Ski verlieren«, knurrt Topher. »Zum einen

bin ich Snowboarder, kein Skifahrer. Zum anderen kann ich das ganz gut. Und außerdem – was ist, wenn wir zum Chalet kommen, und es ist keiner da? Dann sind wir genauso weit wie vorher. Unten im Ort bekommen wir sicher Hilfe, da sind Menschen. Nein, ich habe mich entschieden und dabei bleibe ich.«

Carl zuckt nur mit den Achseln, lässt sich nicht von Tophers Gereiztheit beeindrucken.

»Vielleicht müsst ihr euch gar nicht entscheiden.«

Verdutztes Schweigen.

»Wie meinst du das?«, fragt Rik schließlich.

»Dass es hier nicht um Entweder-oder geht. Die guten Skifahrer, also du, Topher und Tiger, fahren runter ins Dorf und schlagen Alarm. Wir anderen versuchen es im Chalet. Wer durchkommt, schickt den anderen eine Rettungsmannschaft.«

Eigentlich gar kein schlechter Plan. Topher und Rik wechseln einen Blick und gelangen zum selben Schluss. Schließlich nickt Topher, als hätte Carl ihn um Erlaubnis gebeten. Seine Autorität hat schwer gelitten.

»Na schön«, sagt er unwillig und fügt sich ins Unvermeidliche.

»Miranda?«, fragt Rik, und sie hebt unglücklich die Schultern.

»Ja – ja, gut. Dann muss ich wenigstens nicht hier rumsitzen, wenn du mich schon nicht mitnimmst.«

»Liz?«, fragt Carl. »Wie steht es mit dir?«

Einen Moment lang blinzelt sie nur, als wäre sie erstaunt, dass man sie beim Namen nennt. Im Scheinwerferlicht von Carls Aufmerksamkeit sieht sie aus wie ein verschrecktes Tier.

Dann lächelt sie kaum merklich und nickt unsicher.

Zum ersten Mal verspüre ich leise Hoffnung.
Vielleicht wird alles gut.
Vielleicht wird wirklich alles gut.

Liz

Snoop-ID: ANON101
Hört: offline
Snoopscriber: 1

Nach all dieser Zeit der Untätigkeit tut es gut, einen Plan zu haben. In meinem Zimmer mühe ich mich mit dem verwaschenen blauen Overall ab und ziehe Skisocken und Handschuhe an. Mein Helm und die Brille sind unten im Skischrank, die werde ich auf dem Weg nach draußen holen. Ein Blick aus dem Fenster verrät mir, dass ich keine Sonnenbrille brauchen werde. Für die Mittagszeit ist es ziemlich dunkel. Die Sonne schafft es nicht durch die dichte Wolkenschicht, und der Wind heult, als wollte er mit Gewalt ins Haus eindringen.

Als ich fertig angezogen bin, ist mir zum ersten Mal seit Tagen warm, und ich bin ein wenig aus der Puste. Es ist seltsam, wieder zu schwitzen, nachdem es im Chalet immer kälter geworden ist. Ich lasse mich aufs Bett fallen und atme tief durch.

Nun, da es fast vorbei ist, kann ich auf die letzten Tage zurückblicken. Wie konnte es bloß zu diesem Albtraum kommen? Bevor wir hierhergefahren sind, hatte ich mir alles Mögliche ausgemalt, aber nicht ein solches Grauen.

Im Kopf gehe ich wie bei einem makabren Anwesenheitsappell die fehlenden Gruppenmitglieder durch.

Eva – tot.

Elliot – tot.

Inigo – weg, und niemand weiß, was aus ihm geworden ist.

Hat er es nach Saint-Antoine geschafft? Oder liegt er unterkühlt in einer Hütte, fernab der Piste?

Ani – tot.

Nur sechs von uns sind noch übrig. Ich, Rik, Miranda, Carl, Tiger und Topher.

Topher. Irgendwie lande ich immer wieder bei ihm. Denn es stimmt, was Miranda gesagt hat – die Leute wollen nicht wahrhaben, dass Topher ein sehr starkes Motiv gehabt hätte, Eva zu töten. Im Grunde hatte er mit Abstand das beste Motiv.

Dieser Gedanke sollte mir eigentlich im Herzen wehtun. Topher – der mich aus einem ganzen Haufen cleverer, schlanker Uniabsolventinnen ausgewählt und mir die erste Chance meines Lebens gegeben hatte. Topher – der für mich eingetreten war, der mich unterstützt hatte, der dafür gesorgt hatte, dass ich die Anteile bekam, die mir seither wie ein Bleigewicht um den Hals hängen. Topher – nur seinetwegen bin ich hier.

Und vielleicht liegt es genau daran, denn dieser Gedanke schmerzt nicht im Geringsten. Ich fühle nichts – rein gar nichts.

Wegen Topher wurde ich in all das hineingezogen, das ich nie gewollt und um das ich nie gebeten habe. Topher und Eva haben von zwei Seiten an mir gezogen und mich wie eine Schachfigur benutzt, während sie um die Vorherrschaft bei Snoop kämpften.

Ich weiß genau, was Topher bezweckt hat, als er mir zu den Anteilen riet. Er wollte zwei Prozent der Firma einem Menschen übergeben, den er unter Kontrolle hatte. Ich war seine Rückversicherung, falls sich Eva und Rik gegen ihn verschwören sollten. Das entscheidende Zünglein an der Waage.

Topher hatte geglaubt, ich sei Wachs in seinen Händen. Weich. Formbar. Fügsam. Er hatte es geglaubt, weil er mich so erlebte – still und bescheiden, schlecht gekleidet, eine Frau, die sich nicht traut, den Mund aufzumachen.

In Tophers Welt haben Menschen einen harten, blankpolierten Panzer, hinter dem sie ihre Ängste und Unzulänglichkeiten verbergen.

Topher hat einen Fehler gemacht. Er hat nicht erkannt, dass es bei manchen Menschen genau umgekehrt ist. Eva hingegen … ich glaube, sie hat es begriffen. Und womöglich hat genau das sie letztlich getötet.

Erin

Snoop-ID: LITTLEMY
Hört: offline
Snoopscriber: 10

Es ist ein Uhr. Alle außer Liz haben sich in Skikleidung in der Lobby versammelt. Tophers Gruppe hält die Snowboards, Skier und Stöcke bereit. Miranda und Carl sind mit Schneeschuhen ausgerüstet. Und mein Herz hämmert. Es hämmert, weil … es vielleicht das Ende eines langen Albtraums ist. Eine der Gruppen wird doch wohl erfolgreich sein, oder?

»Was um Himmels willen treibt Liz da oben?«, fragt Miranda. Sie wirkt gereizt, seit Rik gesagt hat, sie könne nicht mit ihnen nach unten ins Dorf fahren. Die Idee mit den beiden Gruppen ist durchaus sinnvoll, und das weiß sie auch, aber trotzdem wäre sie lieber mit Rik zusammen. Sie sieht immer wieder zu ihm hinüber.

»Hier bin ich«, ertönt eine schüchterne Stimme von oben. Wir schauen hoch und sehen Liz an der Wendeltreppe stehen. Sie steckt in dem übergroßen blauen Overall, den sie beim Skifahren am ersten Tag anhatte. Sie trägt Pudelmütze und Handschuhe, ihre Brille ist beschlagen. Sie sieht verschwitzt, aber auch erleichtert aus, so wie wir alle, weil wir nun endlich aktiv werden.

Auf den ersten Stufen passiert es. Sie gerät ins Stolpern. Da sie auf Socken ist, rutscht sie einfach weg. Sie tastet nach dem Handlauf, doch mit dem Handschuh findet sie am Holz keinen Halt.

Während wir hilflos zuschauen, stürzt Liz kopfüber die Wendeltreppe hinunter und schlägt immer wieder dumpf auf. Schließlich bleibt sie am Fuß der Treppe liegen, erschreckend still.

Liz

Snoop-ID: ANON101
Hört: offline
Snoopscriber: 1

Ich kann nicht atmen.

Ich liege da, panische Angst durchflutet mich, ich will einatmen und kann nicht. Ich japse nach Luft wie ein Fisch auf dem Trockenen.

»Liz!« Das ist Erin. Sie humpelt zu mir herüber, kauert sich neben mich. Sie ist ganz blass geworden. »Liz! Um Gottes willen, geht es dir gut?«

Ich kann nicht antworten. Ich bekomme nicht genügend Luft, um etwas zu sagen. Ich bringe eine Bewegung zustande, halb Nicken, halb Kopfschütteln. Geht es mir gut? Keine Ahnung.

»Verdammt.« Carl geht neben mir auf die Knie. »Liz?« Er wendet sich zu den anderen. »Immerhin ist sie am Leben. Kannst du sprechen, Liz?« Er redet sehr laut, als wäre ich schwerhörig.

»Ich glaube, ihr bleibt nur gerade die Luft weg«, sagt Erin und streicht mir über die Stirn. Ich widerstehe dem Drang, mich von ihr wegzudrehen. Wobei ich das vielleicht ohnehin gar nicht könnte. »Schon gut, nicht dagegen ankämpfen. Versuch mal, langsam zu atmen. Ich zähle mit dir. Eins, zwei, drei, vier, fünf … und ein. Und wieder eins, zwei, drei, vier, fünf und aus.«

Während Erin langsam und rhythmisch zählt, schaffe ich

einen Atemzug. Und noch einen. Schließlich setze ich mich unsicher auf.

»Wie geht es dir?«, fragt Erin noch einmal. »Tut irgendwas weh?«

»Mein Knie«, stoße ich hervor. Ich ziehe das Bein des Overalls hoch, habe aber vergessen, dass ich darunter Leggings trage. Zu sehen ist nichts, aber das Knie fühlt sich heiß an. Als Erin es vorsichtig abtastet, schießt der Schmerz durch das ganze Bein und ich zucke zusammen.

»Himmel«, sagt Rik verunsichert. »Einen Moment lang habe ich gedacht –«

Er hält inne. Braucht es nicht auszusprechen. Ich weiß genau, was er gedacht hat. Ich habe es ja auch gedacht. Einen Moment lang sah es aus, als wäre es wieder einer weniger.

Erin hilft mir beim Aufstehen. Ich zittere am ganzen Körper.

»Kannst du gehen?«, fragt sie. Ich nicke und humpele ein paar Schritte. Carl schaut düster drein.

»Auf keinen Fall schaffst du fünf, sechs Kilometer durch den Schnee«, stellt er fest.

»Also gehen nur wir beide?«, sagt Miranda. Nun ist es an Rik, beunruhigt auszusehen. Ich weiß, was er denkt. Drei Leute zusammen dürften sicher sein. Doch falls Carl hinter allem steckt, würde er Miranda allein mit einem Mörder in den Schnee hinausschicken.

»Ich weiß nicht –«, sagt er, doch Erin unterbricht ihn.

»Danny geht.«

Erin

Snoop-ID: LITTLEMY
Hört: offline
Snoopscriber: 10

»Danny geht.«

Ich habe die Worte ausgesprochen, ohne groß nachzudenken. Aber es ist absolut sinnvoll. Es geht nicht nur um das Risiko, zwei Menschen in den Schnee hinauszuschicken. Danny kennt den Weg. Carl und Miranda nicht.

»Wie bitte?«, sagt jemand hinter mir. Ich drehe mich um. Danny sieht ganz schön sauer aus. »Erin, könnte ich dich kurz sprechen? In der Küche?«, fragt er knapp.

Ich folge ihm und werfe einen Blick auf Liz, die weiß wie die Wand ist und aussieht, als würde sie jeden Moment umkippen. Als die Tür hinter uns zugefallen ist, legt Danny los.

»Bist du völlig irre? Das hatten wir doch besprochen. Ich lasse dich keinesfalls mit einem gebrochenen Knöchel hier allein, während da draußen ein Psychopath herumläuft.«

»Ich meinte doch nicht, dass du allein gehen sollst«, sage ich, sicherheitshalber ziemlich leise. »Ihr geht zu dritt. Das liegt doch auf der Hand, oder? Warum sind wir nicht früher darauf gekommen? Carl und Miranda haben keine Ahnung, wie sie gehen müssen, selbst mit einer Landkarte. Die Wege sind von der Lawine verschüttet. Die würden einfach drauflos in den Wald wandern und sich verirren. Du hingegen weißt, wo das Chalet ist. Du sprichst Französisch und weißt, wie man sich auf Schneeschuhen bewegt. Das ist absolut vernünftig. Sie haben viel bessere Chancen, da anzukommen, wenn du dabei bist. Ich würde mir ernsthafte Sorgen machen, wenn wir sie allein gehen ließen.«

»Hm.« Danny ist verblüfft, scheint aber Logik in meiner Ausführung zu erkennen. »Dann bleibst du mit dieser Liz hier?«

»So ist es. Überleg doch mal, Danny. Mit dem verdrehten Knie kann sie nirgendwohin, sie ist ebenso gehandicapt wie ich. Und wir hatten sie ohnehin nie im Verdacht. Sie kann nicht gut Ski fahren. Wir wissen, dass sie in der Gondelbahn saß, als Eva gestorben ist, und sie hatte von allen am wenigsten Grund, Eva zu töten. Wer weiß, was bei einer Übernahme aus den anderen geworden wäre? Die würden womöglich ihren Job verlieren. Aber Liz betrifft das nicht – und sie hätte mehrere Millionen bekommen, wenn der Deal zustandegekommen wäre. Das ist ein ziemlich starkes Gegenargument.«

»Ja … das leuchtet mir ein …«, sagt Danny bedächtig.

»Bitte.« Ich lege ihm die Hand auf den Arm. »Danny, *bitte.* Bring Miranda und Carl zum Chalet. Dann meldet ihr der Polizei, was passiert ist. Wir können uns keinen weiteren Todesfall leisten, und ich glaube nicht, dass Carl und Miranda es ohne dich schaffen.«

»Na schön«, beschließt Danny. »Vermutlich hast du recht. Ich hole meine Sachen. Aber du schließt hinter uns ab und öffnest niemandem die Tür, außer mir oder der Polizei, klar? Es ist mir egal, ob Topher angekrochen kommt und dir vorheult, Rik hätte ihn allein im Schnee zurückgelassen. Es ist auch egal, wenn Tigers Bindung kaputtgeht. Du lässt sie nicht rein. Keinen von ihnen. Und im Übrigen weiß auch niemand, was aus Inigo geworden ist. Mir gefällt die Vorstellung nicht, dass er draußen im Schnee lauern könnte, bis alle anderen weg sind.«

Es ist, als hätte Danny mir kaltes Wasser ins Gesicht geschüttet. Inigo. Wir hatten angenommen – *ich* hatte angenommen –, er sei aus dem Spiel. Aber was, wenn nicht?

Plötzlich ist mir nicht wohl bei dem Ganzen, doch ich will mich nicht unterkriegen lassen.

»Es wird schon gutgehen. Falls irgendjemand auftauchen sollte – was ich bezweifle –, sind wir immerhin zwei gegen einen. Außerdem sitzt derjenige draußen im Schnee und friert sich den Arsch ab.«

»Ja, na gut«, sagt Danny finster. »Aber du hältst dich dran, verstanden? Ich kenne dich doch. Wenn jemand auftaucht und behauptet, er wäre dreizehn Kilometer durch den Schnee gekrochen und hätte Erfrierungen, würdest du mit deinem weichen Herzen glatt die Tür aufmachen. Also mach hier nicht auf Mutter Teresa. Du musst in erster Linie an dich denken.«

Ich bekomme ein schlechtes Gewissen, auch wenn ja noch gar nichts passiert ist. Denn Danny hat recht. Genau so würde ich mich verhalten. Wenn ich im warmen, trockenen Chalet säße, während Inigo oder Topher oder ein Wildfremder langsam vor der Haustür zu erfrieren drohte und mich anflehen würde, ihn reinzulassen, wäre es undenkbar, es nicht zu tun. Ich würde weich werden. Ich würde ihn reinlassen. Das weiß ich ganz sicher.

»Wir kommen schon klar«, sage ich, auch wenn es nicht wirklich überzeugend klingt. »Geh jetzt, und komm wieder, so schnell du kannst.«

Liz

Snoop-ID: ANON101
Hört: offline
Snoopscriber: 1

Als die anderen weg sind, schließt Erin die Haustür ab, so gut es geht, hundertprozentig ist es nicht. Die Tür ist durch den Aufprall der Lawine verzogen, und das untere Schloss geht nicht richtig zu. Schmelzender Schnee dringt durch den Spalt, doch immerhin funktioniert das obere Schloss noch. Dann prüft sie den Skieingang, der vom Schnee verschüttet ist, und die Tür, durch die man früher zum Pool ging.

»Alles bestens«, berichtet sie, als sie in die Lobby zurückkehrt. Sie lächelt strahlend und ein bisschen gekünstelt. Die Stille wirkt jetzt bedrückend, sie lastet schwer auf uns. »Wie geht es dir?«

»Ach – okay, glaube ich.« Ich reibe mir den Hinterkopf, den ich mir am Treppengeländer gestoßen habe, und berühre vorsichtig mein Knie durch die gefütterte Hose. Ich habe es verdreht, aber nicht so schlimm wie befürchtet. Nun, da sich der erste Schreck gelegt hat, kann ich es sogar belasten. »Noch ein bisschen wackelig, aber der Schock war wohl größer als die Verletzungen.«

»Wir sind vielleicht ein Paar«, sagt Erin. Sie grinst, wobei sich die Narbe auf ihrer Wange verzieht. »Ich mit meinem Knöchel, du mit deinem Knie. Zwei lahme Enten.«

»Genau.« Ich will lachen, aber es klingt nicht echt.

»Dannys Trupp dürfte etwa sechs Stunden bis Haute Montagne und zurück brauchen. Und wer weiß, wie es bei Tophers Gruppe läuft. Ich habe keine Ahnung, wie schlimm die Piste wirklich aussieht. Falls sie gar nicht befahrbar ist, könnte es ewig dauern.«

Ich nicke. In Skischuhen durch hüfthohen Schnee zu stapfen, ist kein Spaß. Das weiß ich aus Erfahrung.

»Also bleiben uns mindestens sechs Stunden, bevor wir uns Sorgen machen müssen«, sagt Erin. »Fragt sich, wie wir die am besten totschlagen.«

Erin

Snoop-ID: LITTLEMY
Hört: offline
Snoopscriber: 10

Es ist nach drei. Nachdem die anderen aufgebrochen sind, haben Liz und ich ein kärgliches Mittagessen aus lauwarmer Dosensuppe zu uns genommen. Das Brot war trocken, aber in die Suppe getunkt, ließ es sich gut kauen. Seitdem spielen wir Karten. Im Chalet ist es geradezu unheimlich still. Mir war nicht bewusst, wie erstickend Stille sein kann, was daran liegen mag, dass es in Perce-Neige bisher selten wirklich still war – gewöhnlich hört man Gäste umhergehen, in den Schulferien spielende Kinder, klappernde Skier, Danny, der in der Küche zugange ist. Selbst an den Tagen des Gästewechsels läuft das Radio, summt der Staubsauger. Als Topher und die anderen noch hier waren, hörte ständig jemand Musik, oder es wurde geredet.

Jetzt gibt es keine Musik. Unsere Handyakkus sind längst leer. Fernseher und Radio haben keinen Strom. Man hört nur das Knacken der Holzscheite im Ofen. Die Dreifachverglasung dämpft die Geräusche von draußen.

Alle paar Minuten werfe ich einen Blick zum Fenster. Toll ist das Wetter nicht gerade. Sinnlos, das beschönigen zu wollen. Gut, es ist auch nicht so schlimm, wie es hätte sein können. Immerhin hat sich der Wind gelegt. Aber es schneit noch immer. Die Wolken wälzen sich vom Berg herunter und hüllen das Chalet in einen dichten, grauen Eisnebel, in dem man nur ein, zwei Meter weit sehen kann. Ich bin ungemein erleichtert, dass

Danny mit Miranda und Carl unterwegs ist und den Weg genau kennt. Dennoch frage ich mich allmählich, ob sie es vor Einbruch der Dunkelheit bis Haute Montagne und zurück schaffen können. Vielleicht müssen Liz und ich die Nacht hier allein verbringen. Bei dem Gedanken ist mir nicht ganz wohl.

Liz knackt mit den Fingergelenken, es klingt wie ein Echo meines eigenen Unbehagens, wie Schüsse in der Stille, und es geht mir durch Mark und Bein.

»Wie bist du eigentlich zu Snoop gekommen?« Ich spreche ein bisschen zu laut, weil ich das knackende Geräusch übertönen will. Liz rutscht im Sessel herum. Schwer zu sagen, ob es an ihrem schmerzenden Knie liegt oder ob ihr die Frage nicht behagt.

»Ich habe mich einfach um einen Job beworben. Sie waren damals noch ein Start-up – nur Topher, Eva, Elliot und Rik. Ich war ihre erste … Sekretärin. Oder persönliche Assistentin. Damals gab es diese komischen Stellenbezeichnungen noch nicht.«

Sie verstummt wieder, als hätte dieser ungewöhnlich lange Wortbeitrag sie erschöpft. Ich will ihr gerade noch eine Frage stellen, als sie zu meiner Überraschung weiterspricht.

»Ich vermisse es. Ich vermisse sie. Es hat Spaß gemacht … eine Zeit lang jedenfalls.«

»Warum hast du denn dann gekündigt?«, frage ich, worauf sie wieder dichtmacht. Ihre Miene wird ausdruckslos und undurchdringlich.

»Es gab keinen bestimmten Grund.« Sie schaut in ihre Karten. »Ich wollte einfach was anderes machen.«

Ich ziehe eine Karte und lege einen König ab. Liz nimmt ihn stirnrunzelnd auf. Ich muss in ein Fettnäpfchen getreten sein. Mir fällt Dannys Bemerkung über die quasi-inzestuösen Verhältnisse bei Snoop ein, dass Eva mit Inigo geschlafen hat und

Topher mit Ani. *Haben die schon mal was von MeToo gehört?* Ob etwas zwischen Liz und Topher vorgefallen ist? Etwas, vor dem sie seither davonläuft? Andererseits scheint Liz sich von allen am besten mit Topher zu verstehen. Trotz seiner Fehler scheint er nicht der Typ Mann, der eine Mitarbeiterin sexuell bedrängt. Was immer zwischen ihm und Ani gelaufen ist, hat auf mich einvernehmlich gewirkt.

Aber Ani ist jetzt tot …

Diese Worte sind wie ein Flüstern in meinem Ohr, sie erinnern mich auf unangenehme Weise daran, dass Liz und ich nicht ganz allein im Haus sind – oben liegen zwei Leichen. Und irgendwo da draußen, in Schnee und Eis, liegt eine dritte Leiche und vielleicht noch eine vierte, denn wer weiß, was aus Inigo geworden ist, nachdem er in den Schnee hinausgestolpert ist. Es ist, als würde uns der Tod umzingeln. Als könnten Liz und ich die Nächsten sein.

Aber nein. Ich schüttele mich. Das sind morbide Gedanken – geradezu lächerlich.

»Du bist dran«, sagt Liz. Ich habe überhaupt nicht gemerkt, dass sie gelegt hat. Ich nehme eine Karte vom Stapel und lege sie gedankenlos ab. »Rommé«, sagt Liz und spielt eine Folge Pik und einen Satz Könige aus. Ich zwinge mich zu einem Lächeln.

»Gut gemacht.«

Liz nimmt die Karten auf und teilt aus. Ich schaue auf mein Blatt. Es ist gut – ich habe sofort einen Satz. Aber ich kann mich nicht aufs Spiel konzentrieren.

»Evas Tod …«, sage ich verhalten, und Liz blickt auf. Sie trägt immer noch ihren zu großen Overall, was ich ihr nicht verdenken kann. Trotz Holzofen ist es im Chalet inzwischen ziemlich kalt, ich kann meinen Atem sehen, wenn ich spreche. »Das … muss ein ziemlicher Schock gewesen sein. Jetzt wird die Übernahme wahrscheinlich platzen, oder? Wie hat es sich angefühlt, so viel Geld in Aussicht zu haben und es dann wieder zu verlieren?«

Ich erwarte eigentlich, dass Liz sagen wird, es ginge mich nichts an, was ja auch stimmt. Aber wir sind längst über die Rollen von Gastgeberin und Gast hinaus, das ist uns beiden klar.

»Es fühlte sich … seltsam an …«, erwidert Liz bedächtig. Der Feuerschein spiegelt sich in ihrer Brille und macht es noch schwerer als sonst, etwas an ihrer Miene abzulesen. Sie runzelt die Stirn.

»Warst du sauer auf Topher, weil er gegen den Verkauf war? Ich wäre es jedenfalls gewesen.«

Doch Liz macht eine abwehrende Geste. »Wenn ich ehrlich bin, habe ich das Geld ohnehin nie gewollt. Es fühlte sich gar nicht an, als gehörte es mir. So eine riesige Summe, und wofür?«

»Dafür, dass du zur richtigen Zeit am richtigen Ort warst, nehme ich an«, sage ich lachend, doch Liz erwidert mein Lächeln nicht. Sie schüttelt den Kopf, wobei mir nicht klar ist, was sie verneint. Ich kann es ihr nicht verdenken. Da, wo wir jetzt gelandet sind, ist ganz sicher nicht der richtige Ort.

Wieder wird es still. Ich sehe auf die Uhr. Zehn vor vier. Mein Gott, wie langsam die Zeit vergeht! Plötzlich kann ich nicht mehr hier herumsitzen und stehe auf, belaste vorsichtig den verletzten Fuß und hinke zum hohen Fenster, das aufs Tal hin ausgeht.

Es ist fast dunkel draußen, hier drinnen aber auch, sodass ich die Augen nicht abschirmen muss, als ich in den Schnee hinausblicke und mich frage, wo Danny und die anderen stecken mögen. Ob sie es schon nach Haute Montagne geschafft haben?

Und was ist mit Topher und seiner Gruppe? Ich wünsche mir sehnlichst ein Handy mit einem einzigen Balken Empfang. Oder ein Funkgerät. Irgendetwas, das mich mit der Außenwelt kommunizieren lässt. Noch nie habe ich mir etwas so sehr gewünscht.

»Vier Asse«, sagt Liz hinter mir, und ich drehe mich seufzend um.

Liz

Snoop-ID: ANON101
Hört: offline
Snoopscriber: 1

Es ist 15:58 Uhr. Wir sind bei der vielleicht zwanzigsten Runde Rommé. Ich habe nicht mitgezählt. Die Gedanken huschen wie Ratten durch meinen Kopf. Wie es wohl weitergeht? Werden sie überhaupt zurückkommen? Was wird geschehen, wenn die Polizei hier eintrifft?

Erin schaut zur Uhr auf dem Kaminsims. Ihr geht es nicht anders. »Noch eine Runde«, sagt sie, »dann kümmere ich mich ums Abendessen. Eigentlich müssten sie inzwischen dort sein.«

Falls sie es geschafft haben. Die Worte hängen unausgesprochen in der Luft, als Erin die Karten austeilt.

Ich stelle die Frage eigentlich nur, um etwas zu sagen, nicht, weil ich es wirklich wissen möchte. »Topher hat gesagt, du bist mal von einer Lawine verschüttet worden. Wie war das?«

Erin blickt auf. Damit hat sie nicht gerechnet, und einen Moment lang sieht sie schutzlos und sehr verletzlich aus. Fast, als hätte ich sie geschlagen. Ich bereue flüchtig, dass ich sie gefragt habe. Dann bekommt sie sich wieder in die Gewalt und teilt die letzten Karten aus, bevor sie antwortet.

»Das stimmt. Vor drei Jahren. Es war –« Sie hält inne und schaut hinunter auf den Kartenstapel in ihrer Hand. »Es war das Schlimmste, was ich je erlebt habe.«

»Das tut mir leid.« Dann fällt mir etwas ein. »Dieses Wochenende eingeschlossen?«

Erin lacht freudlos auf. Dann nickt sie. »Kaum zu glauben, aber wahr. Sogar dieses Wochenende eingeschlossen. Ich kann nicht beschreiben, wie furchtbar es war. Der Lärm, der Schock, das Gefühl der Machtlosigkeit –« Sie verstummt, als würde sie mühsam nach Worten suchen. »Ich dachte … ich dachte, es würde das hier schlimmer machen. Ein solches Grauen noch einmal zu erleben. Aber seltsamerweise hatte ich … irgendwie damit gerechnet. Als würde der Berg mich verfolgen, weil ich ihm einmal entkommen bin.«

Sie starrt in die Dunkelheit. Da sie mir gegenübersitzt, müsste es sich anfühlen, als starrte sie mich an, doch stattdessen scheint sie durch mich *hindurch*zusehen, als wäre ich gar nicht da. Das fühlt sich sonderbar an, als wäre ich schon verschwunden.

»Hast du daher – ist die –« Ich kann es nicht aussprechen. Ich berühre mein Gesicht mit den Fingern, und sie nickt.

»Ja. Ich habe mich beim Sturz an etwas geschnitten, vermutlich an meinem eigenen Ski.«

»Und darum hast du dein Studium abgebrochen?«

Sie nickt sehr, sehr langsam. »Ja. So richtig erklären kann ich es immer noch nicht. Ich habe nur – es war, als wäre ich ein anderer Mensch geworden, falls du verstehst, was ich meine.«

Ich nicke. Ich weiß genau, was sie meint. Mir kommt der Gedanke, dass sie vielleicht zum allerersten Mal darüber spricht.

»Ich musste ihn ausgraben.« Ihre Stimme ist kaum mehr als ein Flüstern, und ich muss die Ohren spitzen, um sie zu verstehen. »Ich hatte keinen GPS-Sender dabei. Ich musste meinen Freund ausgraben, um seinen zu aktivieren, in dem Wissen, dass er schon tot war.«

Sie schaut vor sich hin, teilt den Stapel, legt die erste Karte, lauter mechanische Bewegungen.

Plötzlich will ich nicht mehr darüber sprechen. Ich wünschte, ich hätte nicht danach gefragt. Schließlich habe ich selber Geheimnisse, Dinge, über die ich nicht sprechen will. Wenn Erin mich nun nach meiner Vergangenheit fragt? Wenn sie noch einmal auf Snoop zu sprechen kommt? Wissen will, warum ich gekündigt habe? Wenn sie nach Freunden fragt, die ich nicht habe, nach Schulkameradinnen, die mich vierzehn Jahre lang gemobbt haben, nach meiner Familie, von der ich mich losgesagt habe?

Ich höre wieder die nuschelnde Stimme meines Vaters, das Schluchzen meiner Mutter … Ich schmecke Blut. Habe wieder auf der Nagelhaut gekaut. Ich schiebe die Hände in die Taschen meines Overalls.

Doch Erin stellt keine Fragen mehr. Sie scheint mit ihren Gedanken woanders zu sein. Als sie wieder spricht, klingt sie sonderbar. Als würde sie ein Geständnis ablegen.

»Du musst wissen, es war meine Schuld.« Sie nimmt das Blatt auf, ihre Hände zittern leicht. »Ich hatte vorgeschlagen, abseits der Piste zu fahren. Ich wollte es unbedingt. Ich habe sie getötet.« Sie schluckt. »So etwas verändert einen Menschen.«

Sie schaut hoch, als würde sie erwarten, dass ich sie verstehe. Mich überkommt der eigenartige Drang, ihre Hand zu nehmen und ihr zu sagen, dass ich weiß, wie sie sich fühlt.

Aber das wäre verrückt. Also lasse ich es. Stattdessen schaue ich auf mein Blatt. Ich ziehe eine Herz Drei und lege einen Buben ab.

»Du bist dran.«

Erin

Snoop-ID: LITTLEMY
Hört: offline
Snoopscriber: 10

Ich weiß nicht, warum ich Liz meine Vergangenheit offenbart habe. Es war ganz seltsam. Ich habe noch nie mit jemandem über diese Zeit gesprochen – weder mit meinen noch mit Wills Eltern; selbst der Leichenbeschauer und die Bergwacht interessierten sich nur für die nackten Tatsachen und wollten nichts von meiner Verwirrung und meinem Kummer wissen.

Natürlich hätte ich Gelegenheit zum Reden gehabt – meine Mutter hatte mich gedrängt, eine Therapie zu machen, und viele Freunde hatten sich gemeldet und gesagt: *Wenn du reden willst, kannst du mich jederzeit anrufen.* Aber ich wollte nicht reden. Ich wollte nicht so ein Mensch sein. Ein Mensch, der Mitleid erregt. Ein Opfer.

Ich weiß ganz genau, wie sich Topher und die anderen fühlen. Ich habe mich auch so gefühlt. Und genau das habe ich nie jemandem erzählt – dass ich in den Minuten und Stunden, in denen ich nach Will und Alex gesucht habe, weniger von Entsetzen oder Angst getrieben war, sondern es einfach nicht fassen konnte, dass so etwas *mir*, *uns*, zugestoßen war. Ich war nicht so ein Mensch. Ich war kein Mensch, dem schreckliche Dinge widerfuhren. Das betraf andere Menschen, andere Familien. Ich war vom Glück geküsst, segelte ohne Gegenwind durchs Leben, geschützt vom sicheren Kokon meiner Familie, meinem guten Aussehen und dem Glück, von Will geliebt zu werden.

Denn all das war Glück. Nichts anderes. Und das wusste ich genau. Aber so sollte es auch sein, denn ich war dazu bestimmt, *Glück zu haben*.

Und dann auf einmal riss die Glückssträhne.

Danach begriff ich, dass ich nicht mehr mit den Menschen zusammen sein konnte, die immer noch in diesem immerwährenden goldenen Sonnenschein lebten, während ich mich an einem Ort befand, der tiefschwarz war vor Schuldbewusstsein und Verzweiflung. Ich konnte das Mitleid in ihren Augen nicht ertragen.

Im Wohnzimmer ist es ganz schön dunkel, ich gehe hinüber zum Kaminsims, um auf die Uhr zu schauen: kurz vor sechs. Danny und die anderen müssten vor ungefähr zwei Stunden in Haute Montagne eingetroffen sein. Möglich, dass sie schon auf dem Rückweg sind. Möglich, dass es ihnen gelungen ist, die Polizei zu verständigen, und ein Hubschrauber unterwegs ist.

Möglich ist es. Nicht sicher. Nur möglich.

Es ist ebenso möglich, dass der Weg völlig verwüstet ist und sie sich immer noch über vereiste Felsbrocken kämpfen, oder dass sie Haute Montagne verriegelt und verrammelt vorgefunden haben.

Mein Gott, diese ganzen Möglichkeiten machen mich noch verrückt.

Ohne Danny und die anderen kommt es mir vor, als würde sich das Chalet enger um Liz und mich schließen. Ich spüre das Gewicht des Schnees, der auf Dach und Wänden lastet, die Tonnen und Abertonnen, die noch am Berg verharren und nur darauf warten, losgetreten zu werden. Ich kann die Dunkelheit spüren, die allmählich in die Zimmer und Flure sickert.

Ich weiß, wie es sich anfühlt, an die Grenze der eigenen Belastbarkeit zu kommen, denn ich habe sie schon einmal überschritten – als ich halb erfroren an einem kalten Berghang saß, meinen toten Geliebten in den Armen, und nicht wusste, ob Hilfe kommen würde. Ich habe diese Grenze überschritten und überlebt. Bin in die Sicherheit zurückgekehrt. In die Normalität.

Aber bisweilen kommt es mir vor, als würde ich wieder über diese Grenze gezerrt, dorthin, wo nichts mehr von Bedeutung ist, wo einen jeder Herzschlag dem Abgrund näherbringt, und dann fühlt es sich an, als stürzte ich wieder in die Tiefe, aus der es diesmal keinen Ausweg gibt.

Wenn ich die Augen schließe, sehe ich Wills Gesicht, kalt und weiß wie Marmor und friedlich, so furchtbar friedlich.

»Erin.« Die Stimme kommt von sehr weit her. Ich schüttele den Kopf. »Erin.«

Ich öffne die Augen. Liz steht vor mir, sie sieht besorgt aus.

»Geht es dir gut, Erin? Sollen wir etwas zu essen machen?«

Ich zwinge mich zu lächeln.

»Ja. Sicher. Gehen wir in die Küche und sehen nach, was da noch so ist.«

Ich hinke voran. Liz folgt mir in die eiskalte, dämmrige Küche und sieht sich staunend um, als wäre es Aladins Zauberhöhle und nicht eine ganz normale Profiküche.

»Hier ist eine Dose mit C-cassoulet, glaube ich«, sage ich und versuche, irgendwie das Etikett zu entziffern. Hier brennt kein Feuer und es ist so kalt, dass mir die Zähne klappern. »Jedenfalls glaube ich, dass es Cassoulet ist, es könnte aber auch Confit de canard sein. Schwer zu sagen. Ist das okay?«

»Klar«, sagt Liz beunruhigt. »Geht es dir wirklich gut, Erin?«

»Ja, natürlich, ich mache mir – ich mache mir nur Sorgen um Danny. Ich hoffe, wir hören bald etwas.«

Liz nickt, und ich begreife, dass sie sich auch Sorgen macht, es nur besser hinter ihrem ruhigen, phlegmatischen Äußeren verbirgt. Ich frage mich, was sie wohl denkt, und als ich den Inhalt der Dose (es ist tatsächlich Cassoulet) in einen Topf geschüttet und auf den Holzofen im Wohnzimmer gestellt habe, nehme ich allen Mut zusammen und stelle ihr die Frage, die mich schon lange beschäftigt, die ich aber nicht auszusprechen gewagt habe.

»Liz, was, glaubst du, ist passiert? Mit Eva, meine ich?«

Sie verzieht das Gesicht, und mir wird klar, dass sie das Undenkbare ebenso energisch zu verdrängen versucht wie ich.

»Keine Ahnung. Ich habe lange darüber nachgedacht und kann – ich kann einfach nicht glauben, was hier passiert. Es wirkt nicht real. Ich überlege die ganze Zeit, ob es bei Eva nur ein Unfall war, aber was ist dann mit Elliot und Ani?«

Ganz genau.

»Was glaubst du, was Ani gemeint hat?« Ich rühre langsam im Bohneneintopf, spüre die Hitze des Feuers im Gesicht und die eisige Kälte des Zimmers im Rücken. »Als sie gesagt hat: *Sie war nicht da.*« Oder war es: *Ich habe sie nicht gesehen*? Ich kann mich nicht an den Wortlaut erinnern, und das nervt mich. Liz scheint mit den Schultern zu zucken, jedenfalls raschelt der wasserdichte Stoff ihres Overalls.

»Ich weiß es nicht. Ich grüble ununterbrochen darüber nach. Zuerst dachte ich, sie hätte von Eva gesprochen, aber das ergibt keinen Sinn. Sie war auf der Piste, ich habe sie ja auch gesehen.«

»Könnte sie jemanden auf dem Gipfel gemeint haben?« Ich will mich verzweifelt an den genauen Wortlaut erinnern. Mist. Es könnte wichtig sein, aber es fällt mir nicht ein. »Ich frage mich … als sie mit der Gondelbahn oben angekommen ist. Hat da schon jemand gefehlt, außer Eva? Jemand, der ihr dann nachgefahren sein könnte?«

»Aber wer?«, fragt Liz. »So viele Frauen waren nicht dabei. Ich selbst war schon mit der Gondelbahn runtergefahren. Da oben waren nur noch Tiger – und sie kann es eigentlich nicht gewesen sein, weil sie uns doch erzählt hat, was Ani gesagt hat – und Miranda. Aber die hatte keine Gelegenheit, Eva auf die Piste zu folgen. Sie ist mit Ani in der Gondel runtergefahren.«

»Vielleicht auch nicht.« Mein Herz beginnt zu klopfen. »Vielleicht war es das, woran Ani sich erinnert hat. Dass Miranda eben nicht in der Bahn war. Man kommt leicht durcheinander – das Gedränge oben auf dem Gipfel, Leute, die in die Bahn wollen, es ist voll, sie warten auf die nächste Gondel. Vielleicht ist Ani genau das klar geworden: dass Miranda gar nicht in die Gondelbahn eingestiegen ist.«

»Was willst du damit sagen?« Liz scheint sich unbehaglich zu fühlen. Sie hat die Augenbrauen hinter der dicken Brille zusammengezogen und knackt nervös mit den Fingergelenken.

»Vielleicht fährt sie besser Ski, als sie vorgibt. Es ist nicht besonders schwer, so zu tun, als wäre man schlechter, als man wirklich ist. Vielleicht hat sie sich abgesetzt, als alle anderen in die Gondelbahn gestiegen sind. Und ist stattdessen Eva auf La Sorcière gefolgt.«

»Hm … kann schon sein …«, sagt Liz langsam. Sie wirkt aufgewühlt.

Ich schöpfe den Eintopf in zwei Schalen, als mir etwas klar wird. Wenn meine Vermutungen stimmen, habe ich Danny mit einer Mörderin losgeschickt. Es fühlt sich an, als würde mein Herz in einem Schraubstock stecken.

Sicher, sie sind zu zweit, und Miranda ist allein. Aber auf dem Weg nach Haute Montagne gibt es ein paar tückische Abschnitte. Es ist nicht sonderlich schwer, abzuwarten, bis jemand sich der Kante nähert, und ihm einen kleinen Schubs zu geben.

Natürlich kann ich nichts davon beweisen, mahne ich mich verzweifelt. Es ist eine Theorie. Nur eine Theorie.

Aber meine Kehle ist wie zugeschnürt. Mir ist schlecht, und ich bringe es nicht über mich, die Masse aus abkühlenden Bohnen und Fleisch zu essen, die vor mir steht. Mir ist schlecht, weil ich begreife, was ich womöglich angerichtet habe.

Denn ich habe ihm gesagt, er solle mitgehen. Weil ich immer organisieren muss und immer zu wissen glaube, was für andere am besten ist, habe ich Danny dazu gebracht, mit Miranda und Carl in den Schnee hinauszugehen.

Ist das wirklich möglich?

Habe ich noch einen Freund in den Tod geschickt?

Liz

Snoop-ID: ANON101
Hört: offline
Snoopscriber: 1

Erin rührt das Abendessen kaum an. In nur einer halben Stunde hat sich ihr Verhalten grundlegend verändert. Von ihrer professionellen Freundlichkeit ist nichts mehr zu sehen. Das kann ich mir überhaupt nicht erklären. Als ich sie danach frage, murmelt sie nur, sie mache sich Sorgen um Danny, aber ich weiß nicht, ob das wirklich stimmt.

Ich esse den Rest ihrer Portion auch noch auf. Dann taste ich mich in die Küche, um die Schüsseln unter kaltem Wasser abzuspülen. Es hat keinen Sinn, richtig abzuwaschen. Darüber sind wir längst hinaus. Es fühlt sich eher nach einem Überlebenstraining an. Doch als ich den Wasserhahn aufdrehe, tut sich nichts. Ich probiere den anderen. Auch nichts.

Als ich ins Wohnzimmer zurückkomme, hockt Erin gekrümmt da und starrt ins Feuer. Ich setze mich neben sie, bewege vorsichtig mein Knie, das sich schon viel besser anfühlt.

»Wir haben ein Problem.«

Sie schaut abrupt hoch, als hätte ich sie erschreckt.

»Was? Was hast du gesagt?«

»Wir haben ein Problem«, wiederhole ich. »Das Wasser läuft nicht. Vermutlich sind die Leitungen eingefroren.«

»Scheiße.« Sie schließt die Augen und reibt sich das Gesicht, als wollte sie sich aus einem Albtraum aufwecken, was in gewisser Weise wohl auch stimmt. »Na ja, wir können nur abwarten.

Danny und die anderen müssen inzwischen angekommen sein. Also werden wir einfach bis zum Morgen durchhalten. Falls wir nicht vorher erfrieren.«

Ihre Worte klingen verstörend, zumal mir jetzt bewusst wird, dass ich trotz meines Overalls friere. Im Chalet ist es fast unerträglich kalt geworden. In der Küche hat mein Atem weiße Wölkchen erzeugt. Oben dürfte es unter null sein.

»Vielleicht … sollten wir hier unten schlafen?«

»Ja – das ist wohl besser.«

»Dann hole ich mein Bettzeug«, sage ich entschlossen. Erin nickt.

»Und ich kümmere mich um die Sofas, die kann man zu Betten umbauen.«

Ich bin schon fast aus dem Zimmer, als sie sagt: »Liz?«

Ich drehe mich erwartungsvoll um.

»Ja?«

»Liz, ich wollte nur – danke sagen. Danke, dass du hier bei mir geblieben bist. Und es tut mir leid, wie sich hier alles entwickelt hat.«

»Schon gut«, sage ich, auch wenn es mir schwerfällt. Ich habe einen Kloß im Hals. »Schon gut. Es ist ja nicht deine Schuld.«

Dann drehe ich mich um und humpele in die Lobby und die Wendeltreppe hinauf, bevor sie bemerkt, dass ich drauf und dran bin, in Tränen auszubrechen.

Erin

Snoop-ID: LITTLEMY
Hört: offline
Snoopscriber: 10

Während Liz' Schritte im Flur verklingen, lasse ich mich seufzend in den Sessel sinken und fahre mir mit der Hand übers Gesicht. *Es tut mir leid.* Keine Ahnung, was mich da geritten hat, aber es stimmt, es tut mir vor allem für Liz leid. Ich bin mir nicht sicher, warum das so ist – vielleicht weil es von Anfang an so offensichtlich war, dass sie eigentlich nicht hier sein wollte. So schlimm sich das Wochenende auch für Topher und Eva entwickelt hat, haben sie es sich doch in gewisser Weise selbst zuzuschreiben – indem sie hergekommen sind, mit ihrem Geld geprotzt haben, Menschen in ihrer Schlacht um Snoop wie Schachfiguren herumgeschoben haben.

Aber Liz ist nur eine Marionette, genau wie ich, in etwas verwickelt, das sie nie gewollt und nach dem sie nicht verlangt hat.

Und doch hat sie sich nicht ein einziges Mal beklagt. Während Topher sich über das schlechte Essen beschwert hat und Carl umhergestampft ist und gebrüllt und gedroht hat, uns zu verklagen, und Rik sich mit Gesundheitsschutz und Sicherheit und unternehmerischer Verantwortung aufgeplustert und Miranda Anschuldigungen erhoben hat, ist Liz einfach weitergetrottet, hat es erduldet, obwohl ich vermute, dass hinter ihrer Zurückhaltung ebensolche Angst steckte wie bei uns allen.

Mein Knöchel pocht, als ich mich hochstemme und die Sofakissen beiseiteräume, damit ich die Matratze darunter herausziehen kann. Als ich das letzte Kissen hochhebe, entdecke ich darunter etwas, genau dort, wo Liz und ich vorhin gesessen haben. Es schimmert im Schein des Feuers, und einen Moment lang halte ich es für eine Brosche oder ein anderes Schmuckstück. Dann aber erkenne ich den Schlüssel. Einen sehr vertrauten Schlüssel.

Einen Generalschlüssel.

Ich taste automatisch in meine Hosentasche, weil ich vermute, dass er mir aus der Jeans gerutscht ist, als ich mich hingesetzt habe, doch meiner ist noch da, drückt hart und beruhigend an meinen Po.

Nur … ist es überhaupt nicht beruhigend.

Denn wenn mein Schlüssel in der Hosentasche ist, bedeutet das … o Gott, es bedeutet … dass das hier Dannys Schlüssel ist.

Der Schlüssel, der gestohlen wurde.

Vom Mörder.

Ich stehe lange Zeit wie erstarrt da und kann den Blick nicht vom Schlüssel in meiner Handfläche wenden, zermartere mir das Hirn. Jemand hat den Schlüssel entwendet – vermutlich in dem Durcheinander vor Tigers Zimmer, nachdem Inigo verschwunden war. Es ist durchaus denkbar, dass jemand ihn heimlich abgezogen hat, während wir uns um Tiger gekümmert haben. Wer immer ihn an sich genommen hat, ist damit mitten in der Nacht in ebendieses Zimmer eingedrungen und hat Ani getötet. Und später, vermutlich heute Morgen, als wir über die Rettungspläne diskutiert haben, ist er der Person aus der Tasche gerutscht und zwischen den Sofakissen gelandet.

Fragt sich nur, wer ihn geklaut hat. Wer hat heute Morgen hier auf dem Sofa gesessen? Es will mir partout nicht einfallen.

Ich schließe die Augen, um die Szene heraufzubeschwören – Tiger liegt schluchzend auf dem Sofa. Miranda versucht sie zu trösten, Rik reicht Gläser mit Whiskey herum … Ich muss alle Personen im Raum platzieren, um herauszufinden, wer es gewesen sein könnte.

Danny und ich haben gestanden, das weiß ich genau. Topher … Topher lehnte am Kaminsims. Miranda kniete neben dem Beistelltisch auf dem Boden. Liz saß in einem Sessel neben dem Ofen. Rik und Carl saßen auf einem Sofa, aber auf welchem? Ich kneife die Augen zu und sehe plötzlich vor mir, wie Rik sich vorbeugt und das Whiskeyglas am anderen Ende des Tisches nachfüllt. Also saßen sie auf dem anderen Sofa, dem am Fenster. Was wiederum bedeutet … Ich öffne die Augen.

Es bedeutet, dass Tiger auf dem Sofa gelegen hat, auf dem ich den Schlüssel gefunden habe. Es würde durchaus passen – der Schlüssel hätte ihr aus der Hosentasche rutschen können, während sie weinend dort lag. Nur ergibt es eben gar keinen Sinn. Denn Tiger ist die Einzige, die keinen Schlüssel gebraucht hätte, um Ani zu töten. Sie war ja schon im Zimmer. Und falls es ihr um ein Alibi gegangen wäre, hätte sie einfach behaupten können, sie habe versehentlich die Tür nicht abgeschlossen.

Niemand hatte dort gesessen, nachdem der Schlüssel vermisst wurde, außer mir …

… und Liz.

Mein Blick wandert wie ferngesteuert zur Decke. Liz läuft über mir hin und her und sucht ihr Bettzeug zusammen. Die Dielen knarren leise, dann fällt die Zimmertür zu.

Als sie das Federbett durch den Flur schleift, macht es ein raschelndes Geräusch.

Dann sind verhaltene Schritte auf der Wendeltreppe zu hören, sie bewegt sich vorsichtig, will nicht noch einmal ausrutschen.

Sie erscheint in der Wohnzimmertür, die Arme voll mit Bettzeug, die Miene undurchdringlich im Dämmerlicht. Der Feuerschein spiegelt sich in ihrer großen, eulenartigen Brille, und es versetzt mir einen leisen Stich, als mir einfällt, dass sie mich am ersten Tag tatsächlich an eine Eule erinnert hat, die wie erstarrt ins Scheinwerferlicht eines sich nähernden Autos blickt.

Sie sieht immer noch aus wie eine Eule, aber jetzt löst die Ähnlichkeit in mir etwas anderes aus. Mich überläuft ein Schauer, als ich begreife, dass ich von Anfang an recht hatte – und mich dennoch so furchtbar geirrt habe.

Denn die Sache ist doch die. Wir glauben, Eulen zu kennen. Es sind sanfte, freundliche, blinzelnde Geschöpfe, die in Kinderreimen und Geschichten vorkommen. Sie gelten als weise, aber auch als langsam und schreckhaft.

Das Problem ist nur, dass nichts davon stimmt. Eulen sind nicht langsam. Sie sind schnell – blitzschnell sogar. Und keinesfalls schreckhaft. In ihrem Element – der Dunkelheit – sind sie flinke und gnadenlose Jäger.

Eulen sind Greifvögel. Raubtiere.

Das ist es, was ich gleich am ersten Tag in Liz gesehen habe. Ich war nur zu geblendet von meiner vorgefassten Meinung, um es zu erkennen.

In der Dunkelheit sind Eulen nicht Gejagte, sondern Jäger. Und jetzt ist es dunkel.

»Hi«, sagt Liz, und ihr Lächeln ist angesichts der undurchsichtigen, flimmernden Brillengläser schwer zu deuten. »Alles in Ordnung mit dir?«

Liz

Snoop-ID: ANON101
Hört: offline
Snoopscriber: 1

Als ich mit Kissen und Decken beladen nach unten komme, steht Erin stocksteif da, eine Hand auf dem Schlafsofa, als sei sie tief in Gedanken versunken.

»Hi«, sage ich und werfe das Bettzeug auf einen Sessel. Als sie sich immer noch nicht rührt, füge ich hinzu: »Alles in Ordnung mit dir?« Ich weiß nicht, warum ich das sage, aber sie sieht wirklich eigenartig aus. »Klemmt das Schlafsofa?«

»Was?« Sie scheint sich einen Ruck zu geben und lacht auf. »Nein, Entschuldigung. Hab nur nachgedacht. Ich habe – ich habe an Danny gedacht. Dass sie jetzt da sein müssten. Und mich gefragt, ob wir heute Abend noch von ihnen hören.«

Ich schaue zur Uhr auf dem Kaminsims. Es ist so dunkel, dass ich die Zeiger nur mit Mühe erkenne. Es dürfte kurz vor acht sein.

»Da hast du recht. Was hast du doch gleich gesagt, wie lange sie brauchen?«

»Ich habe etwa zwei, drei Stunden geschätzt. Aber da Miranda und Carl noch nie auf Schneeschuhen gelaufen sind, könnte es länger gedauert haben. Trotzdem, sie sind um kurz nach eins aufgebrochen. Wenn man Pausen und so weiter einrechnet, müssten sie inzwischen locker in Haute Montagne angekommen sein. Vielleicht sind sie sogar schon auf dem Rückweg, obwohl das auf Schneeschuhen im Dunkeln riskant wäre.«

Sie zieht an dem Metallrahmen, und das Bett entfaltet sich quietschend.

»Ich hoffe, du hast recht.« Ich lege meine Kissen auf die Matratze und helfe Erin dann, die Polster vom anderen Sofa zu räumen und das Bett auszuklappen. »Das mit dem Wasser ist natürlich ein Tiefschlag.«

»Wir müssen Schnee schmelzen«, sagt Erin. Im Dämmerlicht sieht sie bleich und erschöpft aus, aber wen würde das überraschen. »Ich kann nicht glauben, dass das mit der Lawine erst zwei Tage her ist. Es fühlt sich an wie eine Ewigkeit.«

»Zwei Tage?« Einen Moment lang kann ich es nicht glauben und rechne nach. Doch, es stimmt. Zwei Tage und vier Stunden. Aber mir kommt es vor wie ein ganzes Leben. Als wären wir schon ewig hier gefangen. Und jetzt ist es fast vorbei. Das Seltsame ist, dass ich mir nicht sicher bin, ob ich mich wieder der Realität stellen kann. Mir dämmert allmählich, dass man das, was sich nach Gefangenschaft anfühlt, auch als eine Art idyllische Ruhephase deuten kann. Perce-Neige ist ein Tatort. Und wir sind Verdächtige. Wenn wir in die reale Welt zurückkehren, müssen wir uns der öffentlichen Aufmerksamkeit stellen. Es wird eine polizeiliche Ermittlung geben, Journalisten, Artikel. Interviews. Ich sehe schon die Schlagzeile vor mir: DAS CHALET DES TODES.

Die Medien werden alles Mögliche ausgraben.

Jetzt ist es an mir, stocksteif dazustehen und nachdenklich in die Dunkelheit zu starren.

»Dann hole ich jetzt mein Bettzeug«, sagt Erin in die Stille hinein. »Kannst du noch ein Scheit nachlegen?«

»Klar.« Ich zwinge mich zurück ins Hier und Jetzt und sehe ihr nach, wie sie mit einer Taschenlampe durch die Lobby geht. Der dünne Lichtstrahl bewegt sich auf der Wendeltreppe nach oben, es klickt, wann immer etwas, vielleicht ein Ring, das Geländer berührt.

Klick. Klick. Klick.

Ich höre wieder die Stimme meiner Mutter, kurzatmig und nervös: *Oh, Liz, du weißt doch, dass Daddy das nicht mag …*

Klick. Klick. Klick.

Vielleicht liegt es daran, dass ich an die Polizei gedacht habe und an das, was über uns hereinbrechen wird, aber plötzlich klingt das Klicken wie eine Uhr, die einen langsamen Countdown herunterzählt.

Erin

Snoop-ID: LITTLEMY
Hört: offline
Snoopscriber: 10

Mein Herz hämmert, als ich mein Schlafzimmer im Personalbereich betrete. Es ist stockdunkel bis auf den dünnen Strahl der Taschenlampe. Dennoch schalte ich sie aus, um die Batterie zu schonen, und setze mich aufs Bett. Ich muss nachdenken.

Ich halte den Schlüssel umklammert, er drückt sich in meine Handfläche, erinnert mich daran, wie verrückt diese ganze Situation ist. Während ich hier sitze und verzweifelt versuche, das Rätsel zu lösen, halte ich ihn so fest, dass seine Zacken in meine Finger schneiden und Dellen hinterlassen, die ich noch spüre, als ich die Hand schließlich öffne.

Was hat das zu bedeuten?

Falls Liz den Schlüssel genommen hat … ist sie die Mörderin. Aber wie hat sie es angestellt?

Ich kehre im Geist in den Flur zurück, in das Gedränge vor Tigers Zimmer. Liz war dabei, da bin ich mir sicher. Aber sie blieb im Hintergrund, während sich alle anderen ins Zimmer schoben, um zu sehen, was passiert war. In jenem Moment hatte ich gedacht, es läge einfach an ihrer natürlichen Zurückhaltung, doch nun kommen mir Zweifel. War Liz ganz hinten geblieben, damit sie unauffällig den Schlüssel einstecken konnte?

Nur das Warum verstehe ich noch nicht. Liz kann Eva nicht getötet haben. Vom Motiv einmal abgesehen, hatten nur Ani,

Carl und sie keine Gelegenheit. Sie saß nämlich in der Gondelbahn nach unten, als Eva auf La Sorcière gesehen wurde.

Aber da ist der Schlüssel. Der Schlüssel, dessen unwiderlegbare Beweiskraft ich nicht ignorieren kann.

Was ist mit dem Schlüssel?

Ich reibe mir übers Gesicht, spüre das Narbengewebe, das mich immerzu an das erinnert, was ich getan habe, an den Preis, den ich für meine Selbstüberschätzung bezahlt habe. Dann wird mir klar, dass ich schon sehr lange hier sitze. Wie lange, weiß ich nicht. Zu lange. Verdächtig lange. Ich muss wieder nach unten gehen, sonst merkt Liz, dass etwas nicht stimmt.

Ich schalte die Taschenlampe ein und suche mein Bettzeug zusammen, klemme die Lampe zwischen die Zähne und öffne mit der freien Hand die Tür.

Direkt vor mir steht Liz, das Licht der Taschenlampe spiegelt sich in ihren Brillengläsern.

Ich schreie auf und lasse die Taschenlampe fallen. Als sie auf dem Boden aufschlägt, geht sie aus.

Mein Herz hämmert wie ein Pressluftbohrer.

»Herrje, Liz«, stoße ich zittrig hervor, »du hast mich vielleicht erschreckt.«

Ich lege das Bettzeug auf den Boden und taste nach der Taschenlampe.

»Tut mir leid.« Es klingt, als würde sie lächeln. Aber wer weiß. Ihre Stimme klingt tonlos, daran kann ich nichts ablesen. »Du warst schon so lange weg, da habe ich mir Sorgen gemacht.«

»Ich –« Mist, was soll ich sagen? Welche Ausrede kann ich vorbringen? »Ich habe mir gerade ein anderes Oberteil angezogen.«

Wie bitte? Warum habe ich das gesagt? Sie wird doch merken, dass ich nichts anderes trage als vorher. Was für eine dämliche Lüge.

Mir ist ganz schlecht vor Nervosität. Ich bin eine schlechte Lügnerin. Schon in der Schule konnte ich anderen nie so schmeicheln, wie die anderen Mädchen es taten. Ich kann mich nur Gästen gegenüber verstellen. Dann bin ich ganz Profi, höflich und freundlich – und zwar nicht, weil ich die Leute gerne mag, sondern weil sie meine Gäste sind und ich als ihre Gastgeberin einfach meinen Job erledige.

Der Gedanke beruhigt mich.

Es ist mein Job. Ich schaffe das. Liz ist mein Gast, und es ist mein Job, mich verständnisvoll zu geben. Das muss ich mir einfach bewusst machen.

Ich schalte die Taschenlampe ein und zwinge mich zu einem Lächeln.

»Sollen wir wieder runtergehen? Hier oben ist es ganz schön kalt.«

Liz nickt und wendet sich zur Treppe.

Liz

Snoop-ID: ANON101
Hört: offline
Snoopscriber: 1

Irgendetwas stimmt nicht mit Erin, aber ich weiß nicht, was. Sie behauptet, sie mache sich Sorgen um Danny, aber warum jetzt auf einmal? Bis vor zwei Stunden war sie noch ganz munter. Dann wurde sie nervös und gereizt.

Wir liegen seit etwa einer Stunde in der Dunkelheit, aber sie schläft nicht. Ich kann sehen, dass sie die Augen offen hat, weil sich das Licht der Glut darin spiegelt. Sie liegt einfach da und beobachtet mich. Sie denkt nach.

Worüber denkt sie bloß nach?

Ich kneife die Augen zu und versuche, so normal wie möglich auszusehen.

Ein paar Minuten später knarren die Sprungfedern der Matratze. Erin schwingt vorsichtig die Beine aus dem Bett.

»Wo gehst du hin?«

Sie fährt zusammen wie ein Verbrecher, den man auf frischer Tat ertappt hat. Legt die Hand aufs Herz.

»Gott! Liz, du hast mich vielleicht erschreckt.«

»Tut mir leid.« Mehr sage ich nicht. Ich weiß aus Erfahrung, dass Leute nervös werden, wenn man schweigt. Dann fangen sie an zu reden. Füllen die Stille mit ihren eigenen Worten. Auf diese Weise findet man eine Menge heraus. Und natürlich beantwortet Erin meine Frage, ohne dass ich sie wiederholen muss.

»Ich wollte dich nicht wecken. Ich konnte nicht schlafen. Muss mal zur T-toilette.« Sie schlottert. Klappert mit den Zähnen. Im Zimmer ist es jetzt eisig kalt. Vom Feuer ist nur glimmende Glut übrig.

»Okay.« Ich drehe mich um und ziehe mir die Decke bis ans Kinn. »Denk dran, die Leitungen sind eingefroren.«

»Ich weiß.« Sie öffnet den Ofen und legt noch ein Scheit nach. »Ich gehe oben auf eine Toilette. Ich glaube, hier unten haben wir in beiden schon gespült.«

Ich sage nichts weiter. Schaue nur zu, wie sie sich fester in den Mantel wickelt und die Treppe hinaufgeht. Dann drehe ich mich um und taste in meiner Hosentasche nach dem Schlüssel.

Er ist weg.

Erin

Snoop-ID: LITTLEMY
Hört: offline
Snoopscriber: 10

Verdammter Mist. Mein Herz klopft heftig, als ich vorsichtig die Wendeltreppe hinaufhumpele. Ich weiß gar nicht, wie ich so plötzlich auf die Lüge mit der Toilette gekommen bin, aber ich war noch nie so dankbar für eingefrorene Wasserleitungen. Sie haben mir genau das geliefert, was ich brauche – einen Vorwand, um nach oben zu gehen.

Ob wirklich Liz den Schlüssel gestohlen hat? Ich wage es nicht, sie danach zu fragen. Vielleicht hat noch jemand anders auf dem Sofa gesessen, als ich nicht im Zimmer war. Oder sie hat den Schlüssel gefunden und eingesteckt, sich aber nicht getraut, es zu sagen, weil man sie dann verdächtigt hätte. Es könnte ein Dutzend harmlose Erklärungen geben. Oder eine einzige vernichtende.

Jedenfalls konnte ich keinen Augenblick länger in der Dunkelheit liegen und auf ihren leisen, regelmäßigen Atem lauschen. Ich musste etwas tun. Und dann endlich hatte mein Unbewusstes sich gegen die rasenden Gedanken durchgesetzt und sich an etwas erinnert, was ich völlig vergessen hatte.

Elliots Powerbank. Der gigantische externe Akku, mit dem er seinen Laptop aufgeladen hatte. Wenn ich mir den Akku beschaffen und mein Handy anschließen kann, kann ich vielleicht eine Verbindung herstellen. Einen Versuch ist es wert. Liz kann wohl kaum etwas dagegen haben. Und doch kann ich es ihr aus

Gründen, mit denen ich mich ungern auseinandersetzen will, nicht sagen.

Warum nicht?, flüstert mein Verstand, während ich durch den Flur schleiche. *Warum nicht?*

Weil ich ihr nicht traue.

Warum nicht?

Weil ... Ich schlucke hörbar, das einzige Geräusch in der unheimlichen Stille. Weil ich im tiefsten Inneren glaube, sie könnte Eva getötet haben. Die Angst in den vergangenen zwei Stunden hat mir etwas verdeutlicht, was ich bis vor Kurzem nicht für möglich gehalten hätte: Ich traue Liz einen Mord zu. Nicht nur wegen des Schlüssels – obwohl das allein schon besorgniserregend ist. Das panische Gefühl, das mich überkam, als sie plötzlich vor meiner Zimmertür stand – war tief und wahrhaftig und sehr real. Da habe ich begriffen, was ich mir zuvor nicht eingestehen wollte: Ich fürchte mich vor Liz. So bescheiden und still und schon fast schmerzhaft zurückhaltend sie sich gibt, hinter der Sanftmut verbirgt sich Stahl, und ja, ich traue ihr zu, jemanden zu töten. Ich traue es ihr eher zu, als ich es Inigo oder sogar Topher zugetraut habe.

Liz könnte als Einzige hier kaltblütig und unbemerkt töten. Niemand beachtet sie. Für eine Mörderin ist das eine Art Superkraft.

Ich bin fast bei Elliots Tür, bewege mich so leise wie möglich, weil mir eingefallen ist, dass ich Liz' Schritte von unten hören konnte. Ich ziehe den Generalschlüssel aus der Tasche, stecke ihn ins Schloss, drehe ihn um und öffne ganz, ganz leise die Tür.

Sie knarrt ein bisschen, und ich halte die Luft an. Von unten ist nichts zu hören. Falls Liz jetzt heraufkäme, hätte ich keine überzeugende Erklärung parat. Es wäre schließlich naheliegend, die Toilette im Personalbereich am anderen Ende des

Flurs zu benutzen. Oder die in einem der Zimmer, die sich näher an der Treppe befinden. Was aber hätte ich in Elliots Zimmer zu suchen? In einem Zimmer mit

Der Geruch schlägt mir entgegen, sowie ich die Tür öffne. Diesen Geruch kenne ich aus dem Lehrkrankenhaus.

In diesem Zimmer liegt eine Leiche – es riecht nicht nur nach Urin und verschüttetem Kaffee, sondern auch nach Tod. Nicht sehr stark, dafür ist es einfach zu kalt im Raum, aber dennoch unverkennbar. Ein animalischer Gestank.

Niemand würde freiwillig dieses Zimmer betreten, um auf die Toilette zu gehen.

Ich kämpfe gegen den Brechreiz an und bewege mich vorsichtig bis hinter Elliots Schreibtisch. Und da liegt die Powerbank auf dem Boden wie ein Backstein, ein einzelnes rotes LED-Lämpchen leuchtet. Ich bin erleichtert. Dann fällt mir zweierlei auf.

Ein eingeschaltetes, vollständig geladenes Handy hängt an der Powerbank. Das muss Elliots Handy sein.

Aber es ist ein Android-Gerät, und ich habe ein iPhone. Also kann ich Elliots Ladekabel nicht benutzen.

Ich könnte mich treten. Ich hätte mein eigenes Ladekabel mitnehmen müssen – wie unglaublich blöd von mir. Bleibt mir dafür noch genügend Zeit? Normalerweise würde ich weniger als eine Minute brauchen, um durch den Flur in mein Zimmer zu rennen und das Ladekabel zu holen, doch mit meinem verletzten Knöchel kann ich nicht rennen. Vor allem aber kann ich es mir nicht leisten, unnötige Geräusche zu machen.

Ich treffe eine Entscheidung. Ich versuche es zuerst mit Elliots Handy. Man kann einige Notrufnummern über den Sperrbildschirm wählen, aber wer weiß, ob 112 oder 17 darunter ist.

Das Display leuchtet auf, und ich stelle enttäuscht fest, dass ich keinen Empfang habe. Ich kann niemanden anrufen.

Allerdings werden auf dem Sperrbildschirm eine ganze Reihe von Benachrichtigungen angezeigt, und ich scrolle mit einem Anflug von Hoffnung hindurch, um herauszufinden, ob das Handy in den vergangenen vierundzwanzig Stunden überhaupt einmal Empfang hatte. Falls ja, könnte ich auf Elliots Handy eine SMS schreiben, die gesendet wird, wenn sich eine Verbindung aufbaut – sofern ich ins Handy komme. Ich müsste gar nichts weiter tun.

Ja! Eine WhatsApp-Nachricht vor sechs Stunden. Darunter eine Benachrichtigung von Snoop. *Anon101 ist geo-nah*, was immer das bedeuten mag. Geo-nah? Eine solche Benachrichtigung habe ich noch nie bekommen.

Doch ich habe keine Zeit, darüber nachzudenken. Die Frage ist, wie ich ins Handy komme. Ich habe drei Versuche, bevor es gesperrt wird. Danach bleibt mir nichts anderes übrig, als mein Ladekabel zu holen und zu warten, bis mein Handy ausreichend geladen ist. Dann aber wird Liz sich wundern, wo ich so lange bleibe.

Ich kann mich nicht erinnern, ob ich irgendwo Elliots Geburtsdatum gelesen habe. Die Frage ist, ob ich damit überhaupt etwas anfangen könnte. Doch als ich den Sperrbildschirm wieder aufrufe, sehe ich, dass sich das Handy ohnehin nur per Daumenabdruck entsperren lässt.

Als mir klar wird, was das bedeutet, wird mir schlecht vor Entsetzen. O Gott. Bringe ich das wirklich über mich? Und falls ja, was sagt das über mich aus?

Ich schaue zum Schreibtisch. Zwinge mich, die Gestalt zu betrachten, über die ich vorhin absichtlich hinweggeblickt habe, mustere Elliots Leiche.

Ein Arm ist auf dem Tisch ausgestreckt. Mir wird heiß und kalt und wieder heiß, als mich abgrundtiefe Scham überkommt. Aber es hilft nichts, ich muss das Handy entsperren.

Ich stehe auf. Ziehe das Ladekabel aus dem Handy und nähere mich Elliot. Ein Schritt. Noch einer. Dann stehe ich neben dem Schreibtisch und taste nach seiner Hand – seiner reglosen, kalten Hand.

Sie ist ein bisschen klamm, was vor allem an der Kälte im Zimmer liegt, und sein Arm erstaunlich schwer zu bewegen, doch die Leichenstarre hat sich gelöst, und ich kann seine Finger ohne große Mühe aufbiegen. Dann halte ich seinen langen, knochigen Daumen zwischen den Fingern. Er ist kalt und fest wie tiefgekühltes Fleisch.

»Es tut mir leid«, flüstere ich. »Es tut mir schrecklich leid.«

Dann drücke ich die Kuppe aufs Display.

Einen Moment lang passiert gar nichts, und mich überkommt tiefe Enttäuschung. Merkt das Handy etwas? Spielt Körperwärme eine Rolle? Erkennt es, dass dies ein Toter und nicht der lebende Besitzer ist?

Es gibt nur einen Weg, um das herauszufinden. Jetzt ist mir richtig schlecht. Ich lege das Handy beiseite und reibe Elliots kalte, klamme Daumenspitze zwischen den Handflächen, gehe recht grob dabei vor, um ein wenig von meiner eigenen Körperwärme zu übertragen.

Es ist erstaunlich mühsam. Meine Hände sind nicht warm genug, und eine ganze Weile spüre ich nur kaltes, totes Fleisch zwischen meinen Händen. Doch ich gebe nicht auf, hauche auf seinen Daumen, und dann endlich scheint sich die Temperatur zu verändern. Bevor sich die Wärme wieder verflüchtigen kann, drücke ich den Daumen erneut gegen das Display und halte die Luft an.

Das Display leuchtet auf, und dann erscheint in grellem Pink der Startbildschirm von Snoop. Ich bin in Elliots Handy.

Ich will die App gerade minimieren und die SMS aufrufen, als ich innehalte. Irgendetwas an Elliots Snoop-App wirkt seltsam.

Er hat 1,2 Millionen Follower. Das ist vermutlich nicht weiter überraschend. Er war Mitgründer der Firma und hat eine öffentliche Snoop-ID.

Er selbst folgt allerdings nur zwei Personen. Eine davon ist Topher – ich erkenne seinen Avatar und die ID, weil ich ihm auch gefolgt bin: Xtopher, dazu ein Foto, auf dem er einen Löffel auf der Nase balanciert. Ein kleines Häkchen zeigt an, dass er verifiziert ist. *Du snoopst XTOPHER seit 3 Jahren* steht neben seinem Namen. So weit, so gut.

Das Seltsame ist, dass die andere Person, die Elliot gesnoopt hat, ein anonymer User namens ANON101 ist. ANON hat kein Foto eingestellt. Ich tippe auf das leere Avatar-Feld, um aufs Profil zu gelangen, aber auch in der Bio steht nichts. In der Rubrik *Über* steht nur *Hau ab*, was vielleicht erklärt, weshalb diese Person nur einen Follower hat.

Unter *Ort* gibt es jedoch einen Eintrag. Eine Reihe von GPS-Koordinaten und ein winziges Logo: (Beta).

Dies muss das Update sein, an dem Elliot vor seinem Tod gearbeitet hat – das GeoSnoop-Update, das er und Topher so aufregend fanden und mit dessen Hilfe sie Evas Handy aufgespürt haben. Doch wer ist ANON101, und weshalb ist Elliot dieser Person gefolgt? War Eva ANON? Nein, das ist lächerlich, sie hatte bestimmt mehr als einen Follower. Außerdem habe ich Eva gesnoopt. Ich kann mich nicht an ihre ID erinnern, wohl aber an ihren Avatar – einen Schneeleoparden mit Ray-Ban-Sonnenbrille.

Ich gehe zurück zur vorherigen Seite.

Du snoopst ANON101 seit 2 Tagen.

Elliot ist ANON101 also unmittelbar vor seinem Tod gefolgt.

Ich habe ein flaues Gefühl im Magen. Mein Daumen verharrt über dem GeoSnoop(Beta)-Tab ganz oben im Menü. Mir fällt die Benachrichtigung auf dem Sperrbildschirm ein – die Benachrichtigung, die ich achtlos beiseitegewischt hatte. *ANON101 ist geo-nah.*

Ich tippe auf den Tab.

In deiner Nähe, steht im Menü und darunter eine Liste mit nur zwei Personen:

LITTLEMY

ANON101

LITTLEMY bin ich. Also kann ANON101 nur … Liz sein.

Liz

Snoop-ID: ANON101
Hört: offline
Snoopscriber: 1

Irgendetwas stimmt nicht. Erin ist immer noch nicht von der Toilette zurück. Sie ist schon eine ganze Weile weg, aber es ist nicht nur das: Es ist überhaupt nichts zu hören. Keine Tür. Keine Schritte auf der Treppe. Keine Toilettenspülung. Ob etwas passiert ist? Ist sie eingeschlafen?

Ich liege da, nage an meiner Lippe und überlege, was ich tun soll. Letztes Mal bin ich ihr nachgegangen. Ich war besorgt, weil sie so lange brauchte, um das Bettzeug zu holen, aber das war vielleicht keine gute Idee. Ich muss an ihren panischen Gesichtsausdruck denken, als sie mich vor der Zimmertür stehen sah. Ist sie seitdem so anders? Vielleicht fürchtet sie sich vor mir. Vielleicht hält sie mich für eine Stalkerin.

Menschen neigen dazu, sich von mir zurückzuziehen. Das ist mir im Laufe der Jahre aufgefallen. Es fing schon in der Schule an. Zuerst waren meine Mitschülerinnen freundlich, und ich wollte die Freundlichkeit erwidern, und dann wurden sie plötzlich abweisend, und ich fand nie heraus, warum das so war. Also bemühte ich mich noch mehr. Aber je mehr ich mich anstrengte, desto abweisender wurden sie. Ich konnte machen, was ich wollte, es war zwecklos.

In der Grundschule hatten die Mädchen sich wenigstens nicht verstellt. *Geh weg, Liz, du bist so komisch.* Das hatte ich wieder und wieder gehört. Als wir älter wurden, gaben sich meine Mitschülerinnen freundlicher, meinten aber eigentlich das Gleiche, wenn sie sagten: *Tut mir leid, der Platz ist schon besetzt* oder *Tut mir wirklich leid, Liz, aber meine Mutter sagt, es können nur drei Freundinnen bei mir übernachten.*

Die Mädchen waren schon schlimm. Die Jungs waren allerdings noch schlimmer. Am allerschlimmsten war Kevin.

Mich überläuft bis heute ein Schauer, wenn ich nur den Namen höre.

Ich mochte Kevin. Ich dachte, er würde mich auch mögen. Er hatte Akne und ein bisschen Mundgeruch und sah nicht besonders gut aus. Er schien nicht so unerreichbar wie die anderen Jungs. Ich besorgte mir ein Buch aus der Bibliothek, in dem stand, wie man Jungs dazu bringt, dass sie einen mögen, aber es war nur verwirrend und widersprüchlich. *Lach über seine Witze*, stand zum Beispiel darin. Also tat ich das. Aber Kevin schaute mich an, als wäre ich verrückt, und fragte: »Worüber lachst du denn?«

Schenk ihm etwas, das ihn an dich erinnert. Also schenkte ich ihm ein paar selbst gestrickte Handschuhe. Ich legte sie in seinen Spind, aber er trug sie nie. Später entdeckte ich sie unter den Fundsachen in der Schule.

Sorge für zufällige Begegnungen. Also folgte ich ihm. Ich stellte sicher, dass ich am Spind lehnte, wenn er aus der Jungstoilette kam. Ich wartete an seiner Bushaltestelle. Eines Tages folgte ich ihm nach Hause.

Es war November und fast dunkel. Ich dachte, er hätte mich nicht bemerkt, aber das war ein Irrtum. Wir waren gut drei Kilometer gegangen, als er sich umdrehte. »Was willst du von mir, du Scheiß-Freak?« Beim letzten Wort überschlug sich seine Stimme. Er stand dicht vor mir und schrie es mir ins Gesicht. Ich konnte seinen schlechten Atem riechen und wurde mit Spucketröpfchen besprüht.

Es war dunkel. Hatte angefangen zu regnen. Wir waren in einem einsamen Teil des Parks. Etwas in mir hätte ihn am liebsten umgebracht. Stattdessen duckte ich mich weg, weg von seinem Zorn, und als er mich schubste und brüllte: »Scheiße, bist du wirklich so verzweifelt?«, rannte ich weg. Ich weinte und zitterte am ganzen Körper.

Als ich bei Snoop anfing, hatte ich meine Lektion gelernt. Ich blieb für mich. Versuchte gar nicht erst, Freunde zu finden. Ich vertraute niemandem.

Aber Erin … Erin schien irgendwie anders zu sein. Bei unserer Ankunft war sie so freundlich gewesen. Sie hatte Verständnis gezeigt, als ich sie nach dem Dresscode gefragt hatte, und es war nett, wie sie mich am ersten Tag zum Skilift gezogen hatte. Sie schien mich wirklich zu mögen. Jetzt bin ich mir nicht mehr so sicher. Wenn sie sich nun die ganze Zeit verstellt hat?

Ich würde am liebsten raufgehen und fragen, was sie von mir hält, ob sie sich vor mir fürchtet, was sie da oben im Dunkeln treibt. Aber ich weiß nicht, wie das bei ihr ankommen würde. Vielleicht könnte ich sagen, dass ich mir Sorgen um sie mache. Schließlich sind drei Leute gestorben. Das würde eine gute Freundin tun. Sich um sie kümmern. Nachsehen, ob es ihr gut geht.

Aber würde sie es auch so empfinden? Würde sie verstehen, dass ich nur eine gute Freundin sein will? Oder würde sie mir wieder so einen komischen Blick zuwerfen – so einen panischen, entsetzten Blick wie den, den ich bei Kevin gesehen hatte, als er damals auf mich losgegangen war? Den hatte ich auch in Erins Augen wahrgenommen, als sie die Tür geöffnet hatte. Den Blick, der *du Freak* sagt. Den Blick, der sagt, *ich habe Angst vor dir.*

Zehn Minuten später zögere ich noch immer. Schließlich kann ich die Stille nicht länger ertragen. Ich muss wissen, was sie macht.

Ich schwinge die Beine aus dem Bett und stehe auf. Ich trage noch den Skioverall, daher ist mir nicht ganz so kalt. Mein Knie tut weh, aber ich kann es wieder belasten. Ich bin sehr froh, dass ich nicht mit den anderen auf Schneeschuhen nach Haute-Montagne gewandert bin. Nicht dass ich absichtlich die Treppe runtergefallen wäre – das wäre eine ziemlich blöde Idee gewesen, ich hätte mir den Hals brechen können. Aber es kam mir sehr gelegen.

Ich gehe vorsichtig die Treppe hinauf und halte mich am Geländer fest. Auf Socken ist es rutschig, die Stufen sind im Dunkeln kaum zu erkennen. Bloß nicht noch einmal stürzen.

Oben angekommen halte ich für einen Moment die Luft an, horche angestrengt. Wo ist sie? Im Personalbereich? Ich will gerade links den Flur hinuntergehen, als ich ein Geräusch höre. Es ist sehr leise, kommt aber von rechts – also von da, wo Miranda, Elliot und ich unsere Zimmer haben. Was hat sie dort zu suchen?

Bevor ich es herausfinden kann, höre ich ein weiteres Geräusch von dort – diesmal unmissverständlich. Eine Toilettenspülung. Mirandas Zimmertür geht auf, und Erin kommt heraus. Diesmal wirkt sie nicht erschrocken, als sie mich sieht, sie lächelt nur.

»Hi, Liz.« Sie klingt ein bisschen atemlos. »Tut mir leid, hast du dir Sorgen gemacht?«

»Ein bisschen.« Ich runzle die Stirn. »Was hast du in Mirandas Zimmer gemacht?«

»Ich hatte die Personaltoilette schon mal gespült. Ich habe gedacht, Miranda hat sicher nichts dagegen, und ihr Zimmer lag am nächsten. Ähm, Liz, nur damit du gewarnt bist –« Es ist im Dunkeln nicht zu erkennen, aber sie klingt, als wäre sie ein bisschen rot geworden. »So genau willst du es sicher nicht wissen, aber mir war ziemlich schlecht. Vielleicht liegt es am Cassoulet, es war ja nicht durcherhitzt. Darum habe ich – na ja, ein bisschen länger gebraucht.«

»Oh!« Ich weiß nicht recht, was ich dazu sagen soll. Soll ich lachen? Nein, das wäre seltsam. Ich versuche, mitfühlend zu klingen. »Also, das tut mir leid.«

»Ich wollte dich vorsichtshalber warnen – wir haben ja das Gleiche gegessen –«

»Ach, mir geht's gut«, sage ich hastig. Was auch stimmt. Ich spüre überhaupt nichts, hatte aber auch immer einen sehr robusten Magen.

»Oh, gut«, sagt Erin erleichtert. »Es wäre schrecklich, wenn ich dir zu allem Übel auch noch eine Lebensmittelvergiftung verpasst hätte.« Sie lacht unsicher und sagt: »Sollen wir?«

Einen Moment lang weiß ich nicht, was sie meint, doch sie deutet zur Treppe, und ich verstehe.

»Klar.« Doch dann bleibe ich unvermittelt stehen. »Geh doch schon mal vor. Ich muss auch mal zur Toilette.«

Sie hinkt in Richtung Wendeltreppe. Ich schaue ihr nach und gehe dann in mein Zimmer, trete an den Einbauschrank in der Ecke. Die Tür war angelehnt, als ich zuletzt im Zimmer war. Ist der Spalt nun ein bisschen größer? Oder bilde ich mir das nur ein?

Ich stehe einen Moment lang stocksteif da und starre auf die Schranktür. Sie ist vielleicht fünf Zentimeter weit geöffnet. Ist das nicht viel mehr als vorhin? Sicher bin ich mir nicht.

Entschlossen hole ich meinen Koffer heraus, öffne den Reißverschluss im Innenfutter. Verborgen unter dem seidigen Stoff und einem Stück Pappe müsste eine knallrote Skijacke liegen. Es ist zu dunkel, um etwas sehen zu können, und ich habe die Taschenlampe unten vergessen, doch als ich die Finger in den schmalen Spalt schiebe, kann ich sie spüren – ihre daunige Weichheit ist beruhigend. Ich seufze erleichtert und hocke mich auf die Fersen.

Dann ziehe ich den Reißverschluss wieder zu und lege den Koffer in den Schrank. Ich rapple mich mühsam auf und gehe ins Bad. Meine Geschichte soll möglichst überzeugend wirken.

Doch als ich mich halb aus meinem Overall geschält habe, fällt mir etwas auf – und ich halte abrupt inne.

Der Koffer lag oben auf meiner kleinen Reisetasche mit den Rollen.

Ich hatte sie andersrum hingelegt. Da bin ich mir hundertprozentig sicher.

Jemand war an meinem Schrank.

War das Erin? Oder jemand anders?

Mein Herz hämmert.

Langsam, ganz langsam öffne ich den Reißverschluss meines Overalls und überlege, was ich jetzt tun soll.

Dann betätige ich die Toilettenspülung und gehe wieder nach unten. Ich muss herausfinden, was Erin weiß.

Erin

Snoop-ID: LITTLEMY
Hört: offline
Snoopscriber: 10

Von oben höre ich eine Toilettenspülung und rolle mich unter der Bettdecke zusammen, damit sie glaubt, ich würde schlafen. Meine Gedanken rasen. Ich bemühe mich fieberhaft zu rekonstruieren, was geschehen sein könnte.

Zum Glück hatte ich Liz auf der Treppe gehört und konnte rechtzeitig aus Elliots Zimmer verschwinden und in Mirandas Zimmer zwei Türen weiter schlüpfen. Hätte sie mich dabei ertappt, wie ich aus seinem Zimmer kam, hätte ich Farbe bekennen müssen. Und davor fürchte ich mich ehrlich gesagt viel zu sehr.

Wie zum Teufel hängt das alles zusammen? Ist Liz die Mörderin? Aber wie könnte das möglich sein? Von der Motivfrage einmal abgesehen, hat sie ein wasserdichtes Alibi. Sie saß in der Gondelbahn und ist ins Tal hinuntergefahren, als Eva getötet wurde.

Nur …

Nur hat niemand gesehen, dass sie tatsächlich eingestiegen ist.

Ich versuche, alles zusammenzufügen, was ich über die letzte Abfahrt gehört habe. Eva fuhr mit der Reine-Gondelbahn hoch. Carl war beim Einsteigen gestürzt, und Ani hatte ihm geholfen. Die anderen drängten sich im heulenden Wind oben an der Piste Blanche-Neige und warteten auf Eva, Carl und Ani.

Liz hatte sich geweigert, die Piste zu nehmen, und Topher hatte sie unter Druck gesetzt.

Alle waren sich einig, was als Nächstes geschehen war – Liz hatte die Skier abgeschnallt und war den Hang hinauf zur Bahn gestapft, um mit der Gondel nach unten zu fahren.

Was aber, wenn sie das nicht getan hatte? Wenn sie nun in das kleine Gebäude hinein- und auf der anderen Seite wieder hinausgegangen war, um Eva am steilsten Abschnitt von La Sorcière aufzulauern?

Ich male mir aus, wie Liz Eva zu sich gelockt haben könnte. Vielleicht hatte sie so getan, als würde sie hilflos die schwarze Piste hinunterschlittern. Oder sie hatte ihr ein Problem mit der Bindung vorgespielt. Und als die arglose Eva nah genug war, hatte Liz sie über die Kante gestoßen.

Dies wäre der riskanteste Teil des Plans gewesen. Nicht weil man Liz dabei hätte beobachten können – dafür war die Sicht zu schlecht, und das Stationsgebäude der Gondelbahn versperrte den anderen den Blick auf die schwarze Piste. Nein, das Risiko lag woanders: Hätte Eva sich befreit oder, schlimmer noch, ihre Angreiferin gepackt und mit sich über die Kante gezogen, wäre es das gewesen. Aber es hatte geklappt. So musste es sich abgespielt haben. Und dann hatte Liz sich ein Alibi verschafft, indem sie dafür sorgte, dass jemand Eva gesund und munter sah, nachdem sie selbst angeblich mit der Gondelbahn nach unten gefahren war.

Ich weiß noch, wie Liz in ihrem gewaltigen, unförmigen Skioverall geschwitzt hatte, obwohl sie einfach nur am Lift gestanden hatte. Ich weiß auch noch, wie ich gedacht hatte, dass sie eindeutig zu viele Schichten übereinander trug, zumal an so einem milden Tag. Jetzt kenne ich den Grund. Sie war nicht unerfahren. Es war alles geplant.

Sie hatte einfach eine zweite Skijacke unter der ersten getragen. In Windeseile hatte sie den blauen Overall geöffnet, die knallrote Jacke ausgezogen und über den Overall gezogen. Mit Helm, Brille und dunkler Skihose hatte man sie von Weitem für Eva gehalten.

Liz war La Sorcière hinuntergefahren und nur kurz stehen geblieben, damit jemand – die treuherzige kleine Ani, die hoch oben in der Gondelbahn vorüberschwebte – ihre Geschichte bestätigen konnte.

Ich denke an Anis letzte Worte. Sie hatte verwundert zu Tiger gesagt: *Ich habe sie nicht gesehen.*

Wir alle hatten angenommen, sie spräche über Eva.

Was aber, wenn sie in Wahrheit Liz gemeint hatte? Liz, die angeblich in der Gondelbahn hinuntergefahren war, während Ani zur selben Zeit nach oben fuhr? Was, wenn Ani begriffen hatte, dass Liz ihnen nie entgegengekommen war? Dass sie gar nicht in der Bahn gesessen hatte?

Das klingt plausibel. Schrecklich plausibel. Und es hätte funktioniert, wäre da nicht noch eine Sache: Elliots GeoSnoop-App, die heimlich Daten über die ganze Gruppe gesammelt hatte.

Denn Elliot war nicht dumm. Als er begriffen hatte, dass Eva tot war, hatte er gewiss die Bewegungen aller Personen überprüft, die an diesem Tag auf dem Berg gewesen waren. Er hatte erkannt, dass nicht Eva, sondern ANON101 La Sorcière hinuntergefahren war. Nur konnte er trotz aller Informationen nicht mit Gewissheit sagen, wer ANON101 war.

Weshalb er ANON auf Snoop gefolgt war, um es im Ausschlussverfahren herauszufinden. Doch dann wurde er getötet, bevor er Topher seinen Verdacht mitteilen konnte.

Diese Theorie erklärt fast alles. Sie erklärt, weshalb Elliot sterben musste, weshalb sein Laptop mit den GeoSnoop-Daten zerstört wurde. Weshalb Ani getötet wurde.

Nur eins erklärt sie nicht. Das Warum.

Warum wurde Eva überhaupt getötet?

Denn Liz hat noch immer kein Motiv.

Dann fallen mir Dannys Worte ein. *Weiß nicht. Wir könnten vermutlich bei jedem ein Motiv finden.*

Er hatte recht. Entscheidend ist das Alibi, nicht das Motiv. Und ich habe Liz' Alibi soeben kurz und klein geschlagen. Es gibt nur ein Problem – wenn ich recht habe, werde ich das nächste Opfer sein.

Ich bin allein mit einer Mörderin in einem abgeschiedenen Chalet und ich kann nichts, gar nichts tun.

Liz

Snoop-ID: ANON101
Hört: offline
Snoopscriber: 1

Wer war an meinem Koffer?

Die Frage nagt an mir, während ich langsam zurück nach unten gehe. Als ich ins Wohnzimmer komme, sehe ich, dass Erin sich unter der Bettdecke zusammengerollt hat. Ihre Augen sind geschlossen, sie atmet sanft und gleichmäßig. Dennoch kommt es mir vor – vielleicht ist es paranoid –, dass etwas an ihrer Schlafposition ein bisschen gekünstelt wirkt. Kann man wirklich so beherrscht daliegen?

»Erin«, flüstere ich sehr leise. Sie rührt sich, ihre Augenlider zucken flüchtig, doch sie scheint nicht aufzuwachen.

Ich setze mich neben sie und versuche nachzudenken.

Ich bin mir absolut sicher, was den Koffer angeht. Das glaube ich jedenfalls. Aber ich habe seit Sonntag nicht mehr in den Schrank geschaut. Jeder hätte sich am Koffer zu schaffen machen können. Und das heißt noch lange nicht, dass dieser Jemand ins Innenfutter geschaut hat. Es könnte Elliot gewesen sein, der weitere Informationen sammeln wollte, bevor er Topher von seinem Verdacht erzählte. Es könnte sogar einen völlig harmlosen Grund dafür geben.

Ich könnte Erin töten. Das ist nicht der Punkt. Ich könnte ihr ein Kissen aufs Gesicht drücken, wie ich es bei Ani gemacht habe, aber da gibt es ein Problem: Wenn Erin getötet wird, wissen alle, dass ich es war. Im Umkreis von mehreren Kilometern ist niemand außer uns. Ich könnte unmöglich behaupten, jemand sei ins Haus eingedrungen und habe sie im Schlaf erstickt.

Ich habe Elliot und Ani getötet, weil es nicht anders ging. Ich musste schnell handeln, Hals über Kopf, mit dem, was gerade zur Hand war. Bei Elliot waren es Evas Schlaftabletten, die ich in der Kaffeetasse zerdrückt hatte. Er hatte keinen Verdacht geschöpft, als ich angeboten hatte, ihm noch eine Tasse zu holen. Für ihn war ich wohl nie etwas anderes als die Frau, die den Kaffee holt.

Ani hatte ich ihr eigenes Kopfkissen auf Nase und Mund gedrückt. Sie war ganz friedlich gestorben, alle Geräusche erstickt unter der dicken Bettdecke, in die sie sich eingewickelt hatte. Ich … na ja, ich würde gern sagen, dass ich ein schlechtes Gewissen habe, doch das stimmt nicht. Elliot hat es sich selbst zuzuschreiben mit seiner ganzen Schnüffelei. Um Ani tut es mir leid. Aber sie war einfach zur falschen Zeit am falschen Ort. Ich hatte etwas in ihren Augen gelesen, als sie nachts wie erstarrt vor meiner Tür stand: Ihr war plötzlich klar geworden, was sie gesehen hatte. Beziehungsweise, was sie nicht gesehen hatte: Die Glaskugeln der Gondelbahn, die zur Station hinunterschwebten, waren leer. In einer davon hätte ich sein müssen.

Sie hatte begriffen, was das bedeutete. Das war mir klar geworden, sowie sich unsere Blicke begegnet waren und ihre Augen sich jäh mit Angst gefüllt hatten. Sie war in ihr Zimmer geeilt und hatte die Tür hinter sich abgeschlossen. Hatte sich vermutlich sicher gefühlt. Wie hätte sie auch ahnen können, dass ich einen Generalschlüssel hatte?

Aber ich habe nicht mal wegen Ani ein schlechtes Gewissen, weil nichts davon meine Schuld ist. Auch ich war zur falschen Zeit am falschen Ort. Ich habe das alles nie gewollt. Ich wurde gegen meinen Willen in Tophers und Evas ganz persönliches Game of Thrones hineingezogen – und nicht mal als eine der Hauptfiguren, sondern nur als Bauernopfer, das Eva gegen Topher ausspielen konnte, wenn die Zeit gekommen war, mit meiner eigenen Vergangenheit als Druckmittel.

Denn die Sache ist die – ich bin ein guter Mensch. Ich habe das alles nicht gewollt. Ich hätte niemals einen Menschen getötet, wenn ich es hätte vermeiden können.

Falls es nicht Erin war, die in den Koffer geschaut hat, dann will ich ihr auch nicht wehtun.

Ich brauche nichts zu überstürzen. Ich habe Zeit, in Ruhe über alles nachzudenken. Vor morgen früh kommt niemand her. Ich kann herausfinden, ob Erin etwas weiß, und falls ja, mir eine Lösung überlegen. Es müsste ein Unfall sein oder zumindest wie einer aussehen. Vielleicht noch ein Treppensturz? Oder eine Kohlenmonoxidvergiftung durch einen undichten Ofen? Aber ich habe keine Ahnung, wie ich das bewerkstelligen könnte.

Ich nehme die Brille ab und lege mich hin, schließe aber nicht die Augen. Ich liege da und schaue Erin an, beobachte sie. Wache über ihren Schlaf.

Erin

Snoop-ID: LITTLEMY
Hört: offline
Snoopscriber: 10

Liz beobachtet mich. Ich wage nicht, die Augen weiter als einen Spalt zu öffnen. Dann gebe ich vor, mich im Schlaf herumzuwälzen, bewege leicht den Kopf und sehe sie daliegen, wie sie zu mir herüberstarrt.

Ohne Brille sieht sie ganz anders aus. Der eulenartige, undurchdringliche Blick ist verschwunden. Sie wirkt jünger. Zugleich aber ist ihr leeres, unbeirrtes Starren beunruhigend. Als ich die Augen schließe und es mir mit einem vorgetäuschten Schnarcher wieder bequem mache, spüre ich förmlich, wie sich ihr Blick in mich hineinbohrt.

Mir ist ganz schwindlig vor Angst. Was soll ich tun?

Ich zwinge mich, ruhig zu atmen – gründlich über alles nachzudenken. Bin ich in Gefahr? In unmittelbarer Gefahr? Ich weiß es nicht. Wenn ich richtigliege mit meiner Theorie, dann hat Liz drei Menschen getötet – aber wohl nicht zum Vergnügen. Ich kann immer noch keine Erklärung dafür finden, weshalb Eva sterben musste, aber Ani und Elliot wurden getötet, weil sie handfeste Beweise gegen Liz in der Hand hatten. Falls ich meinen Verdacht bis zum Morgen für mich behalten kann, komme ich vielleicht davon.

Ich kneife die Augen zu und denke an Elliots Handy, das nun wieder an die Powerbank angeschlossen ist, an die SMS an Danny, die darauf wartet, dass sich eine Verbindung aufbaut.

SOS, schick Hilfe. ES IST LIZ. Ich habe die Nachricht mit zitternden Fingern getippt und versucht, sie so zu formulieren, dass Danny sie versteht und als Beweismittel verwenden kann, falls mir etwas zustößt. Aber auch so uneindeutig, dass ich sie Liz irgendwie erklären könnte, falls sie sie entdeckt.

Ich glaube nicht, dass Liz Zugang zu Elliots Handy hat. Aber sicher kann ich mir nicht sein. Das ist ja das Problem, dass ich gar nichts weiß. Sie hat dort oben etwas gemacht, während sie angeblich auf der Toilette war. Sie war viel zu lange in ihrem Zimmer, ist dort herumgelaufen, hat Türen geöffnet und geschlossen.

Sie weiß etwas. Sie hegt einen Verdacht. Aber welchen? Ich habe keine Ahnung. Ich weiß nur, dass Ani im Schlaf getötet wurde und ich auf gar keinen Fall einschlafen darf.

Liz

Snoop-ID: ANON101
Hört: offline
Snoopscriber: 1

Erin weiß Bescheid.

Zuerst war ich mir nicht sicher, doch als sich die Nacht ins Unendliche auszudehnen scheint, wird die Vermutung zur Gewissheit.

Sie schläft nicht. Sie stellt sich nur schlafend. Liegt mit geschlossenen Augen da, und wenn sie sich unbeobachtet fühlt, öffnet sie sie ein winziges bisschen, um zu prüfen, ob ich noch wach bin. Das Mondlicht liegt auf ihren Lidern. Dann kneift sie die Augen wieder zu und stößt ein gekünsteltes Schnarchen aus.

Es ist unfair. Himmel, es ist so unfair!

Ich habe das alles nicht gewollt. Ich wollte nur, dass man mich in Ruhe lässt.

Mehr habe ich nie verlangt. Nicht von den Mädchen in der Schule, die sich ständig über mich lustig gemacht haben.

Auch nicht in der Uni, und doch wurde ich gedrängt, irgendwelchen Clubs beizutreten und Empfänge für Erstsemester zu besuchen.

Mehr habe ich auch bei Snoop nicht verlangt. Und anfangs hat es ja geklappt – sie haben mich in Ruhe gelassen, und das war wunderbar!

Und dann war es vorbei. Alles löste sich auf. Darum hasse ich sie so sehr.

Ich hasse Topher, der mich in all das hineingezogen, der mir die Anteile aufgezwungen hat, die mir wie ein Mühlstein um den Hals hängen.

Ich hasse Eva, weil sie sich immer und immer und immer wieder eingemischt hat, statt mich in Ruhe zu lassen. Ich habe ihr *Alles in Ordnung mit dir?* und ihr *Kann ich irgendetwas für dich tun?* und ihr *Alles wird gut, Liz, das schwöre ich dir* gehasst.

Ich hasse Elliot, weil er geschnüffelt und nachgehakt hat und überhaupt viel zu clever war.

Ich hasse Rik, weil – weil er einer von ihnen ist. So selbstzufrieden. So aalglatt. Er schwimmt mit den Haien und wird nie gebissen, weil er einer von ihnen ist. Denn er ist ein Mann und war auf einer Privatschule und ist so überaus charmant.

Und jetzt hasse ich auch Erin.

Wie sie daliegt mit ihrem gekünstelten Geschnarche und ihrem verhaltenen Lächeln, obwohl sie sich längst alles zusammengereimt hat.

Nur ist es jetzt zu spät. Was kann ich noch tun? Hätte ich es bloß früher bemerkt – ich habe noch acht von Evas Schlaftabletten in der Tasche. Es wäre möglich gewesen – nicht einfach, aber möglich –, sie ins Cassoulet zu schmuggeln. Ich hätte die Schalen vertauschen können. Aber jetzt ist es zu spät. Vielleicht ist Erin auch schon auf den Gedanken gekommen. Womöglich war sie darum so lange auf der Toilette und hat mir die lahme Story von wegen Lebensmittelvergiftung aufgetischt. Vielleicht hat sie sich sicherheitshalber den Finger in den Hals gesteckt.

Könnte ich einen Einbruch vortäuschen? So tun, als wäre Inigo zurückgekommen und hätte uns überfallen? Das könnte klappen – aber nur, wenn Inigo kein Alibi hat. Denn wenn er eins hat und Erin mich nicht verdächtigt, würde ich mich völlig grundlos bloßstellen. Ich würde mir ins eigene Fleisch schneiden.

Jedenfalls muss ich sehr, sehr vorsichtig sein. Ich kann es mir nicht leisten, einen Fehler zu machen.

Ich muss herausfinden, was sie weiß.

»Erin«, flüstere ich. Stille, aber nicht die Stille eines Menschen, der tief schläft. Es ist das Schweigen eines Menschen, der nachdenkt.

Dann endlich ein Seufzer, und Erin fragt: »Ja?«

»Bist du noch wach?«

»Ich kann nicht schlafen. Ich denke ständig an die anderen und frage mich, wo sie stecken.«

Das könnte stimmen. Dann aber denke ich, wie sie mich mit zusammengekniffenen Augen beobachtet hat. Ich glaube nicht, dass sie aus Sorge um die anderen wach liegt, spiele aber mit.

»Machst du dir Gedanken wegen Danny?«

Wieder eine lange Pause. Sie muss sich wohl erst eine Antwort zurechtlegen, muss überlegen, ob sie vielleicht doch jemand anderen verdächtigen sollte.

»Ein bisschen«, sagt sie schließlich. »Ich hatte gehofft, er wäre heute Abend zurück.«

Ich will gerade etwas Belangloses sagen, dass es ihm sicher gut geht oder so.

Doch in dem Moment höre ich aus dem oberen Stockwerk einen doppelten Piepton. Schwach, aber unverkennbar.

Dieser Ton bringt meinen Puls zum Rasen, noch bevor ich ihn richtig einordnen kann.

Dieser Ton zeigt an, dass eine SMS reingekommen ist.

Erin

Snoop-ID: LITTLEMY
Hört: offline
Snoopscriber: 10

Ich weiß sofort, dass Liz es auch gehört hat und auf der Hut ist. Ihr ganzer Körper ist angespannt, sie stützt sich auf den Ellbogen und horcht angestrengt.

Scheiße.

»Was war das?«

Mein Herz schlägt mir bis zum Hals. Ich weiß nur zu gut, was das war. Danny hat auf Elliots SMS geantwortet. Was sollte es sonst sein? Elliots Handy ist als einziges aufgeladen. Es muss ein kleines Zeitfenster gegeben haben, in dem das Handy Empfang hatte – so muss auch die Benachrichtigung von Snoop durchgekommen sein.

Ich bemühe mich um einen unbeteiligten Gesichtsausdruck.

»Keine Ahnung – es klang wie ein Handy, oder? Aber das kann nicht sein.«

Liz starrt mich an, als wollte sie herausfinden, was in mir vorgeht. O Gott, sie weiß Bescheid. Eindeutig. Nur traut sie sich noch nicht, entsprechend zu handeln. Ich muss sehr, sehr vorsichtig scin.

»Hörte sich an, als käme es von oben«, sagt Liz. Sie greift nach ihrer Brille und macht Anstalten aufzustehen.

»Ja …«, sage ich langsam, während meine Gedanken rotieren. Sie darf auf keinen Fall in Elliots Zimmer gehen. Wenn sie die Nachricht entdeckt, habe ich ein Riesenproblem. Sie hat mich ohnehin im Verdacht. Und es wäre nicht ganz ohne, eine harmlose Erklärung für meine SMS zu finden. »Ja, das hörte sich so an.«

Wäre sie imstande, mich zu töten? Ich weiß es nicht. Mit ihrem Knie ist sie ähnlich gehandicapt wie ich mit meinem Knöchel. Könnte sie schneller humpeln als ich, wenn ich zu fliehen versuchte? Ich muss mir einen Plan zurechtlegen. Wenn ich sie nun nach draußen locke und die Tür abschließe? Aber dann fällt mir ein, was Danny gesagt hat: Wenn Inigo auftauchte und bettelte, dass ich ihn hereinlasse, würde ich es tun. Ich könnte niemals zusehen, wie ein Mensch, der nur durch eine Glasscheibe von mir getrennt ist, erfriert. Undenkbar. Das könnte ich nicht mal bei Liz.

Aber sie darf die SMS nicht entdecken.

Ich überlege fieberhaft, was auf Elliots Sperrbildschirm zu sehen war. Bei manchen Handys wird die SMS vollständig angezeigt, bei anderen nur der Name des Absenders oder *Sie haben eine SMS erhalten*. Wie war das bei Elliot? Warum habe ich es nicht überprüft, bevor ich das Handy entsperrt und die Benachrichtigungen gelöscht habe? Sollte Liz auf die Idee kommen, Elliots Leiche zum Entsperren zu benutzen, so wie ich es gemacht habe, wäre das allerdings auch schon egal.

»Es klang, als käme es aus Mirandas Zimmer«, sage ich, um sie auf eine falsche Fährte zu locken.

»Meinst du?« Liz ist skeptisch. »Ich finde, es klang eher nach Elliots Zimmer. Es würde absolut zu ihm passen, dass er irgendeinen Super-Akku hat.«

Mir dreht sich der Magen um. Natürlich. Sie hat recht. Schließlich kennt sie diese Leute. Ich sitze in der Falle. Nun kann ich nicht mehr vorschlagen, dass wir uns aufteilen und ich Elliots Zimmer überprüfe.

»Sollen wir … nachsehen?«, sage ich zweifelnd. »Es kommt mir ein bisschen pietätlos vor. Vielleicht sollten wir erst in den anderen Zimmern nachsehen.«

Liz setzt sich entschlossen auf die Bettkante. »Wir sollten uns lieber das Handy schnappen, solange es noch Empfang hat«, schlägt sie vor, was nur vernünftig ist, und mir fällt kein Gegenargument ein. Genau das hätte ich auch gesagt, wenn ich nicht diese verfluchte SMS geschickt hätte. »Ich kann verstehen, wenn du nicht mitkommen möchtest«, fügt sie hinzu.

Ich zögere. Bin versucht. Aber ich kann Liz nicht allein nach oben gehen lassen. Vielleicht kann ich ihr irgendwie zuvorkommen und Dannys Antwort löschen.

»Doch, ich komme mit«, sage ich, als wappnete ich mich für etwas Unangenehmes, das sich nicht vermeiden lässt. »Du hast natürlich recht. Mir ist nur ein bisschen unwohl bei dem Gedanken. Allerdings dürfte die Tür abgeschlossen sein. Du bräuchtest dafür den Generalschlüssel.«

»Stimmt«, sagt sie, und ihre Hand zuckt in Richtung Hosentasche, eine unwillkürliche Geste, die mir entgangen wäre, würde ich sie nicht so genau beobachten. Liz hat sich sofort wieder in der Gewalt und lässt es aussehen, als rückte sie den Overall zurecht. Aber ich weiß, welchem Impuls sie folgen wollte.

Als wir die Treppe hinaufgehen, überkommt mich ein grelles Déjà-vu. Wie oft schon sind wir nach oben gegangen und haben eine grauenhafte Entdeckung gemacht. Nur weiß ich diesmal, was uns dort oben erwartet, und bin diejenige, die fürchtet, ertappt zu werden.

Mein Herz rast, als wir uns Elliots Zimmer nähern. Mit zitternder Hand ziehe ich den Generalschlüssel aus der Hosentasche.

»Alles in Ordnung?« Liz hat die Brille wieder aufgesetzt, die in der Dunkelheit eulenmäßig schimmert. »Du musst nicht mit reinkommen, wenn du nicht willst.«

»Alles gut«, sage ich mit zusammengebissenen Zähnen. »Mir ist nur kalt.«

Dann drehe ich den Schlüssel, und wir stehen in Elliots Zimmer. Irgendwie ist der Todesgestank stärker als beim letzten Mal, obwohl es völlig unlogisch ist. Schließlich ist es noch nicht so lange her, dass ich hier drinnen war.

Liz schlägt würgend die Hand vor den Mund, und ich nutze die Gelegenheit. Die Powerbank liegt neben dem Schreibtisch, man sieht sie von der Tür aus nicht. Wenn ich es schaffe, ihre Aufmerksamkeit auf die andere Seite des Zimmers zu lenken …

»Der Geruch ist ziemlich schlimm«, sage ich. »Wenn du dich auf die Seite mit dem Bett konzentrierst, übernehme ich den Schreibtisch.«

Sie nickt. Ich öffne Schubladen, als suchte ich das Handy.

Ein Geräusch. Und dann –

»Erin.«

Ich schaue zum Bett, aber da ist sie nicht. Sie steht genau hinter mir. Und hat das Handy entdeckt.

Mein Herz hämmert so laut, dass Liz es sicher hören kann. *Lauf, lauf, lauf,* schreit eine Stimme in meinem Kopf. Aber das tue ich nicht. Stattdessen stehe ich reglos da. Vielleicht kann ich mich irgendwie herausreden. Was steht da? Was steht da denn nun?

Liz hält das Handy so, dass ich nur den Schein des Displays sehe, der sich in ihrer Brille spiegelt.

»Was da gepiept hat …«, sagt sie sehr langsam. Sie schaut mich an, eine steile Falte zwischen den Augenbrauen. »… war tatsächlich eine SMS. Und zwar für dich.«

Liz

Snoop-ID: ANON101
Hört: offline
Snoopscriber: 1

Ich starre auf das Display und dann in Erins ausdruckslose Miene.

Es ergibt keinen Sinn. Oder doch?

Ein kleines Fenster auf dem Sperrbildschirm zeigt die erste Zeile der Nachricht an. *Bist du das, Erin?*

Erin steht vor mir wie das Kaninchen vor der Schlange.

Man kann das Handy mit einem Daumenabdruck entsperren. Das macht den nächsten Schritt sehr einfach.

Ich nehme seine kalte, schwere Hand, rubbele seinen Daumen, halte ihn ans Display.

»Nein!«, schreit Erin auf und will mir das Handy entreißen, aber es ist zu spät. Ich bin schon drin.

SOS, lese ich, und in mir steigt Zorn auf, lässt meine Wangen brennen. *Schick Hilfe. ES IST LIZ.*

Ich starre Erin an, sehe ihr direkt in die Augen, mir fällt die Kinnlade herunter. Ich bin erschüttert. Sie hat mich verraten.

Miststück. Was für ein verfluchtes Miststück.

Erin

Snoop-ID: LITTLEMY
Hört: offline
Snoopscriber: 10

Liz entgleiten die Gesichtszüge, als sie die Nachricht liest, und ich weiß sofort, dass ich mich nie im Leben herausreden kann.

Sie wird gespenstisch weiß und ganz, ganz still, aber es ist nicht Angst, die sie lähmt. Ich glaube, es ist etwas anderes. Es könnte Zorn sein.

»Du verstehst das falsch«, sage ich schwach, aber meine Stimme klingt heiser, und ich weiß, dass es sinnlos ist. Wie konnte ich nur annehmen, ich könnte die SMS irgendwie erklären? Ein Blick auf Liz macht mir klar, dass sie sie nur auf eine Weise deuten kann.

»Du weißt Bescheid«, sagt sie und klingt entsetzlich ruhig. Ich wünschte, sie würde schreien und toben – alles wäre besser als diese eisige Kälte.

Dennoch erleichtern mich ihre Worte in gewisser Weise, denn ich muss mich nicht mehr verstellen. Ich muss nicht mehr um den heißen Brei herumreden und kann der Wahrheit ins Auge blicken.

»Ja, ich weiß Bescheid«, sage ich leise, trete einen Schritt zurück, lasse mich auf Elliots Bett fallen und vergrabe das Gesicht in den Händen. Zum einen, weil mein Knöchel schrecklich wehtut und mir ganz schlecht vor Schmerzen ist, zum anderen, weil meine Beine derart zittern, dass ich mich nicht mehr aufrecht halten kann.

Liz schaut auf mich herunter, ihre Miene ausdruckslos und undurchdringlich hinter der riesigen Brille. Der Schein des Displays lässt ihr Gesicht geisterhaft leuchten. Hinter ihr liegt der Mann, den sie getötet hat, gekrümmt über dem Schreibtisch – eine grausige Erinnerung an das, was sie getan hat, um ihr Geheimnis zu bewahren. Das Geheimnis, das ich jetzt kenne. O Gott, was habe ich getan? Wo steckst du, Danny?

»Herrje, er *stinkt*«, sagt sie schließlich und verzieht das Gesicht. Sie knackt mit den Fingergelenken, aber es klingt nicht mehr nervös, sondern als würde sie sich auf einen Kampf vorbereiten. »Lass uns von hier verschwinden. Wir gehen nach unten und reden in Ruhe.«

Ich folge ihr wie in einem Traum – oder vielmehr in einem Albtraum. Sie hält das Handy vor sich wie eine Kerze und leuchtet in den Flur. Als wir oben an der Treppe stehen, sagt sie: »Nach dir.«

Ich zögere.

Ich will Liz nicht wütend machen, kann aber unmöglich vor ihr die glatte Treppe hinuntergehen. Auf gar keinen Fall.

Sie bemerkt mein Zögern und lacht freudlos.

»Okay, ich kann es dir nicht verdenken. Ich gehe zuerst. Aber du bleibst gefälligst ein Stück hinter mir, verstanden? Ich will nicht, dass du *mich* die Treppe runterstößt.«

Ich nicke, habe gar nichts dagegen, Abstand zu halten. Denn sie könnte mir ebenso gut den Knöchel wegreißen, wie ich ihr in den Rücken treten könnte.

Meine Güte, wie unwirklich ist das alles.

Liz geht behutsam die Treppe hinunter, hält sich am Geländer fest, lässt sich vom Schein des Handys leiten wie von einem schwachen Irrlicht.

Unten angekommen, legt sie noch ein Scheit aufs Feuer, das

auflodert und den Raum erhellt. Ich gehe, so schnell ich kann, solange sie mir den Rücken zudreht. Mein Herz schlägt schneller, bis ich endlich wieder festen Boden unter den Füßen habe. Liz richtet sich auf und schließt die Glastür des Ofens.

Ich bin allein mit einer Mörderin. Ich bin allein mit einer *Mörderin.* Vielleicht fühlt es sich wirklich an, wenn ich die Worte nur oft genug wiederhole?

Liz

Snoop-ID: ANON101
Hört: offline
Snoopscriber: 1

Irgendwie bin ich erleichtert, dass es jetzt ans Licht gekommen ist. Ich hatte gemerkt, dass etwas nicht stimmt, und mochte es noch nie, zwischen den Zeilen lesen zu müssen, an meiner Wahrnehmung zu zweifeln, ein Stirnrunzeln oder einen verständnislosen Blick oder eine Gesprächspause zu hinterfragen.

Jetzt wissen wir beide, wo wir stehen. Und das ist eine echte Erleichterung. Allerdings ist es auch ein Problem. Denn ich mochte Erin. Nein, das stimmt nicht. Ich sollte nicht in der Vergangenheit von ihr sprechen. Noch nicht.

Ich mag sie. Ich mag sie wirklich gern. Ich möchte das nicht tun müssen. Aber es war wirklich, *wirklich* dumm von ihr, diese SMS zu schicken. Jetzt bleibt mir keine andere Wahl. Sie zwingt mich praktisch dazu. Wenn überhaupt, dann ist es ihre Schuld.

Das Gefühl der Ungerechtigkeit wallt wieder in mir auf. Es ist so unfair.

»Ich habe das alles nicht gewollt«, sage ich, als sie sich in einen Sessel fallen lässt und in die Flammen starrt. Sie zittert. Ich bin mir nicht sicher, ob es an der Kälte oder am Schock liegt.

»Was?«

Erin schaut hoch, und ich spüre, wie Zorn in mir brodeln will, doch ich unterdrücke ihn. Hat sie mir überhaupt zugehört?

»Ich habe gesagt, ich habe das alles nicht gewollt.« Ich lasse mich in den Sessel ihr gegenüber sinken. Auch ich schaue ins Feuer, spüre die Hitze im Gesicht. »Ich hätte sie niemals getötet, wenn ich es hätte vermeiden können. Ich bin auch nur ein Opfer.«

Sie blinzelt. Einen Moment lang scheint sie etwas sagen zu wollen, überlegt es sich dann aber offenbar anders.

»Erzähl es mir«, sagt sie stattdessen. Und das mache ich dann auch.

Erin

Snoop-ID: LITTLEMY
Hört: offline
Snoopscriber: 10

Ich versuche meine immer wieder aufflackernde Panik zu bekämpfen, als Liz sich mir gegenübersetzt, und merke nicht gleich, dass sie mit mir spricht. Was sie sagt, ergibt keinen Sinn – irgendwelcher Quatsch von wegen dass eigentlich sie das Opfer sei.

Ich sehe ihr direkt in die Augen, und mich überwältigt der Drang, sie zu schlagen, zu schütteln, zu schreien: »*Du?* Machst du Witze? Was ist mit Eva? Was ist mit Elliot? Verdammt, was ist mit Ani, die keiner Fliege was zuleide getan hat?«

Aber ich tue es nicht.

Denn plötzlich weiß ich, wie ich vorgehen muss.

Ich muss Liz bei Laune halten. Ich muss sie so lange reden lassen, bis Danny mit Verstärkung hier ist. Er hat die SMS gelesen. Er weiß, was sie bedeutet. Er wird alles tun, um mir zu helfen. Ich habe keine Ahnung, wie spät es ist, jedenfalls weit nach Mitternacht. Wenn ich Liz lange genug zum Reden animieren kann, werde ich womöglich überleben. Vielleicht kann ich sogar denen, die sie getötet hat, zu ihrem Recht verhelfen.

Denn es gibt etwas, was Liz nicht weiß: Ich bin eine Überlebende. Sie sieht nur ein verweichlichtes Mädchen aus reichem Haus, mit derselben sozialen Herkunft wie Topher und Eva, eine Frau, die nie hart arbeiten oder in irgendeiner Weise kämpfen musste.

Aber ich bin anders. Trotz meines Familiennamens wurde ich nicht mit einem goldenen Löffel im Mund geboren, anders als Topher und Eva. Mir war immer bewusst, dass ich erst an zweiter Stelle kam, dass ich für mich selbst einstehen musste. Ich weiß, was es bedeutet, für Geld hinter anderen Menschen herzuräumen.

Doch es gibt etwas noch Wichtigeres, das Liz nie verstehen wird, nicht verstehen *kann*, weil sie nicht in meiner Haut steckt: Ich habe dem Tod ins Gesicht geschaut und ihn zurückgewiesen.

Das schaffe ich auch ein zweites Mal.

»Erzähl es mir«, sage ich. Ich habe einen Kloß im Hals, und meine Stimme zittert vor Anstrengung, ruhig zu sprechen, obwohl ich alles andere als ruhig bin. Liz scheint es nicht zu bemerken. Sie lächelt nur. Es ist unfassbar und unglaublich, aber sie lächelt.

Und dann fängt sie an zu erzählen.

Liz

Snoop-ID: ANON101
Hört: offline
Snoopscriber: 1

»Du kannst dir nicht vorstellen, wie es für mich war, bei Snoop anzufangen«, sage ich. Es fällt mir leichter, Erin nicht anzusehen, also schaue ich wieder ins Feuer und erinnere mich an jenen ersten Tag: wie ich hereingekommen bin und sie alle gesehen habe, wie sie lässig fläzten, lachten, sich gegenseitig aufzogen, ungezwungen und geradezu gnadenlos cool wirkten. »Es war, als würde ich eine andere Welt betreten. Eine Welt aus dem Fernsehen, in der die Leute schlank und schön und witzig waren. Sie kamen mir vor wie eine andere Spezies, und ich wollte unbedingt so sein wie sie. In der Schule – in der Schule war es schrecklich. Ich kann es gar nicht beschreiben. Ich war anders als die Mädchen in meiner Klasse, und ich wusste, dass sie über mich lachten. Aber irgendwie hatte ich geglaubt, das echte Leben würde anders sein. Dass ich vielleicht nur ein hässliches Entlein wäre.«

Ich muss schlucken. Es kommt mir seltsam vor, all das auszusprechen – Geheimnisse zu enthüllen, die ich seit drei Jahren mit mir herumgetragen habe.

»Doch als ich bei Snoop anfing, begriff ich, dass das nicht stimmte – ich würde nicht über Nacht zum Schwan werden. Eva und Topher, sogar Elliot und Rik waren anders und besonders und schön vom Tag ihrer Geburt an. Ich nicht. Aus mir würde nie ein Schwan. Damit musste ich mich abfinden. Aber die Sache war die: Ich war gut in meinem Job. Richtig gut. Snoop lief bestens. Und mir lag viel daran – an ihnen. Als die Firma also Probleme hatte, kurz vor dem Launch Geld aufzutreiben, bot ich Topher und Eva das Geld an, das ich von meiner Großmutter geerbt hatte. Ich weiß noch, wie platt sie waren, als ich ihnen den Vorschlag machte.« Ich muss lachen, als mir Tophers Gesichtsausdruck einfällt – als hätte plötzlich sein Bürostuhl gesprochen und eine Lösung der Finanzprobleme angeboten. »Da haben sie wohl begriffen, dass sie mich unterschätzt hatten – dass das Mädchen, das den Kaffee brachte und Protokoll führte, tatsächlich ein menschliches Wesen war, das eine Gewinn-und-Verlust-Rechnung verstehen konnte und erkannt hat, dass die Firma in Schwierigkeiten steckte. Es war, als hätten sie mich zum ersten Mal *wirklich* gesehen. Eva bot mir an, mir die Summe mit einem guten Zinssatz zurückzuzahlen. Am Ende der Laufzeit hätte ich fast fünfzig Prozent mehr gehabt. Aber Topher nahm mich in seinem Büro beiseite und sagte, ich solle stattdessen Firmenanteile verlangen und nicht klein beigeben, bis ich sie hatte.

Ich wusste, es war riskant. Rik hatte es gründlich erklärt – ich würde mein Geld für lange Zeit nicht wiedersehen und könnte, sollte die Firma pleitegehen, alles verlieren. Aber Topher – du weißt ja, wie er sein kann. Er hat Charisma. Man fühlt sich, als gäbe es für ihn niemand anderen auf der Welt, als würde er sich um einen kümmern, als wäre das Geld bei ihm in den besten Händen. Also habe ich mich für die Anteile entschieden. Damals dachte ich, Topher sei einfach großzügig. Dass er nur mein Bestes wollte.« Ich starre in die Flammen, die sich hell in meine Netzhaut brennen, als könnten sie die Erinnerungen auslöschen, die ich schon so lange mit mir herumschleppe. »Damals wusste ich nicht, was ich heute weiß – dass er vorausgesehen hatte, wie sich die Dinge im Falle einer Meinungsverschiedenheit entwickeln könnten. Er hatte geglaubt, er könnte mich unter Druck setzen.«

Ich halte inne. Plötzlich fällt es mir unerwartet schwer, weiterzusprechen. Dabei tut es gut. Erin ist eine aufmerksame Zuhörerin, und es kommt mir vor, als würde ich einen Furunkel aufstechen – das ganze Gift herauslassen, das seit jenem Abend in mir schwärt. Aber es tut auch weh. Als ich schlucke, ist meine Kehle trocken. Da kommt mir ein Gedanke.

»Soll ich Tee machen?«, frage ich.

»Wie bitte?«, fragt Erin ungläubig. Ich kann es ihr nicht verdenken – die Frage klingt angesichts der Geschehnisse wohl etwas unpassend.

»Tee«, wiederhole ich. »Ich weiß nicht, wie es dir geht, aber ich habe wirklich Durst.«

»Tee?«, fragt Erin noch einmal, als spräche ich eine fremde Sprache, und lacht dann unsicher. »Tee … wäre toll. Genau das, was ich jetzt brauche.«

Wir stehen auf und humpeln gemeinsam in die Küche, wo ich zwei Becher aus dem Schrank nehme und Erin den Wasserkessel und ein Päckchen Teebeutel holt.

»Es ist leider keine Milch mehr da.« Sie hält den Kessel unter den Wasserhahn. »Die ist gestern schlecht geworden.«

Wir stehen beide da und warten, aber es tut sich nichts. Dann fällt es mir wieder ein. Auch Erin scheint es zu dämmern.

»Die Leitungen«, sagt sie überflüssigerweise. Ich nicke.

»Sollen wir Schnee holen?«

»Warum … nicht«, sagt Erin, doch ihr Zögern verrät mir, dass sie eigentlich nicht rausgehen möchte. Das kann ich gut verstehen. Ich möchte auch nicht nach draußen. Wenn eine von uns draußen ist, kann die andere sie aussperren und erfrieren lassen. Aber da sich der Schnee vor der Haustür türmt, geht es auch von drinnen.

»Wenn du die Haustür aufmachst«, sage ich, »und dich mit dem Kessel danebenstellst, kann ich etwas von der Schneewehe nehmen.«

Sie nickt, und ihr Gesichtsausdruck verrät mir, wie froh sie ist, dass ich den schwierigen Part übernehmen möchte. Der Schnee türmt sich so hoch, dass es ziemlich unwahrscheinlich ist, durch die Tür nach draußen gestoßen zu werden.

»Danke«, sagt Erin, und wir trotten gemeinsam in die Lobby, wo sie die verzogene Haustür aufschließt. Ich grabe mit einem Löffel im festgefrorenen Schnee, löse Bröckchen für Bröckchen und werfe sie in den Wasserkessel, den Erin mir hinhält. Am Ende zittern wir vor Kälte, aber der Kessel ist voll, und wir machen die Tür zu und gehen wieder ins Wohnzimmer, wo das Feuer lodert. Erin stellt den Kessel auf den Ofen, und wir wärmen uns die Hände vor der gläsernen Tür.

»Wo waren wir stehen geblieben?«, fragt sie, als der Kessel zu zischen beginnt. »Bei den Anteilen, oder?«

Ihre Worte katapultieren mich zurück in die Gegenwart. Ich taste nach dem leeren Packungsstreifen Schlaftabletten in meiner Tasche. Und denke an das, was ich tun muss.

Erin

Snoop-ID: LITTLEMY
Hört: offline
Snoopscriber: 10

Den Wasserkessel holen, Schnee reinfüllen, ihn auf den Ofen stellen – diese Abfolge kleiner alltäglicher Handgriffe half mir, unsere Lage vorübergehend zu verdrängen. Doch als sich Stille auf uns herabsenkt, lastet wieder die Angst auf mir. Liz ist schweigsam, ihr Gesicht ausdruckslos und undurchdringlich, sie hält die Hände zum Ofen hin ausgestreckt, und irgendwie finde ich ihr Schweigen furchterregender als alle Worte. Ich ertappe mich dabei, dass ich ihre Gedanken zu lesen versuche – grübelt sie über einen Ausweg nach? Oder denkt sie an das, was sie getan hat?

Der Wasserkessel zischt leise. Liz sitzt einfach da, starrt ihn an, eine Hand zum Feuer ausgestreckt, die andere in der Tasche, und da ertrage ich es nicht länger.

»Wo waren wir stehen geblieben?«, platze ich heraus.

Liz blickt auf. Sie sieht mich prüfend an, was mir nicht gefällt, und knistert mit einem Stückchen Plastik in ihrer Tasche. Es klingt übermäßig laut. Wenn sie nicht gleich was sagt, fange ich an zu schreien.

Dann schluckt sie und fährt mit ihrer Geschichte fort.

»Die Anteile. Ja. Da bin ich also, zweiundzwanzig, Gesellschafterin eines neuen, vielversprechenden Unternehmens – und Topher und Eva behandeln mich nun, da ich an Snoop beteiligt bin, fast wie ein menschliches Wesen. Dabei halte ich nur zwei Prozent. Sogar Elliot und Rik haben mehr. Aber ich bin eben doch Gesellschafterin. Und eines Abends, ein paar Tage nachdem wir die Papiere unterzeichnet haben, steigt eine Party in einer sehr trendigen Londoner Bar – ich glaube, es ging um die Partnerschaft mit einer Streaming-Firma.«

Sie hält inne. Jetzt kommt's, das spüre ich. Liz scheint innerlich Anlauf zu nehmen, um einen Teil der Geschichte zu erzählen, den sie lieber vergessen möchte.

»Sie haben darüber gestritten, ob sie mich mitnehmen sollten. Ich weiß noch, wie Rik sagte: *Ist das wirklich das Bild, das wir nach außen abgeben wollen?* Natürlich wusste er nicht, dass ich ihn hören konnte. Sie waren in Evas Büro, und ich habe über die Gegensprechanlage zugehört. Eva sagte: *Meine Güte, Rik, das ist doch keine Kunst, ich kann dafür sorgen, dass sie vorzeigbar ist. Dank Toph ist sie auf dem Papier eine von uns, also sollte sie auch danach aussehen.* Dann fügte sie hinzu: *Außerdem ist sie Norlands Typ. Er mag sie gerne jung.* Daher war ich vorbereitet, als Eva mich vor der Party zu sich nach Hause bestellte und anbot, mir ein Kleid zu leihen. Ich hatte kaum Geld, nachdem ich alles in Snoop gesteckt hatte. Sie sagte, sie wisse, dass ich knapp bei Kasse sei. Und so wie sie es sagte, klang es absolut vernünftig, sogar freundlich, aber ich kannte ja die Wahrheit.

Na ja, du weißt, wie Eva aussieht. Es gibt ungefähr drei Frauen in London, die in ihre Jeans passen würden. Aber wir haben dann doch etwas für mich gefunden. Sie hat mich geschminkt, und als wir in die Bar kamen und den Managern der anderen Firma vorgestellt wurden, fühlte ich mich allmählich wie eine von ihnen. Eva stellte mich nicht als ihre persönliche Assistentin vor, sondern als *Liz, eine Minderheitsgesellschafterin*, und sie verhielten sich respektvoll mir gegenüber. An dem

Abend habe ich wirklich geglaubt, dass es das war – das Leben, auf das ich immer gewartet hatte. Normalerweise trinke ich nicht viel, aber an dem Abend habe ich ordentlich zugelangt. Ich habe eine Menge in mich hineingeschüttet – viele Cocktails und –«

Sie hält inne. Der Wasserkessel blubbert, und sie nimmt ihn vorsichtig am Griff, gießt Wasser in die Becher und hängt Teebeutel hinein.

Ich nehme meinen Becher entgegen und betrachte ihn prüfend. Ich muss daran denken, wie Elliot ums Leben kam, und möchte lieber auf Nummer sicher gehen. Der geschmolzene Schnee ist ein bisschen trüb, und der Tee färbt das heiße Wasser dunkel, aber ich kann den Tassenboden noch erkennen. Es ist sonst nichts drin. Jedenfalls keine Tabletten.

»Und?«, frage ich behutsam. Als sie sich abwendet, schiebe ich noch hinterher: »Tut mir leid. Ich wollte dich nicht bedrängen. Wenn es zu schmerzlich ist –«

»Nein«, sagt sie hastig. »Alles gut, ehrlich. Ich – irgendwie hilft es, darüber zu reden. Ich habe lange nicht mehr daran gedacht. Jedenfalls waren wir alle schrecklich betrunken. Irgendwie bin ich dann mit Eva losgefahren … und einer der Manager von der anderen Firma war auch dabei. Wir waren nur zu dritt. Topher wollte ursprünglich mit, das weiß ich noch, er war mit im Taxi, hat es sich aber im letzten Moment anders überlegt und den Fahrer gebeten, ihn aussteigen zu lassen. Wir sind zu einem Haus in Pimlico gefahren, mein Gott, das war unglaublich – so wunderschön, im georgianischen Stil, mit hohen Decken und einem Balkon mit Blick auf den Fluss …« Sie schaut an mir vorbei, als gäbe es dort etwas, was nur sie sehen kann. »Er ist mit uns nach oben gegangen, und wir sind nach draußen auf den Balkon, und er hat uns Champagner angeboten, und wir haben uns eine Weile unterhalten, und dann hat Eva sich entschuldigt und ist auf die Toilette gegangen.«

Sie verstummt, aber nicht, weil sie nicht weitersprechen könnte. Sie scheint eher zu überlegen, was und wie sie es sagen soll.

»Er hat mich angegriffen«, erklärt sie dann kurz und knapp. »Er hatte die Hände in meinem Oberteil, ich wollte ihn wegstoßen. Und ich – ich –«

Sie hält inne und schlägt die Hände vors Gesicht.

»Ich habe ihn weggestoßen. Ich habe ihn heftig von mir gestoßen. Ich habe ihn vom Balkon gestoßen.«

»O Gott«, sage ich. Damit hatte ich nicht gerechnet. »Liz, es tut mir – so leid. Ich –«

Meine Gedanken rasen, während ich meine jämmerliche Mitleidsbekundung stammele.

Sie hat einen Mann getötet.

Aber in Notwehr.

Liz redet weiter, ohne mich zu beachten, eine Flut von Worten, als wollte sie diesen Teil der Geschichte so schnell wie möglich hinter sich bringen.

»Ich bin zusammengebrochen, als mir klar wurde, was ich getan hatte. Aber Eva – sie – sie war unglaublich. Sie war blitzschnell bei mir, und als sie sah, was passiert war, hat sie keine Fragen gestellt. Sie hat uns beide sicher aus dem Haus geschafft, und die Zeitungen haben es als tragischen Unglücksfall dargestellt. Man hatte Drogen und Alkohol bei ihm festgestellt und angenommen, dass es entweder ein Unfall oder Selbstmord war. Es wurde nie bekannt, dass Eva und ich dort gewesen waren.«

Sie beugt sich so tief über den Becher, dass ihre Brille beschlägt.

»Danach konnte ich nicht länger bei Snoop bleiben«, sagt sie sehr leise. »Ich habe gekündigt und mir eine ganz andere Stelle gesucht, im Callcenter einer Bank. Es war nur noch eine albtraumhafte Episode in meinem Leben, die ich hinter mir gelassen hatte. Und dann kam die Geschichte mit der Übernahme. Da wurde ich wieder in all das hineingezogen.«

»Das tut mir so leid«, wiederhole ich und meine es ehrlich. Es tut mir wirklich aufrichtig leid. Es tut mir leid für das arme Mädchen, das in eine für sie unbegreifliche Welt hineingeraten war.

Doch so ganz verstehe ich es noch nicht. Liz wurde angegriffen. Sie wollte den Angreifer abwehren. Selbst wenn sie bezweifelte, dass man ihr vor Gericht glauben würde – was ich durchaus verstehe –, so begreife ich dennoch nicht, weshalb Eva sterben musste. Sie hatte das Geheimnis doch für sich behalten.

Und dann überkommt mich ein grauenhaft greller Blitz der Erkenntnis.

Topher hatte Liz die Anteile verschafft, allerdings mit der stillschweigenden Übereinkunft, dass sie ihn unterstützen würde, wenn es je zu einer Situation wie dieser käme. Sie hatte ihm alles zu verdanken.

Doch Eva wusste nun etwas über Liz, das ihr ganzes Leben zerstören konnte. Sie würde mindestens in ein hässliches Gerichtsverfahren verwickelt werden, und ich kann Liz inzwischen gut genug einschätzen, um zu wissen, welche Qual das für sie gewesen wäre. Schlimmstenfalls hätte sie sich einer Anklage wegen Totschlags und einer möglichen Gefängnisstrafe gegenübergesehen.

Eva hatte den Vorfall vertuscht. Und auch wenn sie es nie offen ausgesprochen hatte, hing doch das Wissen darum all die Jahre wie ein Damoklesschwert über Liz.

Kein Wunder, dass Liz nicht hatte sagen können, wie sie abstimmen würde.

Sie würde entweder ihren Mentor im Stich lassen müssen, den Mann, der sie eingestellt hatte, der für sie eingetreten war und dem sie die Anteile verdankte.

Oder gegen die Frau stimmen, die ihr Leben in Händen hielt. Die Frau, die sie auf lange Zeit ins Gefängnis bringen konnte.

Als mir das klar wird, kann ich mich des Mitgefühls nicht ganz erwehren.

Ich denke an die unerfahrene junge Frau, die sich frisch von der Universität in unbekannte, gefährliche Gefilde begeben hatte, die sie überforderten. Denn Liz war gleich in doppelter Hinsicht zum Opfer geworden. Eva hatte ihr aus dem einen Albtraum herausgeholfen und einen zweiten geschaffen, indem sie die junge Frau erpresste, der sie angeblich hatte helfen wollen.

Natürlich hatte Liz getan, was vernünftig war, und Eva versichert, sie werde für sie stimmen. Aber wie wäre es beim nächsten Mal? Und beim übernächsten Mal? Wie sollte sie in dem Wissen leben, dass Eva sie jederzeit erpressen konnte?

Nein. Sie wollte für immer sicher sein. Sie musste den Menschen loswerden, mit dem all das begonnen hatte, den einzigen Menschen, der ihr Geheimnis kannte.

Eva musste sterben.

Liz

Snoop-ID: ANON101
Hört: offline
Snoopscriber: 1

»Das war's«, sage ich endlich. Ich halte den Becher lange an die Lippen und tue so, als würde ich gierig trinken.

Erin starrt mich an, aber ich kann ihren Gesichtsausdruck nicht deuten. Sie wirkt entsetzt – aber es könnte auch mitfühlendes Entsetzen sein angesichts all dessen, was ich durchgemacht habe. Glaubt sie mir? Ich werde nicht ganz schlau aus ihr.

Willst du deinen Tee nicht trinken?, würde ich am liebsten fragen, aber das würde zu verdächtig klingen. Stattdessen setze ich den Becher wieder an die Lippen und hoffe, damit eine subtile Botschaft zu senden. Zu meiner Freude funktioniert es. Erin greift nach ihrem Becher. Ich sehe, wie ihre Halsmuskeln sich bewegen, als sie schluckt.

»Dir blieb also keine Wahl«, sagt sie zaghaft, und ich bemühe mich um einen angemessenen Gesichtsausdruck. So eine Art schmerzlicher Reue. Und das ist gar nicht einmal gelogen – ich bereue vieles. Vor allem das, was an jenem Abend geschehen ist.

»Ich habe das alles nicht gewollt. Es fühlt sich an, als hätte mich etwas Grauenhaftes erfasst und einfach mitgerissen.«

Erin schüttelt den Kopf, aber nicht zweifelnd, eher als würde sie das verdammen, was uns hierhergeführt hat. Sie starrt in ihren Becher. Ich kann ihren Gesichtsausdruck nicht genau erkennen. Das nervt mich, aber dann trinkt sie noch einen Schluck Tee, und ich entspanne mich allmählich.

Ich setze erneut den Becher an die Lippen, damit sie nicht misstrauisch wird, achte aber darauf, nichts von der Flüssigkeit zu schlucken.

»Ich bin dahintergekommen, wie du es angestellt hast«, sagt Erin, stellt den Becher auf ihre Knie und umschließt ihn mit den Händen. Er ist halb leer, und ich fasse Zuversicht. »Das war sehr clever. Du hattest eine Skijacke dabei, die wie Evas aussah. Du hast oben an der Gondelbahn gewartet –«

Sie zögert, und ich weiß auch, warum. Sie will nicht aussprechen, was ich getan habe, als würde sie mich damit kränken. Aber es ist in Ordnung. Ich muss mit dem leben, was passiert ist. Es hat keinen Sinn, der Wahrheit auszuweichen.

Ich habe an der Gondelbahn gewartet, als Eva ausstieg, gleich neben der Absperrung, an der ich zuvor angeblich die Kontrolle verloren hatte und um ein Haar über die Kante gestürzt war. Natürlich war das nur ein Trick gewesen, damit ich mir die Stelle genauer ansehen konnte. Ich musste wissen, ob sie wirklich so nah an der Piste war, wie ich es in Erinnerung hatte, und ob die Absperrung seit meinem letzten Aufenthalt vor zwei Jahren erhöht worden war.

Alles beim Alten. Perfekt.

Ich bin nämlich eine ausgezeichnete Skifahrerin. Aber Topher, Rik und die anderen wollten nur zu gern glauben, dass ein Mädchen von der Secondary School in Crawley das eine Ende des Skistocks nicht vom anderen unterscheiden kann. Hätten sie sich die Mühe gemacht, mich danach zu fragen, hätten sie gewusst, dass ich seit meiner ersten Klassenfahrt mit fünfzehn Jahren für mein Leben gern Ski fahre. Ich hatte noch nie zuvor auf einer Piste gestanden, weiß aber noch, wie meine Lehrerin bewundernd rief: »Liz, du bist ein Naturtalent!«

Und das stimmte. Ich bin eigentlich nicht besonders sportlich. Alles, was mit Mannschaftssport oder Lauftraining zu tun hat, liegt mir nicht. Ich mochte es nicht, wenn ich rot anlief, schwitzte nicht gern und konnte es nicht leiden, wenn unter meinem feuchten T-Shirt alles hüpfte und wackelte. Ich hasste es, wenn mir die anderen Mädchen zuriefen, ihnen den Ball zuzuspielen, und dann die Augen verdrehten. In solchen Momenten wäre ich am liebsten weggelaufen und hätte mich irgendwo versteckt.

Aber Ski fahren war anders. Ski fahren ist Einzelsport – und hat mit Strategie zu tun. Man muss schnell reagieren, in Sekundenbruchteilen Entscheidungen treffen, die einem das Leben retten oder einen mit hundert Stundenkilometern über eine Felskante katapultieren können.

Ich liebte es vom ersten Moment an.

In der letzten Klasse und während meines Studiums sparte ich mir Skiurlaube zusammen. Ich buchte die günstigsten Reisen, die ich finden konnte: mit dem Bus nach Bulgarien, Aufenthalt in einem Betonkasten aus der Sowjetzeit; mit Ryanair nach Rumänien in ein Airbnb, in dem die Heizungsluft nach Schinken roch. Aber es war alle Mühen wert. Es machte das Knausern und Sparen wett und die langen Nächte, in denen ich zusammengekrümmt auf den billigsten Plätzen in einem Bus über deutsche Autobahnen durch die Nacht fuhr.

Während ich bei Snoop war, wurde eine Incentive-Skireise organisiert, mit der sie Investoren locken wollten. Natürlich wurde ich nicht eingeladen. Aber seit ich bei Snoop gekündigt habe und mein Geld woanders verdiene, bin ich jedes Jahr einoder zweimal in die Alpen gefahren und eine sehr, sehr gute

Skifahrerin geworden. Nicht ganz so gut wie Eva, die schon als Kleinkind jedes Jahr im Wintersport war. Aber fast so gut. Und ich war zweimal in Saint-Antoine und kenne La Sorcière wirklich recht gut.

Als sie aus der Gondelbahn stieg, war ich schon an der Absperrung. Ich tat, als hätte ich Probleme, rief ihr etwas zu, und als Eva zu mir herüberkam, wartete ich, bis sie sich vorbeugte, um meine Bindung zu begutachten. Dann versetzte ich ihr einen so heftigen Stoß, dass sie rückwärts über die niedrige Absperrung stürzte.

Sie verfing sich mit den Kniekehlen in der Absperrung und fiel dann in den tiefen, unberührten Schnee, unmittelbar am Abgrund. Sie strampelte mit den Beinen. Einen Moment lang fürchtete ich, es hätte nicht funktioniert, sie würde gleich von dem schmalen Schneesims zur Absperrung kriechen und mich fragen, was zum Teufel ich mir dabei gedacht hatte.

Dann aber gab es ein kaum hörbares Geräusch – wie ein Seufzer. Der Schneesims geriet in Bewegung und neigte sich, ein Riss tat sich auf. Einen Moment lang sah mich Eva schreckensstarr an, sie streckte die Arme aus, als sollte ich sie retten – dann brach der Sims ab, und sie war verschwunden.

Ich wartete kurz, öffnete dann den Overall und zog die knallrote Skijacke aus, die ich darunter trug. Ich streifte sie über meinen dunkelblauen Skianzug, wickelte mir den Schal ums Gesicht und setzte die Brille auf. Dann machte ich mich bereit zur Abfahrt und fuhr La Sorcière hinunter.

Es wäre gelogen, zu sagen, es sei nicht schwierig gewesen. Die zahllosen Biegungen, die vielen steilen Passagen, die Haarnadelkurven, bei denen mir beinahe das Herz stehen blieb, die nahezu senkrechten Eisflächen, die ich mich einfach nur so kontrolliert wie möglich hinunterstürzen konnte. Hätte ich die Piste nicht so gut gekannt, wäre ich wohl ums Leben gekommen. Aber ich bin niemals besser Ski gefahren.

Auf halber Strecke blieb ich stehen, um zu verschnaufen und zu warten, dass sich das Zittern in meinen Beinen legte. Da bemerkte ich Carl und Ani, die hoch über mir in der Gondel schwebten. Ich schaute nach oben, wohl wissend, dass ich unter der Brille und der Mütze verborgen war und niemand ahnen konnte, wer wirklich in der auffälligen knallroten Jacke steckte. Ich winkte mit meinem Skistock und verschaffte mir damit ein Alibi. Ani sah mich und winkte zurück.

Leider hatte ich Pech, denn sie sah noch etwas anderes: die leeren Gondeln, die ins Tal fuhren. Und in einer davon hätte ich sitzen müssen.

Genau das hatte Ani begriffen, als sie an jenem Abend vor meiner Zimmertür erschienen war. Sie hatte eins und eins zusammengezählt, und ihre Verwunderung war in Entsetzen umgeschlagen, worauf sie sich schnell verdrückt hatte. Urplötzlich wollte sie nicht mehr mit mir sprechen. Sie wollte in Ruhe überlegen, was zu tun war. Da ich ihr schlecht die Hand über den Mund legen und sie in mein Zimmer zerren konnte, blieb mir nichts anderes übrig, als sie gehen zu lassen.

Dann war klar, was ich zu tun hatte. Ich dankte dem Himmel für Tigers Schlafprobleme und meinen Instinkt, der mich dazu gebracht hatte, den Generalschlüssel einzustecken, als Danny vergessen hatte, ihn abzuziehen.

Aber war es wirklich Glück? Ich bin nämlich kein Mensch, der Glück hat. Sicher, das mit Tiger kam mir entgegen – aber vieles hatte sich auch gegen mich gewendet. Und der Generalschlüssel – das war kein Glück. Das hatte ich allein mir zu verdanken. Der sekundenschnellen Entscheidung, die zunächst meine Haut zu retten schien.

Denn die Sache ist die: Ich mag zwar kein Glück haben, aber ich bin reaktionsschnell. Darum fahre ich auch so gerne Ski. Es sind ebendiese Fähigkeiten, diese unverhofften Wendungen, diese Spannung, die mein Herz schneller schlagen lassen. Dasselbe Ziehen im Magen wie in den Momenten, in denen man begreift, dass man einen dummen Fehler begangen hat, gefolgt von dem erhebenden Gefühl der Erregung, wenn man einen Weg gefunden hat, um sich aus der Klemme zu manövrieren.

Die Sache mit Ani tat mir trotzdem leid. Anders als bei Elliot. Elliot hat verdient, was ihm widerfahren ist. Was musste er auch herumschnüffeln? Das war seine Entscheidung. Ani hingegen hatte gar nichts entschieden. Sie war genau wie ich zur falschen Zeit am falschen Ort gewesen. Und das ist tragisch. Aber nicht meine Schuld. Das darf ich nicht vergessen. Nichts davon ist meine Schuld.

»W-was hast du gesagt?«, fragt Erin, und mir wird klar, dass ich vor mich hin gemurmelt haben muss. Ich will gerade antworten, als mir etwas an ihr auffällt. Sie wirkt beinahe … betrunken. Droht zur Seite zu kippen.

»Nichts weiter. Bist du müde?« Ich will nicht zu hoffnungsvoll klingen. Sie nickt.

»Ja, ich fühle –« Ihre Stimme klingt verwaschen, und als sie blinzelt, scheinen sich ihre Gesichtsmuskeln nur in Zeitlupe zu bewegen. »Ich fühle mich richtig k-komisch.«

»Du bist nur erschöpft«, sage ich. Es soll beruhigend klingen, doch mein Herz schlägt vor Aufregung schneller. Ich stelle meinen nicht angerührten Tee auf den Tisch, wische mir den Mund ab und spähe in Erins Becher. Er ist so gut wie leer. »Willst du dich nicht hinlegen?«

»Ich fühle mich so komisch …«, sagt sie wieder, dann nichts

mehr. Ich helfe ihr, sich hinzulegen. Ihr Körper ist schwer. Wie viele Tabletten mag sie intus haben? Drei oder vier vielleicht? Ich hatte alle acht in den Wasserkessel geworfen und gehofft, dass sie sich im kochenden Wasser auflösen würden. Ich habe keine Ahnung, ob Hitze den Substanzen schadet, aber mir war klar, dass Erin genau beobachten würde, was ich mit ihrem Becher anstelle. Ich hatte recht behalten – sie hatte mich nicht aus den Augen gelassen, als ich den Teebeutel hineingetan und das Wasser darübergegossen hatte.

Der Wasserkessel war meine einzige Chance – ich hatte die Tabletten nacheinander hineingeworfen, während ich ihn mit Schnee gefüllt hatte, und mich darauf verlassen, dass der Schnee die weißen Tabletten tarnte und den ungewohnten Geschmack von Tee ohne Milch erklären würde. Es sieht aus als hätte es tatsächlich funktioniert. Erin hat den ganzen Becher getrunken. Elliot hat fünf zerdrückte Tabletten im Kaffee gehabt, und sie haben ihn umgebracht. Erin ist kleiner und leichter und hat die Hälfte des Wassers getrunken, also etwa vier Tabletten. Das müsste reichen, vorausgesetzt, die Hitze hat die Wirkstoffe nicht zerstört. Ich muss mich vergewissern, kann mich nicht darauf verlassen, dass sie nichts mehr sagt. Doch zuerst muss ich noch etwas anderes erledigen. Und zwar dringend.

Ich werfe einen Seitenblick auf Erin, die ausgestreckt auf dem Sofa liegt. Speichel rinnt ihr aus dem Mundwinkel. Ich gehe nach oben. Elliots Zimmertür ist nicht abgeschlossen. Ich nehme das Handy, entsperre es mit Elliots Daumen und rufe die SMS auf. Lese noch einmal Erins Nachricht an Danny. *SOS, schick Hilfe. ES IST LIZ.*

Seine Antwort: *Bist du das, Erin?*

Der Abgrund klafft vor mir – und ich weiche ihm geschickt aus.

Nein, tippe ich. *Du hast mich falsch verstanden – hier ist LIZ. Erin hat alles gestanden – und will sich umbringen. KOMM BITTE SOFORT.*

Dann drücke ich auf Senden.

Erin

Snoop-ID: LITTLEMY
Hört: offline
Snoopscriber: 10

Ich liege still und horche, als Liz in meinen Becher späht und sich schwer atmend über mich beugt. Sie scheint eine Entscheidung getroffen zu haben, denn sie schleicht in die Lobby. Die Stufen knarren, als sie die Treppe hinaufsteigt.

Ich liege still, solange ich es aushalte, und setze mich dann auf. Ich zucke zusammen, als Stoff raschelt und die Sofafedern quietschen.

Ein Ärmel und ein Hosenbein sind vom Tee durchweicht – Gott sei Dank hat Liz die Feuchtigkeit nicht bemerkt, die sich allmählich auf dem Sofa ausbreitet, sondern sich auf den leeren Becher konzentriert.

Die Tabletten waren im Wasserkessel. Das hatte ich schon beim ersten Schluck vermutet – der Tee schmeckte seltsam beißend, irgendwie chemisch, und da war auch eine leichte Süße, die wohl vom Zuckerüberzug stammte. Und als ich sah, dass Liz ihre Tasse an die Lippen führte, aber nur so tat, als würde sie trinken, war ich mir sicher. Ich wusste, was ich zu tun hatte. Also hatte ich ebenfalls getan, als würde ich trinken – und den Tee im Schutz der Dunkelheit über meinen Arm und das Sofa gekippt, wann immer sie nicht zu mir herübersah.

Ich hatte keine Ahnung, wie lange es dauern würde, bis die Tabletten wirkten – Liz aber hoffentlich auch nicht. Zehn Minuten? Fünfzehn? Jedenfalls kaufte sie mir die Vorstellung ab, als ich wirres Zeug zu reden begann und dann das Bewusstsein zu verlieren schien.

Jetzt hängt alles davon ab, ob sie meint, mir eine tödliche Dosis verpasst zu haben. Dann bliebe mir ein gewisses Zeitfenster – zumindest bis sie zurückkommt und feststellt, dass ich noch atme. Falls sie mich nur für eine Weile ausschalten wollte, wird sie mir sicher bald den Rest geben wollen. Mir ein Kissen auf den Kopf drücken wie Ani oder einen Schlag versetzen, den sie dann als Treppensturz tarnt.

Egal, ich will es nicht darauf ankommen lassen. Ich muss hier weg, je schneller, desto besser.

Ich halte die Luft an, horche auf Geräusche von oben und humpele so schnell und so leise wie möglich durch die Lobby zum Skiraum. Meine eigene Skikleidung ist in meinem Zimmer, ich kann es nicht riskieren, sie zu holen. Meine Schuhe und Skier bewahre ich hier unten auf, und ich werde schon genügend Kleidung finden, um mich draußen einigermaßen warm zu halten. Es dürfte allerdings nicht reichen, um eine Nacht im Freien zu überstehen, und laufen kann ich mit dem Knöchel nicht. Ich muss aber nach Saint-Antoine hinunter. Bloß wie? Auf Skiern hinunterzufahren ist die einzige Möglichkeit, und ich hoffe, dass der Skischuh meinen Knöchel ausreichend stützen wird.

Die Tür öffnet sich mit einem leisen Klicken, und ich schließe sie unendlich behutsam hinter mir. Mein Herz pocht heftig. Hier drinnen ist es dunkel, das Mondlicht dringt nur schwach durchs Fenster, das fast vollständig vom Schnee verdeckt ist. Aber meine Augen haben sich in der Zwischenzeit an die Dunkelheit gewöhnt, und ich erkenne die Umrisse von Skijacken und -hosen, die an Haken hängen. Die Skischuhe stecken auf den Trocknern. Hastig schnappe ich mir eine Latzhose und steige hinein. Als ich sie anhabe, merke ich, dass sie Ani gehört hat. Bei dem Gedanken, die Sachen einer toten jungen Frau anzuziehen, überkommen mich Schuldgefühle. Aber ich darf nicht sentimental werden. Ani ist tot – ich kann sie nicht mehr retten. Aber ich kann vielleicht dafür sorgen, dass ihre Mörderin zur Rechenschaft gezogen wird.

Als ich mich in eine Skijacke zwänge – der Größe nach könnte es Elliots gewesen sein –, erinnere ich mich an das Selbstmitleid in Liz' Stimme. Ich hätte es ihr beinahe abgekauft. Ich weiß nicht, was wirklich auf jenem Balkon geschehen ist, fand diesen Teil der Geschichte jedoch glaubhaft – die verängstigte junge Frau, der Stoß aus Verzweiflung. Glaubhaft auch, dass sie sich von Eva in die Enge getrieben gefühlt und aus purer Angst reagiert hatte.

Aber Elliot – nein. Und vor allem nicht Ani. Die arme kleine Ani, im Schlaf getötet, nur weil sie etwas gesehen hatte, das Liz belastete.

Was auch immer Liz über Eva, den Manager und vielleicht auch Elliot denken mochte – vor allem Ani hatte das nicht verdient. Unmöglich.

Man musste schon ein Ungeheuer sein, um Ani zu töten.

Ich sehe ihr Gesicht vor mir, als ich klamme Skisocken anziehe und nach Handschuhen suche.

Anis Gesicht mit den scharlachroten Punkten, die Liz' Darstellung widerlegen.

Denn Liz behauptet, sie habe nicht gewollt, dass Ani stirbt – aber das stimmt nicht. Ani muss sich gewehrt haben. Sie hat um jeden Atemzug gekämpft, so heftig, dass Blutgefäße in ihrer Haut geplatzt sind.

Und Liz drückte ihr das Kissen aufs Gesicht, eine lange, lange Zeit.

Man muss *wollen*, dass jemand stirbt, wenn man ihn erstickt. Man muss es sogar sehr wollen.

Ich denke an Ani, als ich den Skischuh so weit wie möglich aufbiege. Und ich denke an Ani, als ich den Fuß hineinschiebe und die Zähne zusammenbeiße, weil ein greller Schmerz meinen Knöchel durchzuckt.

Mein Atem dringt wimmernd zwischen meinen Zähnen hervor, kleine Schluchzer, die ich nicht unterdrücken kann, obwohl ich doch leise sein muss. Es knackt, als ich meinen Fuß in den Schuh zwinge, das harte Plastik drückt gegen das geschwollene Fleisch. Aber ich muss es tun. Ich muss.

Ani. Ani. Ani.

Dann rutscht mein Fuß hinein. Ich schwitze und zittere vor Schmerz, kalter Schweiß steht auf meiner Oberlippe. Aber der Fuß ist drin. Und als ich aufstehe, tut es wie durch ein Wunder weniger weh als erwartet. Das Gewicht ruht mehr auf dem Schienbein als auf dem Knöchel. Ich schließe die Schnallen so fest wie möglich und bete, dass der Schuh das Gelenk stabil hält, bis ich unten im Tal bin. Falls der Knöchel gebrochen ist, kann ich womöglich nie wieder richtig laufen – aber besser lahm als tot.

Hastig schiebe ich den anderen Fuß in den Schuh und schließe ihn.

Ein Geräusch auf der Treppe.

Mir bleibt fast das Herz stehen. Liz kommt die Wendeltreppe herunter.

Einen Moment lang bin ich wie erstarrt. Ich habe alles, was ich brauche – aber schaffe ich es durch den Hinterausgang? Die Tür führt zum Swimmingpool und dürfte von der Lawine verschüttet sein.

Sie geht nach innen auf. Das glaube ich zumindest. Ich drücke die Hände an die Schläfen, will mich erinnern. Geht sie wirklich nach innen auf? Falls nicht, bin ich geliefert. Aber ich bin mir ziemlich sicher, dass sie nach innen aufgeht. Die Frage ist, ob ich mich werde hinausgraben können.

Da bemerke ich das kleine Fenster über den Schränken. Es ist zwar breit genug, aber nur gut dreißig Zentimeter hoch, Rahmen und Scharniere eingerechnet. Doch es könnte die bessere Wahl sein.

Ich klettere auf die Holzbank, zucke bei jedem Geräusch zusammen, beuge mich über die Schränke und öffne das Fenster. Eisig kalte Luft trifft mein Gesicht, aber die Öffnung ist frei. Der Wind hat nur losen Schnee dagegengeweht. Die Schneewehe direkt darunter reicht fast bis zum Fenster und wird meinen Sturz abfedern.

Ich schiebe nacheinander meine Skier hinaus, sie plumpsen mit einem weichen Laut in den Schnee. Dann die Stöcke. Ich ziehe die Handschuhe an und nehme auf gut Glück einen Helm aus dem Regal. Zum Glück passt er, zum Rumprobieren bleibt keine Zeit. Ich klettere auf die Schränke und lege mich der Länge nach hin. Sie schwanken bedenklich – aber nur kurz.

Mir ist ganz schlecht vor Nervosität. Irgendwo im Chalet höre ich einen überraschten Aufschrei – dann ruft jemand: »Erin? Wo bist du, Erin?«

Liz hat entdeckt, dass ich verschwunden bin.

Zuerst schiebe ich die Beine nach draußen. Ich habe Angst, auf den verletzten Knöchel zu fallen, aber mit dem Gesicht voran im Schnee zu landen, ist auch nicht sonderlich reizvoll. Sicher, ich trage einen Helm, aber ich könnte mir trotzdem den Hals brechen oder senkrecht in der Schneewehe landen und ersticken. Mit den Füßen zuerst ist es einfach sicherer.

Es ist eng, aber ich schaffe es. Ein Schuh, seitlich, zuerst das gesunde Bein, dann das andere. Als das Gewicht des Schuhs an meinem Knöchel zieht, keuche ich auf, kann es aber gerade so ertragen.

Dann geht die Tür auf.

Zuerst sehe ich nichts, weil sie mir mit Elliots Handy ins Gesicht leuchtet. Dann erkenne ich eine Gestalt in der Türöffnung. Sie stürzt mit einem zornigen, beinahe animalischen Knurren auf mich zu.

Sie greift mit beiden Händen nach meinem Arm, will zupacken, doch ihre Nägel rutschen an dem glatten Stoff ab, finden keinen Halt. Ich zwinge meinen Hintern durch den schmalen Spalt, den Rest besorgt mein Körpergewicht – bis ich ruckartig steckenbleibe.

Für den Bruchteil einer Sekunde begreife ich nicht, was passiert ist. Hat Liz das Fenster zugemacht? Nach meinem Helm gegriffen? Dann wird es mir klar.

Mist. Der Helm passt nicht durch.

Ich hänge am Hals aus dem Fenster und muss würgen, der Kinnriemen schneidet ein, ich zappele wie ein Fisch an der Angel. Ich taste verzweifelt nach meinem Hals, will den Riemen lösen. Ich strampele wild mit den Füßen, suche Halt im weichen Schnee, damit ich den Druck von meiner Kehle nehmen kann.

Mein Fuß findet etwas, es rutscht weg, dann ist es wieder da, nur eine Sekunde – doch es reicht, um den Riemen zu lösen.

Ich falle keuchend und würgend in einen weichen Schneehaufen. Unter mir ist etwas Hartes, es tut weh beim Aufprall, das müssen die Skier und die Stöcke sein.

Mir bleibt keine Zeit, um mich auszuruhen.

Liz reißt wütend am Helm, der im Fenster feststeckt, damit sie mir nachkommen kann. Ich hätte erwartet, dass sie tobt oder flucht, aber sie ist beängstigend ruhig. Sie sagt keinen Ton – ich höre nur ihr Ächzen, als sie sich abmüht, den Helm aus der Fensteröffnung zu bekommen. Ich muss hier weg, bevor es ihr gelingt.

Ich komme auf die Beine, versinke im Schnee, benutze die Skier als Krücken, als ich von der Schneewehe auf die feste Schneedecke taumele.

Ich mache eine kurze Bestandsaufnahme. Handschuhe – ja. Skier – ja, beide. Und die Stöcke.

Der Schal – weg. Den habe ich wohl mit dem Helm zusammen ausgezogen. Und natürlich keine Mütze. Normalerweise reicht der Helm, aber die Mütze wird mir fehlen, wenn der kalte Wind mir erst ins Gesicht peitscht. Egal, das lässt sich jetzt nicht ändern. Ich kann nicht zurück. Ich muss es irgendwie nach Saint-Antoine schaffen.

Ich habe auch keinen Lawinenrucksack.

Scheiße. *Scheiße*. Wo muss ich lang?

Langsam und unter Schmerzen schleppe ich mich und meine Skier ums Chalet und orientiere mich.

Die lange blaue Piste nach Saint-Antoine ist völlig zerstört, anders kann man es nicht sagen. Wie das obere Teilstück aussieht, weiß ich schon, seit Danny und ich bei der Seilbahnstation waren. Die Lawine hat alles Mögliche auf die Piste geschoben – gewaltige Felsblöcke, die Masten der Seilbahn, Baumstämme. Sie ist nicht nur nicht mit Skiern befahrbar, sondern völlig unpassierbar. Und der Weg durch den Wald, der zur grünen Piste führt, ist ebenfalls blockiert – das kleine Wäldchen hat die volle Wucht der Lawine abbekommen, die Bäume sind zerdrückt und wie vom Erdboden verschluckt, begraben unter Hunderten Tonnen Schnee.

Aber es gibt noch einen anderen Weg.

Er führt durch das Geheime Tal, so nennen es jedenfalls die englischen Skifahrer. Es ist keine offizielle Bezeichnung und auch keine richtige Piste, sondern ein Weg, auf dem man so gerade eben Ski fahren kann, wenn die Wetterbedingungen stimmen, man sehr gut ist und Herausforderungen mag. Das Wort *Piste* weckt ohnehin falsche Vorstellungen – man denkt an eine Schneefläche, auf der sich die Wege der Skifahrer in eleganten Schwüngen kreuzen. Das hier ist etwas ganz anderes, ein tiefer Einschnitt im Berg, wie ein langer Korridor zwischen zwei nackten Felswänden. Es muss schon ordentlich geschneit haben, damit die zerklüfteten Felsen bedeckt sind, und selbst bei guten Bedingungen wird der Weg nach unten hin so schmal, dass nur ein einziger Skifahrer hindurchpasst. An manchen Stellen kann man mit ausgestreckten Armen die Felswände rechts und links gleichzeitig berühren.

Das Geheime Tal dürfte passierbar sein. Wenn ich überhaupt bis dorthin komme. Es hat genügend geschneit, um die ärgsten Felsspitzen zu bedecken, und es liegt abseits des Weges, den die Lawine genommen hat.

Andererseits ist es keine Abfahrt, sondern eher eine Art Hindernisparcours – ein gewundener Slalom um Felsblöcke und Baumstämme, der schon tagsüber schwer zu bewältigen ist, geschweige denn bei Mondlicht. Außerdem besteht die Gefahr kleiner Lawinen – der Schnee türmt sich auf den Kanten der Felswände, bricht ohne Vorwarnung ab und begräbt den Skifahrer unter sich.

Das ist aber noch nicht das Schlimmste. Das Schlimmste, das mich zögern lässt, ist die Tatsache, dass es keinen Ausweg aus der Klamm gibt. Die Felswände werden höher und höher, weder Hubschrauber noch Rettungsschlitten können dorthin gelangen, sollte einem etwas zustoßen. Man muss einfach immer weiterfahren, bis einen die enge Rinne zwischen den Bäumen oberhalb des Dorfes ausspuckt.

Es ist die beste Chance, die ich habe. Liz kennt den Weg vermutlich nicht. Man findet ihn nur, wenn einem jemand verrät, wo der Zugang ist.

Es ist zugleich mein schlimmster Albtraum.

Aber mir bleibt keine Wahl.

Ich halte die Skier wie Krücken und bewege mich langsam in Richtung des Geheimen Tals.

Liz

Snoop-ID: ANON101
Hört: offline
Snoopscriber: 1

Erin ist weg.

Fast hätte ich es nicht bemerkt. Als ich ins Wohnzimmer zurückkehre, komme ich gar nicht auf den Gedanken, nachzusehen. Bis ich zufällig den Kopf wende und entdecke, dass sie nicht mehr auf dem Sofa liegt.

Einen Moment lang stehe ich nur da, zu verwirrt, um mir Sorgen zu machen. Ist sie aufgewacht? Zur Toilette gestolpert?

»Erin?«, rufe ich. Ich gehe zurück in die Lobby. Schaue mich im dunklen Raum um, leuchte mit der Taschenlampe die Treppe hinauf und in die Küche. »Wo bist du, Erin?«

Weit kann sie nicht gekommen sein. Die Menge Tabletten, die sie geschluckt hat, reicht aus, um sie tagelang außer Gefecht zu setzen.

Dann aber bemerke ich den dunklen Fleck auf dem Sofa, berühre ihn und rieche an meinen Fingern. Tee. Da wird mir alles klar. Sie hat überhaupt nichts getrunken.

Ich fluche selten, aber als ich begreife, wie sie mich ausgetrickst hat, kann ich nicht anders.

Ich renne los. Zuerst zur Haustür, doch der Schnee draußen ist unberührt. Auf diesem Weg hat Erin das Chalet jedenfalls nicht verlassen.

In die Küche – da ist sie auch nicht.

Ich bin schon auf dem Weg nach oben, um in den Zimmern

nachzusehen, als ich ein Geräusch höre. Es ist sehr leise und kommt aus dem hinteren Bereich des Hauses.

Ich gehe in die Lobby und öffne die Tür zum Skiraum. Meine Augen müssen sich erst an die Dunkelheit gewöhnen, doch dann bemerke ich etwas – oder jemanden – am anderen Ende des Raums. Erin ist auf die Schränke geklettert und fast schon zum Fenster hinaus.

Ich stürze los und klettere auf die Bank, die sie unter das Fenster geschoben hat, ohne auf den Schmerz in meinem Knie zu achten. Dann packe ich ihren Helm, der durchs Fenster zu verschwinden droht.

Er passt nicht durch die Öffnung. Erin steckt fest. Aus ihrer Kehle dringt ein grauenhaftes Keuchen, sie strampelt verzweifelt, um sich zu befreien und im Schnee einen Halt zu finden.

Bevor ich mir meinen nächsten Schritt überlegen kann, spüre ich einen Ruck, und das Gewicht löst sich vom Helm. Entweder ist der Riemen gerissen oder sie hat es geschafft, ihn zu öffnen. Ich höre, wie sie einen Augenblick lang japsend im Schnee liegen bleibt. Dann rappelt sie sich auf, nimmt ihre Skier und humpelt zur Vorderseite des Chalets, von wo man zur Standseilbahn gelangt.

Ich muss ihr unbedingt hinterher, doch der Helm steckt im Fensterrahmen fest. Ich zerre minutenlang vergeblich daran herum, bis ich erkenne, dass es sinnlos ist. Erin hat Skier und Stöcke mitgenommen und will zweifellos nach Saint-Antoine hinunterfahren. Ich muss sie aufhalten.

Dafür brauche ich meine Skier.

Ich lasse vom Helm ab und schaue mich um. Den Skianzug habe ich schon an. Jetzt noch Schuhe, Skier und Handschuhe. Und zwar schnell, bevor Erin entkommt.

Zwei Dinge beruhigen mich – der Schnee ist weich, sie kann

ihre Spuren nicht verwischen. Ich werde also genau sehen, welchen Weg sie genommen hat.

Außerdem werde ich auf den Skiern schneller unterwegs sein als sie. Mein Knie schmerzt nicht mehr sehr, während sich der Zustand ihres Knöchels stetig verschlimmert hat. Ich habe ja gesehen, wie sie mit dem Kessel aus der Küche gehumpelt ist. Sie konnte den Fuß überhaupt nicht belasten. Ich bin mir ziemlich sicher, dass etwas gebrochen ist – und mit einem gebrochenen Knöchel kann sie unmöglich draufgängerisch Ski fahren. Sie muss es langsam und vorsichtig angehen und erst einmal die Hindernisse am Anfang der blauen Piste meistern. Ich kann mir vorstellen, wie es nach der Lawine dort aussieht – ein Haufen Geröll. Erin wird eine Weile brauchen, um da durchzukommen, selbst wenn es weiter unten besser wird. Ich kann sie einholen. Aber ich muss *schnell* sein.

Meine Entscheidung ist gefallen. Ich ramme die Füße in die Skischuhe, schnappe mir Skier und Stöcke vom Gestell. Meine Handschuhe stecken in einer Tasche des Overalls. Aber mein Helm – wo ist mein Helm? Er liegt nicht im Schrank, und dann wird mir klar: Erin hat ihn genommen, er steckt im Fensterrahmen fest.

Ich versuche noch einmal, ihn herauszuziehen, aber es ist zwecklos. Ich suche nach einer Alternative, begreife dann aber, dass ich kostbare Zeit verschwende. Wenn Erins Vorsprung zu groß wird, kann ich sie nicht einholen, Knöchel hin oder her.

Ich stopfe Elliots Handy in die Tasche, lege mir die Skier über die Schulter und gehe klackend durch den Flur in die Lobby. Ich öffne die Haustür und quetsche mich in die Nacht hinaus.

Es ist unglaublich kalt. So ungemütlich es im Chalet inzwischen auch sein mag, es hat uns doch ziemlich gut vor der Witterung geschützt.

Ich schätze die Außentemperatur auf minus zwanzig Grad, vielleicht noch etwas darunter. Der Himmel ist klar, und der Mond hat einen seltsamen Hof, der nur bei extremer Kälte auftritt.

Ich zittere trotz des dicken Skianzugs, lasse die Schuhe in die Bindungen einrasten, richte mich auf und suche Erins Spuren.

Da sind sie – tiefe Einkerbungen im Schnee, die sich dunkel auf dem mondbeschienenen Weiß abzeichnen.

Aber sie führen nicht hoch zu der zerstörten blauen Piste. Sondern zum Wald.

Erin

Snoop-ID: LITTLEMY
Hört: offline
Snoopscriber: 10

O Gott. Ich hatte das erste Teilstück vergessen. Ein gewaltiger Wall aus dickem, weichem Schnee, von Bäumen gesäumt, mit Felsblöcken übersät. Er verjüngt sich zu einem abschüssigen Weg, kaum breiter als ein Meter. Den ersten Schritt zu machen ist, als würde man von einer Klippe springen und darauf vertrauen, dass der Schnee einen trägt.

Mit zwei gesunden Beinen wäre das kein Problem – ich würde nicht elegant aussehen, es aber irgendwie schaffen. Ich bin früher oft genug abseits der Piste gefahren, um auf meine Technik vertrauen zu können. Ich weiß, wie ich mit dem Gleitwiderstand des Tiefschnees umgehen muss, wie ich die schwierigen Kurven zu nehmen habe, wie ich es vermeide, in Schneewehen zu stürzen, und mein Tempo halten kann.

Theoretisch weiß ich das alles. Nur bin ich seit über drei Jahren nicht mehr abseits der Piste gefahren und schon gar nicht mit einem gebrochenen Knöchel.

Das Herz schlägt mir bis zum Hals. Liz dürfte meine Spuren im Schnee entdeckt haben. Sie wird mir folgen. Ich *muss* das hier durchziehen.

Das Bein, das talwärts ausgerichtet ist, muss das meiste Gewicht tragen. Ich lasse die Skischuhe in die Bindungen einrasten und drehe mich so, dass mein gesunder Knöchel talwärts steht. Dann stoße ich mich mit einem flauen Gefühl im Magen ab.

Anfangs läuft es gut. Ich fahre seitwärts durch den frischen, lockeren Schnee. Es ist, als würde ich mit einer Daunendecke um die Beine schwimmen. Aber ich bewege mich dabei schnell auf die Bäume zu. Ich muss eine Kurve fahren – und dabei mein verletztes Bein belasten.

Ich bringe einen unbeholfenen Parallelschwung zustande, habe aber ganz vergessen, wie anstrengend es ist, durch Tiefschnee zu fahren. Er zieht an meinen Skiern, wirft mich beinahe um, doch das eigentliche Problem ist der Aufprall, als ich nach der Kurve auf dem verletzten Bein lande. Der Schmerz geht mir durch und durch, und ich fahre schnellstmöglich noch eine Kurve, um das gesunde Bein wieder talwärts auszurichten.

Aber es hat keinen Sinn – ich muss erneut in die Kurve gehen, um einem Baum auszuweichen, der unvermittelt aus der Dunkelheit auftaucht. Der andere Ski verfängt sich dabei in einer Schneewehe und verdreht mir so brutal den Knöchel, dass ich aufschreie. Der Schrei hallt als Echo von den steilen Wänden wider. Ich lande mit Wucht auf dem verletzten Fuß, wedele wie wild mit einem Skistock, um das Gleichgewicht zu halten, und dann – ich weiß nicht, was dann passiert. Ich weiß nur, dass mein Bein nachgibt und der Skistock versinkt und ich in den weichen Schnee stürze, die Arme um den Kopf schlinge, um mich zu schützen, falls ich auf einen der halb zugeschneiten Felsbrocken fallen sollte, die hier überall liegen.

Ich verliere einen Ski, die Stöcke zerren an meinen Handgelenken, ich komme halb auf die Beine, dann falle ich, Kopf voran, rutsche auf dem Hintern weiter, überschlage mich und pralle gegen einen Felsen.

Einen Augenblick lang liege ich nur keuchend da, ringe nach Luft, unterdrücke einen Schmerzensschrei. Aber ich muss mich bewegen.

Meine Wirbelsäule knirscht wie zerbrochenes Glas, als ich mich aufsetze, und mir ist schlecht vor Schmerzen, die von meinem Knöchel ausstrahlen – aber ich kann klar und deutlich sehen. Ich habe keine Gehirnerschütterung, glaube ich jedenfalls. Und als ich mich auf die Knie rapple, ist der Schmerz in meinem Bein zwar heftig, aber erträglich. Halbwegs.

Ich ziehe mich an einem Skistock auf die Füße und ruhe kurz aus, japsend, zitternd vor Schock und Schmerz. Ich zwinge mich zu langen, tiefen Atemzügen. Es funktioniert. Als ich mich einigermaßen beruhigt habe, schüttele ich mir den Schnee aus den Haaren und dem Kragen und mache wieder eine Bestandsaufnahme. Ich habe noch einen Ski am Fuß und einen Stock. Der andere lehnt an der Felswand. Ich humpele hin und packe ihn mit beiden Händen, die vom Adrenalin zittern. Okay. Das ist gut.

Wo aber ist der zweite Ski? Ich kann mit einem Stock fahren, nicht aber mit einem Ski. Wenn ich ihn nicht finde, bin ich am Ende.

Und dann sehe ich ihn. Die Spitze ragt etwa einen Meter über mir aus dem Schnee, der sich an der Felswand türmt. Ich seufze auf, schnalle meinen Ski ab und krieche an der weichen, rutschigen Seite der Rinne hoch, um den anderen herauszuziehen. Aber er steckt tief, die Bindung hat sich irgendwo verhakt, und ich fange an zu graben. Und plötzlich, wie aus dem Nichts, überkommt mich ein grauenhafter Flashback – der schlimmste seit jenen ersten schrecklichen Tagen, an denen ich jeden Morgen verschwitzt aus einem Albtraum aufgewacht bin.

Graben. Im Schnee graben. Wills Haare. Das Ende seines Skis. Sein kaltes, wächsernes Gesicht …

Plötzlich überkommt mich Übelkeit.

Ich zwinge sie hinunter.

Grabe weiter.

Der Schnee in seinen Wimpern, die erfrorene Nasenspitze …

Ich möchte schluchzen, darf es aber nicht. Ich kann es mir nicht leisten, noch mehr Lärm zu machen. Liz könnte ganz in der Nähe sein.

Die zerrissene Ecke seines Schals. Seine blauen Lippen –

Und dann habe ich den Ski. Die Bindung gibt nach, ich kann ihn herausziehen.

Ich zittere wie Espenlaub, als ich den Hang hinunterrutsche. Mir klappern die Zähne, und meine Hände flattern so, dass es mir nicht gelingt, sie durch die Schlaufen der Skistöcke zu stecken. Ich brauche sechs oder sieben Anläufe, bis die Schuhe endlich sicher in den Bindungen einrasten.

Als ich fertig bin, stehe ich da, stütze mich kraftlos auf die Stöcke, gönne meinen armen bebenden Muskeln eine Verschnaufpause. Ich bin mir nicht sicher, was mir am meisten zusetzt: der Schmerz, die Erschöpfung oder die Erinnerung daran, wie Will und Alex gestorben sind. Vielleicht auch alles zusammen. Aber ich darf mich nicht ausruhen. Ich *darf* nicht.

Ich höre ein Geräusch am Hang über mir. Es könnte ein Murmeltier sein oder herunterrieselnder Schnee, aber ich kann kein Risiko eingehen.

Also stoße ich mich mit den Stöcken ab und fahre vorsichtig in die Klamm hinein.

Liz

Snoop-ID: ANON101
Hört: offline
Snoopscriber: 1

Habe ich einen Fehler gemacht? Erins Spuren enden jäh an einer Kante, hinter der es steil in eine tiefe Rinne geht. Die Schlucht liegt im Schatten, ich kann nicht bis auf den Grund sehen. Dort unten kann alles Mögliche lauern – schartige Felsen, ein Bergbach, ein tiefer Abgrund …

Doch als ich genauer hinschaue, erkenne ich Spuren im Schnee. Etwas – oder jemand – war dort unten. Wer außer einer Bergziege könnte einen solchen Abhang bewältigen? Doch dann gewöhnen sich meine Augen an die Schatten, und ich entdecke zwei tiefe Furchen im Schnee, die aussehen, als hätte sich jemand auf seinen Skiern zurückgelehnt, um vor der nächsten Kurve Atem zu holen.

Ich stehe zögernd da und überlege, was ich tun soll. Erin kann unmöglich mit einem gebrochenen Knöchel dort hinuntergefahren sein. Das wirkt auch auf jemanden, der Erfahrung abseits der Piste hat, selbstmörderisch.

Aber die Spuren führen zweifellos hierher. Und enden hier. Ist sie vielleicht hinuntergeklettert? Nein. Wer immer dort unten war, trug Skier. Ist sie hinuntergefallen? Falls ja, könnte dies die Lösung meiner Probleme sein.

Oder ist es irgendein ausgeklügelter Trick?

Ich schaue mich um, kann aber keine Anzeichen für eine Täuschung entdecken. Es gibt nur zwei Spuren, die zu dieser

Felskante führen, Erins und meine eigenen, und keine führt von hier weg. Außerdem hätte sie gar nicht genügend Zeit gehabt, um einen auf Sherlock Holmes zu machen. Wäre sie in ihren Abdrücken zurückgegangen, um eine falsche Spur zu legen, hätte sie mir entgegenkommen müssen.

Auf dieser Route muss man nach Saint-Antoine gelangen können. Und irgendwie hat Erin es geschafft, da hinunterzuklettern.

Nun ja, was sie kann, kann ich auch.

Aber ganz bestimmt nicht auf Skiern. Es ist mir egal, ob Erin es gemacht hat – ich habe nicht genügend Erfahrung, um mich in einem derart steilen Gelände zu bewegen. Ich löse die Bindungen, nehme die Skier in eine Hand, setze mich auf die Kante und lasse mich vorsichtig in den weichen Schnee hinunter, um den Steilhang zu Fuß zu bewältigen.

Ich erkenne sofort, dass es ein Fehler war. Ohne die Skier, auf denen sich mein Gewicht verteilt, sinke ich tiefer und tiefer in die Verwehung. Ich kämpfe mich hoch, taste nach einem Halt, stütze mich auf die Skier, doch noch während ich mich abmühe, verrutscht der Schnee unter meinen Füßen. Er gibt unvermittelt nach, und wir schlittern in furchterregendem Tempo den Hang hinunter – ich, meine Skier und die rutschigen Schneemassen. Zunächst kann ich mich aufrecht halten und sehen, wohin die Reise geht, mich von den Bäumen fernhalten, die Talfahrt bremsen – bis mein Schuh an einem Felsen hängenbleibt. Jetzt kann ich nicht mehr stoppen. Der Schnee drückt von hinten. Ich stürze kopfüber. Meine Skier werden weggerissen. Ich falle – falle in einem furchterregenden, weißen Wirbel aus Schnee und Steinen und Skiern.

Ich halte die Arme über meinen Kopf. Etwas trifft meine Wange, meine Schulter prallt gegen etwas Hartes. Ich glaube, ich schreie. Ich glaube, ich muss sterben. So will ich nicht sterben.

Dann trifft mich ein mächtiger dumpfer Schlag, und ich liege reglos da.

Ich liege auf dem Rücken, mit dem Kopf nach unten, Blut läuft heiß über meine Wange. In meiner Schulter pulsiert es. Ich fürchte, ich habe mir das Schlüsselbein gebrochen.

Ich will mich aufsetzen, aber der Schnee unter mir ist trügerisch, und ich unterdrücke einen Schrei, als ich wieder ins Rutschen gerate. Doch ich schlittere nur einen guten Meter und bleibe dann keuchend und schluchzend vor Angst liegen. Dann merke ich, dass ich fast am Fuß des Abhangs bin. Unter mir verläuft ein Weg. Einer meiner Skier liegt quer darauf.

Langsam und unter Schmerzen drehe ich mich, sodass meine Schuhe abwärts zeigen, und rutsche das letzte Stück hinunter. Dann bin ich unten und weine fast vor Erleichterung.

Der ganze Körper tut mir weh. Ich schmecke Blut. Aber ich bin unten. Und nun, da ich den verschatteten Grund der Klamm erreicht habe, erkenne ich, dass ich recht hatte. Die Erkenntnis löst eine leise Erregung in mir aus, die mich von der pochenden Schulter ablenkt.

Denn ich sehe Spuren von Skiern, die talwärts Richtung Saint-Antoine führen. Zwei parallele Furchen tief im Schnee, gesäumt von Löchern, wo sich die Skistöcke hineingebohrt haben.

Erin war tatsächlich hier. Und wenn ich mich beeile, hole ich sie ein.

Erin

Snoop-ID: LITTLEMY
Hört: offline
Snoopscriber: 10

Es ist schwerer, als ich mir jemals hätte träumen lassen. Damals sind wir die Strecke am Tag gefahren – die Sonne glitzerte auf den bereiften Bäumen und wurde vom Schnee unter unseren Füßen reflektiert. Ich weiß noch, wie ich ausgelassen lachend rasche Schwünge gefahren bin, wie ich über halb verschneite Felsblöcke gesprungen und Buckeln ausgewichen bin.

Von alldem ist jetzt nichts zu sehen. Aus der Dunkelheit tauchen unvermittelt Hinterhalte auf – Zweige, die mir ins Gesicht peitschen, schartige Felsen, die unvermittelt vor mir aufragen, sodass ich mit kaum erträglicher Wucht ausweichen muss. Mein Knöchel kreischt bei jeder Bewegung vor Schmerz auf.

Es hat jedoch auch sein Gutes, dass die Rinne tief verschneit ist. Der Neuschnee verlangsamt die Fahrt. Das ist mühsam, und ich habe ja keine Spuren, an denen ich mich orientieren kann, muss aber auch nicht ständig abbremsen. Als ich die Strecke zuletzt gefahren bin, war der Schnee hart von den Skifahrern vor mir. Ich konnte sehen, wo sie Schwünge gefahren waren oder sich verrechnet hatten und gegen einen Baum geprallt oder in einer Schneewehe gelandet waren. Dadurch wurde die Fahrt aber auch schnell und wild, und da die Strecke viel zu schmal ist, um richtige Schwünge zu fahren, musste ich mich vor allem darauf konzentrieren, auf ein sicheres Tempo runterzubremsen.

Das erübrigt sich in diesem Tiefschnee, dafür habe ich ein

anderes großes Problem. Liz kann sich an meinen Spuren orientieren. Mehr noch, sie wird in meinen Spuren fahren, und dort ist der Schnee schon platt gedrückt. Das macht sie deutlich schneller.

Ich muss an Tempo zulegen. Allerdings könnte das tödlich enden.

Ich stoße mich mit den Stöcken ab, fahre um eine enge Biegung, wobei mein Knöchel schmerzhaft protestiert, rumple über einen verschneiten Eisbuckel. Der heftige Schmerz, der durch mein Bein schießt, lässt mich aufschreien, und ich schwanke und falle, pralle gegen die Felswand. Ein paar Minuten lang liege ich keuchend da, während mir Tränen heiß übers Gesicht laufen. Ich kann gar nicht fassen, wie weh es tut. Ich wage nicht, den Skischuh zu öffnen und nachzusehen, spüre aber meinen Puls im ganzen Bein. Keine Ahnung, ob ich nach dieser Fahrt je wieder auf Skiern stehen kann. Ob ich je wieder *gehen* kann.

Aber Liz hat drei Menschen getötet. Ich *muss* weiter.

Ich hole tief Luft und will mich am Skistock hochziehen, doch es geht nicht. Meine Muskeln zittern so sehr, dass es mir nicht gelingt – ich schaffe es nicht, mich zu zwingen, mein Bein aufs Neue zu belasten. Allein bei dem Gedanken erbebt mein ganzer Körper.

Dann höre ich etwas weiter oben in der Klamm. Einen Schrei, als hätte jemand einen Zweig ins Gesicht bekommen, gefolgt vom rauen Kratzen, mit denen Skier im Schneepflug bremsen.

Liz kommt. Und sie ist schon sehr nah.

Ich muss es schaffen. Ich muss es unbedingt schaffen.

Ich bohre meinen Stock in den Schnee und stemme mich schwitzend und zitternd hoch.

Und dann fahre ich weiter.

Liz

Snoop-ID: ANON101
Hört: offline
Snoopscriber: 1

Wo. Ist. Sie.

Wo. *Ist*. Sie.

Diese Worte gehen mir nicht aus dem Kopf, während ich meine Schwünge fahre und verbissen Erins Spuren folge. Sie kann mir nicht weit voraus sein, und ihr Knöchel ist weitaus schlimmer verletzt als meine Schulter. Ich hätte sie längst einholen müssen. Habe ich aber nicht. Und das ist … nicht direkt besorgniserregend. Noch nicht. Aber es frustriert mich.

Die Frustration rührt auch daher, dass es so extrem schwierig ist, durch diese Rinne zu fahren. Selbst nachdem sich meine Augen an das Halbdunkel gewöhnt haben, sehe ich kaum mehr als Erins Spuren. Mir bleibt nichts anderes übrig, als ihnen möglichst zügig zu folgen. Und mir zu sagen, dass ich schaffen kann, was sie geschafft hat.

Vor mir liegt ein langer, gerader Abschnitt. Ich stoße mich mit den Stöcken ab und kauere mich nieder, um meinen Körper aerodynamischer zu machen. Ich spüre den Fahrtwind im Gesicht. Plötzlich pralle ich gegen einen kleinen Eisbuckel, der im Zwielicht nicht zu sehen war. Einen Moment lang spüre ich Luft unter meinen Skiern, dann komme ich mit Wucht wieder auf, mit dem ganzen Gewicht auf meinem verletzten Knie. Mir bleibt die Luft weg. Ich sollte langsamer fahren, mein Gleichgewicht wiederfinden, doch dann taucht wie aus dem Nichts ein Zweig auf und peitscht mir ins Gesicht, sodass ich aufschreie.

Ich gehe instinktiv in den Schneepflug und komme mit hämmerndem Herzen zum Stehen.

Das war knapp. Ohne die Brille könnte ich jetzt blind sein. Der Schnitt an meiner Wange hat sich wieder geöffnet und ich spüre, wie das Blut heiß zum Kinn hinunterrinnt.

Aber ich kann es mir nicht leisten, hier herumzustehen. Ich muss einfach vorsichtiger sein. Ich stoße mich wieder ab, spähe in die Dunkelheit. Ich muss sie einholen. Unbedingt.

Dann, nur hundert Meter weiter, höre ich es – das Zischen von Skiern auf Schnee. Jemand fährt vor mir in eine enge Kurve, wirbelt dabei mit den Hinterenden der Skier den Schnee auf.

Mein Puls beschleunigt sich, und ich lege noch einmal einen Zahn zu.

Erin

Snoop-ID: LITTLEMY
Hört: offline
Snoopscriber: 10

Am Grund der Rinne ist es sehr dunkel. Die Felswände ragen so steil hoch, dass kein Mondlicht bis hierhin vordringt. Großgewachsene Kiefern lehnen sich über die Schlucht, ihre Kronen versperren die Sicht in den Himmel. Aber ich wage es nicht, langsamer zu werden.

Jetzt kommt der Teil der Strecke, den ich am besten kenne, das Dorf ist nicht mehr fern. Ich habe es fast geschafft. Hier kommt die langgestreckte Biegung, in der der Schwung einen an der Felswand hochträgt, zwischen zwei windschiefen Bäumchen hindurch. Ich schieße hinauf, kämpfe gegen den stechenden Schmerz in meinem Knöchel und mein heftig klopfendes Herz, das nicht weiß, wohin mit dem ganzen Adrenalin.

Ein Schwung nach rechts.

Und dann – *o Gott.*

Ich bin fast da, bevor es mir einfällt. Eine nackte Felswand, eine halsbrecherische Linkskurve, und das an einer so engen Stelle, dass man nur mit allergrößter Mühe bremsen kann.

Sie taucht schwarz aus der Dunkelheit auf, und ich werfe mich verzweifelt zur Seite, meine Skier wirbeln einen glitzernden, zischenden Nebel aus Schneekristallen empor. Ein Ski verfängt sich an einem Felsen, beinahe stürze ich. Mein Knöchel brennt vor Schmerz, aber ich kann meinen verzweifelten Bremsversuch unmöglich stoppen – wenn ich in diesem Tempo ohne Helm aus der Kurve getragen werde, lande ich nicht nur kopfüber im Schnee. Dann bin ich tot.

Ich wende, meine Skier stehen im schrägen Aufwärtswinkel zum Hang – und die Biegung liegt hinter mir. Dann aber pralle ich gegen eine Baumwurzel, mein Bein knickt weg, und ich stürze in einem Wirbel aus Skiern und Schnee zu Boden.

Ich muss aufstehen. Liz ist schon ganz in der Nähe. Ich höre ihre Skier zischen, das Geräusch wird lauter, verstärkt durch die Wände der Schlucht. Ich *muss* aufstehen. Doch ich kann mich nicht hochstemmen, mein Knöchel trägt mich einfach nicht mehr. Meine Knie werden weich. Ich mühe mich verzweifelt ab, schluchze, kümmere mich nicht mehr um die Laute, die ich von mir gebe, und breche schließlich weinend und fluchend im Schnee zusammen.

Sie kommt näher, und sie kommt schnell. Gleich ist sie hier.

Liz

Snoop-ID: ANON101
Hört: offline
Snoopscriber: 1

Ich bin jetzt dicht hinter Erin – und da höre ich es. Einen Aufschrei, klappernde Skier. Ja! Sie ist gestürzt!

Triumph durchflutet mich, treibt mich voran. Alles wird gut. Gleich habe ich sie eingeholt! Ich denke nicht darüber nach, was dann passieren wird. Dafür ist immer noch Zeit.

Ich ducke mich. Spüre den Fahrtwind im Gesicht. Richtig so. Ich kann es schaffen.

Ich holpere über einen Buckel und spüre die gleiche Hochstimmung wie damals auf der schwarzen Piste, nur ist das hier noch besser. Ich laufe rein instinktiv, wie ein Vogel, der im Windschatten dahingleitet, wedele geschickt und mühelos. Es ist fast –

Und dann passiert es.

Eine Felswand taucht aus der Finsternis auf, nur wenige Meter vor mir.

Ich glaube, ich schreie, bin mir nicht sicher – irgendjemand schreit.

Ich versuche verzweifelt, in den Schneepflug zu gehen – doch der Weg ist zu schmal, und ich werde nicht langsamer, nicht langsamer, ich –

Erin

Snoop-ID: LITTLEMY
Hört: offline
Snoopscriber: 10

Der Aufprall klingt anders als alles, was ich je gehört habe.

Skier und Knochen brechen, Fleisch trifft auf nackten Fels.

Es klingt schlaff und nachgiebig und zugleich steinhart.

Hatte sie einen Helm auf? *Hatte sie einen Helm auf?*

Dann Stille. Völlige Stille.

»Liz?«, rufe ich mit unsicherer Stimme, bekomme aber keine Antwort, nicht einmal ein Wimmern.

Ich will aufstehen, aber es geht nicht. Der Schmerz tobt durch mein Bein, und mein Knöchel knickt weg.

Ich kauere im Schnee und versuche, mich nicht vor Schmerz zu übergeben.

Ich sollte sie dort liegen lassen, aber das kann ich nicht.

Mir fällt ein, was Danny gesagt hat, bevor er aufgebrochen ist. *Ich kenne dich doch … Mach hier nicht auf Mutter Teresa. Du musst in erster Linie an dich denken.*

Ich weiß, dass er recht hat. Aber ich kann es trotzdem nicht. Ich kann sie nicht einfach hier sterben lassen, wie Alex, wie Will, allein im Schnee.

Ich lege die Stöcke hin. Löse die Skischuhe aus den Bindungen und krieche auf allen vieren zurück durch die Rinne, zur Biegung.

Liz

Snoop-ID: ANON101
Hört: offline
Snoopscriber: 1

Erin

Snoop-ID: LITTLEMY
Hört: offline
Snoopscriber: 10

Als ich dort ankomme, ist es ganz still.

Liz liegt am Fuß der Felswand auf der Seite, ein zerknautschtes Häufchen in Rot, Weiß und Blau. Blau ist ihr Overall, weiß ist der Schnee, und rot … das Rot ist einfach überall.

Die Blutung ist zum Stillstand gekommen, muss aber sehr heftig gewesen sein. Während ich die wenigen Meter zu ihr hingekrochen bin, ist Liz gestorben. Zwischen ihren Lippen dringt kein Atem mehr hervor. Als ich die Finger an ihren Hals lege, ist die Haut warm und glitschig vom Blut, aber ich spüre keinen Puls, nicht einmal ein schwaches Flackern.

Einen Moment lang will ich das Unmögliche versuchen: Herzdruckmassage, Mund-zu-Mund-Beatmung … Aber als ich sie behutsam auf den Rücken drehe, zucke ich zurück, und das Grauen schnürt mir die Kehle zu. Die linke Seite ihres Schädels ist eingedrückt wie eine Eierschale, der Schnee mit Gehirnmasse bespritzt.

Eine Welle aus Schwäche, Ekel und Übelkeit schlägt über mir zusammen. Ich kauere mich auf den Boden und wiege mich hin und her, umschlinge meine Knie, ein gellendes Geräusch in den Ohren, das mein eigenes Schluchzen sein muss, sich aber völlig fremd anhört.

Ich weiß nicht, wie viel Zeit vergangen ist. Ich weiß nur, dass mich zwei Dinge aus diesem Zustand reißen.

Erstens, die Sonne geht auf. Die Schlucht ist zu tief, als dass die Strahlen bis hier unten vordringen könnten, aber am Himmel zeigen sich erste blassrosa Streifen.

Und zweitens … zweitens höre ich ein Summen.

Einen Moment lang kann ich es nicht einordnen. Es klingt wie ein Handy, aber ich habe keines dabei – meines liegt hoch oben in den Bergen, im Chalet Perce-Neige, mit einem Akku, der so kalt und tot ist wie die Menschen, die Liz getötet hat.

Das Summen verstummt und setzt erneut ein – und diesmal begreife ich. Es kommt aus Liz' Hosentasche.

Ihr Overall ist blutdurchtränkt, aber ich weiß, dass ich das jetzt tun muss. Ich strecke einen Arm aus, er ist steif vor Kälte, und berühre ihre Hüfte. Ich öffne den Reißverschluss mit tauben, ungeschickten Fingern, und dann schlittert etwas in den Schnee, leuchtend wie ein Juwel. Das Geräusch treibt mir die Tränen in die Augen.

Es ist Elliots Handy.

Es klingelt.

Und der Anrufer ist Danny.

Erin

Snoop-ID: LITTLEMY
Hört: The Pixies / *Where Is My Mind*
Snooper: 8
Snoopscriber: 151

Ich weiß nicht, wie lange ich dort gelegen habe, Seite an Seite mit Liz in einer matschigen Pfütze aus schnell gefrierendem Blut. Ich weiß nur, dass ich völlig unterkühlt war, als die Rettungsmannschaft sich endlich mit der Trage durch die Schlucht gearbeitet hatte, und dass ich ihre Fragen nicht beantworten konnte.

Es war Dannys Stimme in meinem Ohr, die mir in diesen langen Stunden Mut zusprach. Er redete und redete und sagte mir, dass sie unterwegs seien, beschwor mich, durchzuhalten und nicht aufzugeben. Doch als die Rettungsmannschaft endlich eintraf und mir das Handy aus dem gefrorenen, mit blutigem Eis überzogenen Handschuh nahm, konnte er ihnen auch nicht erklären, was passiert war.

Erst zwei Tage später war ich endlich in der Lage, ihnen alles zu erzählen – warum das Chalet verlassen war, was die rätselhaften SMS bedeuteten und weshalb ich mich Hals über Kopf in die trügerische Klamm gestürzt hatte. Aber selbst ich konnte nicht alles erklären. Denn wie erklärt man einen Menschen wie Liz?

Etwas zu erklären, bedeutet ja, einen Beweggrund zu erkennen, ein Verhalten sinnvoll zu deuten, es in gewisser Weise zu rechtfertigen.

Und ich kann und will nicht rechtfertigen, was Liz getan hat.

Nach einigen Tagen werde ich aus dem Krankenhaus entlassen, kann aber nicht nach Hause. Zum einen, weil ich es nicht möchte – ich bin zweiundzwanzig. Ich will nicht zurück in mein Kinderzimmer mit den Fotos und Postern längst vergessener Bands, wo Will und Alex ständig knapp außerhalb meines Blickwinkels herumgeistern.

Zum anderen aber, weil ich es buchstäblich nicht kann. Die Polizei hat die Spurensicherung am Tatort, zu dem Perce-Neige geworden ist, noch nicht beendet und alle Betroffenen gebeten, in der Gegend zu bleiben, zumindest bis die vorläufigen Ermittlungen abgeschlossen sind. Verdächtigt werden wir offenbar nicht, weshalb wir theoretisch nach Großbritannien zurückkehren könnten, ohne juristisch belangt zu werden. Aber wir wissen, dass es sich nicht gut machen würde, wenn wir die Ermittlungen behinderten.

Ich kann natürlich nicht ins Chalet zurück, solange dort noch die Spurensicherung läuft, und bin daher erleichtert, als die Polizei mir anbietet, mich in einem Hotel in Saint-Antoine-le-Lac unterzubringen. Erst als ich dort eintreffe, eine Plastiktüte mit einigen persönlichen Sachen in der Hand, wird mir klar, was das bedeutet.

Denn man hat *alle* dort untergebracht. Topher. Rik. Miranda. Carl. Tiger. Sogar Inigo.

Als ich an die Rezeption trete, treffe ich tatsächlich als Erstes auf Inigo, und mir bleibt der Mund offen stehen.

»Inigo!«

Er versucht gerade, mit der französischsprachigen Empfangsdame über den Internetzugang zu diskutieren, und dreht sich um. Als er mich sieht, läuft er tiefrot an, beinah violett, was ihm nicht gerade schmeichelt. Sein außergewöhnlich gutes

Aussehen ist so beeinträchtigt, dass er beinahe aussieht wie ein Normalsterblicher.

»Ähm, *excusez-moi*, bitte«, sagt er unbeholfen zu der Empfangsdame. »*Un moment. Je* – ich meine – ich muss – Gott, Erin, du musst ja – komm, ich nehme deine Tasche.«

Er deutet auf meine Krücke, meinen Knöchel in der Orthese, und greift nach der Plastiktüte, die ich in der anderen Hand halte.

»Schon gut«, sage ich lachend, obwohl die Situation nicht komisch ist. »Meinem Knöchel geht es gut. Ich meine – nicht wirklich gut, er ist gebrochen, aber mit dem Ding hier kann ich wieder laufen.«

»Trotzdem«, sagt er unglücklich. Er führt mich zu einer Samtcouch im Siebziger-Jahre-Stil, die in der Ecke des Empfangsbereichs steht, und wir setzen uns und schauen uns an wie verlegene Talkshowgäste. Erst jetzt bemerke ich, dass er ein chirurgisches Pflaster an der Stirn und zwei blaue Augen hat. Ist er in eine Schlägerei geraten? »Erin, du musst gedacht haben – du musst denken – ich meine, Gott, ich war so ein Idiot. Es tut mir leid. Es tut mir so schrecklich leid.«

»Was tut dir leid?«, frage ich verblüfft.

»Dass ich einfach abgehauen bin und euch zurückgelassen habe! Ich hatte keine Ahnung, dass Liz – dass sie –«

»Inigo, das war doch nicht deine Schuld!«

»Und ob. Ich meine, nicht Liz – aber wenn ich mich am Telefon nicht so dämlich angestellt hätte, könnte Ani noch, sie könnte noch –«

Er hält inne, und ich begreife, dass er den Tränen nah ist und verzweifelt versucht, sich zu beherrschen. Ich habe keine Ahnung, wovon er redet. Was war denn mit dem Telefonat? Warum ist er weggelaufen?

»Inigo, ich habe keine Ahnung, wovon du sprichst«, sage ich behutsam. »Was ist passiert? Hast du den Anruf doch nur vorgetäuscht? Warum?«

»Was?« Jetzt wirkt er verblüfft. »Nein! Gott, nein! Wie kannst du so was denken?«

»Warum bist du denn dann weggelaufen?«

»Das habe ich euch doch gesagt! Ich habe eine Nachricht hinterlassen – weil ich einen so dummen Fehler begangen hatte.«

Ich unterdrücke einen gereizten Seufzer und frage mich nicht zum ersten Mal, ob Inigo überhaupt als persönlicher Assistent zu gebrauchen ist. Wie hat Topher das nur ausgehalten?

»Ja, aber du hast nicht geschrieben, was für ein Fehler das war«, sage ich. »Wir haben alle gedacht –« Und dann halte ich inne. Inigo errötet wieder, noch stärker als eben, fasst sich aber.

»Ich weiß. Ihr habt alle gedacht, dass ich es war. Dass ich deswegen wegmusste – um es wiedergutzumachen. Der Fehler – Gott, ich war so dämlich. Ich habe der Polizei gesagt, wir wären im Chalet Blanche-Neige.«

Einen Moment lang begreife ich nicht, was er meint. Dann steht mir plötzlich die Szene wieder vor Augen, ich höre Inigo mit der Polizei telefonieren. *»Ja ... okay ... Chalet Blanche-Neige.«*

Blanche-Neige – Schneewittchen. Perce-Neige – Schneeglöckchen. Ein Fehler, der einem durchaus unterlaufen kann, wenn man nicht Französisch spricht. Aber ein Fehler, der für Ani tödlich ausgegangen ist. Oh, Inigo, du Idiot.

»Ich kenne das Chalet Blanche-Neige«, sage ich langsam. »Es ist etwa fünfzehn Kilometer entfernt, auf der anderen Seite des Tals. Darum ist die Polizei nicht gekommen. Du hast ihnen den falschen Ort genannt.«

Inigo nickt niedergeschlagen.

»Es war so ein scheißdämlicher Fehler. Am nächsten Tag wurde mir klar, was ich angerichtet hatte. Ich habe immer wieder versucht, die Polizei zu erreichen, bekam aber keine Verbindung«, sagt er geknickt. »Da wusste ich, dass ich in den Ort runterfahren musste, um der Polizei persönlich mitzuteilen, was passiert war und wo wir uns befanden. Also bin ich los. Ich weiß, dass es blöd war, aber ich habe mich so geschämt und wollte es wiedergutmachen. Hätte ich es euch gesagt, hätte jemand mitkommen wollen. Und ich wollte niemanden in Gefahr bringen, nur weil ich einen Fehler gemacht habe. Aber stattdessen –« Er schluckt, und Tränen treten in seine Augen. Ich weiß, dass er genau wie ich an Elliot und Ani denkt, die beide noch leben könnten, wenn die Polizei an jenem Nachmittag ins Chalet gekommen wäre. »Stattdessen habe ich mich verirrt, bin gegen einen Baum gefahren und im Krankenhaus aufgewacht.« Er berührt das Pflaster an seiner Stirn. Jetzt bemerke ich auch die raue Haut an Wangen und Fingern, die Kälteschäden an seinen Ohren. »Hätte ich nur nicht –« Ihm versagt die Stimme. »Hätte ich nur nicht –«

»Inigo, du konntest das nicht wissen«, sage ich sanft. »Es war ein Versehen – einfach ein schrecklicher Fehler.« Genau das haben mir die Leute auch gesagt, monate- und jahrelang. Dass ich nicht wissen konnte, was passieren würde, als ich vorgeschlagen hatte, abseits der Piste zu fahren. Dass es nicht meine Schuld gewesen sei. Dass es ein Fehler gewesen sei – einfach ein schrecklicher Fehler.

Dieser Zuspruch war mir immer nichtssagend vorgekommen. Nun aber erscheint es mir plötzlich lebenswichtig, dass Inigo es glaubt.

»Es ist *nicht deine Schuld*«, sage ich so eindringlich wie möglich. Ich berühre seine Hand, spüre die rauen, mit Blasen übersäten Finger. Inigo zuckt zusammen, aber dann schaut er mich an und lächelt schwach. Ich weiß nicht, ob er mir glaubt. Vielleicht. Vielleicht auch nicht.

Ani und Elliot könnten noch am Leben sein, wenn Inigo den richtigen Namen genannt hätte. Aber das hat er nicht.

Vielleicht wird er lernen, mit dem zu leben, was geschehen ist.

Wie ich es getan habe.

Wie ich es immer noch tue.

Erin

Snoop-ID: LITTLEMY
Hört: offline
Snoopscriber: 160

Ich sehe die anderen erst beim Abendessen. Das Hotel serviert um Punkt sieben eine deftige, nicht gerade vegetarierfreundliche Mahlzeit. Es gibt keine Reservierungen, man kann weder die Uhrzeit noch das Essen wählen. Es ist wie zu Hause – man kommt runter, wenn das Essen fertig ist, und isst das Tagesgericht oder eben gar nichts. Ziemlich entspannt.

Ich habe es mir im Bett gemütlich gemacht und bin eingedöst, als die Glocke ertönt. Ich erhebe mich unter Schmerzen, die letzten Tage sitzen mir in den Knochen, und reibe mir die Wange, wo sich die Falten des Kopfkissens eingedrückt haben.

Ich humpele zur Treppe, als eine Tür aufgeht und ein anderer Gast mich beinahe umrennt. Mir fällt die Krücke aus der Hand, und ich bücke mich, um sie aufzuheben, wobei mein Knöchel schmerzhaft protestiert. Ich will gerade eine gereizte Bemerkung machen, als ich dem Gast ins Gesicht sehe. Er steht stocksteif da und starrt mich an.

Es ist Danny.

»Danny!«

Ich will ihn umarmen, aber er steht nur da und reagiert nicht. Dann plötzlich schmilzt er wie Eis, umschlingt und drückt mich, zuerst sanft, dann fester, dann zermalmt er mich förmlich, als wollte er sich vergewissern, dass ich wirklich hier bin und aus Fleisch und Blut.

»Ich habe ihr keine Sekunde geglaubt«, sagt er schließlich, und seine tiefe Stimme durchdringt mich förmlich, weil mein Gesicht gegen seine Brust gepresst ist. »Ich habe ihr keine Sekunde geglaubt. Diese SMS – ich wusste sofort, dass etwas nicht stimmt. Ich bin gleich losmarschiert – so schnell bin ich in meinem ganzen Leben noch nicht gelaufen –, aber du warst weg. Ich dachte, du wärst tot. Ich dachte – ich dachte –«

Er kann den Satz nicht beenden, schluckt nur, drückt sein Gesicht in meine Haare, und ich spüre seine Tränen auf dem Scheitel.

»Ich hätte dich nie mit ihr allein lassen dürfen, Scheiße noch mal!«, sagt er und drückt mich noch fester. »Ich wusste, dass ich dich nicht hätte allein lassen dürfen. Ich habe doch gesagt, du sollst keine Dummheiten machen. Und was passiert? Du fährst mit einem gebrochenen Knöchel über Stock und Stein. Du bist doch nicht Jason Bourne, Herrgott noch mal.«

Ich schüttele den Kopf und halte Danny ganz fest, vergrabe das Gesicht an seiner Schulter, um mein Schluchzen zu verbergen. Ich liebe ihn – ich liebe seine Versuche, die Stimmung aufzuheitern und selbst darüber zu scherzen, aber ich kann nicht mal so tun, als würde ich lachen. Ich kann ihn nur festhalten und weinen und weinen und weinen. Um alles.

»Verflucht noch mal«, sagt er. Seine Stimme klingt rau und weich zugleich, er wiegt mich hin und her, hin und her. »Alles ist gut, Erin. Alles ist gut, Liebes.«

Ich möchte ihm so gern glauben. Aber ich bin mir nicht sicher, ob er recht hat.

»Du siehst beschissen aus«, sagt er schließlich und tritt zurück, um mich zu mustern. Ich glaube, er will mich zum Lachen bringen, und ich würde es ja auch gern. *Du hättest mal die andere sehen sollen*, liegt mir auf der Zunge, aber Liz ist tot, und es kommt mir nicht lustig vor. Also zucke ich nur mit den Schultern, und Danny fletscht geradezu die Zähne.

»Die verfluchte Schlampe.«

»Sag das nicht. Sag das nicht – du weißt nicht, was sie –«

Aber dann ruft uns die Glocke ein weiteres Mal zum Essen, und Danny verdreht die Augen.

»Wir gehen besser runter. Bist du bereit?«

»Nicht so richtig. Und du?«

»Mir geht's gut, Schätzchen. Du bist diejenige, die das Überlebenstraining absolviert hat.«

Ich lache, aber meine Nerven sind immer noch zum Zerreißen gespannt, als ich langsam und unbeholfen die schmale Treppe hinuntersteige, unter einem Arm die Krücke, die andere Hand am wackligen Geländer.

Als ich den Speisesaal betrete, sind schon alle da, das heißt: alle, die überlebt haben. Topher, Tiger, Rik, Inigo, Miranda und Carl sitzen an einem großen Esstisch. Als sie mich bemerken, scheinen sie alle zugleich tief durchzuatmen. Dann durchbricht Topher zu meiner Überraschung die Stille mit einem langsamen Klatschen, in das zuerst Inigo und dann die anderen einfallen.

»Teufel noch mal«, sagt Carl und springt auf, um mir mit Krücke und Stuhl zu helfen. »Du siehst noch schlimmer aus als Inigo, und das will was heißen.«

Ich setze mich neben Tiger. Sie legt den Arm um mich, als Carl meinen Stuhl heranschiebt, hält mich in einer herzlichen, einseitigen Umarmung.

»Erin, geht es dir gut? Es muss furchtbar gewesen sein. Es tut mir so leid – wir hätten dich niemals allein lassen dürfen.«

»Schon gut«, stoße ich hervor. Mir kommen die Tränen. Ich weiß nicht, was ich sagen soll. Mein Knöchel pocht schmerzhaft in der Orthese, und ich spüre ihre Blicke. Es ist eine willkommene Ablenkung, als Danny den Stuhl neben mir zurückzieht und sich seufzend darauf fallen lässt.

»Es riecht schon wieder nach verdammtem Cassoulet«, sagt er düster. »Das war letztes Mal schon ekelhaft genug.« Irgendwie bricht seine Gereiztheit das Eis, und Inigo bringt sogar ein müdes Grinsen zustande.

»Bisschen lauter, Kumpel«, sagt Carl, als die junge Kellnerin vorsichtig drei Teller mit einem sämigen, farblosen Eintopf hereinträgt. Sie atmet schwer vor lauter Konzentration, als sie mit dem Tablett die Tischecke umschifft. »Wir wollen doch sicher sein, dass sie in den richtigen Teller spuckt.«

»Wenn es so was ist wie gestern, macht Spucke es nur besser«, murmelt Rik.

»Pst«, zischt Miranda streng. Rik grinst und reibt ihr mit einer zwanglosen Vertrautheit den Nacken. Wie es auch immer um ihre jeweilige private Situation bestellt sein mag, sie werden ganz sicher nicht als Kollegen nach England zurückkehren. Zwischen ihnen hat sich unwiderruflich etwas verändert, und Rik wirkt stärker und entschlossener als bei seiner Ankunft.

Topher hingegen ist nur noch eine blasse, kraftlose Version des charismatischen Mannes, der aus der Standseilbahn gestiegen ist. Irgendwie überrascht es mich nicht – er hat seine Mitgründerin und seinen besten Freund verloren, ein entsetzlich hoher Preis, um die Kontrolle über die eigene Firma zu behalten. Er wirkt gealtert, sein strahlendes Selbstvertrauen hat Kratzer bekommen. Aber er sitzt wie gehabt am Kopf der Tafel, und als der Eintopf serviert ist, klopft er mit der Gabel an sein Glas und räuspert sich, während wir ihn erwartungsvoll anschauen.

»Ähm … es wird nicht lange dauern«, sagt er, hält dann inne und reibt sich die Stirn, als hätte er den Faden verloren. »Aber ich – nun ja, es gibt zwei Neuigkeiten. Und ihr verdient es, sie umgehend zu erfahren.«

Er trinkt einen großen Schluck Rotwein, verzieht das Gesicht und wischt sich den Mund ab. Es ist wohl nicht die Qualität, die er gewohnt ist.

»Die erste ist, und es fällt mir nicht leicht, das auszusprechen.« Er schluckt schwer. »Das Übernahmeangebot wurde zurückgezogen.«

Gemurmel erhebt sich, es klingt schockiert und besorgt, aber keineswegs überrascht. Rik und Miranda tauschen einen Blick.

»Was bedeutet das für die Bewertung der Firma, wenn du mit Snoop an die Börse gehst?«, fragt Carl unverblümt. Topher antwortet nicht. Rik verschränkt die Arme und presst verärgert die Lippen aufeinander.

»Die Firma ist im Arsch, richtig? Du brauchst uns nichts vorzumachen, Toph. Wir sind keine Investoren, denen du Honig ums Maul schmieren musst. Das ist doch nicht weiter überraschend, oder? Ein öffentlichkeitswirksames Massaker bei einem Firmen-Event, eine Partnerin tot, vermutlich die, die den Investoren genehmer war –«

»Rik!« Tiger steht auf, ihr Stuhl quietscht über den Fliesenboden, ihr Gesicht ist verzerrt, von ihrer üblichen Gleichmut ist nichts mehr vorhanden. »Herrgott noch mal, Rik! Spielt das wirklich eine Rolle? Eva ist tot. Elliot ist tot. Ani ist *tot.*« Beim letzten Wort versagt ihr die Stimme. »Wie kannst du dich da für die Bewertung der Aktie interessieren?«

Sie hat recht, und das weiß Rik auch. Er lässt sich auf seinem Stuhl zurücksinken und zuckt kraftlos mit den Schultern.

»Es ist eine Tatsache«, erwidert er, aber es klingt nicht streitlustig, sondern vielmehr so, als wolle er seine Taktlosigkeit zurücknehmen. »Mehr wollte ich nicht sagen.«

Und natürlich hat er recht. Es *ist* eine Tatsache und zwar eine wichtige für all jene, die ihr Geld verlieren, und für die Angestellten, die ihre Jobs verlieren werden, wenn Snoops Blase platzt. Aber auch Tiger hat recht. Es ist eben auch eine Tatsache, die angesichts der Todesfälle im Kollegenkreis vollkommen verblasst.

»Was ist das andere?«, will Miranda wissen. Ihr Einwurf sprengt das verlegene Schweigen, das sich nach Tigers Ausbruch ausgebreitet hat. Topher scheint die Frage nicht zu verstehen. »Du hast doch gesagt, es gibt zwei Neuigkeiten«, hilft sie ihm auf die Sprünge. »Was ist da noch?«

»Oh.« Topher wirkt plötzlich, als wäre ihm übel. Er reibt sich übers Gesicht. »Ich habe Post bekommen. Eine E-Mail, meine ich. Von Arnaud.«

Arnaud? Danny sieht mich stirnrunzelnd an, und dann fällt es mir wieder ein. »Evas Mann«, flüstere ich.

»Weiß er schon alles?«, fragt Rik betreten.

Topher schüttelt den Kopf. »Die Polizei hat ihm noch keine Einzelheiten mitgeteilt, nur dass sie einen tödlichen Skiunfall hatte. Jedenfalls hat er mir eine Datei geschickt.«

»Eine Datei?« Miranda sieht verwirrt aus. Und da ist sie nicht die Einzige. »Hat das etwas mit Eva zu tun?«

»Es ist sogar ein ganzer Ordner, und der Inhalt betrifft viele Menschen. Da sind Briefe drin, Fotos, Videos. Eva hatte Arnaud gebeten, mir all das zu schicken, falls sie sterben sollte. Er hat es sich nicht angesehen, der Ordner ist passwortgeschützt. Ich bin ihn durchgegangen und … da gibt es ein Video …« Er fährt sich mit der Hand durch die blonden Haare, die nicht mehr kunstvoll zerzaust sind, sondern wild in alle Richtungen stehen. »Ich habe keine Ahnung, was ich damit anfangen soll. Eva hat mir das einfach vor die Füße gekippt, und der Rest ist schlimm genug, aber das hier – diese Sache –, das ist zu viel für mich allein.«

Er sieht … Ich komme nicht gleich drauf. Doch, er sieht verloren aus.

»Willst du, dass wir es uns auch ansehen?«, fragt Rik. »Wir alle?« Er blickt rasch zu Danny und mir herüber. Er spricht es nicht aus, aber mir ist klar, was er denkt – ob das nicht nur Snoop-Interna sind.

Doch zu meiner Überraschung nickt Topher. »Es geht alle hier im Raum an.«

Danny runzelt die Stirn, und ich weiß genau, wie er sich fühlt. Wir haben keine Ahnung, was uns erwartet. Was haben Danny und ich damit zu tun? Hat Eva irgendetwas an ihren Mann geschickt, bevor sie starb?

Topher klappt sein MacBook auf, klickt auf einen Link und gibt ein Passwort ein. Dann dreht er den Monitor so, dass alle ihn sehen können, wirft einen Blick zur Tür, um sich zu vergewissern, dass wir ungestört sind, und drückt Play.

Im ersten Moment erkenne ich kaum etwas. Das Video scheint mit einem Handy aufgenommen worden zu sein, zu nächtlicher Stunde, die Qualität ist mäßig. Es sieht wie ein Garten aus – oder nein, ein Balkon, denn dahinter sind Dächer zu erkennen. Ein Mann und eine Frau stehen da und unterhalten sich, doch während ich den Atem der filmenden Person hören kann, dringt nichts von dem Gespräch herüber. Vermutlich wurden sie von drinnen durch eine Fensterscheibe gefilmt.

Die Frau lehnt an der Wand, ihr Gesicht liegt im Schatten, aber etwas an ihrer Haltung kommt mir bekannt vor. Und sie ist offensichtlich betrunken. Sie stützt sich an der Wand ab, und als sich der Mann vorbeugt und ihr noch mehr Champagner anbietet, streckt sie unsicher ihr Glas aus.

Den Mann kenne ich nicht. Da bin ich mir sicher. Er steht mit dem Rücken zur Brüstung, ich sehe nur sein Profil. Das Gesicht sagt mir nichts. Er wirkt attraktiv und scheint es zu genießen, von oben herab mit der jungen Frau zu sprechen. Er setzt das Glas an die Lippen, leert es in einem Zug und sagt etwas zu der Frau.

Sie schüttelt den Kopf. Sie will zur Seite treten, doch der Mann versperrt ihr mit seinem Arm den Weg. Sie ist jetzt zwischen seinem Körper und der Hauswand eingeklemmt. Mein Herz schlägt schneller. Ich weiß, was gleich passieren wird. Ich kenne solche Situationen. Ich habe diese Panik selbst erlebt. Ich weiß, wie dringend sie von dort wegwill.

Dann legt er mit Bedacht die Hand auf ihre Brust.

Ich schreie innerlich, dass sie ihn vors Schienbein treten soll, in die Eier, Hauptsache *weg*.

Mir ist flau, denn ich habe begriffen, dass ich die Frau kenne und weiß, was sie gleich tun wird.

Sie windet sich, um seinem Griff zu entkommen, doch er vertritt ihr den Weg, streckt auch die andere Hand aus und beugt sich vor, so nah, dass ich nicht sehen kann, was er tut, es mir aber nur zu gut vorstellen kann. Mein Herz rast, mir wird schlecht. Warum kommt ihr die Person mit dem Handy nicht zu Hilfe?

Als der Stoß erfolgt, bin ich nicht überrascht, anders als die filmende Person und einige der Anwesenden hier im Raum, die horbar aufkeuchen.

Der Mann taumelt rückwärts, gegen die niedrige Brüstung des Balkons, schwankt. Die nächsten Sekunden laufen so schnell ab, dass ich kaum mitbekomme, was passiert.

Die Frau tritt auf ihn zu, und man könnte glauben, sie wolle ihm helfen. Aber das tut sie nicht. Sie stößt ihn noch einmal.

Und diesmal verliert er den Halt, das Glas rutscht ihm aus der Hand, er rudert mit den Armen – dann ist er weg.

Erst als sich die Frau umdreht, sehen wir ihr Gesicht.

Ein vollkommen ruhiges Gesicht.

Es ist natürlich Liz.

Erin

Snoop-ID: LITTLEMY
Hört: offline
Snoopscriber: 160

Es ist totenstill, als Topher den Laptop zuklappt und wieder wegsteckt. Carl meldet sich als Erster zu Wort.

»Scheiße, was haben wir da gerade gesehen?«

»Ich glaube …«, sagte Miranda sehr leise, aus ihrem Gesicht ist die Farbe gewichen. »Ich glaube, wir haben gesehen, wie Liz jemanden ermordet hat.«

»Darum wurde Eva umgebracht«, sagt Topher mit rauer Stimme. »Es kann nicht anders sein, oder? Liz muss gewusst haben, dass sie es wusste.«

»Aber – das ergibt doch keinen Sinn«, erwidert Miranda verwirrt. »Warum sollte Liz Eva töten, wenn sie wusste, dass es das Video gab?«

»Vermutlich hat sie es nicht gewusst«, sagt Topher. Er sieht unglaublich erschöpft aus; Falten haben sich in sein Gesicht gegraben und lassen ihn zehn Jahre älter aussehen.

»Das stimmt«, sage ich. Meine Worte fallen in die Stille wie Steine in einen Brunnen, und alle sehen mich erstaunt an.

»Du kennst die Geschichte?«, fragt Miranda, und ich nicke zögernd.

»Liz hat es mir gestanden, bevor –« Ich halte inne, bringe es nicht über mich, auszusprechen, was passiert ist, obwohl ich mit der Polizei längst alles durchgegangen bin: die endlose Nacht, die Tabletten im Wasserkessel, die albtraumhafte Jagd in der Dunkelheit, ihr grauenhafter, einsamer Tod. »Bevor ich geflohen bin«, sage ich unbeholfen.

»Sie hat kaltblütig einen Mann getötet«, sagt Carl, und seine Stimme ist ganz ausdruckslos vor Erschütterung.

»Er hat sie sexuell belästigt«, sagt Miranda steif. Ich bekomme die anschließende Diskussion nicht mit, weil mir etwas ganz anderes durch den Kopf geht.

Wer hat das gefilmt? Und warum?

Es gibt nur eine Erklärung: Es muss Eva gewesen sein. Liz zufolge war außer ihnen dreien niemand in der Wohnung. Eva muss sich in der Wohnung versteckt und durch das geschlossene Fenster gefilmt haben. Es ist die einzige sinnvolle Erklärung, und sie passt zu Liz' Beschreibung der Ereignisse: dass Eva sich entschuldigt hatte, um auf die Toilette zu gehen, und es unmittelbar danach zu diesem Vorfall gekommen war.

Aber … ich zähle eins und eins zusammen, während um mich herum die Diskussion tobt, Mirandas schrille Stimme Carls dröhnenden Bass übertönt. Warum hätte Eva es filmen sollen? Es sei denn, sie wusste oder ahnte, dass er Liz belästigen würde.

Und dann fällt mir ein, was Eva laut Liz einmal gesagt hatte. *Außerdem ist sie Norlands Typ. Er mag sie gerne jung.*

Hatte Eva Liz absichtlich dorthin gelockt, wohl wissend, dass Norland sie bedrängen würde, wohl wissend, dass Liz sich gegen ihn wehren würde und dann … was dann?

Die Puzzleteile fügen sich mit unerbittlicher Endgültigkeit zu einem Bild.

Dann besäße Eva ein Video, auf dem ein potenzieller Geschäftspartner ihre Angestellte sexuell belästigt.

Sie hätte ihn genau dort, wo sie ihn haben wollte.

Eva war eine Erpresserin gewesen – das wusste ich bereits.

Aber diese grausame, berechnende Inszenierung ist bei Weitem schlimmer als alles, was ich mir ausgemalt habe.

Sie hatte Liz wie ein Lamm zur Schlachtbank geführt. Ohne allerdings zu ahnen, dass Liz kein Lamm war.

Es ist so, wie Liz gesagt hatte: Bei Snoop hatten sie alle unterschätzt.

Nun, das war ein Fehler gewesen. Und dieser Fehler hatte Eva das Leben gekostet. Und Norland. Und jetzt auch Liz.

»Sie wusste es«, sage ich leise. Zuerst hören sie mich nicht, der Streit läuft über meinen Kopf hinweg weiter, doch dann fragt Tiger plötzlich:

»Was hast du gesagt, Erin?«

»Sie wusste es.« Als ich den Satz wiederhole, verstummen die anderen, sodass meine Worte wie kleine Bomben in die Stille hinein explodieren.

»Wer? Liz?«

»Eva. Sie wusste, dass der Typ sich an Liz heranmachen würde. Darum hat sie auch gefilmt. Sie hat es dir gesagt, Rik, erinnerst du dich? *Außerdem ist sie Norlands Typ. Er mag sie jung.*«

Rik sagt nichts, doch sein Gesichtsausdruck spricht Bände. Er erinnert sich nur zu genau. Und begreift, worauf ich hinauswill. Doch die anderen wissen davon ja nichts.

»Sie hat Liz aufgetakelt und mit in seine Wohnung genommen, wohl wissend, dass Norland sie bedrängen und Liz in Panik geraten würde. Und Eva hatte das alles auf Video.«

Carls Gesicht ist aschfahl. »Sie hat mal so was fallen lassen, als ich gefragt habe, warum sie die Investoren so gut breitschlagen kann. Sie sagte, jeder hätte einen Knopf, man müsste ihn nur finden und so fest wie möglich drücken, auch wenn sie quieken.«

»Das Video sollte auf Norlands Knopf drücken«, sage ich. »Nur ist es anders gelaufen als erwartet.«

»Und die ganze Zeit«, sagt Tiger leise. »Die ganze Zeit hatte sie Liz damit in der Hand. Was machen wir jetzt?«

»Was können wir denn machen?« Topher ist aufgestanden und fährt sich durch die Haare. »Scheiße, das ist furchtbar – diese verdammte Datei. Und es geht ja nicht nur um Liz. Sie hatte Zeug über alle möglichen Leute. Das ist eine tickende Zeitbombe.«

»Weiß Arnaud davon?«, fragt Rik. Topher schüttelt den Kopf.

»Nein, ich habe ihm nicht gesagt, was in dem Ordner ist. Falls es herauskommt, ist Snoop am Ende. Eine Firma, die darauf gegründet ist, dass sie ihre Investoren erpresst? Wir hätten Evas Tod überstehen können, selbst die Enthüllungen über Liz. Aber wenn das hier herauskommt, gehen wir alle unter.« Er sieht Rik an. »Das meine ich wirklich ernst. Uns beiden könnte eine Gefängnisstrafe drohen. Wie sollen wir beweisen, dass wir nichts davon gewusst haben?«

»Aber wir können es doch nicht unter den Teppich kehren!«, ruft Tiger entsetzt. »Topher, was willst du damit andeuten? Dass wir so tun, als hätten wir das alles nie gesehen?«

»Ich sage nur –« Topher klingt verzweifelt. Er rauft sich wieder die flachsblonden Haare, sieht aus, als würde er wahnsinnig werden. »Ich sage nur, was hätte es für einen Sinn, das alles ans Licht zu zerren? Eva ist tot. Liz ist tot. Norland ist tot. Niemand kann zur Rechenschaft gezogen werden. Wir würden nur Arnaud und Radisson damit wehtun.«

»Und Snoop«, sagt Tiger vorwurfsvoll. »Denn darum geht es dir in Wahrheit, oder? Nicht um Arnaud, du willst nur deinen Posten sichern.« Ihre sonst so gelassene Stimme klingt jetzt schrill vor Zorn und Bestürzung. »Was ist mit Liz?«

»Liz ist eine Mörderin!«, schreit Topher.

»Sie ist ein Opfer!«

»Sie ist eine verdammte Psychopathin«, stellt Carl nüchtern fest. »Ich meine, sie war es.«

Es herrscht tiefes Schweigen, während wir darüber nachdenken.

Denn die Sache ist die. Liz war tatsächlich ein Opfer. Und genau wie sie gesagt hatte, hatte sie nichts von alldem je gewollt. Sie war nur ein armes, verwirrtes Mädchen, das zur falschen Zeit am falschen Ort gewesen war. Aber ich kann ihn nicht vergessen, jenen zweiten, zusätzlichen Stoß. Und ich kann Ani nicht vergessen, die kleine vertrauensselige Ani. Topher, Carl, Tiger – vielleicht hat jeder auf seine Weise recht. Vielleicht war Liz tatsächlich beides.

Erin

Snoop-ID: LITTLEMY
Hört: The Verve / *Bitter Sweet Symphony*
Snooper: 43
Snoopscriber: 164

Als ich nach dem Abendessen ungelenk die steile Treppe zu meinem Zimmer hinaufsteige, ist die Angelegenheit immer noch nicht geklärt. Die anderen diskutieren aufgebracht weiter und drehen sich dabei im Kreis. Ich bin erleichtert, als ich meine Earbuds in den Ohren habe, mit hochgelagertem Knöchel auf dem Bett liege und mich nur noch auf die Musik in meinem Kopf konzentriere.

Als ich ein Geräusch höre, ziehe ich einen Stöpsel heraus. Da ist es wieder, ein rasches Klopfen an der Tür.

Seufzend schwinge ich die Beine vom Bett und humpele hin.

Es ist Danny. Er hält eine Krücke in der Hand.

»Die hast du vergessen.«

»Ach ja.« Ich schlage mir mit der Hand an die Stirn. »Ich bin auch zu blöd, danke.« Er reicht sie mir, und wir schweigen verlegen. »Möchtest du reinkommen?« Ich deute auf mein bescheidenes Zimmer. »Es ist nicht gerade das Ritz, aber ich kann es nicht ertragen, mit den anderen da unten zu sitzen.«

Zu meiner Überraschung schüttelt Danny den Kopf.

»Nein. Ich … na ja, ich gehe noch aus. Auf einen Drink.«

»Mit wem denn?«, frage ich überrascht. Und bin noch mehr überrascht, als Danny rot wird.

»Mit Eric. Dem Sohn der Hotelbesitzerin. Ihm gehört das Petit Coin, die Kneipe an der nächsten Ecke. Du weißt schon, die mit der Messingtheke. Er hat gefragt … ob ich nach dem Abendessen auf einen Drink vorbeikomme.«

»Danny!« Ich kann mein Grinsen nicht verbergen. »Das ist super. Steht er …?«

Danny zieht eine Augenbraue hoch, dehnt das Schweigen in die Länge, bis *ich* rot werde, und erlöst mich dann.

»Falls du wissen willst, ob er auf Piña Colada steht – wie man so hört, ja.«

»Ha. Schön. Ab mit dir.«

»Sicher? Ich meine, du könntest mitkommen.«

Doch ich schüttele lachend den Kopf. »Nein, danke. Keine Piña Colada für mich, ich gehe heute Abend früh ins Bett.«

»Okay. Guter Plan.« Er stockt, macht aber keine Anstalten zu gehen. Er steht einfach nur da, schaut stirnrunzelnd auf den Boden und zeichnet mit der Fußspitze ein Muster in den grellbunten Teppich. »Das war ganz schön abgefahren eben, was?«

»Die Sache mit dem Video? Ja. Was, glaubst du, machen die jetzt?«

»Frag mich was Leichteres. Ich habe überlegt, ob wir beide zur Polizei gehen sollen, aber es hat wohl wenig Sinn.«

Daran hatte ich auch schon gedacht, weiß aber ebenso wenig wie Danny, was das bringen soll, und zucke schließlich nur mit den Schultern.

Danny wendet sich zum Gehen. Ich will gerade die Tür schließen, als er sich noch einmal umdreht. Er beugt sich vor, als wollte er mir etwas ins Ohr flüstern, doch stattdessen und zu meiner großen Überraschung küsst er mich ganz reizend. Ich spüre seine vollen Lippen weich an meinem Wangenknochen.

»Ich hab dich lieb, Schätzchen«, sagt er.

Ich lege die Arme um ihn und drücke ihn fest. »Ich dich auch, Danny. Und jetzt ab mit dir. Deine Piña Colada wartet.«

Erin

Snoop-ID: LITTLEMY
Hört: Carole King / *Tapestry*
Snooper: 28
Snoopscriber: 345

Drei Wochen später sitze ich im Chalet am Kaminfeuer, schaue aus dem Panoramafenster, höre Musik und denke an nichts Besonderes.

Ich habe mich noch nicht daran gewöhnt, im Chalet zu sein, ohne zu arbeiten. Danny und ich sind immer noch hier angestellt, aber ich weiß nicht, wie lange noch. Nachdem das Chalet Perce-Neige offiziell zum Tatort erklärt worden war und das Foto in einem halben Dutzend Ländern durch die Gazetten gegeistert ist, stand eines fest: Selbst nachdem die durch die Lawine entstandenen Lawinenschäden repariert waren, würde man das Chalet zumindest in dieser Saison nicht mehr vermieten können.

Die anderen Buchungen für dieses Jahr wurden storniert oder eilig auf andere Ferienhäuser des Unternehmens übertragen, und jetzt warten Danny und ich einfach ab, was als Nächstes passiert. Wir laufen durch die leeren Räume, schauen zu der Stelle, an der Ani zuletzt gesessen hat, sehen Elliots Geist, der sich Suppe in den Mund löffelt, hören Evas Absätze auf dem Parkett und Liz' Zimmertür zuschlagen.

Ich kann nicht hierbleiben. Das weiß ich jetzt. Aber ich kann auch nicht länger weglaufen.

Bei den Düften, die aus der Küche zu mir ziehen, fängt mein

Magen an zu knurren. Ich überlege gerade, ob ich mich aus meinem Sessel stemmen und zu Danny hinken soll, als mein Snoop-Stream abreißt. Einen Moment lang bin ich mir nicht sicher, was passiert ist. Ich habe niemanden gesnoopt, also dürfte der Feed nicht einfach abreißen.

Ich will gerade die App aufrufen, als ich sehe, dass ich eine neue Mail habe. Von Kate. Der Betreff lautet: »Unangenehme Neuigkeiten«. Mir wird flau.

»Danny!«, rufe ich über das Klappern der Töpfe und Pfannen hinweg. Er antwortet nicht, und ich will schon aufstehen und zu ihm in die Küche gehen, als er mit dem Handy in der Tür auftaucht.

»Hast du die Mail auch bekommen?«

Ich nicke. »Ja, aber noch nicht gelesen. Worum geht es?«

»Mach auf und lies selbst.«

Mir ist unwohl, als ich die E-Mail öffne und den Inhalt überfliege. *Schwierige Entscheidung … Wiedereröffnung nicht durchführbar … Eventueller Verkauf … Lohnfortzahlung … Großzügige Abfindung … Vier Wochen Kündigungsfrist.*

»Sie schließen das Chalet.«

Danny nickt ernst. »Yep. So sieht's aus. Wirklich überrascht bin ich nicht, welcher Trottel würde schon Urlaub machen, wo vier Gäste umgebracht wurden? Das ist nicht gerade Home Sweet Home, selbst ohne den demolierten Swimmingpool. Was wirst du jetzt machen?«

»Was ich mache?« Ich starre ihn an. Eigentlich blöd, denn ich hatte drei Wochen Zeit, um mir etwas zu überlegen, habe aber bisher keine Lösung gefunden. Würde ich überhaupt noch hier arbeiten wollen? Diese Überlegung kann ich mir jetzt sparen.

»Keine Ahnung«, sage ich schließlich. »Und du?«

»Wir könnten klagen«, sagt Danny beiläufig. »Ich meine, die

›großzügige Abfindung‹ ist zwar ganz nett, aber du bist bei der Ausübung deiner Arbeit fast getötet worden. Da dürfte ein bisschen mehr drin sein als ein paar Wochenlöhne und eine beschissene Schachtel Pralinen.«

»Ich will nicht klagen«, sage ich reflexartig und ohne lange zu überlegen, doch sowie ich die Worte ausgesprochen habe, spüre ich, dass es stimmt. Ich will das wirklich nicht. Es war schwer genug, das alles durchzumachen. Ich würde es nicht ertragen, das Ganze wieder aufzuwühlen, wenn es zu einem Prozess kommt, geschweige denn Topher, Tiger, Rik und alle anderen zu zwingen, vor Gericht auszusagen.

»Ich eigentlich auch nicht«, sagt Danny und schaut seufzend aufs Display. »Das Geld könnte ich allerdings gut gebrauchen. Na ja, wie meine alte Ma zu sagen pflegt, wenn das Wörtchen wenn nicht wär, und so weiter.« Er seufzt erneut. »Soll ich das Essen servieren? Kürbissuppe mit Haselnuss-Gremolata und gegrilltem Fougasse.«

»Klingt köstlich«, sage ich und versuche ein Lächeln. »Ich kann's gar nicht erwarten.«

Erin

Snoop-ID: LITTLEMY
Hört:
Snooper:
Snoopscriber:

Nach dem Mittagessen sitzen Danny und ich vor dem Fernseher. Ich hole mein Handy heraus. Ich muss regelmäßig prüfen, ob ich wieder mehr Snoopscriber habe. Es ist fast schon zwanghaft. Nichts bringt mehr Follower als die Tatsache, dass man um ein Haar ermordet worden wäre. Ich schaue auch gern bei Topher, Rik und den anderen vorbei. Riks Username ist Rikshaw, und er hat bei Weitem nicht so viele Snooper wie Topher, dafür aber den besseren Musikgeschmack. Neulich hat er tollen kubanischen Rap gehört.

Doch als ich die App öffne, finde ich nur eine leere Seite vor.

Habe ich mich versehentlich ausgeloggt? Aber nein – oben rechts ist mein Profilbild zu sehen, Little My von den Mumins blickt mir finster entgegen. Doch meine »Zuletzt gehört«-Liste ist leer, es gibt keine Vorschläge, wem ich folgen könnte, keine Liste mit Snoopscribern, alles verschwunden. Haben wir wieder mal kein Internet? Aber ich weiß, wie die App dann aussieht, und zwar definitiv nicht so. Hat man mich etwa ausgeschlossen?

»Danny«, sage ich. Er scrollt gerade durch Netflix und spricht, ohne den Blick zu heben.

»So lautet mein Name, verschleiß ihn nicht.«

»Danny, funktioniert dein Snoop?«

»Ja – wieso?« Er öffnet die App, um nachzusehen. »Nein, warte mal, was ist das denn? Meine Daten sind weg. Was ist denn hier los?«

»Keine Ahnung. Ist das schon mal passiert? Hat man uns gesperrt?«

»Nein …« Danny scrollt durch die Menüs. »Nein, ich glaube nicht … ich meine, es gibt da ja nichts, wofür sie irgendwen sperren würden. Das ist nicht Twitter, wo man rechtsextremen Scheiß posten kann. Du folgst einfach nur anderen Leuten. Warte mal, das ist vor einer Ewigkeit schon mal passiert, als sie gerade neu am Markt waren und nicht genügend Serverleistung hatten. Damals ist die App für ein paar Tage völlig zusammengebrochen, das sah genauso aus. Nur ein leeres Display. Vielleicht haben sie Serverprobleme?«

»Kann sein.«

Ich gehe auf Google und tippe *Snoop down* ein.

Ein Artikel nach dem anderen erscheint. *EILMELDUNG* steht über dem ersten. *Britisches Tech-Start-up Snoop beantragt Insolvenz.*

Und noch einer: *Snoop-User erlebten eine böse Überraschung, als sie heute ihre Lieblings-App öffnen wollten und das Display leer blieb. Die Firma hat die Server abgeschaltet, nachdem Gründer und Geschäftsführer Topher St. Clair-Bridges einen Insolvenzantrag gestellt hat.*

»Scheiße.« Dannys Gesicht verrät mir, dass auch er einen dieser Artikel liest. »Die sind weg vom Fenster. Rik hatte recht.«

Ich atme lang aus, und eine Spannung, die ich gar nicht wahrgenommen hatte, löst sich. Ich freue mich nicht darüber, dass Snoop insolvent ist – ganz und gar nicht. Dass Indigo, Tiger, Carl und die anderen keinen Job mehr haben, ganz zu schweigen von den Leuten hinter den Kulissen, denen ich nie begegnet bin, macht mich nicht froh. Aber es beruhigt mich in gewisser Weise. Ich quäle mich seit drei Wochen mit der Frage, was aus Evas Video werden soll.

Denn das wurde nicht geklärt, bevor das Team aus Saint-Antoine abgereist war. Auf der einen Seite war da Tophers überzeugendes Argument, dass die Wahrheit niemandem helfen, allerdings Snoop irreparabel schaden und vermutlich Hunderte unschuldiger Menschen ihren Job kosten würde.

Auf der anderen Seite war es ebendiese Gleichung, die es so unangenehm machte, das Geheimnis für uns zu behalten. Denn es wurde nicht getan, was *richtig*, sondern was *profitabel* war, eine Tatsache, die Tiger bei den zunehmend heftigen Auseinandersetzungen, die sich an den Abenden im Hotel abspielten, wieder und wieder betont hatte.

»Willst du mir sagen«, hatte Topher getobt, »dass du Evas Familie so etwas zumuten würdest? Würdest du Liz einen weiteren Mord anhängen, all die alten Wunden aufreißen, die die Familie des armen Mannes erlitten hat? Würdest du Arnaud mit etwas quälen, das er nie hätte erfahren müssen? Ist es wirklich wert, das alles für die Wahrheit zu opfern, wenn die Betroffenen ohnehin alle tot sind?«

»Nein!«, hatte Tiger geschrien. »Aber das ist es ja gerade! Wir wägen nicht *das* gegen die Wahrheit ab, wir wägen *Snoop* gegen die Wahrheit ab, und das macht es problematisch! Topher, du kannst doch nicht erwarten, dass alle Menschen ihre Prinzipien über Bord werfen, nur weil es um deine Vision für die Firma geht – so funktioniert das nicht. Du klingst wie ein arroganter, privilegierter –«

»Privilegiert, privilegiert, scheiß auf privilegiert!«, hatte Topher sie überschrien. »Ich muss kotzen, wenn ich das Wort noch mal höre! Weißt du, worum es eigentlich geht, Tiger? Es geht darum, dass ich mir etwas *verdient* habe, dass ich mir etwas *erarbeitet* habe. Denk daran, bevor du mich das nächste Mal privilegiert nennst.«

Mit diesen Worten war er aus dem Zimmer gestürmt.

Jetzt, drei Wochen später, denke ich wieder darüber nach. Hat die Familie des toten Managers nicht das Recht, die Wahrheit über ihren Sohn und Bruder zu erfahren? Hat Evas unschuldige kleine Tochter nicht das Recht, aufzuwachsen, ohne dass die Taten ihrer Mutter ihr Leben überschatten? Und haben die Toten nicht das Recht, dass man sie in Frieden ruhen lässt?

Topher ist privilegiert, keine Frage. Und er nutzt es aus, genau wie Tiger es beschrieben hat. Er ist durchs Leben gegangen und hat immer nur genommen, genau wie Eva. Sie haben Menschen als persönliche Schachfiguren benutzt – Angestellte, Investoren, Freunde, Verwandte – und nie Verantwortung für den Schaden übernommen, den sie angerichtet haben.

Ich denke darüber nach, was Verantwortung bedeutet.

Ich denke darüber nach, was Schuld bedeutet.

Ich denke darüber nach, nach vorn zu blicken.

Erin

Ich bin in meinem Zimmer und packe, als die E-Mail eintrifft. Ich nehme an, sie ist von Kate, die letzte Einzelheiten zu unserer Abfindung durchgeben will, oder der Personalabteilung, die noch irgendwelche Unterschriften von mir haben will. Aber der E-Mail-Absender sagt mir nichts.

Der Betreff lautet »Entschuldigung«.

Ich öffne die Mail und scrolle nach unten, um zu sehen, von wem sie ist. Topher! Was zum Teufel will er von mir?

Ich runzele die Stirn und fange an zu lesen.

Liebe Erin,

inzwischen dürftest du wohl erfahren haben, dass es Snoop nicht mehr gibt. Diese beschissenen Heuschrecken. Solange du angesagt bist, können sie dir die Zunge nicht tief genug in den Hals stecken – aber wenn du sie wirklich brauchst, tun sie so, als hättest du Herpes.

Wäre Eva hier, würde sie sagen: Ich hab's doch gewusst, aber sie ist nicht hier – darum kann ich ihr nicht mal diese kleine Genugtuung gönnen.

Ich habe mir deine Mail-Adresse aus der User-Datenbank gezogen, bevor man uns ausgesperrt hat. Ich weiß. Keine Vorwürfe, bitte. Ich wollte … Scheiße, ist das schwer … mich entschuldigen oder irgend so einen Schwachsinn. Es tut mir leid, was dir alles passiert ist, vor allem aber tut es mir leid, dass ich so ein beschissenes Arschloch war, was Alex und Will betrifft. Ich denke oft an den Nachmittag im Chalet, als mir klar wurde, wer du bist, und – ich weiß, ich kann die

Worte nicht zurücknehmen, habe mich aber nicht dafür entschuldigt und möchte das hiermit tun.
Ich bin nicht sehr gut im Entschuldigen. Ich habe wenig Erfahrung damit, um ehrlich zu sein, also sage ich es einfach so. Entschuldigung. Alex und Will waren tolle Jungs. Sie haben nicht verdient, was mit ihnen passiert ist, und auch du hast es nicht verdient. Es tut mir wahnsinnig leid, was ich angedeutet habe – ich weiß nicht, wie viel du mitbekommen hast, du warst gerade nicht im Zimmer, aber ich habe im Eifer des Gefechts ein paar ziemlich üble Sachen gesagt, auf die ich nicht stolz bin.
Denn die Sache ist die – jetzt, da sich die Wogen geglättet haben und ich mit einigen Dingen abschließen konnte, kapiere ich es. Ich kapiere, was es bedeutet, Menschen zu verlieren. Eva – Elliot – sie waren nicht meine Familie, kamen dem aber sehr nah. Elliot und ich waren zusammen im Internat, und Eva – keine Ahnung. Es ist schwer zu erklären. Selbst nachdem wir uns getrennt hatten, ist unsere Verbindung nie wirklich abgerissen.
Wie gesagt, ich kapiere es jetzt. Warum du es uns nicht erzählt hast. Warum du nicht weggehen konntest.
Ich denke die ganze Zeit an sie. An Elliot, der in einer französischen Leichenhalle obduziert wurde. An Eva, die immer noch dort oben in den Bergen liegt, erstarrt in einem eisigen Dornröschenschlaf. Und auch an Ani. Ach, Scheiße.
Jedenfalls – das wär's. Ich will es nur noch ein letztes Mal sagen.
Es tut mir leid.

Topher
x

PS: Du sollst wissen, dass ich der Polizei den ganzen Ordner übergeben habe. Und zwar letzte Woche. Es fühlte sich einfach richtig an. Bevor das hier passiert ist. Snoop ist nicht deshalb untergegangen – ich wünschte, es wäre so, aber das wäre gelogen. Das sollst du wissen.

Als ich vom Monitor aufblicke, stelle ich überrascht fest, dass meine Wangen nass sind. Und obwohl ich nicht weiß, wie ich darauf reagieren soll, drücke ich auf Antworten und sitze lange da, die Finger knapp über den Tasten. Und dann tippe ich. Nur sechs Worte. Und hoffe wirklich, wirklich sehr, dass sie wahr sind.

Lieber Topher, irgendwann wird es besser.

Erin

»Oh, Schätzchen.« Danny hat die Arme um meinen Hals geschlungen und das Gesicht an meiner Schulter vergraben. »Ich werde dich vermissen, du albernes Huhn.«

»Ich dich auch.« Ich umarme ihn ebenfalls, spüre seine starken Schultern unter der Daunenjacke, rieche die Aromen französischer Küche an ihm – schmorender Eintopf mit viel Wein, geschmolzene Butter, sautierter Knoblauch und all die anderen guten Dinge.

»Kommst du klar?«

Ich nicke und glaube zum ersten Mal seit langer Zeit daran.

»Ich muss nach Hause«, sage ich. Nicht nach Saint-Antoine, sondern nach England, wo Wills trauernde Eltern und meine eigene Familie geduldig darauf warten, dass ich mit meinen Gespenstern Frieden schließe.

Ich war so lange mit ihnen allein, habe Will und Alex in meinem Kopf gehört, habe versucht, mit dem Geschehenen ins Reine zu kommen, mit dem, was ich getan habe – damit, dass ich sechs schlichte Worte gesagt habe: *Fahren wir doch abseits der Piste.*

Als ich neben der toten Liz im Schnee lag, war mir klargeworden, dass ich nicht länger davonlaufen konnte. Und das ist vielleicht auch gut so.

»Wirst du denn zurechtkommen?«, frage ich. Von fern ist der Bus zu hören, das Geräusch der Reifen auf der geräumten Straße. »Was machst du jetzt? Suchst du dir einen Job in einem anderen Chalet?«

»Oh«, sagt Danny und wird zu meiner Überraschung ein bisschen rot. Sogar seine Ohrmuscheln, die unter der Mütze hervorlugen, sind rosig angelaufen. »Weißt du, ich habe da was in Aussicht.«

»Echt?«

»Ja.« Er hüstelt verlegen. »Du erinnerst dich an das Hotel, in dem uns die Polizei untergebracht hatte?«

»Das mit dem beschissenen Cassoulet? Wie könnte ich das vergessen!«

»Nun ja, die haben ihren Koch gefeuert. Und, ähm, ein Kumpel hat ein gutes Wort für mich eingelegt.«

»Ein Kumpel?« Ich grinse breit. »Ein *Kumpel*? Könnte das zufällig sexy Eric sein, der Sohn der Hotelbesitzerin? Monsieur Piña Colada aus dem Petit Coin?«

Danny wird so unfassbar rot, dass ich ihm den Finger in die Rippen bohre, um ihn zum Lachen zu bringen.

»Oh, Danny! Was hast du getan, um das zu verdienen?«

»Das geht dich gar nichts an.« Seine Wangen glühen, und er grinst, und das Glück strahlt förmlich aus ihm heraus. »Ein bisschen Vitamin B hat noch niemandem geschadet.«

»Ich möchte stark bezweifeln, dass es Vitamin B war. Ein Löffel von deinem Cassoulet, und Eric wäre verrückt gewesen, dich nicht einzustellen.«

Ich will mehr hören. Ich will alles hören, aber der Bus ist fast da, und uns bleibt keine Zeit. Ich küsse Danny auf die Wange, und er greift nach meiner zweiten Tasche und reicht sie dem Mann, der das Gepäck einlädt.

»Passen Sie gut auf sie auf«, sagt er auf Französisch zum Fahrer, als ich vorsichtig in den Bus steige. Ich brauche keine Krücke mehr, aber mein Fuß steckt noch in der Orthese. »Sie ist nicht so tough, wie sie aussieht.«

»Bien sûr«, erwidert der Fahrer und zwinkert mir zu.

Ich rutsche gerade auf meinen Sitz, als ich durch die dicke Scheibe höre, wie Danny etwas ruft. Ich öffne die kleine Belüftungsklappe und knie mich auf den Sitz.

»Was ist los?«

»Ich habe ganz vergessen, es dir zu sagen – du musst dir Choon runterladen!«

»Choon?«

»Das ist das neue Snoop, Schätzchen. Nur besser. C, H, Doppel-O, N.«

»Choon. Verstanden«, rufe ich zurück. Dann fährt der Bus los, und ich schließe die Klappe. Er beschleunigt, und ich winke Danny, und er winkt mir und wirft mir einen Handkuss zu, und ich spüre Tränen auf den Wangen.

Er ruft noch etwas, aber ich kann ihn nicht verstehen.

»Ich kann dich nicht hören!« Ich verziehe das Gesicht. Ich wische mir die Tränen ab, spüre die verblassende Narbe unter meinen Fingern. »Ich hab dich lieb!« Aber wir sind schon zu weit entfernt, um einander zu verstehen.

Ich lasse mich auf den Sitz fallen. Mir ist das Herz schwer, weil ich so vieles verloren habe, weil ich so vieles in den Bergen zurücklasse. Wieder rollt eine Träne über mein Gesicht, und einen Moment lang fürchte ich, dass ich die Tränen nicht länger zurückhalten kann – dass sie kommen, ob ich will oder nicht, und ich mir im Bus die Seele aus dem Leib heule. Doch dann piept mein Handy.

Eine Nachricht von Danny.

CHOON, Schätzchen. Oh – und meine ID ist DANNYBOI. Hab dich lieb.

Erin

Choon-ID: Little-My
Follower: 1

Danksagung

Das Bücherschreiben ist eine egoistische, einsame Tätigkeit, aber ich kann gar nicht genug betonen, dass das Büchermachen immer im Team geschieht – die unermüdlichen Teams aus Lektor*innen, Presseleuten, Marketingmenschen, Designer*innen, Vertreter*innen, Rechteexpert*innen, Hersteller*innen und allen anderen, die hinter den Kulissen arbeiten, sind die unbekannten Held*innen der Bücherwelt. Das gilt übrigens auch für die Buchhändler*innen und Bibliothekar*innen, die sich um unsere Werke bemühen, nachdem sie den Verlag verlassen haben. Ihnen allen verdanke ich, dass dieses Buch aus meinem Kopf in Ihre Hände gelangt ist, und dafür kann ich gar nicht genug danke sagen.

Mein tief empfundener Dank geht an Alison, Liz, Jade, Sara, Jen, Maggie, Noor, Meagan, Sydney, Aimee, Bethan, Catherine, Nita, Kevin, Richard, Faye, Jessica, Rachel, Sophie, Mackenzie, Christian, Chloe, Anabel, Abby, Mikaela, Tom, Sarah, David, Christina, Jane, Sophie, Jennifer, Chelsea, Kathy, Carolyn und alle anderen bei Simon & Schuster und Penguin Random House.

Außerdem danke ich den Buchhändler*innen, Bibliothekar*innen, Blogger*innen, Leser*innen und Rezensent*innen – ich kann hier nicht jeden Einzelnen nennen, aber Sie sind der Grund, weshalb ich weitermache, und dafür danke ich Ihnen jeden Tag.

Während die Figuren und Ereignisse in diesem Buch meiner Fantasie entsprungen sind, habe ich mich schamlos am Wissen anderer bedient, um Snoop zu erschaffen – also auch danke an

Joe, James und James, die mich bei allem beraten haben – von Playlists bis hin zu Gesellschafterverträgen.

Danke an Eve und Ludo, ohne euch könnte ich das hier wirklich und wahrhaftig nicht tun.

Danke auch an Carmen Sane und meine wunderbaren schreibenden Freund*innen, lauter lustige, kluge, wunderbare und unanständige Menschen. Ohne euch würde ich viel mehr arbeiten, hätte aber auch viel weniger Spaß.

Außerdem geht ein Dank an Jilly, Ali und Mark – ihr seid das beste Ski-Support-Team, die besten Medienassistent*innen, PR-Berater*innen und Trinkkumpan*innen. Und natürlich danke ich euch dafür, dass ihr mich dazu gebracht habt, durch das Geheime Tal zu fahren (wenn auch nicht bei Nacht).

Und zuletzt und wie immer danke ich am meisten meiner geliebten Familie. Für alles.